BRÜCK

und Umgebung

Weg nach Mittelburg

FLACHSFELDER

WATT

OSTLEUCHTTURM

Eine Hafenstadt, am Hang gelegen, wo die Kaufleute in Villen leben. Zwei Leuchttürme und eine Burg schmücken die Meeresbucht. Hier ist Jelto im Dienst der Fürstin unterwegs – als Bücherjäger: Jelto hat die besondere Gabe, Papier, Leder, sogar Tinte riechen zu können. Seine Aufgabe ist es, in Häuser einzudringen und Bücher ausfindig zu machen, denn Bücher, das weiß in Brück jedes Kind, sind gefährlich und daher verboten. Die Bücherjäger schwärmen nachts aus und treffen sich am nächsten Morgen, um die gesammelten Bücher zu verbrennen. Sie beschützen die Bewohner Brücks, denkt Jelto, denn so wurde es ihm sein Leben lang erzählt. Eines Abends bekommt er einen geheimnisvollen Auftrag: In einem Kontor im Hafen soll ein ganz besonders magisches Buch versteckt sein. Danach ist in Jeltos Leben nichts mehr wie zuvor. Er weiß nicht, wem er noch trauen kann – bis er die Drachenzüchterin Wyona kennenlernt. Auch Wyona besitzt Bücher, denn die sind, so beginnt Jelto zu verstehen, alles andere als gefährlich …

DIANA MENSCHIG lebt und schreibt am Niederrhein. Seit der Veröffentlichung ihres Debüts *Hüter der Worte* 2012 folgten mehr als fünfundzwanzig Romane in verschiedenen Genres. Neben dem Schreiben als Hauptberuf gibt sie ihre Erfahrung als Mentorin oder Dozentin weiter. Sie ist Mitglied im PAN und bei den Mörderischen Schwestern. Inspiration findet sie auf Spaziergängen mit ihren beiden Hunden oder auf Rennradtouren im deutsch-niederländischen Grenzgebiet. Weitere Informationen über die Autorin auf seitenrauschen.de.

DIANA MENSCHIG

DIE LEGENDE VOM LETZTEN BÜCHER-JÄGER

Roman

Atlantis

Für all die Menschen,
die meine Bücher möglich machen.

Personen

Floris: Ausbilder und Mentor der Bücherjäger, oberster Schwatzlinghüter

Per: Anführer der Bücherjäger

Jelto: Bücherjäger

Henk: Bücherjäger

Gilles: Henks Lehrling

Ruben: Bücherjäger

Seet: Bücherjäger

Leen: Bücherjäger

Pim: Schneider, Jeltos Vater

Manou: Schneiderin, Jeltos Mutter

Jacco: Lehrling in der fürstlichen Weberei, Jeltos Bruder

Wyona »Wynni«: Drachenzüchterin

Coen: Drachenzüchter, Wyonas Vater

Daltje: Drachenzüchterin, Wyonas Mutter

Lodi: Schneider, Jeltos bester Freund

Lieke: Schneiderin, Lodis Zwillingsschwester

Maite Farlinger: Fürstin der Stadt Brück

Rikus: Schafhirte auf den Salzwiesen

Mewes: Tuchhändler und Inhaber einer Weberei

Seetje: Gemüsehändlerin, Jeltos Nachbarin

Bea: Wirtin der *Goldenen Muschel* am Fischmarkt

Friso: Müllermeister im Mühlental

Jos: Geselle des Müllers Friso

Sanne: Gesellin des Müllers Friso

Febe: Gewürzhändlerin und Kapitänin zur See

Rona: Lumpenmädchen

Taschendrachen

Linga: Jeltos verstorbener Taschendrache

Quibus: Jeltos neuer Taschendrache

Elanda: Henks Taschendrache

Tjarda: Wyonas liebster Taschendrache

Sontander: verstorbener Taschendrache von Jeltos Eltern

Feikje: fiktiver Taschendrache in einem Kinderbuch

Rikusfest – Sommersonnenwende

Es war das erste Rikusfest, an dem Jelto die Erlaubnis bekam, allein mit seinem Freund Lodi und dessen Schwester Lieke über den Fischmarkt am Hafen zu streifen.

Seine Mutter drückte ihm drei Münzen in die Hand. »Dafür bekommst du etwas zu essen und zu trinken. Und jetzt lauf, aber pass auf dich auf!«

Jelto steckte sich die Münzen in die Bauchtasche der weiten Kindertunika, die er über den Strumpfhosen trug. Mit seinen sechs Jahren war er eigentlich schon zu alt dafür, aber Lodi und Lieke waren genauso gekleidet, daher entschied er, dass ihm das nicht peinlich sein musste.

Mit leuchtenden Augen fasste Lieke seine Hand. »Jetzt komm schon. Die Aufführung auf der Bühne beginnt gleich.«

»Ja, schon gut.« Rasch zog Jelto die Hand wieder weg. Mit einem Mädchen Händchen zu halten, dafür war er aber doch zu alt, ganz eindeutig.

Lodi beobachtete sie und grinste wissend. Er hatte behauptet, seine Schwester sei verliebt in Jelto. Und wenn schon, das musste ihn doch nicht kümmern.

»Es sind wieder weniger Buden als im letzten Jahr. Ich habe erst zwei Verkaufsstände gesehen, die aus Mittelburg gekommen sind. Und keinen aus irgendeiner anderen Stadt oder einem anderen Hafen«, hörte Jelto seine Mutter noch sagen.

Sein Vater brummte zustimmend. Er trug Jeltos kleinen Bruder Jacco auf den Schultern.

Ihm selbst war das gleichgültig. Die Händlerin mit den gestreiften Zuckerstangen war da, der Mann mit den Honigkerzen, deren Duft er so liebte, und auch die Hirtinnen und Hirten mit ihren Schafherden. Mehr brauchte er nicht.

»Jetzt kommt schon!« Lodi lief voraus und drängte sich geschickt durch die Menge.

Lieke nahm Jelto wieder an die Hand und zog ihn ungeduldig hinter sich her. Dieses Mal ließ er sich das gefallen, er konnte sich schon denken, wohin sein Freund wollte.

Und richtig. Außer Atem hielt Lodi an einem provisorischen Verschlag, der mit einigen Pfosten und dazwischen gespannten Seilen in einer Ecke des Marktplatzes nahe der Kaimauer aufgebaut war. Der Boden war komplett mit Stroh ausgelegt, weitere Ballen verstärkten die Absperrungen. Dahinter tappten weiße Lämmer mit schwarzen Nasen auf der Suche nach ihren Müttern umher, die seelenruhig in einer Ecke standen und Heu kauten.

Lodi kniete sich auf einen Strohballen und fuchtelte wie wild mit den Armen. »Da! Seht ihr den Bock mit den verdrehten Hörnern? Das ist der größte, das ist bestimmt der Leithammel.«

Ein Schafhirte mit einem Hut, einem Hirtenstab sowie – trotz der Hitze – traditionell besticktem grünen Umhang über Hose und Wams, näherte sich. Er hatte eine von der Sonne gebräunte Gesichtshaut, die Jelto an gegerbtes Leder erinnerte.

Gutmütig schmunzelte der Hirte über Lodis Begeisterung. »Da interessiert sich aber jemand sehr für meine Schafe.«

»Sie sind wunderschön, Schäfer. Wenn ich könnte, würde ich sofort mit dir zu den Salzwiesen ziehen.«

»Na, das trifft sich gut. Ich suche noch einen Lehrling. Was hält dich davon ab, mich zu begleiten?«

»Wirklich? Das könnte ich?« Lodi riss die Augen weit auf und zappelte so sehr, dass er beinahe vom Strohballen gerutscht wäre.

»Ich hätte nichts dagegen. Du magst Schafe, das ist schon einmal eine erste gute Voraussetzung.«

»Aber das geht nicht«, mischte sich Lieke ein und reckte sich auf die Zehenspitzen, um die Aufmerksamkeit des Hirten auf sich zu lenken. »Wir werden das Schneidern lernen und die Werkstatt von unseren Eltern übernehmen.«

Lodi setzte sich auf den Ballen und ließ die Beine baumeln. »Reicht doch, wenn du das machst. Dann kann ich Schafhirte werden.«

»Das könnte dir so passen.« Lieke warf ihren geflochtenen Zopf über die Schulter und verschränkte die Arme.

»Aber du willst es doch, Schneiderin werden. Genau wie Jelto.« Er zeigte anklagend auf beide.

Jelto war es unangenehm, dass jetzt alle Augen auf ihn gerichtet waren. Er nickte zögerlich. Es stimmte ja, warum sollte er es nicht zugeben? Die Frage, ob seine Eltern ihm erlaubten, etwas anderes zu lernen, hatte sich ihm nie gestellt. Er liebte das Gefühl von Stoff zwischen den Fingern. Genauso wie das Geräusch der mechanischen Nähmaschine, wenn seine Mutter ordentlich in die Pedale trat, bis das Schwungrad surrte und die Nadel so schnell tanzte, dass sein Blick ihr nicht mehr folgen konnte. Und er liebte es, wenn ein rechteckiges Stoffstück sich plötzlich in etwas verwandelte, eine Hose, ein Hemd, eine Tunika. Nur das Sticken lag ihm nicht so, dafür hatte er keine Geduld.

Der Hirte lüpfte den Hut und strich sich die dunklen Haare glatt. »Pass auf. Nein, Moment, wie heißt ihr eigentlich?«

»Lodi.«

»Ich bin Lieke, wir sind Zwillinge.«

»Aber ich bin der Ältere. Wir sind fast sieben.«

»Ich bin Jelto. Und das sind nicht meine Geschwister, wir wohnen nur nebeneinander.«

»Also Kinder, hört zu, und ganz besonders du, Lodi. Ich werde mit deinen Eltern sprechen. Du bist ja noch jung, ein paar Jahre kannst du dir mit der Entscheidung schon noch Zeit lassen. Ich heiße Rikus. Ja, genau wie unser Ehrwürdiger Stadtgründer, meine Eltern haben ihn so sehr verehrt, dass sie ihren Sohn nach ihm benannt haben.« Er lachte leise. »Diese gutgläubigen Schafsköpfe.«

Jelto sah die anderen beiden an, aber sie konnten mit dem letzten Satz offenbar so wenig anfangen wie er.

Der Hirte sprach schon weiter. »Ich sage euren Eltern, wo ihr mich und meine Herde findet. Womöglich ergibt sich eine Gelegenheit, dass ihr mich hin und wieder besuchen könnt. Und wer weiß, Lodi, vielleicht sehen deine Mutter und dein Vater dann, was das Beste für dich ist.«

»Einverstanden, Rikus!« Lodi sprang vom Strohballen und hielt die Hand in die Höhe. Mit sehr viel Ernst, den Jelto in solchen Momenten von einem Erwachsenen gar nicht gewohnt war, schlug der Hirte ein.

Am anderen Ende des Marktplatzes wurde eine große Trommel geschlagen.

»Oh, jetzt müssen wir uns aber beeilen. Kommt!« Lieke zerrte ihren Bruder am Ärmel seiner Tunika weg.

Sie winkten dem Hirten ein letztes Mal zu und rannten, so schnell es die dichte Menschenmenge erlaubte, in Richtung des hölzernen Podestes. Darauf hatten sich bereits die Schauspielleute versammelt und nahmen jetzt ihre Positionen ein.

Ein Mann mit weizenblonden Haaren und Sommersprossen auf den hellen Wangen trat vor. Er begleitete seine Worte auf einer Mandoline. »So hört nun die Geschichte des Ehrwürdigen Rikus, wie er Reichtum und Wohlstand nach Brück brachte.«

Vereinzelter Applaus, aber auch verhaltenes Gegröle erklangen aus dem Publikum.

Ein Schauspieler, riesengroß und kräftig, mit goldfarbener Haut und dunklen Locken – ganz so, wie der Gründer der Stadt ausgesehen haben soll – trat vor und verneigte sich. Er trug, ähnlich wie der Schafhirte, einen Umhang, Hut und Hirtenstab. Doch Jelto sah unter dem Umhang ein reichverziertes Wams mit roten und goldenen eingewirkten Fäden aufblitzen.

»Eines Tages verschlug es Rikus, einen einfachen Hirten, mit seiner Herde in die Nähe von Brück.«

Eine Handvoll Kinder mit grauweißer Rohwolle um den Leib und auf dem Kopf kam hinter einem Vorhang hervor und hüpfte um Rikus herum.

Jeltos Vater hatte ihm erzählt, dass zu seiner Kindheit echte Schafe genommen worden waren, aber es hatte zu viele Zwischenfälle gegeben, weil die Tiere vom Applaus nervös wurden oder auch ohne Grund in Panik gerieten. Einmal soll sogar ein riesiger Hammel mitten ins Publikum gesprungen sein. Er verletzte sich dabei so schwer, dass er notgeschlachtet werden musste.

»Da drohte ein Gewitter!«

An mehreren Schnüren wurde dunkler gefärbte Wolle über die Bühne gezogen.

»Was soll das denn?«, fragte Lieke stirnrunzelnd.

»Das sind Wolken. Gewitterwolken«, erklärte ihr Bruder altklug. »Vor denen flieht er mit all seinen Schafen in eine Höhle, wo er den Webstuhl und eine Nähmaschine findet, zum Wohl von Brück.«

»Ein Webstuhl und eine Nähmaschine? Das glaubst du doch selber nicht! Wo soll denn hier eine so große Höhle sein, dass ein ganzer Webstuhl hineinpasst? Drüben in den Hügeln gibt es allenfalls ein paar größere Löcher«, wandte Jelto ein.

Auch Lieke schaute skeptisch.

Lodi zeigte auf die Bühne. »Wartet doch ab.«

Der Barde setzte die Mandoline ab und zog eine Holzfigur aus einer Umhängetasche. Er hob die Handfläche und stellte die Figur darauf.

Lieke zupfte erst ihrem Bruder und dann Jelto an der Kleidung. »Das ist ein Schwatzling!«

Beide nickten wissend. Sie hatten schon einige Diskussionen darüber geführt, ob Schwatzlinge lebendig waren oder nicht. Jelto war davon überzeugt, Lodi zweifelte daran und vermutete einen Trick. Aber bisher hatten sie noch keine Gelegenheit gehabt, eine Figur näher zu untersuchen.

Der Barde legte einen Finger auf die Lippen. Das Raunen im Publikum verstummte. Nur eine Möwe segelte einmal über den Platz und flog dann kreischend davon, als wundere sie sich über das Gebaren der Menschen.

Mit einem Stups erweckte der Barde die Figur zum Leben.

»Das ist die Geschichte des Ehrwürdigen Rikus«, schwatzte sie. »Hört und lernt und erinnert euch.«

Die Menge johlte begeistert.

Ein Sommer zehn Jahre später

Bücherjagd

Das war eine verdammt erfolgreiche Jagd gewesen. Jelto kauerte eng an dem Kamin auf dem Dach der mehrstöckigen Villa und gähnte herzhaft. Die Luft war kühl und frisch. Über ihm verwandelte die Morgendämmerung den Nachthimmel und verkündete einen neuen Tag.

Hier, im Nobelviertel Brücks nördlich der Altstadt, schmiegten sich die Villen der Kaufleute an den Hang. Manch ein Haus war so groß wie eine ganze Webmanufaktur, und Jelto begriff nicht, wofür eine einzige Familie so viele Zimmer benötigte. Gut, in der ein oder anderen Villa gab es im Erdgeschoss kleine, edle Werkstätten oder ein Kontor für die Verwaltung. Aber die Stockwerke darüber waren immer noch so groß, dass Jeltos Mansardenwohnung mehrmals hineingepasst hätte. Jedes Mal, wenn er in ein solches Haus einbrach, staunte er über so viel sinnlosen Platz.

Das Gute daran, in diesem Viertel unterwegs zu sein, war die Aussicht darauf, von einem der Dächer den Sonnenaufgang zu genießen. Von hier oben hatte er einen grandiosen Blick nach Süden über die Meeresbucht mit dem Hafen und den beiden Leuchttürmen sowie auf die östlich liegende Burg, hinter der es bereits orangerötlich schimmerte. Lange Wolkenbänke tauchten den Himmel in alle Schattierungen von Blau und Grau. Der Fluss Rintje, an dessen Mündung die Stadt lag, war von hier aus nur als dunkler Einschnitt in der Landschaft zu erkennen. Jenseits davon breiteten sich die Flachsfelder bis zum Horizont aus. Bodennebel lag wie ein zarter Schleier über den goldbraunen Halmen.

Zitternd pustete sich Jelto Atemluft in die klammen Hände. Es war erst Frühsommer, und so manche Nacht noch empfindlich kühl.

Er schaute kurz in den Himmel und verspürte einen Stich in der Brust. Im Geiste sah er Linga dort flattern. Doch das Taschendrachenweibchen begleitete ihn nicht länger. Ihr Verlust schmerzte immer noch, auch nach mehr als zwei Wochen.

»Hey da! Was hast du da oben zu suchen?«

Jelto fuhr zusammen. Die Stimme tönte von der Straße herauf. Vorsichtig reckte er den Kopf, um aus dem Schatten seiner Kapuze nach unten zu spähen.

Zwei Männer in den dunkelblauen Uniformen der Nachtwache blickten in seine Richtung. Die sollten doch um diese Zeit gar nicht mehr unterwegs sein?

»Solche übereifrigen Kanalratten haben mir gerade noch gefehlt«, murmelte er wütend.

Mehr aus Reflex als aus der Überzeugung heraus, dass sie ihn dann weniger gut erkennen konnten, schmiegte er sich an den Kamin. Er musste zusehen, dass er von hier wegkam. Hoffentlich waren unten auf der Straße nicht noch mehr von der Sorte.

Rasch hob er den Rucksack auf, der ein ordentliches Gewicht hatte, und das nicht nur wegen seiner Stiefel, die er mit den Schnürriemen daran geknotet hatte. Hauptsächlich lag es an den sechs Büchern, die er heute Nacht aus den umliegenden Häusern und Wohnungen geholt hatte, darunter eines der seltenen magischen Exemplare. Eine fette Ausbeute, wenn er bedachte, dass es eigentlich schon lange keine Bücher mehr geben dürfte – offiziell existierten sie nicht mehr. Offiziell existierten auch Bücherjäger wie Jelto nicht.

Die beiden Nachtwächter riefen erneut etwas, er sah jedoch keinen Sinn darin, sich mit ihnen zu unterhalten, schon gar nicht über die Entfernung von vier Stockwerken.

Dank seiner eng anliegenden Überzieher aus weichem Schafsleder, die er selbst genäht hatte, bewegte er sich beinahe lautlos. Er kletterte im Schutz des Kamins hinauf bis auf den First und rutschte auf der Gartenseite des Hauses über die Dachziegel hinab. Nur hin und wieder klickerte es unter ihm, aber das würden die beiden Wachen auf der Straße nicht hören.

Ab dem Dachrand konnte Jelto mühelos weiter an Regenrinnen und Rankgittern die Hauswand hinabklettern. Dabei sparte er ein Stockwerk, da das Gebäude in den Hang hineingebaut worden war. Wenn die Nachtwächter auch nur einen Funken Verstand hatten, würden sie begreifen, was er vorhatte, um das Haus herumkommen und ihm auflauern. Er musste einfach schneller sein. Mit etwas Glück schaffte er es die Bruchsteinmauer hinauf bis zu den Bäumen am Ende des terrassenförmig angelegten Gartens und würde dort untertauchen.

Im Grunde konnte ihm nichts passieren. Er tat nichts Verbotenes. Sollte er jemals während einer Jagd ertappt werden, müsste er nur das fürstliche Siegel vorzeigen, und er dürfte wieder seiner Wege ziehen. Aber natürlich war es eine Frage der Ehre, sich nicht erwischen zu lassen, schon gar nicht mit einer Tasche voller Bücher auf dem Rücken.

Jelto konzentrierte sich auf den Abstieg. Mit fliegenden Händen packte er Kupferrinnen, Fenstersimse und hervorstehende Giebel. Der Vorteil an solchen Häusern war eindeutig, dass die Leute gern Geld für steinerne Verzierungen oder sogar Figuren ausgaben. Für einen geübten Kletterer wie ihn ein Geschenk.

Er ließ sich das letzte Stück in ein Blumenbeet neben der Veranda fallen und blickte sich um. Der Garten war nahe dem Haus von einem hüfthohen Holzzaun mit einem Tor umgeben, der in eine Ligusterhecke überging. Um ihn herum lag alles morgendlich still.

Kurz nahm Jelto sich die Zeit und zog seine ledernen Überzieher aus. Zum Klettern waren sie perfekt, da sie viel Gefühl in der Fußsohle zuließen, zum Gehen über das Straßenpflaster eher ungeeignet. Er stopfte sie in den Rucksack und zog die genagelten Stiefel an. Danach verharrte er und lauschte in die nächtliche Ruhe. Konnte er es wagen, über den Zaun zu springen und zur Straße zu laufen?

Die Frage beantwortete sich von selbst. Einer der beiden Nachtwächter tauchte an der Hausecke auf. Jetzt konnte Jelto auch einen roten Streifen auf der Schulterklappe der Uniformjacke erkennen. Sein Kumpel folgte ihm dichtauf. Zwei ältere Männer vom niedrigsten Rang, dazu beide eher untersetzt. Das käsige Gesicht des vorderen war bereits rot angelaufen.

Es sollte kein Problem sein, sie abzuschütteln.

»Hier ist er! Ich sehe ihn!«

»Ich sehe dich auch, du Hummer«, grollte Jelto bei sich. »Kein Grund, so herumzuschreien und die Nachbarschaft zu wecken.«

Der Nachtwächter musste noch das Gartentor überwinden. Es war wie der Zaun nur hüfthoch, aber die Angehörigen der Wache standen nicht gerade im Ruf, gewandt oder fix zu sein.

Der Nachtwächter drehte den Knauf. Das hölzerne Tor schwang quietschend auf.

Jelto fluchte. Ausgerechnet heute hatte er es mit einem gewitzteren Burschen zu tun. Dieser Tag begann ja glänzend.

Er rückte den Rucksack zurecht und lief den Hang hinauf weiter in den Garten. Nicht weit über ihm begann der Wald, der sich über die gesamte Hügelkuppe zog. Normalerweise endeten diese Grundstücke mit einem Zaun oder einer Mauer mitten zwischen den Bäumen, in der Regel kein echtes Hindernis – und Jelto hoffte, dass es auch hier so war. So wie seine Begegnung mit den beiden Nachtwächtern bisher verlaufen war, sollte er vielleicht besser mit einer hohen glatten Mauer rechnen.

Doch erst einmal galt es, den Abstand zu seinen Verfolgern zu vergrößern. Jelto warf einen Blick über die Schulter. Immerhin, was ihre Ausdauer anbelangte, machten sie dem Ruf der Nachtwache alle Ehre. Während Jelto mit geübtem Blick die schmalen Treppen in den Bruchsteinmauern ausmachte und die Terrassen mühelos erklomm, hörte er hinter sich vor allem ein Schnaufen wie von einem kaputten Blasebalg. Es war ihm ein Rätsel, wie Nachtwächter wie diese hin und wieder echte Eindringlinge oder Diebesgesindel fingen.

Im Schutz der Bäume erreichte er das Ende des Gartens, zu seiner Erleichterung nur eine Mauer, die ungefähr doppelt so hoch wie er groß war, und ebenfalls aus Bruchstein. Sie zu überklettern war ein Kinderspiel.

Jelto erklomm sie, sprang auf der anderen Seite hinab und schaute sich um. Den Sonnenaufgang hatte er dank dieser Schafsköpfe verpasst, doch unter den Bäumen herrschte noch düsteres Zwielicht. Soweit Jelto erkennen konnte, verlief hier ein zugewucherter Weg, allerdings nicht ganz so, wie er erwartet hätte. In südöstlicher Richtung säumte er die Grundstücksgrenzen der Häuser. Nach Nordwesten zog er dagegen weg von den Häusern und weiter den Hügel hinauf, verlor sich zwischen den schlanken Stämmen der Buchen und Fichten. Er war völlig mit Unkraut und Gras überwachsen.

Wohin führte er? Und warum benutzte ihn niemand? Jelto scharrte mit dem Stiefel im weichen Boden. Darunter kam Kopfsteinpflaster zum Vorschein.

Neugier war eine seiner stärkeren Eigenschaften. Jelto war versucht, dem Weg zu folgen. Erst als er den keuchenden Nachtwächter hörte, der sich allen Ernstes anschickte, die Mauer zu überklettern, kam er zur Besinnung. Es wäre töricht, in einer solchen Situation einem unbekannten und ungepflegten Pfad in den Wald zu folgen. Er konnte an einem Abhang enden, an einem Bach oder sonst einem Hindernis. Außerdem wurde es wirklich Zeit, zur Burg zurückzukehren.

Mit einem verächtlichen Blick zur Mauer, hinter der sich die Nachtwächter abmühten, wandte er sich ab, und trabte den Weg nach Südosten. Der würde ihn, davon war Jelto überzeugt, entweder zurück ins Hügelviertel oder direkt zur großen Handelsstraße bringen.

Ganz wie Jelto erwartet hatte, endete der Weg unterhalb des Hügelviertels nahe der ehemaligen Stadtmauer, deren Überreste davon zeugten, dass Brück längst über sich hinausgewachsen war. Die großen Webereien und die Lauben, unter denen die Kaufleute ihre Waren anboten, lagen jenseits der Altstadt.

Jelto nahm den Weg, der das Lauben- und das Webviertel voneinander trennte, überquerte die große Handelsstraße Richtung Hafen und hielt auf den Hügel mit der Burg zu. Einst Stammsitz der regierenden Stadtfürstin oder des Stadtfürsten, beherbergte sie heutzutage eine Reihe von Ämtern und Magistraten – und die Quartiere der meisten Bücherjäger. Fürstin Maite Farlinger und ihre Familie bewohnten nur noch den größten der drei Türme.

Die beiden fürstlichen Wachmänner am Tor erkannten ihn und winkten ihn durch. Jelto betrat den dreieckigen Burghof. Vier seiner Gefährten warteten bereits auf ihn.

»Sonnenlicht euch allen«, rief er ihnen entgegen.

Ruben und Henk, ebenfalls ausgebildete Jäger, brummten nur zur Begrüßung. Henks Lehrling Gilles, mit seinen zwölf Jahren rund vier Jahre jünger als die anderen, winkte eifrig und schmetterte ihm einen »Guten Sonnenaufgang!« entgegen.

Floris zog dagegen missbilligend die Augenbrauen hoch, die so weiß wie sein dichtes Haupthaar waren und sich deutlich von seiner olivfarbenen Haut abhoben. Er ging bereits auf die sechzig zu, hatte sie alle einst auserwählt und Jelto, Henk und Ruben noch persönlich ausgebildet. Auch wenn er schon lange nicht mehr selbst auf die Jagd ging, genoss er den uneingeschränkten Respekt der Jüngeren. Er schwieg, doch in dem, was er nicht sagte, hörte Jelto den Vorwurf, dass er zu spät gekommen sei, ebenso deutlich heraus, als hätte er eine Standpauke erhalten.

Beschwichtigend lächelte er, während er den Rucksack abnahm. »Ich habe noch einen kleinen Umweg gemacht, um die Morgenluft zu genießen.«

»Treib es nicht zu weit«, knurrte Floris.

Wie immer jagte das tiefe Dröhnen seiner Stimme Jelto einen Schauder über den Rücken. Nicht nur damit hatte der alte Mann ihn schon bei ihrer ersten Begegnung beeindruckt. Auch sein offizieller Titel – oberster fürstlicher Schwatzlinghüter – flößte Respekt ein.

Sie versammelten sich um die Feuerstelle, ein von breiten Steinen eingefasster Kreis, der mit Sand und Asche vergangener Feuer angefüllt war. Eine ansehnliche Anzahl Bücher stapelte sich dort, verschieden dick, manche schlicht, andere mit einem prunkvollen Ledereinband versehen.

Rasch warf Jelto die Beute seiner nächtlichen Jagd dazu. Mit gemischten Gefühlen betrachtete er anschließend den Haufen. Es waren rund zwanzig Bücher, so schätzte er. Zwanzig Exemplare weniger, die Schaden anrichten oder Menschen in Versuchung führen konnten. Die Bücherjäger hatten in dieser Nacht wieder ganze Arbeit geleistet. Jelto sollte zufrieden sein, aber wie so häufig war da ein unbehagliches Gefühl in der Magengrube. Diese Erwartung, dass gleich beim Feuer etwas passierte …

»Hält sich mal wieder für unantastbar. Wirst eines Tages schon sehen, wer der Bessere von uns beiden ist«, murmelte Henk hinter seinem Rücken. Nicht so laut, dass ihr Mentor es hören konnte, aber deutlich genug für Jeltos Ohren.

Er biss die Zähne zusammen. Es kostete ihn einige Mühe, seinem größten Konkurrenten keine passende Erwiderung zu geben.

Floris reckte einen Arm in die Höhe. »Dann mal los, Henk.«

Der Angesprochene pfiff gellend auf zwei Fingern. Von irgendwo über ihnen schoss Elanda, ein Taschendrachenweibchen, aus der Morgendämmerung zu ihrem Herrn herab. Das Tier knurrte begeistert und wollte sich auf Henks Schulter setzen, doch der wies auf die Bücher und gab einen halblauten Befehl. »Elanda, Feuerhauch.«

Der Taschendrache flatterte auf. Ein erster Sonnenstrahl, der es über die Burgmauer geschafft hatte, brach sich auf den Schuppen und sandte violette und rote Funken in alle Richtungen.

Jelto dachte wieder an Linga. Sie hatte eine ähnliche Färbung gehabt. Er ballte die Hände zu Fäusten. Wieso tat es immer noch so weh, seine kleine Gefährtin verloren zu haben? Ein Wesen, gerade einmal so groß wie eine gemeine Ratte, das weder mit ihm gesprochen noch ihm besondere Aufmerksamkeit geschenkt hatte, solange es nichts zu fressen gegeben hatte. Und dessen einziger Zweck es gewesen war, Spähflüge zu machen und Feuer zu speien.

Elanda spuckte eine Feuerfontäne und flog in einem Halbkreis über den Bücherstapel. Die ersten Seiten fingen an zu glimmen. Ein paar Funken stoben in den Himmel.

Nein, diese Charakterisierung von Linga war ungerecht. Jelto lebte als einer der wenigen Bücherjäger in einer eigenen kleinen Wohnung und nicht in der Burg. Und wenn sie zu Hause gewesen waren, dann hatte Linga sich gern auf seine Schulter gekuschelt und den Kopf in die Kuhle zwischen Schlüsselbein und Hals gelegt. Ganz freiwillig. Und sie war auch nachts immer wieder unter die Bettdecke gekrochen und hatte sich neben ihm zusammengeringelt. Was ihr eigentlich verboten worden war, als Jelto eines Morgens mit einem großen Brandfleck am Fußende der Matratze aufgewacht war. Doch er mochte die Wärme ihres kleinen Körpers, das Vibrieren, wenn sie schlief. Es gab nicht viele Menschen, die ihm wichtig waren, er war gern allein und für sich. Aber es gab durchaus Momente, in denen er sich einsam fühlte, und da konnte Linga eine Lücke füllen. Hatte eine Lücke füllen können. Jetzt nicht mehr.

Inzwischen hatte Elanda den Bücherhaufen mehrere Male umkreist und jedes Mal einen Flammenstoß ausgespien. Das Feuer loderte auf. Jetzt erlaubte Henk dem Taschendrachen, auf seiner Schulter zu landen, und gab ihm einen Algenköder zur Belohnung. Zufriedenes Knurren ertönte.

Ruben und Gilles nahmen bereitliegende trockene Äste und warfen sie in die Flammen, damit das Feuer besser brannte und nicht nur schwelte.

»Gut, soweit. Einen erfolgreichen Tag euch allen. Bis morgen.« Floris verabschiedete sich. Im Gegensatz zu den anderen musste er nicht warten, bis die letzte Buchseite zu Asche zerfallen war. Kurz bevor er sich abwandte, zwinkerte er Jelto verstohlen zu. Er war also nicht wirklich wütend, wie seine rüde Begrüßung vorhin hätte vermuten lassen. Natürlich hatte sein Mentor ihn zurechtweisen müssen, weil er zu spät gekommen war. Wenn Floris allerdings ernsthaft böse mit ihm wäre, wäre das nur schwer zu verwinden.

Jelto zog sich die Kapuze über den Kopf und trat einen Schritt zurück. Er mochte die Bücherfeuer, freute sich, wenn Papier und Einbände in den Flammen knisterten, weil er dann das Gefühl hatte, etwas Gutes für die Menschen in Brück getan zu haben.

Aber dann kehrte es zurück, dieses dumpfe Unbehagen, und ihm graute vor dem, was jetzt kommen mochte. Als Erstes erhoben sich besonders helle Funken. Jelto kniff die Augen zusammen, weil sie ihn blendeten. Er vermutete, dass sie von den magischen Büchern herrührten. Meistens blieb es dabei. Das Feuer würde ausbrennen und alles war gut.

Doch dann passierte es.

Genau, wie er es befürchtet hatte.

Schon wieder.

Jelto langte verstohlen mit der Hand unter sein Hemd und zwickte sich mit zitternden Fingern in den Arm. Doch seine Augen täuschten ihn auch weiterhin: Hin und wieder meinte er, mitten im Feuer eine menschliche Gestalt auszumachen, die innerhalb eines Wimpernschlags verging.

Es war verstörend. Jelto hatte keine Erklärung dafür. Und er hatte es bisher nicht gewagt, einen der anderen zu fragen, ob sie Ähnliches sahen; sonst zweifelten sie am Ende an seinem Verstand. Oder noch schlimmer, sie verdächtigten ihn gar, die Existenz von Büchern heimlich gutzuheißen.

Er betrachtete die Mienen der anderen aus den Augenwinkeln. Der kleine Gilles schien gelangweilt. Er ließ die Schultern hängen und pulte Dreck unter den Fingernägeln hervor oder fuhr sich mit der Hand durch seine ohnehin ständig zerzausten blauschwarzen Haare. Nur wenn er gelegentlich aufblickte, leuchtete der Widerschein des Feuers in seinen goldenen Augen in dem olivfarbenen Gesicht auf. Henk, dessen helle Haut mit dem blonden Schopf im Feuerschein orange glänzte, hatte seine muskulösen Arme vor der Brust verschränkt und stand stoisch wie eine Statue in der Szenerie. Ruben hatte sich an die Außenmauer gelehnt, ein entrücktes Lächeln auf den Lippen. Sein Gesicht lag im Schatten, wirkte dunkler als üblich, dabei hatte er fast die gleiche goldfarbene Haut wie Jelto, auch ähnliche dunkelbraune Locken. Ruben war etwas größer und kräftiger, und wenn sie gemeinsam unterwegs waren, hielten die Menschen auf der Straße sie oft für Brüder.

Eine Windbö wehte vom östlichen Burgturm hinab. Das Feuer knackte und loderte auf. Abermals schienen sich in den Flammen Gestalten zu bewegen. Jelto blinzelte, ließ den Blick unauffällig zu den Gesichtern der anderen schweifen.

Er bezweifelte, dass sie wahrnahmen, was er sah.

Schaudernd erinnerte er sich an eine seiner ersten Bücherverbrennungen vor knapp drei Jahren. Da hatte er gerade als Lehrling angefangen. Damals war er davon überzeugt gewesen, Stimmen aus dem Feuer zu hören, gefolgt von einem Schrei – nicht laut, sondern eher wie aus weiter Ferne, aber dennoch deutlich vernehmbar.

Vermutlich hatte der Wind ihm einen Streich gespielt. Er könnte sich in den Mauerritzen einer der drei Türme verfangen und diesen Ton erzeugt haben, es fegten oft kräftige Windstöße über den Burghof. Jelto war sich jedenfalls sicher, dass niemand außer ihm diesen Schrei gehört hatte. Und das hatte ihn beinahe mehr beunruhigt als dieser qualvolle Laut selbst.

Er hatte sehr lange gebraucht, sich im Nachhinein davon zu überzeugen, dass er sich diesen Schrei nur eingebildet hatte; dass es seiner Aufregung geschuldet war, zum ersten Mal bei der Bücherverbrennung dabei gewesen zu sein. Derartiges hatte sich nie wiederholt.

Vergessen konnte Jelto es trotzdem nicht. Und so hatte er stets zwiespältige Empfindungen, wenn er am Feuer stand. Solange er keinen Sinnestäuschungen erlag, überwog der Stolz auf seine Arbeit. Doch wenn die Figuren tanzten, was häufiger vorkam und auch ohne Schrei verstörend genug war, kam es ihm so vor, als habe er etwas Lebendiges getötet. Dann fragte er sich, warum sie die Bücher nicht einfach ins Hafenbecken warfen, wo der meiste Müll der Stadt landete. Das Wasser würde die Seiten aufweichen und die Tinte heraussaugen. Mit der Zeit würden sie sich einfach auflösen.

Eine Flamme leckte hoch. Und dann hörte er wieder einen solchen Schrei wie damals, wie beim ersten Mal. Rotgolden erhob sich die Silhouette eines Menschen auf einem Pferd aus dem Feuer. Sie stürmte ihm entgegen und verging, bevor Jelto Einzelheiten ausmachen konnte. Ein weiterer Schrei tönte über den Platz, vielleicht auch nur das Echo des ersten. Niemand reagierte darauf. Jelto lief es eiskalt den Rücken hinab. Seine Knie drohten nachzugeben, doch er schaffte es, äußerlich gefasst einige Schritte rückwärts zu machen und sich zwei Armlängen von Ruben entfernt an die Mauer zu lehnen. Wie gut, dass er seine Kapuze hochgezogen hatte. Sicherlich stand ihm der Schreck deutlich ins Gesicht geschrieben.

Er konzentrierte sich auf seine Stiefelspitzen und wartete mit den anderen schweigend darauf, dass die Bücher verbrannten. Dabei zwang er seine Gedanken in eine andere Richtung. Es gab etwas, auf das er sich freute. Daran sollte er denken. Morgen Nachmittag würde er bei Wyona, der besten Drachenzüchterin von Brück, seinen neuen Taschendrachen abholen.

Taschendrachen

Mit der Altstadt von Brück verband Jelto eine innige Hassliebe. Hier hatte er die schönste und zugleich schlimmste Zeit seines bisherigen Lebens verbracht. Hier war er aufgewachsen, hier lebte noch immer Lodi, sein ältester und bester Freund. Dieser war, wie so viele innerhalb der ehemaligen Stadtmauern, Schneider geworden und gerade im Begriff, mit seiner Schwester Lieke die Werkstatt seiner Eltern zu übernehmen. Daher sahen sie sich zurzeit so gut wie nie. Lodis großer Traum, als Schafhirte eine Herde weit nördlich den Fluss hinauf in den Hügeln grasen zu lassen, war verpufft. So war das mit Träumen. Sie gingen selten in Erfüllung.

Dagegen wäre Jelto gern Schneider geworden, das hatte sich nie geändert. Er liebte das Nähen, ob mit festem Leinentuch, mit der neuartigen weichen Seide oder mit dem selten verfügbaren Schafsleder. Es gab für ihn kaum etwas Besseres, als eine selbst angefertigte Hose oder ein neues Hemd anzuprobieren, schnörkellos, wie er es am liebsten mochte. So trug er auch heute wieder ein locker fallendes blaues Leinenhemd und eine dazu passende weite schwarze Hose ohne jegliche Verzierungen sowie den Kapuzenmantel darüber.

Jelto erreichte den Marktplatz, der vom ältesten der vier Glockentürme von Brück dominiert wurde. In seinem Schatten stand eine lebensgroße Statue des Ehrwürdigen Rikus, des Wohltäters von Brück, zu dessen Gedenken einmal im Jahr zur Sommersonnenwende ein großes Fest gefeiert wurde. In zehn Tagen war es wieder so weit.

Dann würde er auch Lodi und Lieke wiedersehen. Die beiden waren Teil der Schauspielgruppe, die die alljährliche Aufführung rund um die Geschichte des Stadtgründers organisierte. Bei ihrem letzten Treffen, das nun schon einige Monate zurücklag, hatte Lodi stolz erzählt, dass er auch in diesem Jahr den Rikus mimen werde. Er probe seine Rolle bereits.

Um die Rikus-Statue drängten sich wie jeden Tag die Stände der Kaufleute aus der Umgebung, die Obst und Gemüse, Honig, Öle oder Getreide anboten und sich jetzt am späten Nachmittag allmählich daranmachten, einzupacken.

Jelto schlug einen Bogen, um den Marktplatz nicht überqueren zu müssen, denn am nordöstlichen Ende befand sich sein Elternhaus. Manchmal fragte er sich, wie es seiner Mutter Manou erging. Ob sein Vater Pim jetzt sie oder den jüngeren Sohn Jacco schlug, weil er die Wut nicht mehr an seinem Älteren auslassen konnte. Jelto war aus dem Haus geflohen, nachdem sein Vater ihn eines Abends halb tot geprügelt hatte.

Er hatte seine Mutter ein halbes Jahr später zufällig getroffen. Sie hatte behauptet, sein Vater sei bestürzt über seine Tat gewesen und habe sich gebessert. Er habe nie zuvor die Hand gegen sie oder Jacco erhoben, das wisse Jelto ja selbst, und das sei auch jetzt nicht der Fall. Sie hatte sich gewünscht, er würde zurückkommen. Jelto hatte ihr nicht geglaubt. Außerdem war er in der Zwischenzeit Floris begegnet und längst genug in seinem neuen Leben als Bücherjäger angekommen, um zurückzukehren. Diesen Sommer würde das alles drei Jahre her sein.

Er näherte sich dem westlichen Teil der alten Stadtmauer. Diese hatte hier noch an einigen Abschnitten ihr ursprüngliches Aussehen behalten, auch wenn ihre Schutzfunktion nicht mehr benötigt wurde. Zum Meer hin erstreckten sich die großen Lagerhäuser des Hafens und dahinter die weitläufigen Deiche und Salzwiesen, die das Landesinnere vor dem Meer schützten. Schwemmland, dem Ozean abgerungen.

In einer Mauernische hockte ein Schwatzling aus grauem Holz. »Links: Seetjes Gemüsehandel«, schnarrte er monoton, als Jelto nahe genug herangekommen war. »Links: Jaaps Gerberei; rechts: Coens Drachenzuchtstation.«

»Danke!« Grinsend winkte Jelto, obwohl der Schwatzling das natürlich weder sehen noch hören konnte. Er mochte die Figuren, die er als Kind schaurig gefunden hatte, obwohl er längst gelernt hatte, dass sie nicht lebendig waren. Doch das Geheimnis, das sie zum Sprechen brachte, hatte er bis heute nicht gelüftet. Sie waren eine Besonderheit von Brück – so behaupteten es zumindest weit gereiste Seeleute oder Handeltreibende.

Jelto folgte dem Weg nach rechts bis zu einem Hoftor, das offen stand. Ein Schwarm Taschendrachen, schillernd wie ein Regenbogen, sauste plötzlich im Sturzflug über ihn hinweg. Der Wind trug ihr Zwitschern und Knurren davon. Über ihnen spannte sich der blaue Himmel, der nach einem kräftigen Regen am Vormittag aufgerissen war. Nur einzelne weiße Wolken trieben dahin.

Jelto grinste, weil die übermütige Schar hoch über die Stadtmauer segelte, abdrehte und dann nur knapp über das Dach eines Hauses flog. Ein Drache verlor dabei die Kontrolle und platschte auf die Dachziegel. Er überschlug sich, kam auf die Hinterfüße und rannte einige Schritte. Dabei taumelte er hin und her, von seinem eigenen Flügelschlag aus dem Gleichgewicht gebracht. Kaum hatte er sich jedoch abgedrückt und erfolgreich in die Luft erhoben, wurden seine Bewegungen wieder elegant und scheinbar mühelos. Er wedelte mit seinem langen Schwanz, als wollte er das Dach beschimpfen, weil es ihn ausgebremst hatte. Jelto legte den Kopf in den Nacken und beobachtete den Taschendrachen, bis der den Schwarm eingeholt hatte und in der Menge verschwand.

»Das ist deiner«, erklang eine feixende Stimme neben ihm.

»Wie bitte?« Jelto wandte sich um.

Wyona stand vor ihm, ein breites Grinsen auf dem blassen Gesicht voller Sommersprossen, die Hände hinter einer dunkelgrünen Schürze verborgen. Sie trug jedes Mal, wenn er sie sah, etwas Grünes. Vermutlich wusste sie, dass die Farbe perfekt mit ihren schulterlangen feuerroten Locken harmonierte, die heute in alle Richtungen sprangen, als wäre sie gerade erst aufgestanden. Sie sah einfach wunderhübsch aus.

Die Drachenzüchterin hob einen Arm und zeigte auf den Schwarm, der sich gerade mit einem begeisterten Knurren näherte. »Der ungeschickte Türkisblaue. Den hast du dir ausgesucht.«

»Oh.«

»Ich habe es dir gesagt. Du hättest auf mich hören und eins seiner Geschwister nehmen sollen.«

Jelto nickte versonnen. Die Taschendrachen des Wurfes, über den sie sprachen, waren alle bis auf einen rotviolett gewesen. Sie erinnerten ihn an Linga. Er wollte keine zweite Linga, er wollte einen neuen Taschendrachen, den er nicht ständig vergleichen würde.

»Na, dann hol ihn da runter und binde ihm eine Schleife um den Hals, damit ich ihn mitnehmen kann.«

Sofort verfinsterte sich Wyonas Blick über der spitzen Nase. »Ich verkaufe keine Schoßtierchen.«

»Das war ein Witz! Ich brauche ihn zum Arbeiten, nicht weil er hübsch aussieht.«

»Wie gesagt, da hättest du –«

»Was denn jetzt? Ist er nur hübsch oder taugt er auch zu etwas?«

Wyona hielt verdutzt inne und drückte dann lachend das Tor weiter auf. »Komm erst mal rein. Und Abendlicht für dich.«

»Dir auch eine gute Dämmerung.«

Jedes Mal, wenn Jelto ins Innere der Drachenzuchtstation trat, überwältigte ihn der Gestank. Obwohl der Raum, in dem sich die Volieren und Käfige aneinanderreihten, hoch und weitläufig war, fing sich der beißende Geruch der vielen Drachen auf einem Fleck. Die Hälfte des Daches bestand aus Glasfenstern, die gekippt werden konnten, doch die meisten waren geschlossen.

»Ich verstehe nicht, wie du das aushältst.« Er rümpfte die Nase und schluckte mehrmals gegen einen Würgereiz an.

»So schlimm ist es nicht. Wenn du den ganzen Tag hier arbeitest, merkst du es irgendwann nicht mehr.«

»Das bezweifle ich.« Jelto hatte einen außerordentlich guten Geruchssinn, sonst wäre er kein so guter Bücherjäger. Aber das würde er Wyona ganz sicher nicht verraten. Offiziell waren alle Bücherjäger Boten und Laufburschen im Dienste der Fürstin.

»Hier, schau dir das an.« Wyona deutete auf eine Voliere.

Er trat zu ihr und spähte auf eine Kugel, groß wie ein Salatkopf, die zwischen mehreren Sitzstangen und Käfigstreben klemmte. Sie war aus langen Grashalmen und Stofffetzen dicht gewebt, und aus einem Loch in der oberen Hälfte reckten sich mehrere winzige spitze Drachennasen. Ihre Schuppen funkelten in allen Farben des Regenbogens.

»Frisch geschlüpft«, erklärte Wyona stolz. »Es sind Halbgeschwister von deinem.«

»Die sind ja bunt. Wie schön!«

»Sie verlieren ein paar Farben, wenn sie älter werden, übrig bleiben immer zwei Haupttöne. Es heißt, dass sich die Kleinen in der Freiheit besser im Sonnenlicht tarnen können, wenn sie so bunt sind.«

»Stimmt das?«

»Keine Ahnung. Sie verlassen die Halle meistens erst, wenn sie die Farbe gewechselt haben.«

»Und diese Kugel, das ist das Nest? Haben die Dracheneltern die selbst gebaut?« Niemals hätte Jelto erwartet, dass Taschendrachen so etwas Kompliziertes zustande brachten.

»Ja. Sie halten sich mit den Hinterfüßen an den Stangen fest, an denen sie ihr Nest bauen. Die Halme packen sie mit den Zähnen und den Vorderklauen und weben sie ineinander. Würden sie in Freiheit leben, würden sie sogar Lehm anschleppen und das Ganze mit ein bisschen Feuer wasserdicht verkleben. Das geht hier in der Stadt natürlich nicht. Daher sammele ich Lumpen und biete sie ihnen in Streifen an, damit sind sie zufrieden.«

»Wie interessant. Ich gebe meine Lumpen immer an Rona, kennst du sie?«

Wyona lachte fröhlich. »Rona, das Lumpenmädchen? Wer kennt die denn nicht? Rona ist Teil dieser Stadt wie die Schwatzlinge und die Laubengasse. Sie kommt oft her, manchmal nehme ich ihr Stoffreste ab, manchmal gebe ich ihr welche, je nachdem.«

Rona ist Teil dieser Stadt. Die Formulierung hallte in Jeltos Gedanken nach. So hatte er das noch nie betrachtet, aber er empfand es auch so. Er mochte sie gern, würde sogar behaupten, sie wären locker befreundet, aber Rona war unbeständig wie der Wind. Er wusste nie, wo oder wann er ihr das nächste Mal begegnen würde.

Wyona bedeutete ihm, ihr zu folgen, und ging voraus. »Komm, lass uns den Schwarm reinholen. Die fliegen sonst noch bis spät in die Nacht ihre Runden. Taschendrachen sind nicht müde zu bekommen.«

Sie griff nach einem Seil, das von der Decke baumelte, und zog kräftig daran. Mit einem Klacken öffneten sich über ihnen mehrere Glasfenster. Direkt darunter hing ein Weidenkorb.

Wyona deutete mit dem Kinn nach oben. »In dem Korb befinden sich frische Algenköder, die ich heute Morgen erst am Hafen gekauft habe. Das dauert nicht lange.«

Sie hatte den Satz kaum beendet, als sich der Schwarm auch schon mit einem Surren ankündigte. Eine lila schillernde Wolke stürzte in den Korb. Sie hörten Zwitschern und ein gelegentliches Knurren, mit dem sich die Taschendrachen um die Beute balgten.

Gerade wollte Wyona die Fenster schließen, als zwei Nachzügler durch den Spalt hineinschossen und auf den Korb zuhielten. Beide stießen gegen den Rand. Der rotviolette Drache schlug einen Purzelbaum und landete im Korb. Der türkisblaue geriet mit einem erschrockenen Kreischen ins Taumeln, überschlug sich und fiel flügelschlagend in die Tiefe. Erst kurz vor dem Boden fing er sich wieder und landete dann wenig elegant auf dem Boden. Fragend hob der Taschendrache den Kopf und zwitscherte verwirrt.

Wyona seufzte vernehmlich. »Das ist mir jetzt doch ein wenig peinlich. So ungeschickt hat er sich bisher nicht angestellt.«

Jelto ging in die Hocke und winkte dem kleinen Wesen zu. »Und wie heißt du?«

»Du kannst ihn nennen, wie du willst.«

»Dann wird er Quibus heißen.«

»Ein ungewöhnlicher Name.«

»Das ist ja auch ein ungewöhnliches Exemplar.« Er versuchte weiter, den Taschendrachen zu locken, der zwar interessiert den Hals streckte, aber auf Abstand blieb.

Wyona lachte. »Das stimmt schon. Er ist ein wenig verdreht. Gut, dann werde ich ihn als Quibus ins Zuchtverzeichnis eintragen. Ich hoffe, die im Schreibkontor sind damit nicht überfordert.«

»Warum sollten sie überfordert sein? Und was ist ein Zuchtverzeichnis?«

»Ich bin eine seriöse Züchterin, schon vergessen? Und als seriöse Züchterin lasse ich ein Zuchtverzeichnis führen.«

Jelto beobachtete Quibus, der ihn seinerseits anstarrte. Wyona spielte mit ihrer Bemerkung auf ihre erste Begegnung vor ungefähr zehn Tagen an, als sie einander auf dem Laubenmarkt begegnet waren. Er hatte gerade erst Linga verloren und dort Ausschau nach dem fahrenden Züchter gehalten, der ihm den Taschendrachen einst verkauft hatte. Wyona hatte ihn aufs Übelste ausgeschimpft, weil er bei einem dieser Nepper statt bei ihr gekauft hatte. Dieser Mann sei kein Züchter, sondern ein Betrüger, der sich an der Arglosigkeit und dem Geiz seiner Kundschaft bereichere. Seine Preise mochten günstig sein, hatte sie ihm erklärt, aber selten waren die Drachen auch gesund.

Bis heute stieß Jelto jedes einzelne ihrer Worte bitter auf, denn sie entsprachen der Wahrheit. Linga hatte einen so lächerlich geringen Betrag gekostet, dass er hätte misstrauisch werden müssen. Doch damals hatte er es nicht besser gewusst.

Wyona begriff erst im Laufe ihrer langen Schimpftirade, wie sehr ihn diese Vorwürfe trafen, und dass er seine Lektion bereits auf die harte Tour gelernt hatte. Zum Trost nahm sie ihn zum ersten Mal in ihre Zuchtstation mit. Dort starteten Quibus und seine Geschwister unter den strengen Augen ihrer Drachenmutter gerade die ersten Flugversuche – also eher ein Herumhopsen und Flügelschlagen auf dem Hallenboden. Jelto sah Quibus, damals noch ein namenloser Türkisfarbener, und verliebte sich sofort in ihn. Er wollte diesen Taschendrachen oder keinen.

Er riss sich von der Erinnerung los. »Das ist bestimmt ein ganz schöner Aufwand, so ein Zuchtverzeichnis«, meinte er höflich. Er hatte nicht die geringste Ahnung.

»Du hast ja nicht die geringste Ahnung«, sagte Wyona und verdrehte die Augen. »Es ist unglaublich teuer. Aber vor allem kostet es mich jedes Mal einen halben Tag Zeit. Es ist ja nicht nur die Lauferei bis zum Hafen, meistens muss ich auch warten, weil das Schreibkontor wieder einmal so voll ist. Ich hätte wirklich nichts dagegen, wenn ich das Zuchtverzeichnis selbst führen könnte.«

Jelto fuhr erschrocken auf, sodass Quibus einen Satz nach hinten machte und dabei mit den Flügeln schlug. »Du willst lesen und schreiben können? Bist du verrückt?«

»Na ja, du kennst doch den Spruch: *Erst wenn du völlig den Verstand verloren hast, bist du bereit, einen Drachen auszubrüten.* Es gehört schon eine gewisse verrückte Einstellung dazu, sich auf die Drachenzucht einzulassen.«

»Es ist verboten!«

»Wie bitte? Das Drachenzüchten?«

»Nein, das Schreiben! Und du müsstest logischerweise lesen und schreiben können, um ein Zuchtverzeichnis zu führen.«

»Das stimmt doch nicht. Es ist nicht verboten, nur stark reglementiert. Die Schreiberlinge können und dürfen es ja auch.«

»Die sind ausgebildet und vereidigt!«

»Es wäre doch nichts Schlimmes, schreiben zu können. Hier war mal ein Matrose, der von weit her kam. Er hat erzählt, dass viele Menschen in seiner Heimat lesen und schreiben können. Und es schadet ihnen nicht.«

»Woher willst du das wissen?« Jeltos Tonfall war scharf geworden. »Dieser Matrose kann doch das Blaue vom Himmel gelogen haben.«

Wyona wurde so rot, dass die Sommersprossen auf ihren Wangen beinahe nicht mehr zu erkennen waren.

Jelto erkannte, dass er sie verunsichert hatte, und lächelte beruhigend. »Schon gut. Das geht mich ja gar nichts an. Ich finde allein den Gedanken daran schon sehr befremdlich.«

Wyona senkte den Kopf und blinzelte ihn trotzig an. »Ich meine ja nur. Ich stelle es mir weniger umständlich vor, das ist alles.«

»Ich glaube, da machst du dir gründlich etwas vor. Als Nächstes erzählst du mir, dass du gern Bücher lesen würdest. So wie es die Menschen früher getan haben.«

»Davon spreche ich doch gar nicht! Ich würde einfach lieber die Einträge ins Zuchtverzeichnis selbst vornehmen. Es wäre auch praktisch, dieses Verzeichnis hier vor Ort zu haben und nicht am Hafen. Und halt, bevor du mir das jetzt vorwirfst: Damit sage ich nicht, dass ich mir eine Bibliothek zulegen will!«

Jelto schüttelte schockiert den Kopf. »Wer liest, kommt auf dumme Gedanken! Es ist gefährlich! Nicht umsonst leben die Schreiberlinge in strenger Klausur, und nicht umsonst dürfen Seeleute und andere Reisende keine Schriftstücke mit in die Stadt bringen.« Er fragte sich, ob Wyona außerhalb eines Schreibkontors mal ein Buch zu Gesicht bekommen hatte. Wer Wissen über Bücher, Tinte oder Papier hatte, oder auch nur Interesse daran zeigte, machte sich schnell verdächtig.

An Wyonas entsetzt aufgerissenen Augen erkannte er, dass sie auf den gleichen Gedanken gekommen war. Sie öffnete den Mund, brachte aber kein Wort hervor.

Er hob beschwichtigend die Hände. »Tut mir leid. Ich wollte dir keinen Schreck einjagen und dir schon gar nichts unterstellen. Es ist einfach nicht gut, sich solch eitlen Ideen hinzugeben. Sicherlich sind ein paar Dinge umständlicher, als sie sein könnten. Aber das dient nur dem Schutz der Menschen, das weißt du. Lesen verdirbt das Denken.«

Wyona atmete tief durch. »Mir ging es wirklich nur darum, mein Verzeichnis zu führen. Weil das für meine Arbeit wichtig ist. Nicht um diese Bücher mit den erfundenen Geschichten, nach denen diese Bücherjäger einst gesucht haben.«

»Es gibt keine Bücher mehr. Und ganz sicher gibt es keine Menschen, die sie jagen.« Jelto behauptete das nicht zum ersten Mal, aber es klang immer wieder seltsam.

Jetzt schien Wyona sich herausgefordert zu fühlen. »Aber es gab sie. Früher, vor der Großen Säuberung, besaßen alle Menschen in Brück Bücher. Bis die Bücherjäger gekommen sind, die Bücher eingesammelt, sogar aus den Häusern gestohlen und verbrannt haben. Und sie haben die Menschen, die Bücher schrieben oder auch nur herstellten, getötet oder vertrieben, bis niemand mehr da war. Und seitdem durfte immer nur noch eine Handvoll Auserwählter lesen und schreiben lernen.«

Betont gleichmütig zog Jelto die Schultern hoch. »Ich kenne diese Legenden.«

»Du glaubst sie nicht?«

»Ich glaube, dass Bücher gefährlich sind. Die Säuberung hatte sicherlich ihren Sinn. Die meisten haben ihre Bücher ja damals freiwillig hergegeben. Aber dass diejenigen, die sie hergestellt haben, getötet wurden, glaube ich nicht. Warum auch? Wenn niemand mehr Bücher liest, braucht es auch keine Leute, die sie anfertigen. Diejenigen werden sich einfach andere Berufe gesucht haben.«

Wyona wirkte nicht überzeugt, widersprach jedoch nicht.

Jelto atmete einmal tief durch. »Was auch immer genau passiert ist, es ist lange her.«

»Da muss ich dir zustimmen.«

Sie lächelten einander verlegen an, wobei Jelto sich gewaltig über sich selbst ärgerte. Wyona wirkte angespannt, über ihrer Nasenwurzel hatte sich eine steile Falte gebildet. Dieses Gespräch hatte einen ganz anderen Verlauf genommen, als er beabsichtigt hatte. Jetzt hatte er der Drachenzüchterin vor den Kopf gestoßen, indem er sie mit seinen Bücherjäger-Weisheiten belehrt hatte. Dabei hatte er sich vor seiner Ankunft hier vorgenommen, sie einzuladen. Sie faszinierte ihn, er wollte sie näher kennenlernen und sich abseits der stinkenden Halle mit ihr unterhalten. Ob er noch eine Gelegenheit dazu bekam?

»Warte hier, Jelto. Ich muss kurz nach oben und dein Besitzabzeichen holen.«

»Mein Besitzabzeichen? Was soll das sein?«

»Dass du bisher keines hattest, unterstreicht mal wieder, an was für einen Betrüger du mit deinem ersten Taschendrachen geraten bist.« Mit diesen Worten lief sie davon.

Jelto ging erneut in die Hocke und sprach leise auf den Taschendrachen ein. Quibus neigte argwöhnisch den Kopf, als würde er in Zweifel ziehen, was sein neuer Besitzer sagte. Das gab Jelto die Gelegenheit, den kleinen Burschen ausgiebig zu betrachten, die wulstigen Nasenlöcher an der Schnauze und den feinen dunkleren Strich über den Augen, der den Eindruck erweckte, der Taschendrache würde die Stirn runzeln.

Jelto glaubte, Wyona zu verstehen. Sie wollte nur, dass ihr Leben ein wenig einfacher wäre. Wer kannte das nicht, dieses ermüdende Warten im Schreibkontor, wenn es um eine offizielle Sache ging? Und da halfen auch Schwatzlinge nicht weiter. Für den täglichen Gebrauch gab es die Figuren seit einiger Zeit an jeder Ecke zu kaufen, aber für einen offiziellen Anlass durften nur welche verwendet werden, die aus dem fürstlichen Schwatzarium stammten. Und eine seriöse Drachenzucht war nun einmal etwas Offizielles. So lange, wie Wyonas Vater Coen diese Drachenzuchtstation bereits betrieb, hätte er inzwischen eine ganze Armee Holzfiguren ansammeln müssen. Sie waren extrem praktisch, aber ihre Kapazität sehr begrenzt.

Aber was half es? Bücher waren nun einmal gefährlich. Nicht umsonst gab es immer noch Bücherjäger. Längst nicht alle Brückas, wie die Einwohnerinnen und Einwohner der Stadt genannt wurden, hatten sich damals während der Großen Säuberung so freiwillig von ihren Büchern trennen wollen, wie er soeben behauptet hatte. Sonst bräuchte es nicht solche wie ihn, die immer noch Bücher aufspürten. Die Bücherjäger würden Bücher *stehlen,* so hatte Wyona es ausgedrückt. Sie war nicht die Einzige, die das so sah. Jelto wusste es besser. Erst vor ein paar Wochen hatte Fürstin Farlinger in einer persönlichen Ansprache an die Bücherjäger erklärt, wie wichtig es sei, die Menschen vor den Büchern und ihren Inhalten zu schützen. Es sei ihre Pflicht als Herrin über die Stadt, Schaden von der Bevölkerung abzuwenden. Wer noch Bücher besaß, hielte sie meistens für harmlos. Und das sei fahrlässig, aus Sorglosigkeit könnte erst recht Schaden entstehen.

Viele Brückas, vielleicht auch Wyona, wussten gar nicht, dass es nicht nur Bücher mit ausgedachten Abenteuern gab, sondern auch welche mit angeblichen Fakten und Informationen. Welche mit verbotenem Wissen. Die galten in Fürstin Farlingers Augen als noch gefährlicher, eben weil gern behauptet wurde, diese Inhalte würden irgendwelchen Wahrheiten entsprechen. Jelto folgte dieser Ansicht. Er überlegte, ob er das ansprechen sollte. Aber er wollte keine schlafenden Drachen wecken.

Er versuchte immer noch vergeblich, den Taschendrachen anzulocken, als die Drachenzüchterin zurückkehrte. Sie beachtete ihn nicht, ließ sich neben ihm auf ein Knie nieder, streckte die Hand zu Quibus aus und bot ihm einen Algenköder an. Jelto war es, als zitterte ihre Hand ein wenig. Aber da der Taschendrache sofort auf sie zuwatschelte und darauf hüpfte, war er sich nicht sicher.

»Wie machst du das?«

»Ich mache gar nichts. Der Algenköder ist das ganze Geheimnis.« Mit einem Lachen, das ein wenig aufgesetzt klang, erhob sie sich und setzte Quibus auf die Schulter, wo er an ihrem Ohrläppchen knabberte. Sie blickte Jelto nicht an, schien immer noch verunsichert über ihr Gespräch von vorhin.

Jelto meinte, etwas sagen zu müssen. »Du musst dir keine Gedanken machen, dass ich dich jetzt für eine dieser Buchfanatikerinnen halte oder so. Ich denke, du willst es mit der Drachenzucht einfacher haben. Und wer geht schon gern ins Schreibkontor, wenn er nicht muss?«

Sie schnaubte. »Wem sagst du das?«

»Wie oft musst du denn hin?«

»Mindestens einmal in der Woche. Nur für die Zucht, versteht sich.«

»Du Arme!« Jelto nickte mitfühlend. Das war wirklich mehr als lästig.

»Schon gut. Ich habe es mir so ausgesucht.« Sie schien sich etwas zu entspannen, die Falte über ihrer Nase verschwand endlich. »Und etwas Schöneres als die Drachenzucht kann ich mir nicht vorstellen, trotz all dem unnötigen Aufwand. Jetzt komm, es wird Zeit, dass Quibus sich verabschiedet.«

»Machst du alles allein? Offiziell gehört doch die Zuchtstation deinem Vater, oder?« Der Wegweiser-Schwatzling hatte von »Coens Drachenzuchtstation« gesprochen.

Wyonas Antwort bestand nur aus einem »Ja«.

Jelto hatte das Gefühl, dass er sich mit den letzten beiden Fragen wieder aufs Glatteis begeben hatte, und schwieg, auch wenn er nicht einmal wusste, worauf sich ihre Zustimmung bezog. Er folgte ihr schweigend in einen kleineren Raum innerhalb der Halle, wo sich allerlei Kisten mit Futter, Decken und viele andere Dinge befanden, die Jelto nicht einordnen konnte, die aber sicherlich etwas mit der Drachenzucht zu tun hatten.

Wyona ging zu einem Tisch und setzte Quibus dort ab. »Ich packe dir ein kleines Paket zusammen, damit er sich schneller eingewöhnt. Das ist im Kaufpreis inbegriffen.«

Der Taschendrache beäugte misstrauisch seine Umgebung. Hier im Licht war die Augenfarbe besser zu erkennen. Es war ein tiefes Azurblau, funkelnd wie Edelsteine.

Eine Holzkiste landete neben dem Drachen. Der reckte den Hals und versuchte, über den Rand zu spähen, während die Züchterin die Kiste füllte. »Futter für zwei Wochen, dazu ein paar Funkenkugeln. Diese fütterst du zusätzlich zu den normalen Mahlzeiten, dann verstärken sie das Feuer, wenn du das möchtest. Ein Geheimrezept, die bekommst du nur bei mir. Dann eine Decke. Er mag am liebsten dünnen Leinenstoff, er liegt nicht gern auf Stroh. Darin sind sie alle verschieden.«

Jelto sah zu und wartete geduldig, bis sie die gesamte Ausstattung für Quibus zusammengesammelt hatte.

Zuletzt legte sie eine Handvoll Algenköder in die Kiste und sah lächelnd auf. »Das sollte alles sein.«

Jelto gab sich einen Ruck. Jetzt ergab sich vielleicht doch noch eine Gelegenheit. »Wyona, würdest du …?« Er räusperte sich verlegen. Beim Sternenlicht, war das schwer.

Sie lächelte noch immer. »Was denn?«

»Ich wollte dich fragen, ob du vielleicht mit mir … ich wollte ein bisschen feiern, dass Quibus bei mir einzieht. Also, würdest du dich heute mit mir auf ein Abendessen treffen?« Jetzt war es heraus. Hastig wandte er sich ab, damit sie ihm seine Verlegenheit nicht ansehen konnte. Er bereute sofort, gefragt zu haben.

Sie sagte nichts. So lange, bis er verschämt zu ihr emporblinzelte. Hatte er sich komplett lächerlich gemacht? Sie stand immer noch vor dem Tisch. Unbewusst strich sie sich eine widerspenstige Locke von der Schläfe. Jelto wagte es, den Kopf zu heben und versuchte sich an einem Lächeln.

Endlich rührte sie sich und schob die Kiste in seine Richtung. »Ich kann heute nicht«, erklärte sie freundlich. »Außerdem wäre es nicht gut für Quibus' Eingewöhnung. Er muss lernen, dass du sein neuer Herr bist.«

»Ach so, natürlich. War auch nur eine Idee.« Er traute sich nicht, nach einem anderen Abend zu fragen. Ihre Antwort klang nach einer Ausrede, da konnte sie einen noch so ungezwungenen Ton anschlagen. Was hatte er auch erwartet?

Was Wyona über seinen Vorstoß dachte, war ihr nicht anzumerken. Unbekümmert holte sie einen Algenköder aus der Kiste und drückte ihm den in die Hand. Der Geruch nach Meer und Verwesung stieg ihm in die Nase.

»Das stinkt aber.«

»Quibus ist anderer Ansicht.«

Der Taschendrache stellte sich auf die Hinterläufe und schlug aufgeregt mit den Flügeln, während sein Hals immer länger wurde.

Jelto streckte ihm die Hand mit dem Köder entgegen. Quibus knurrte zögerlich, doch dann fasste er Mut und hüpfte ihm auf die Hand. Mit einem weiteren Knurren, schon mehr wie ein Schnurren, nahm er die grüne Stange zwischen die Vorderpfoten und begann zu fressen.

»Na also, der erste Schritt ist getan: *Mensch Jelto* dient als Futterquelle. Ihr werdet euch aneinander gewöhnen.«

»Das hoffe ich, wirklich.«

»Mach dir keine Sorgen, wenn er häufiger irgendwo gegenfliegt. Er ist das schon gewöhnt, es wird ihn nicht umbringen.«

Das hoffte Jelto erst recht. Doch er brachte die Worte nicht über die Lippen, weil er wieder an Linga denken musste. Normalerweise wurden Taschendrachen bis zu dreißig Jahre alt, das entsprach einem halben Menschenleben. Nicht selten überlebten sie eine Generation und wurden vererbt. Linga war keine fünf geworden. Sie hatte ein gutes Leben gehabt – zumindest glaubte Jelto das –, aber ein viel zu kurzes.

Wieder lachte Wyona. Sie ahnte nicht, woran er gerade dachte. »Ich habe es vorhin auch nicht so gemeint. Quibus mag etwas ungeschickt sein, aber er ist ein liebenswürdiger Bursche. Er braucht vielleicht ein wenig länger, bis er begriffen hat, was du von ihm möchtest. Du wirst dennoch deine Freude an ihm haben. Du hast eine gute Wahl getroffen.«

»Jetzt im Ernst?«

»Gelegentliche Abstürze inbegriffen. Ja, ganz im Ernst: Ich würde ihn dir nicht verkaufen, wenn mit ihm etwas nicht in Ordnung wäre.« Sie zog eine Lederschnur mit einem breiten Silberring aus einer Hosentasche und legte sie in die Kiste. »Schau mal, das ist dein Besitzabzeichen. An Quibus' Hinterlauf ist das Gegenstück. Auf beiden Silberringen ist dasselbe Zeichen, mein Siegel als Züchterin und mehrere Ziffern. Er ist der vierte aus dem zwölften Wurf in diesem Jahr.«

»Wozu soll das gut sein?«

»Wenn er abhaut und ihn jemand findet, dann kann er bei der Stadtwache abgeliefert werden. Die bringen ihn zu mir zurück. Du kannst wiederum mit deinem Ring beweisen, dass er dir gehört.«

»Verstehe.«

»Alle weiteren Angaben wie sein Geburtsdatum, seine Abstammung und so weiter stehen im Zuchtverzeichnis.«

»Warum grinst du so bösartig, während du das sagst?«

»Na, was habe ich dir vorhin über das Zuchtverzeichnis erzählt?«

»Oh, ich verstehe. Wenn ich das alles wissen möchte, muss ich zum Schreibkontor und mir die Informationen raussuchen lassen.«

»Du solltest einige Stunden Wartezeit einplanen, falls du das vorhast.«

»Nicht nötig, ich vertraue dir. Und ich könnte dich fragen.«

»Wonach fragen? Glaubst du, ich habe alle Daten über meine Drachen im Kopf? Ich habe ein bis zwei Würfe pro Monat, immer acht bis fünfzehn Drachen.«

Abermals schlug er verlegen den Blick nieder. Wie schaffte es Wyona nur, ihn so zu verunsichern?

Er griff in seine Hosentasche und zahlte den vereinbarten Preis.

Quibus kostete ihn ein Vielfaches von dem, was er damals für Linga ausgegeben hatte. Aber dieses Mal hatte er ein besseres Gefühl.

Wyona gab ihm noch eine Leine mit und schärfte ihm ein, Quibus in den nächsten Tagen nie ohne Aufsicht draußen fliegen zu lassen, da er ansonsten wieder zur Drachenzuchtstation zurückkehren würde. Und jedes Mal, wenn ihm das gelänge, würde es schwieriger werden, ihn an ein neues Zuhause zu gewöhnen. Jelto leinte Quibus an und setzte ihn einfach in die Kiste, wo er vergeblich an den Leinenbeuteln kratzte, die das Futter und weitere Algenköder enthielten.

Sie verabschiedeten sich voneinander, und Jelto sah zu, dass er die Halle möglichst schnell durchquerte, weil ihn der Gestank zu überwältigen drohte. Die Kiste mit seinem aufgeregt zwitschernden Taschendrachen in den Armen ging er nach Hause.

Eigentlich hatte er vorgehabt, sich den ganzen Abend um Quibus zu kümmern und ihn sich eingewöhnen zu lassen. Doch vor seiner Haustür erwartete ihn unliebsamer Besuch.

Hausdrachengeheimnis

Wynni blickte Jelto vom Ausgang der Halle aus nach, bis er über den Hof durch das Tor und weiter hinter der nächsten Straßenecke verschwunden war. Erst dann wagte sie es, tief durchzuatmen. Was hatte sie sich dabei gedacht, ihm so viel über die Registrierung der Drachen und das Zuchtverzeichnis zu erzählen? Zum Glück hatte er nicht bemerkt, dass sie seine Nachfrage, warum sie fürchte, die Schreiberlinge könnten mit Quibus' Namen überfordert sein, nicht beantwortet hatte. Weil dieser Qu-Laut eine komplizierte Sache war und nicht alle Schreiberlinge das gesamte Alphabet gut genug beherrschten. Aber das verstand nur, wer selbst schreiben und lesen konnte.

Ab dem Moment war sie viel zu nervös gewesen, um weiter unbefangen zu plaudern. Und ihr guter Eindruck, den sie bisher von Jelto gehabt hatte, hatte sich gewandelt.

»Ich halte dich jetzt nicht für eine dieser Buchfanatikerinnen«, äffte sie ihn mit verstellter Stimme nach. Sie ballte die Hände zu Fäusten. »Wenn du wüsstest! Aber ich halte dich jetzt für einen Verräter, von dem die Bücherjäger Informationen über versteckte Bücher erhalten. Ach, es gibt sie nicht? Hast du wirklich keine Ahnung, oder tust du nur so?« Sie drohte mit der Faust in die Luft und schloss dann die Halle. Das Tor zum Hof wurde selten verriegelt, da es auf dem Außengelände nichts gab, was sich zu schützen lohnte.

Mit hängenden Schultern ging Wynni zu dem Weidenkorb, in dem es inzwischen ruhig geworden war. Langsam, um die Taschendrachen darin nicht zu wecken, ließ sie ihn mit dem Flaschenzug zu Boden und öffnete anschließend die Volieren. Die Drachen würden sich selbst ihr Nest suchen und nur zu gern in der Nähe ihrer Futternäpfe bleiben, sobald diese erst einmal gefüllt waren. Meistens verschloss Wynni nicht einmal die Käfigtüren. Wen störte es schon, wenn ein Taschendrache des Nachts durch die Halle flog? Sicher, ihr Vater Coen sah es nicht gern, aber der ließ sich kaum noch in der Halle blicken.

Mit jedem vertrauten Handgriff ärgerte Wynni sich mehr über sich selbst. Ihre Mutter hatte sie immer gewarnt, niemandem zu vertrauen, wenn es um das Lesen und Schreiben, wenn es um Bücher ging. Das gesamte Thema war der Grund, warum sie Mann und Tochter verlassen hatte.

Falls Jelto herausfand, dass Wynni sehr wohl zu denjenigen gehörte, die er als *buchfanatisch* bezeichnete, konnte er ihr gefährlich werden – so wie jede andere Person in dieser Stadt. Ahnte er etwas? Hatte er gesehen, wie ihre Hände zwischendurch gezittert hatten?

Die Bücher und das Wissen daraus waren es ja nicht allein … Sie hütete mehr als ein Geheimnis. Sie musste aufpassen, wachsamer sein.

Wynni begab sich in den Lagerraum zu einer Kiste, füllte Näpfe mit Haferflocken und Leinsamen und verteilte diese in die Volieren. Ein paar Taschendrachen im Korb waren wach und verrieten sich durch gelegentliches Scharren und leises Knurren. Doch sie rührten sich noch nicht. Manchmal wirkte es, als spielten sie ein Spiel: Wer sich als Erstes auf den Napf stürzte, hatte verloren. Sobald nämlich ein Tier den Anfang machte, waren die anderen nicht mehr zu halten.

Nachdem Wynni in alle Volieren Futter gebracht hatte, füllte sie einen großen Becher und ging damit zu drei Käfigen, von denen zwei mit Tüchern verdeckt waren. Sie standen nahe beieinander –

für ein aufmerksames Auge auffällig nahe. Dahinter befand sich ein Holzverschlag, der aus etwa hüfthohen Latten grob zusammengenagelt und dick mit Stroh ausgelegt war. Erwartungsvolles Fiepen tönte Wynni entgegen. Sie stellte den Futterbecher ab und zog eine Rübe aus der Schürzentasche. Damit beugte sie sich über die Bretterwand.

Feikje, ein etwa fuchsgroßes Hausdrachenweibchen, reckte den Hals, schnupperte und nahm dann die Rübe vorsichtig zwischen die Lippen. Um sie herum stellten sich die sechs kleinen Hausdrachen auf die Hinterbeine und versuchten, nach der Rübe zu schnappen. Dabei purzelten sie übereinander.

Feikje kaute auf der Rübe herum, während die Kleinen sich um die Krümel balgten, die ihr aus dem Maul fielen. Wynni füllte das Futter in den Trog. Wie erwartet vergaßen die kleinen Hausdrachen sofort die Rübe und stürzten sich darauf. Die Mutter hingegen legte sich ins Stroh, streckte laut seufzend den Nacken und schloss die Augen. Der Nachwuchs stellte sich ordentlich, wie an einer Perlenschnur aufgereiht, nebeneinander an den Trog, und die kleinen Köpfe senkten sich. Meistens tranken sie noch Muttermilch, aber sie waren alt genug, um sich allmählich an richtiges Futter zu gewöhnen.

Zufrieden schaute Wynni ihnen zu. Hinter sich vernahm sie ein Knurren, dem weitere Laute folgten. Sie drehte sich um und beobachtete einige Taschendrachen, die wie auf Kommando aus dem Weidenkorb stoben, in verschiedene Volieren flogen und über das Futter herfielen. Dann folgte zeternd der gesamte Schwarm. Kurz darauf erfüllte allseitiges Schmatzen, Flügelschlagen und gelegentliches Zwitschern die Halle.

Wynni nahm eine Schaufel und säuberte den Hausdrachenverschlag. Sie konnte sich gedanklich noch nicht von der Begegnung mit Jelto losreißen.

Bis zu ihrer Bemerkung mit dem Zuchtverzeichnis war er ihr sehr sympathisch gewesen. Wie gut, dass er sie da nicht schon gefragt hatte, ob sie sich zu einem Essen verabreden wolle; zu dem Zeitpunkt hätte sie nämlich Ja gesagt.

Sie war aber auch selbst schuld. Hatte er es wirklich als harmlose Bemerkung aufgefasst? Oder dachte er sich seinen Teil? Er hatte versucht, sie zu beruhigen, aber hieß das, dass er ihre Nervosität bemerkt hatte?

Nervosität war untertrieben. Es hatte Momente in diesem Gespräch gegeben, da war sie der totalen Panik nahe gewesen. Aber das hatte er ganz sicher nicht mitbekommen.

Oder? Was er jetzt wohl darüber dachte? War er einer von denen, die andere Menschen, Freundin oder Feindin, Nachbarin oder entfernte Bekannte, bei der Fürstin Farlinger anschwärzte?

Sie sollte mit ihrem Vater sprechen. Falls sie seine Tochter eines Tages holten, wäre es besser, er wüsste, warum.

Passierte das heutzutage überhaupt noch? Holten die Schergen der Farlingers Menschen, die lesen oder schreiben konnten und sich diese Kompetenzen nicht als offizielle Schreiberlinge angeeignet hatten? Wenn ja, was taten sie mit denen?

Wynni war nicht erpicht darauf, es herauszufinden.

Bücher zu besitzen war die eine Sache. Dagegen gingen die Bücherjäger vor – die Bücherjäger, von denen Jelto glaubte, es gäbe sie nicht mehr. Dabei agierten sie lediglich im Verborgenen. Wynni wusste es aus eigener leidvoller Erfahrung.

Bücher nicht nur zu besitzen, sondern auch in ihnen zu lesen, war ein ungleich schwereres Vergehen. Natürlich war es nicht offiziell verboten, aber es war auch nicht erlaubt. Es hatte schlicht und einfach gar nicht zu passieren.

Und wenn es doch geschah?

Als Wynni noch ein kleines Mädchen gewesen war, hatte ihre

Großmutter hinter vorgehaltener Hand davon erzählt, wie ihr Großvater gestellt worden war, während er in einem Buch gelesen hatte. Ein Bücherjäger hatte Wind davon bekommen, dass es in ihrem Haus verbotene Bücher gab, und war eines Nachts eingedrungen. Er erwischte den Großvater auf frischer Tat, ein weiteres Buch lag neben ihm. Die Familie hatte nie erfahren, was mit ihm geschehen war. Er war einfach verschwunden.

Vermutlich hatten sie ihn auf eins der Gefängnisschiffe gebracht, wo er Algen erntete, bis ihn die See mitgenommen hatte. Ein Schicksal, das alle Gefangenen früher oder später ereilte. Ihren Großvater hatte Wynni nie kennengelernt. Die Bücher waren mit Sicherheit verbrannt worden, endgültig vernichtet.

Wynni überlief ein kalter Schauder, wenn sie daran dachte. Warum war es so schlimm, in Büchern zu lesen, sich auf abenteuerliche Gedankenreisen zu begeben oder sich neues Wissen anzueignen? Weshalb sollte das gefährlich sein?

Sie fand diese Ansicht merkwürdig – ja, sogar ignorant, kurzsichtig und, nun ja, ungebildet. Sie hatte sich diese Meinung mithilfe der Bücher geformt, die ihre Großmutter und später ihre Mutter vor den Bücherjägern hatte retten können.

Fürs Erste. Viele Jahre später, Wynni war bereits zwölf Jahre alt und ihre Großmutter verstorben, verschwanden die letzten Bücher ihres Großvaters. Und mit ihnen das Wissen, das die junge Wynni geprägt hatte.

Sie sah nichts Schlechtes darin. Sie wünschte sich nur, sie könnte mit anderen darüber sprechen. Sie wagte es schon lange nicht mehr, ihrem Vater Fragen zu stellen, sich gar über Bücher oder deren Inhalte zu unterhalten. Nicht, seit ihre Mutter im vorletzten Winter fortgegangen war, weil er sich geweigert hatte, die letzten drei Bücher der Familie, vor allem den wertvollen Folianten über Drachenzucht, weiterhin zu behalten und zu verstecken.

Und wieder kehrten ihre Gedanken ungefragt zurück zu Jelto. Sie war maßlos enttäuscht von ihm. Sie hatte gedacht, er wäre anders, offener. Sie konnte sich noch gut an den Anblick erinnern, als er sich bei seinem ersten Besuch in der Zuchtstation über ein Nest mit frisch geschlüpften Drachenküken gebeugt hatte. Seine dunkelbraunen Locken waren ihm dabei ins Gesicht gefallen und er hatte sie wieder zurückgestrichen. Eine Geste, die er an jenem Tag oft wiederholt hatte. Heute hatte er die Haare kürzer getragen, mit abstehenden Fransen über den Ohren, was ihm gut stand. Es ließ sein eher schmales Gesicht breiter wirken und betonte seine dunkelbraunen Augen. Der Farbton seiner Haut erinnerte sie an das Schillern von hellgoldenen Drachenschuppen im Sonnenlicht.

Dazu hatte es Wynni gefallen, wie er Quibus ausgesucht hatte. Sie hatte geglaubt, eine tiefe Verbundenheit zwischen ihm und dem Taschendrachen auszumachen. An solche Menschen verkaufte sie gern. Sie war der Überzeugung, dass ein Mensch, der gut zu ihren Drachen war, auch insgesamt ein guter Mensch sein musste.

Nun, vielleicht war mit Jelto alles in Ordnung – und sie war diejenige, die naiv war. Und nur, weil er das glaubte, was Fürstin Farlinger bezüglich der Gefährlichkeit von Büchern und dem Lesen daherredete, musste er kein schlechter Kerl sein.

So oder so, fürs Erste wollte sie nichts mehr von ihm wissen.

Es klopfte am Hallentor.

Sie fuhr auf, sah sich hektisch um. Das Tor war verriegelt, oder nicht? Sie umrundete die Käfige und lief zum Eingang. Auf Augenhöhe befand sich eine Klappe, die sie öffnete, um misstrauisch hinauszuspähen. Sie erblickte ein vertrautes schmales Gesicht mit goldenen Wangen unter einem dunkelbraunen Lockenkopf.

»Wynni? Ich bin es, Jacco.« Der Junge draußen hüpfte aufgeregt auf und ab.

Erleichtert lachte sie auf und zog den Riegel zurück. »Du kommst genau richtig, ich bin gerade dabei, Feikje zu füttern.« Sie ließ Jacco durch einen Spalt hinein, bevor sie das Tor wieder sorgfältig schloss.

Dann stutzte sie und betrachtete ihren schmächtigen Gast im schwindenden Abendlicht. »Sag mal, kennst du einen Jelto? So ungefähr drei oder vier Jahre älter als du? Er sieht dir ähnlich.«

Jacco riss die Augen auf. »Das ist mein Bruder. Woher kennst du ihn?«

»Er hat heute hier einen Taschendrachen gekauft. Er ist noch gar nicht lange fort.«

Traurigkeit huschte über Jaccos Miene. »Ich habe seit Jahren nichts mehr von ihm gehört. Er steht als Botenjunge im Dienst der Fürstin. Mein Vater …« Er stockte und biss sich auf die Unterlippe.

Wynni legte ihm einen Arm um die Schulter. »Du musst es mir nicht erzählen, wenn du nicht willst.«

»Schon gut. Es gibt nicht viel zu erzählen. Wir waren eine … glückliche Familie. Eines Tages hat mein Vater angefangen, Jelto zu schlagen. Ich weiß nicht, warum. Vielleicht gab es einen Grund, aber für mich kam das aus heiterem Himmel. Für meinen Bruder auch. Es wurde immer schlimmer, bis Jelto eines Abends einfach fortgelaufen ist. Ich sehe ihn noch vor mir: Er trug nur eine kurze Hose und ein Hemd, keine Schuhe. Seine Nase hat geblutet, er hielt sich den Unterarm, und er heulte. Ich habe auch geheult.« Jacco wischte sich über die Augen, als würde die Erinnerung die Tränen in ihm aufsteigen lassen.

Wynni drückte ihn kurz an sich und lenkte ihn sanft Richtung Hausdrachenverschlag.

»Meine Mutter war an dem Abend nicht da. Sie hat bis dahin immer das Schlimmste verhindern können. Ich habe mich zitternd vor Angst versteckt und gelauscht, wie mein Vater mich gesucht und nach mir gerufen hat. Als Mutter zurückgekommen ist und erfahren hat, was passiert ist, dachte ich, sie packt mich und wir gehen auch fort.«

»Und das habt ihr nicht getan? Ihr seid geblieben?«

»Meine Eltern haben mir etwas Brot und Käse gegeben und mich hinausgeschickt. Ich sollte versuchen, Jelto zu finden. Aber ich habe gar nicht richtig gesucht. Ich habe mich nicht weiter als über den Marktplatz getraut, weil ich Angst hatte, meine Mutter würde ohne mich gehen. Nach Einbruch der Dunkelheit – es war Hochsommer – bin ich zurückgekehrt. Meine Eltern haben die ganze Zeit miteinander geredet.« Er löste sich von Wynnis Arm und sah zu ihr auf. »Danach sollte ich nie wieder nach ihm suchen, sie haben es mir sogar verboten. Weder Mutter noch Vater haben jemals wieder darüber gesprochen. Mutter hat Jelto später noch einmal getroffen, aber er wollte nicht zurückkommen. Papa hat mir nie etwas getan, meiner Mama auch nicht. Ich weiß nicht, was Jelto angestellt hat.« Er senkte den Kopf. »Ich vermisse ihn.«

So, wie sie ihre Mutter vermisste. Schlichte Worte, die Wynni bis ins Herz trafen. Und es war völlig egal, was Jelto verbrochen hatte, ganz sicher hatte kein Kind auf dieser Welt Prügel verdient.

»Vielleicht seht ihr euch ja eines Tages wieder. Wenn du weißt, dass er Botenjunge ist, kannst du ihn in der Burg besuchen.«

Jacco schüttelte den Kopf. »Was, wenn mein Vater das erfährt? Wer weiß, was er dann mit mir anstellt.«

»Vermutlich das Gleiche, wie wenn er erfährt, was du mit mir hinter seinem Rücken planst.«

»Das ist etwas anderes. Jelto hat seine Entscheidung getroffen und ich meine. Für das, was wir beide hier tun, bin ich selbst verantwortlich.«

Wynni fand diese Logik etwas merkwürdig, aber sie fragte nicht weiter. Jacco war alt genug, um die möglichen Konsequenzen zu begreifen. »Komm, schau dir die Rasselbande an. Sie fressen gerade.«

Gemeinsam umrundeten sie die Käfige zu Feikjes Verschlag. Sie nahmen sich einen Moment und schauten dem Gewimmel zu. Die Drachenwelpen waren mit ihrer Abendmahlzeit fertig und schnoberten durch das Stroh oder suchten den Trog nach vergessenen Haferflocken ab.

Dann packte Wynni das kleinste Wesen, ein orangegelb geschupptes Drachenmädchen, an der Nackenfalte und hob es hoch. Es gurrte verwundert und blinzelte. Auf der Nase hing ein Strohhalm, den es versuchte, mit der gespaltenen Zunge zu angeln.

»Hier.« Sie legte es Jacco in die Arme.

»Wie niedlich!«, rief er begeistert.

Das Drachenmädchen hob die Nase und schnaufte. Eine kleine Rauchwolke kräuselte sich über der Nasenspitze.

Jacco streichelte es vorsichtig. »Kann es Feuer spucken?«

»Noch nicht. Bis jetzt rauchen sie alle nur.«

»Wie bei unserem Taschendrachen früher. Bevor Sontander gestorben ist, hat er nur noch geraucht. Die Kraft seines Feuers war nicht mehr der Rede wert.«

»Ja, das passiert, wenn sie alt werden.«

»Wann machen sie denn richtiges Feuer?«

»Wenn es so ist wie bei Taschendrachen, dann, wenn sie drei oder vier Monate alt sind. Aber ich würde nicht darauf wetten.«

»Wieso?«

»Ich bezweifle inzwischen, dass Taschen- und Hausdrachen überhaupt miteinander verwandt sind. Sie sehen sich ähnlich, haben bunt schillernde Schuppen, vier Beine, das spitze Maul und große Augen. Aber wie du siehst, sind die Flügel bei den Hausdrachen vollkommen verkümmert und auch der Schwanz ist nicht einmal so lang wie ihr Körper. Dazu sind sie stämmiger, rundlicher. Sie wären viel zu schwer zum Fliegen.«

»Und die Taschendrachen legen Eier, die Hausdrachen sind Säugetiere.« Jacco stockte kurz und sann darüber nach. »Wenn du mich fragst, haben sie ungefähr so viel gemeinsam wie eine Möwe und ein Hund.«

»Das trifft es ziemlich gut.«

Jacco beugte sich hinab und setzte das Drachenmädchen zurück ins Stroh, wo es sich mit einem Brummen auf den Bauch fallen ließ und auf der Stelle einschlief.

»Wegen der Drachen bin ich hier. Ich glaube, dass du recht hast und es diese Monsterdrachen noch gibt.«

»Manufakturdrachen.«

»Die großen eben.« Jacco grinste verwegen. »Ich habe mich heute während meiner Schicht unter einem Vorwand in den Keller geschlichen. Und dort ist es genau, wie du vermutet hast. Unter der Decke laufen zahllose Rohre, manche sind heiß, und aus vielen zischt es. Ich bin einen Gang entlanggelaufen, der an einer eisernen Tür endete. Es war unglaublich heiß. Und …«

»Und was?«

»Es roch nach Drache.«

»Bist du sicher?«

Er zeigte auf den Verschlag und hielt sich die Nase zu. »So wie dort, nur monstermäßig doll.«

Wynni lachte bei seiner Scharade. Das war der Sinn ihres heimlichen Hausdrachenzuchtversuchs: zu beweisen, dass es Haus- und Manufakturdrachen gab. Und gewissenlose Menschen, die Letztere unter drachenunwürdigen Bedingungen hielten und ihre Fähigkeiten ausbeuteten. Und dabei handelte es sich nicht nur um das Feuerspeien.

»Hier, schau dir das an.« Sie reckte sich erneut zu den Hausdrachen und angelte nach einem petrolfarbenen Männchen. »Halt mal die Hand vor seine Nase. Aber vorsichtig.«

»Kann ich mich verbrennen?«

»Im Gegenteil.«

Jacco folgte der Aufforderung und zog die Hand mit einem überraschten Aufschrei wieder weg. »Das ist ja kalt!«

»Eiskalt. Ganz genau. Dieses Geheimnis ist einfach: Es kommt auf die Fütterung an. Sie bekommen morgens die scharfen Funkenkugeln mit Paprikapulver, geeiste Minzkugeln oder sogenanntes Nebelkraut. Dann spucken sie heißen Dampf.«

»Wie spannend! Wie hast du das herausgefunden?«

»Wie immer, und wie immer kann ich dir das nicht verraten. Aber ich habe entschieden, dass ich dich bald in dieses Geheimnis einweihe.«

Jacco zog eine Grimasse, doch er bettelte nicht weiter. Er wusste genau, dass er damit nichts erreichte.

»Geeiste Minzkugeln?«, fragte er stattdessen. »Wie kühlst du die jetzt im Sommer?«

Wynni lachte. »Ja, ich gebe zu, das war etwas schwieriger. Ich habe mir im Winter einen Eisblock besorgt und den im Keller so kühl wie möglich gehalten. Er ist natürlich trotzdem über die Zeit geschmolzen, aber seit die Drachenwelpen groß genug sind, ist es kein Problem mehr. Da, das hellgrüne Mädchen ist auch ein kalter Hausdrache. Ich nehme jeden Tag einen von beiden mit in den Keller und lasse sie den Behälter mit dem Futter herunterkühlen. Sie spucken kalten Hauch, wie die anderen Feuer. Ganz einfach. Nur das Nebelkraut ist mir ausgegangen, das kann ich erst im Herbst wieder ernten.« Sie zeigte auf einen weiteren Drachen, der sich zusammengeringelt hatte und schlief. Aus seinen Nüstern quoll Rauch, aber es sah nicht anders aus als bei den feuerspeienden Exemplaren. »Der grüne da vorne wäre der Kandidat für den

Dampf. Jetzt werde ich herausfinden, ob es gereicht hat, ihn als Welpen mit dem Kraut zu füttern, oder ob er sich während des Heranwachsens zurück zum Feuerspeier entwickelt.«

Jacco beugte sich hinab und streichelte das orangegelbe Drachenmädchen, das unbeeindruckt weiterschnarchte. »Dann hast du also den ersten Teil deiner Mission geschafft. Es gibt Hausdrachen, und du kannst sie züchten wie Taschendrachen.«

»Wir haben das gemeinsam geschafft, Jacco. Ohne deine Hilfe wäre es nicht möglich gewesen.«

Er nickte still.

Wynni betrachtete ihn. Der Zufall hatte sie zusammengeführt, als sie sich im letzten Herbst bei der fürstlichen Weberei herumgetrieben hatte, weil sie schon lange den Verdacht hegte, dass dort etwas nicht mit rechten Dingen zuging. Jacco vermutete vom ersten Tag an, seit er als Lehrling in der Weberei arbeitete, etwas Ähnliches und hatte ihr von seltsamen Beobachtungen berichtet. So hatten sie sich zusammengetan, und es hatte begonnen.

Inzwischen war er nicht nur Weberei-Lehrling, sondern auch inoffizieller Lehrling von Wynnis noch inoffiziellerer Hausdrachenzucht. Gemeinsam waren sie im Frühjahr ganz oben auf den Gipfel des Hügels geklettert, wo es dem *Lexikon der Drachenzucht* nach einst eine wilde Population der sogenannten Hausdrachen gegeben hatte – und noch gab. Sie hatten es geschafft, Feikje, ein sichtbar trächtiges Weibchen, zu fangen und in die Zuchtstation zu schmuggeln. Algenköder waren auf dem Hügel so weit weg vom Meer logischerweise nicht verfügbar und ein umso interessanterer Leckerbissen für Feikje. Sie hatten ihnen den größten Teil der Arbeit abgenommen.

Jacco hatte seitdem tausendundeine Frage gestellt, sein Wissensdurst war unersättlich. Seit einigen Tagen grübelte Wynni darüber nach, ob es nicht viel einfacher wäre, wenn sie ihm das Lesen beibrächte. Dann wäre er selbst in der Lage, im Lexikon nachzuschlagen, was er wissen wollte.

Jetzt, da sie Jelto kennengelernt hatte, kamen ihr Zweifel. Die Mission mit den Drachen war eine Sache, Wissen nachzulesen und anzuwenden eine ganz andere. Was, wenn Jacco den Überzeugungen der Farlingers über die Gefährlichkeit von Büchern ähnlich verbohrt folgte wie sein Bruder?

Er war so ein freundlicher Junge. Sie konnte sich kaum vorstellen, dass er sie wegen des Besitzes von Büchern anschwärzte. Aber es waren die allerletzten Bücher der Familie, die Wynni bis heute hatte retten können. Das Vermächtnis ihrer Mutter. Allein der persönliche Wert dieser Bücher war somit unermesslich. Sie würde es keinesfalls leichtfertig riskieren, sie zu verlieren.

Schwatzlingauftrag

Gilles saß auf dem Treppenabsatz vor der Haustür und sprang auf, als er Jelto kommen sah. »Sternenlicht für dich! Ich warte schon seit Ewigkeiten hier!«

Jelto unterdrückte ein Seufzen. »Und was machst du hier? Heute ist meine freie Nacht.«

Quibus reckte den Kopf über den Kistenrand und schlug neugierig mit den Flügeln. Jelto packte zur Sicherheit die Leine fester, falls der Taschendrache mit dem Gedanken spielte, davonzufliegen.

Kurz vergewisserte sich Gilles mit einem Blick in beide Richtungen die Straße hinab, dass niemand in der Nähe war. »Ich soll dir einen Schwatzling liefern.«

Jelto runzelte die Stirn.

Gilles verschränkte die Hände vor dem Bauch und hopste einige Schritte zurück. Er hatte seine Ausbildung erst vor wenigen Wochen begonnen, was bedeutete, dass er noch nicht auf Bücherjagd ging, sondern Botengänge erledigte, ihren Gemeinschaftsraum im Turm der Burg sauber hielt und sich sonst irgendwie nützlich machte. Zum Beispiel jetzt, indem er Jelto an seinem freien Abend einen Auftrag zur Bücherjagd überbrachte. Noch dazu mittels eines Schwatzlings. Das hieß, diese Angelegenheit duldete keinen Aufschub.

Jelto öffnete die Haustür. »Komm erst einmal mit rein. Das ist kein Thema, das wir auf offener Straße besprechen sollten.« Er scheuchte den Jüngeren vor sich her durch das Treppenhaus bis in den vierten Stock zu seiner kleinen Wohnung. Ein größerer Raum mit einem gusseisernen Herd und einer Anrichte, einer Kommode und einem Tisch sowie ein angrenzender fensterloser Schlafraum, der gerade einmal groß genug für ein Bett und eine Truhe für Kleidung war, das war alles.

Während Jelto die Kiste auf den Tisch stellte, reckte Gilles neugierig den Kopf in alle Richtungen.

»Mann, du schläfst ja in einer Nische. Meine Kammer ist mindestens doppelt so groß.«

»Dafür habe ich eine Tür, die ich jederzeit verriegeln kann.« Um seine Worte zu unterstreichen, schloss Jelto die Wohnungstür von innen ab.

Quibus hüpfte aus der Kiste, senkte die Nase auf die Tischplatte und watschelte schnuppernd umher, die Leine hinter sich herziehend. Jelto vergewisserte sich, dass das einzige Fenster geschlossen war, und nahm ihm die Leine ab. Der Taschendrache erhob sich auf die Hinterpfoten und schaute ihn an, als frage er sich, was das nun solle.

Gilles rutschte auf den einzigen Stuhl und ließ die Beine baumeln.

Jelto warf ihm einen tadelnden Blick zu. »Anstatt dass du es dir hier gemütlich machst, solltest du mir den Schwatzling geben und dann verschwinden.«

Hastig griff Gilles unter sein Hemd und zog eine kleine Umhängetasche hervor. Aus der holte er die Holzfigur und stellte sie auf den Tisch. Es war ein offizieller Schwatzling aus dem fürstlichen Schwatzarium, unschwer am Siegel zu erkennen, das auf dem Hinterkopf eingebrannt war: ein Fuchs über drei fünfblättrigen Flachsblüten. Das gleiche Siegel trug Jelto als Metallmünze an einer Schnur um den Hals und wies ihn als einen Boten der Fürstin aus.

Erwartungsvoll schaute Gilles auf.

Jelto zögerte, den Schwatzling vor den Augen und Ohren eines

Lehrlings zu aktivieren. »Wer hat dir den Auftrag gegeben, ihn mir zu liefern?«

»Henk.«

»Warum geht Henk nicht selbst?«

»Weiß ich doch nicht.«

»Und wo hat Henk seinerseits den Schwatzling her?«

»Habe ich nicht gefragt.«

»Na, großartig.«

Gilles zog eine zerknirschte Grimasse. »Hätte ich das tun sollen?«

Jelto brummte unwirsch. Das konnte nur bedeuten, dass es ein persönlicher Auftrag von Fürstin Farlinger war. Henk hatte keine Lust ihn auszuführen, oder fürchtete irgendwelche Schwierigkeiten, denen er lieber aus dem Weg ging. Das wäre nicht das erste Mal.

»Gibt es denn etwas, das ich wissen sollte? Und muss es heute Nacht sein? Oder kann es bis morgen warten?«

»Warum, warum? Du stellst mir die ganze Zeit Fragen. Woher soll ich das alles wissen? Ich bin nur der Bote.« Gilles warf die Hände in die Höhe.

Quibus brachte sich mit einem erschrockenen Satz hinter die Kiste in Sicherheit.

»Oh, Kleiner, habe ich dich erschreckt? Wie heißt er überhaupt?«

»Quibus. Und er ist der Grund, weshalb ich heute Nacht nicht auf die Jagd gehen kann.«

»Vielleicht muss es ja nicht heute sein.« Gilles schaute vielsagend auf den Schwatzling. Er brannte darauf, ihn abzuhören, das war unübersehbar.

»Also gut, ich kümmere mich darum. Danke und Sternenlicht für dich.« Jelto zeigte auffordernd zur Tür, behielt dabei den Taschendrachen im Auge, falls der plante, mit Gilles zusammen nach draußen zu entwischen. Doch Quibus schleckte versonnen an der Tischplatte herum.

Mit eingezogenem Kopf rutschte der Möchtegernbote vom Stuhl, schlich zur Tür, schloss sie auf und wollte sich durch den Spalt schieben.

»Warte, Gilles.«

»Ja?«

»Tut mir leid, du kannst nichts dafür. Wir sehen uns morgen früh beim Feuer, und dann erfährst du, was für einen brandeiligen Auftrag ich zu erledigen hatte.«

»Kann ich nicht mithören? Nur dieses eine Mal.«

»Nein, tut mir leid. Raus jetzt!«

Gilles zog die Tür hinter sich zu.

Seufzend ließ sich Jelto auf den Stuhl fallen. Er zog sein Siegel hervor und legte es dem Schwatzling auf den Hinterkopf.

Schnarrend fing die Figur an zu sprechen: »Bücherjagd in Febes Lagerhaus am Hafen. Zu finden ist ein magisches Buch. Heute Nacht. Unbedingt heute Nacht.«

Kopfschüttelnd hörte Jelto die Nachricht ein zweites Mal ab. Das klang vollkommen normal. Die Bücherjäger hatten erfahren, dass in diesem Lagerhaus ein Buch versteckt war, es sollte gefunden, mitgenommen und anschließend vernichtet werden. Sofern es Schutzmaßnahmen gäbe oder es sich um ein – von seiner magischen Eigenschaft abgesehen – besonderes Buch handelte, verriet der Schwatzling nichts darüber. Jelto hatte einmal ein Buch gefunden, das so groß wie sein Oberkörper war, und er hatte Ruben hinzurufen müssen, weil er es allein nicht hatte wegschaffen können.

Bemerkenswert war allein der Zeitdruck, *unbedingt heute Nacht*, aber auch das kam vor. Eile bedeutete in der Regel, dass jemand das Buch gemeldet hatte und nun befürchtete, es könnte sehr bald woanders versteckt werden.

Diese Dringlichkeit mochte ein Grund für Henk gewesen sein, den Auftrag abzugeben. Jelto hatte allerdings den Verdacht, dass es vielmehr der Ort war, der Henk dazu bewogen hatte, Gilles zu ihm zu schicken. Febe, die Besitzerin des Lagerhauses, war Kapitänin zur See und handelte mit Gewürzen.

»Am Ende muss ich das Buch im gesamten Gewürzlager suchen. Wie großartig, damit bin ich die ganze Nacht beschäftigt. Und wenn ich Henk dafür morgen früh zur Rede stelle, wird er mir Honig ums Maul schmieren und mir erklären, dass ich der Bücherjäger mit der besseren Nase bin.«

Quibus hob den Kopf und knurrte fragend. Jelto stand auf und begann, den Inhalt der Futterkiste in der Kommode zu verstauen.

»Bei Himmel und Meer, Henk, das wirst du mir büßen! Also dann, Quibus, essen wir zu Abend und dann machen wir uns auf zu deiner ersten Bücherjagd.«

Der Taschendrache schleckte mit seiner gespaltenen Zunge andächtig über den Holztisch.

Jelto hatte mit dem Gedanken gespielt, zur Burg zu gehen und sich dort Henk vorzunehmen. Er war immer noch erbost, weil der ihm einfach einen unliebsamen Auftrag zugeschoben hatte. Aber dass er Henk auf der Burg antreffen würde, war unwahrscheinlich. Entweder war er selbst auf der Jagd, oder er drückte sich heute Nacht vor seinen Pflichten und trieb sich in den Spelunken im Hafenviertel herum. Außerdem lag Jeltos Wohnung im Laubenviertel zwischen dem Hafen und der Burg; Henk zur Rede zu stellen würde einen Umweg bedeuten.

So groß das Lager auch sein mochte, er würde das dämliche Buch schon aufspüren, zumal es magisch war. Was die Fähigkeit anbelangte, gerade die magischen Exemplare zu finden, brauchte sich Jelto nicht in falscher Bescheidenheit zu üben. Darin war er zweifelsohne der Beste. Das war ihm von Anfang an leichtgefallen. Warum auch immer.

Zu dumm nur, dass sein Taschendrache nicht ausgebildet war. Gerade in einer unübersichtlichen Umgebung wie einem Lagerhaus wäre ihm ein kleiner Späher und Lichtspender willkommen. Beides musste er Quibus erst beibringen, und gerade Letzteres brauchte viel Geduld auf beiden Seiten. Bis er Linga beigebracht hatte, eine kurze, aber helle und gleichmäßige Flamme zu pusten, war einiges in Brand geraten. Daher hatte er sich vorgenommen, mit seinem neuen Gefährten im Watt zwischen den Leuchttürmen zu üben, wo sich weit und breit nichts Entzündliches befand.

Erst als die Nacht den Tag vollständig abgelöst hatte, zog Jelto sich die schwarze Kleidung und den Mantel mit der weiten Kapuze an. Damit konnte er, wenn nötig, sein Gesicht verbergen.

Kurz überlegte er, Quibus in der Wohnung zurückzulassen. Er war nach einer ordentlichen Portion Leinsamen und Haferflocken in seiner Kiste, die Jelto ihm mit Leintüchern ausgelegt hatte, eingeschlafen. Aber was, wenn er aufwachte und irgendeinen Unsinn anstellte? Im schlimmsten Fall konnte er das gesamte Gebäude in Brand setzen. Jelto hatte noch nie davon gehört, dass Taschendrachen allein zu Hause blieben. Das war einfach nicht üblich, er hatte Linga immer und überallhin mitgenommen.

Und so weckte er Quibus. »Na komm, Kleiner, du musst heute auch nichts tun, mich nur begleiten.«

Er legte dem verschlafenen Taschendrachen die Leine an. Quibus gähnte und stieß dabei eine Rauchwolke aus. Doch als er sich auf Jeltos Schulter niederlassen sollte, hampelte er herum und kratzte ihn mit den Krallen seiner Hinterläufe.

»Autsch!«

Fauchend flatterte Quibus auf, so weit es die Leine erlaubte. Rauch kringelte sich aus den Nasenlöchern.

Jelto rieb sich die schmerzende Stelle. »Komm schon, Kleiner, mach es uns beiden nicht so schwer.«

Er zupfte an der Leine und versuchte, den Taschendrachen heranzuziehen, erntete dafür jedoch nur weiteres empörtes Flügelschlagen. Gereizt gab er auf und schnallte sich stattdessen erst einmal den Rucksack auf den Rücken. Der war für ein einziges Buch zu groß, aber wo ein Buch war, waren nicht selten weitere versteckt. Wenn er dieses Lagerhaus schon aufräumen sollte, würde er es gründlich tun.

Dann zog er die Kapuze über den Kopf. Als hätte der Taschendrache nur darauf gewartet, schoss er unter den Stoff und ließ sich mit einem fröhlichen Knurren auf der rechten Schulter nieder.

»So, ein Höhlendrache bist du? Na, egal, dann los jetzt.«

Jelto zog die Schlaufe der Leine um sein Handgelenk, verschloss die Wohnung und verließ das Haus.

Der Himmel wurde von einer geschlossenen Wolkendecke verdunkelt, doch die Geschäfte unter den Lauben waren hell erleuchtet, die Tuchhändlerinnen und -händler noch dabei, ihre Waren einzupacken.

Die Lauben lagen direkt an der großen Handelsroute, die vom Hafen weiter ins Landesinnere führte, wobei die breite Straße drei Tagesmärsche lang nur Felder, Schafweiden und einige Gasthöfe zu bieten hatte. Früher musste es auf der Strecke sehr viel lebhafter zugegangen sein, doch die Nachbarstadt Mittelburg hatte vor einigen Jahren einen Kanal vom Meer zum Hauptmarkt gebaut, und so wurden die meisten Waren inzwischen auf dem Wasserweg transportiert.

Vom Glockenturm abgesehen waren die Gebäude mit den Lauben – genau wie die Webereien weiter im Norden – erst wenige Jahrzehnte alt. Es gab neben den herkömmlichen Öllampen ein ausgeklügeltes Rohrsystem, das in Glaskugeln endete, die bei

Dunkelheit beleuchtet wurden. Wie genau das funktionierte, hatte Jelto versucht herauszufinden, als er seine Wohnung bezogen hatte, denn in seinem Hausflur hingen diese Lampen ebenfalls. Ein Nachbar, der sich über ihn hatte lustig machen wollen, hatte behauptet, der Eigentümer des Hauses würde im Keller einen Manufakturdrachen halten, dessen Feuer durch die Rohre geschossen wurde und so für brennende Lampen sorgte. Das war natürlich Unfug. Abgesehen davon, dass Manufakturdrachen nicht mehr als eine Legende waren und diese Tiere, so groß wie ein Schafbock, nicht existierten, war auch der Rest dieser Behauptung wenig logisch. Wie sollte das Feuer durch die Rohre bis zu den Glaskugeln gelangen, ohne auszugehen?

Jelto hatte in der Umgebung weiteren Leuten Fragen gestellt, ohne etwas herauszufinden. Es blieb ein Mysterium.

»Na, Jelto, heute mal auf dem Weg ins Vergnügen?«, rief ein Tuchhändler ihm zu, als er an dessen Geschäft vorüberging. Der Händler hatte, wie üblich, seine Waren unter den Lauben auf Tischen ausgebreitet. Dahinter befand sich ein tiefes Gewölbe im Erdgeschoss des Hauses, das als Lager diente. Mögliche Kundschaft schlenderte über die Straße, die breit genug war, dass in der Mitte Kutschen und Handkarren ungestört vorbeigelenkt werden konnten. Fuhrwerke waren um diese Uhrzeit nicht mehr unterwegs und nur sehr wenige Menschen.

»Ich wünsche dir helles Sternenlicht, Mewes. Du wirst es nicht glauben, ich muss noch eine dringende Botschaft der Fürstin überbringen und bin nun auf dem Weg zu einem Lagerhaus.«

Mewes klemmte die Daumen unter die Hosenträger, die seine Hose trotz des beachtlichen Bauches an Ort und Stelle hielten. Wie die meisten Leute, die hier verkauften, war er ein geschwätziger und meistens fröhlicher Zeitgenosse. Er trug einen gewaltigen grauen Bart, bei dessen Anblick Jelto sich schon oft gefragt hatte, ob er damit seine fehlende Haarpracht ausgleichen wollte. Von einem kümmerlichen Kranz um den rosigen Schädel abgesehen war er kahl.

»Wer arbeitet denn um diese Zeit noch in seinem Lagerhaus?«

»Ich kann dir auch nicht sagen, warum es nicht bis morgen warten kann. Du kennst das ja, für manche Menschen muss alles immer sofort erledigt werden.«

Jetzt lachte Mewes herzlich. »Bestimmt ein ganz wichtiger Kapitän eines großen Frachters. Diese Seeleute haben es doch immer eilig, ich verstehe das nicht. Aber wo du gerade hier bist, hast du ein wenig Zeit? Es dauert nicht lange. Ich habe etwas für dich.«

»Na klar. Der Abend ist noch jung, auf ein paar Augenblicke kommt es gewiss nicht an.«

Mewes nickte, ging in sein Gewölbe und war bald außer Sicht. In der Zwischenzeit räumten seine beiden Gesellen Stoffballen um Stoffballen in die Regale und sammelten die Schwatzlinge ein, die bei Berührung losplapperten und wild durcheinander über Preise und Tuchqualitäten informierten. Zuletzt folgten die Tischplatten, die lose auf Holzböcken ruhten. Jelto winkte den Gesellen zu, und die beiden grüßten zurück. Sie kannten einander vom Sehen.

Da Mewes auf sich warten ließ, betrat er das Lager und schaute sich die Stoffballen an. Mewes handelte mit ganz besonderem Leinen. Er war der Einzige, der gestreiftes Tuch mit durchgefärbten Fäden anbot; die Herstellung war ein wohlgehütetes Geheimnis. Dafür besaß er eine eigene Weberei ganz am Ende des Webviertels. Noch lieber als die Streifen mochte Jelto allerdings die leuchtenden Farben. Prüfend ließ er einen moosgrünen Stoff durch die Finger gleiten. Diese Farbe war wie geschaffen für Wyona. Aber selbst wenn er ihr ein Hemd oder ein Kleid daraus fertigte, würde sie ihn vermutlich ebenso deutlich abblitzen lassen wie vorhin bei seiner Einladung zum Essen.

»Hier, schau mal. Das ist doch wie für dich gemacht, oder?« Schnaufend kehrte der Händler aus dem hinteren Teil des Lagers zurück, in seinen Armen eine Wolke gestreiften Stoffs.

Jelto riss die Augen auf. »Das sind ja mehrere Blautöne! Wie hast du das gemacht?«

»Das werde ich dir sicher nicht verraten.« Mit Schwung breitete Mewes das Tuch aus.

Quibus reckte neugierig die Nase unter der Kapuze hervor.

Der Händler bemerkte ihn. »Na, wen haben wir denn da?«

Jelto zupfte die Kapuze etwas höher. »Mein neuer Taschendrache. Er ist noch sehr aufgeregt, deshalb nehme ich die Kapuze besser nicht ab.«

»Verstehe. Aber jetzt schau dir das an: Die Augen deines Taschendrachen haben genau den Blauton von diesem Streifen. Und hier, das Türkis. Das ist ein Zeichen! Ich habe es doch gewusst, dieser Stoff ist für dich.«

»Der ist wirklich wundervoll! Aber den kann ich mir nicht leisten, Mewes. Und eigentlich brauche ich auch nichts.«

Der Händler fuhr sich mit der Hand durch den Bart und zwinkerte ihm zu. »Dann schenke ich ihn dir. Nein, warte, widersprich mir nicht. Du musst dafür etwas tun. Du nähst Rona eine neue Hose und eine leichte Tunika. Sie wird es brauchen, es wird Sommer. Der Stoff reicht für mehrere Teile. Was du für dich aus dem Rest machst, ist deine Sache.«

Jelto schaute den Händler verdutzt an. »Du meinst das Lumpenmädchen?«

»Ganz genau.« Mewes zeigte auf den Stoff. »Wenn ich ihr den Stoff schenke, verkauft sie ihn. Wenn du ihr aber fertige Kleidung gibst, muss sie die behalten. Ich bin sicher, dass sie das annehmen wird.«

»Wenn du meinst.« Jelto ließ die Handfläche über den Stoff gleiten. Er war ganz fein gewebt und ungewöhnlich glatt für Leinen. Normalerweise würde er einen halben Monatslohn kosten.

»Nun nimm ihn schon. Ich habe heute wirklich gut verdient. Und ich habe auch Stoffreste für Rona, mach dir da keine Sorgen.«

»Ich wusste gar nicht, dass sie dir so am Herzen liegt.«

Mewes wedelte abwehrend mit der Hand. »Ich habe ihr sogar einmal Arbeit angeboten, aber ich glaube, sie ist ganz zufrieden mit ihrem Leben. Das Lumpensammeln und -verkaufen muss einträglich genug sein. Oder findest du, sie sieht aus, als würde sie hungern?«

»Ganz und gar nicht.«

Wie hatte Wyona es formuliert? *Rona ist Teil dieser Stadt.* Jelto dachte an das weißblonde, zarte Mädchen, das Tag um Tag in ganz Brück unterwegs war und alles mitnahm, was aus Stoff war. Getragene Kleidung der Privatleute, Reste aus den Schneidereien und Tuchgeschäften – sogar von den Webereien bekam sie hin und wieder Ausschuss. Was sie damit machte oder an wen sie verkaufte, wusste niemand, aber Ronas Bedarf war endlos.

»Nein, ich denke auch, dass es ihr gut geht«, sagte Jelto versonnen. »Sie kommt mir nur hin und wieder vor wie ein Geist.«

Mewes legte den blauen Stoff zusammen. »Treffende Beschreibung. Manchmal steht sie einfach da, und ich könnte nicht sagen, wo sie hergekommen ist, so leise und unscheinbar ist sie. Aber das geht mich ja nun nichts an. Dieser blaue Stoff wird ihr ausgezeichnet stehen. Genau wie dir!«

»Dann danke ich dir, auch im Namen von Rona.« Es würde nicht einfach sein, ihr die Kleidung zu schenken. Vielleicht fiel ihm etwas ein, das er fertigen konnte, zu dem sie unmöglich Nein sagen konnte.

Er verstaute den Stoff in seinem Rucksack – schon zahlte es sich aus, dass er ihn mitgenommen hatte – und hatte Mühe, Quibus davon abzuhalten, mit hineinzuschlüpfen.

Mewes beobachtete sie amüsiert. »Das ist ja wirklich ein lustiger Bursche.«

»Die Drachenzüchterin hat gesagt, dass er Leinen liebt.«

»Wirklich? Er trägt doch nur eine, und die scheint ihm eher lästig.«

»Was?« Jelto hielt inne.

Mewes zeigte auf den Drachen. »Na, dein angeleinter Drache.«

»Nein, ich meine doch Leinenstoff! Die Leine liebt er gar nicht. Die muss er tragen, weil er sonst zurück zur Zuchtstation fliegt.«

Mewes grinste breit von einem Ohr bis zum anderen.

Lachend winkte Jelto ab. Nicht zum ersten Mal war er auf einen Wortwitz des Tuchhändlers reingefallen.

Eine gute halbe Stunde später stand Jelto vor dem dunklen Lagerhaus. Hier, am äußersten Ende des Hafens, lag alles verlassen. Nach Einbruch der Dunkelheit trieben sich die meisten, Seeleute wie Einheimische, in dem Teil herum, der an das Laubenviertel grenzte. Dort waren Gasthäuser und Herbergen, meist ging es laut und fröhlich zu. Wer seine Ruhe haben wollte, blieb in der Regel auf den Schiffen, die an den Anlegern dümpelten und darauf warteten, wieder beladen zu werden und abzulegen.

Jelto blickte sich nach allen Seiten um und trat dann an das große Tor des Lagerhauses. Es war von einer aus Backsteinen gemauerten Rosette eingefasst, aus der einzelne Ziegel hervorstanden.

Prüfend legte er eine Hand auf den dunkelroten Stein. Das Tor zu öffnen würde einigen Aufwand kosten, aber genau darüber stand eine Fensterluke offen. Konnte er es wagen, dort hinaufzuklettern, ohne dass ihn jemand bemerkte?

Er würde es riskieren. Sämtliche Lagerhäuser waren von allen

Seiten von weiteren Gebäuden umgeben. Eine Rückseite, an der er unbeobachteter wäre, gab es demnach nicht. Er hatte zumindest Glück, dass er sich weit genug weg vom Nachtleben des Hafens befand.

Wenn doch nur Quibus jetzt schon ausgebildet wäre und spähen könnte! Statt sich nützlich zu machen, war er auf der Schulter eingeschlafen.

Jelto blickte sich noch ein letztes Mal gründlich um und kletterte dann in Windeseile die Mauer hinauf. Es war noch einfacher, als er erwartet hatte. Schon zog er die Fensterluke weiter auf und sprang ins Innere. Sofort stieg ihm der Geruch verschiedenster Gewürze in die Nase. Er hatte es doch geahnt. Das würde die Suche nach dem Buch erheblich erschweren.

Jelto wartete darauf, dass sich seine Augen an das spärliche Licht gewöhnten, das nur durch das Fenster über dem Tor fiel. Er lauschte. Stille umgab ihn, nicht einmal Mäuse oder anderes Getier raschelte.

Nach einer Weile konnte er die Umrisse zahlloser Säcke und Kisten erkennen, die auf hölzernen Zwischenböden standen und sich über ihm in der Dunkelheit verloren. Treppen und Leitern führten dazwischen hinauf.

Jelto seufzte. Wenn er ein Buch verstecken müsste, würde er es nicht im Kontor deponieren, das sich rechts von ihm befand, sondern irgendwo da oben zwischen Säcken voller Chilischoten und Paprikapulver.

Er reckte den Kopf und witterte angestrengt. Nichts, es roch nach Pfeffer und Koriander, nach Zimt, Nelken und Kardamom.

Nur wenige Jungen und Männer besaßen die erforderlichen Fähigkeiten, um Buchjäger zu werden. Bei Mädchen oder Frauen war diese Gabe sogar noch seltener. Laut Floris hatte es erst drei Bücherjägerinnen gegeben. Ruben hatte vor einiger Zeit seine kleine

Schwester Nynke mitgebracht, und Floris hatte sie geprüft. Sie zeigte Talent. Vielleicht würde sie in den nächsten Wochen an der Seite ihres Bruders die Ausbildung beginnen.

Das brachte Jelto gedanklich zurück zu seinen eigenen Anfängen, während er sich schnüffelnd zwischen den Kisten im Erdgeschoss hindurchbewegte. Vor drei Jahren, einige Wochen nach der überstürzten Flucht aus seinem Elternhaus, hatte Floris ihn mitten auf der Handelsstraße angesprochen. Er hatte erklärt, er stände im Dienst der Fürstin, und führte Jelto in einen weißgetünchten Raum unter den Lauben, in dem es aufdringlich nach Leim roch – so zumindest hatte es Jelto empfunden. Wie sich später herausstellte, war er einer der wenigen, die diesen Geruch nach Fischleim überhaupt wahrnahmen. Genau wie den nach Papier, nach Tinte, nach Ledereinbänden.

Floris präsentierte damals kein Buch in diesem Raum, sondern nur die einzelnen Komponenten. Jelto nahm diese Gerüche intensiver als alle anderen Reize wahr – wobei er natürlich schon vorher gewusst hatte, wie Leder oder Tinte rochen.

Er bekam von Floris das Angebot, eine Ausbildung als Bote zu beginnen. Er hatte direkt zugegriffen, alles war besser, als sich ziellos auf der Straße herumzutreiben oder am Ende noch als Schiffsjunge auf einem Seelenverkäufer zu landen. Nur wenige Wochen später, nach Dutzenden echten Botengängen, kam Floris erneut auf ihn zu und machte ihn zu einem Lehrling der Bücherjäger. Er bildete ihn persönlich aus, als Letzten, bevor er sich zur Ruhe setzte.

Er hatte Jelto nicht auf den Duft eines magischen Buches vorbereiten können. Jedes magische Buch musste schnellstmöglich vernichtet werden, es durfte nicht einmal ein Exemplar zur Ausbildung behalten werden.

Bücher sind gefährlich.

Quibus nieste.

Das brachte Jelto von seinem Gedankenausflug ins Lagerhaus zurück. Er hatte ein Buch zu finden, inmitten eines Kuddelmuddels aus Gewürzen und getrockneten Kräutern.

Er verschränkte die Hände und ließ die Fingerknöchel knacken. Was wäre ein Leben ohne Herausforderungen?

Jelto beschloss, das Kontor sicherheitshalber zu überprüfen, damit er nichts übersah. Er ging zur Tür und drückte die Klinke. Verschlossen, wie erwartet. Er zog einen Draht aus der Hosentasche, mit dem er das Schloss innerhalb eines Wimpernschlags öffnete, und trat ein. Wie erwartet befanden sich hier eine Verkaufstheke und verschiedene Waagen. Die Ware wurde in jeglichen Mengen verkauft, von kleinen Prisen an Privatleute bis zu ganzen Säcken mit Pfefferkörnern an Geschäftskundschaft. In sehr große Lagerhäuser kamen zu den Geschäftszeiten sogar Schreiberlinge, die An- und Verkäufe direkt verbuchten. Das hier schien so eines zu sein – naheliegend, denn wenn die Besitzerin, Kapitänin Febe, auf Seereise war, musste sich ja jemand um die Geschäfte kümmern. Hinter dem Tresen mit einer kleinen Pendelwaage stand ein Schreibpult. Jelto vernahm zwischen den Gewürzen ein deutliches Aroma von Papier. Ein Geschäftsverzeichnis erblickte er nirgendwo. Das war auch richtig so, der Schreiberling hatte es mitgenommen. Nicht einmal solch ein Buch sollte offen und unbeaufsichtigt herumliegen.

Auf einem etwas niedrigeren Tisch neben dem Pult erkannte Jelto die Umrisse von Schwatzlingen. Er musste darauf achten, ihnen nicht zu nahe zu kommen, damit sie nicht versehentlich losplapperten.

Obwohl also weit und breit kein Verzeichnis lag, roch es in diesem Raum nach Papier. Jetzt nahm Jelto sogar eine Note Tintengeruch wahr. Er machte einen weiteren Schritt in den Raum hinein. Sollte es so einfach und das Buch direkt hier versteckt sein?

Schnüffelnd folgte er der Geruchsspur, die immer deutlicher

wurde. So intensiv hatte er bisher noch keinen Duft empfunden. Das musste ein sehr altes Buch sein, das sein Aroma hatte entwickeln können. Und zweifelsohne magisch.

Quibus reckte neugierig die Nase unter der Kapuze und zwitscherte leise.

»Sch! Das werde ich dir auch abgewöhnen müssen. Hier ist jetzt niemand, aber dass du einfach herumtönst, ist nicht gut.«

Wie zum Widerspruch reckte der Taschendrache sich weiter vor und zwitscherte abermals.

Jelto trat an einen mannshohen Schrank an der linken Wand heran. Hier war der Geruch überwältigend. Entweder war es wirklich ein sehr besonderes Buch oder gleich ein ganzes Nest.

Er drehte den Knauf der Schranktür und zog sie einen Spalt breit auf. Quibus stellte sich auf die Hinterläufe und krallte dabei die Zehen in Jeltos Schulter.

»Nicht so wild, das tut weh!« Er wollte den Taschendrachen aufscheuchen, doch der war schon von selbst aufgeflogen und stürzte sich in den Schrank.

Jelto stutzte. »Was soll das denn jetzt?«

Er öffnete den Schrank vollständig. Auf einem Regalboden lag ein ledergebundenes Buch, etwa zwei Handflächen groß und zwei Fingerbreit dick. Der kleine Taschendrache hüpfte aufgeregt und gurrend wie eine Taube drum herum. Konnte er das Buch etwa ebenfalls wahrnehmen? Wittern?

»Na endlich, wurde auch Zeit, dass jemand kommt.«

Jelto fuhr herum. »Wer ist da?«

Er konnte niemanden sehen, die Person musste außerhalb des Raumes stehen.

Keine Antwort.

Angespannt wartete er. Quibus' leises Zwitschern war das Einzige, das er hörte.

Nervös streifte Jelto die Kapuze ab. »Wie großartig. Jetzt höre ich nicht nur Stimmen aus dem Bücherfeuer, sondern auch in Lagerhäusern.«

Es blieb still. Er musste sich das wirklich eingebildet haben.

Er zog den widerstrebenden Taschendrachen an der Leine zu sich heran und griff zugleich nach dem Buch. Es war schwerer, als er erwartet hatte. Auf dem Ledereinband ertastete er Prägungen. Ein bemerkenswertes Exemplar. Es roch nach Staub und Vergangenheit, nach Papier und Wissen. Jeltos Fingerspitzen kribbelten, während er es in der Hand hielt.

Je älter ein Buch, je magischer, desto gefährlicher.

Jelto trat einen Schritt zurück und versuchte vergeblich, im Zwielicht etwas zu erkennen. Manchmal waren Symbole auf den Einbänden, Sonnen oder Muster. Aber er konnte die Prägung nur fühlen.

»Quibus, komm!«

Der Taschendrache hangelte sich auf dem Regal, wo zuvor das Buch gelegen hatte, hin und her und ließ zischend seine Zunge hervorschnellen. Mit einiger Mühe gelang es Jelto, ihn dazu zu bringen, auf seine freie Hand zu hüpfen.

Ihm kam eine Idee. Er blickte sich um. Vor ihm befand sich der Tresen. Von der hölzernen Tischplatte abgesehen war in der Nähe nichts Brennbares, die Waage war aus glänzendem Metall.

Konnte er es wagen?

Quibus würde schon nicht gleich das ganze Lagerhaus abfackeln, oder?

Es gab verschiedene Methoden, einen Taschendrachen zum Feuerspeien zu bringen, bis sie es auf Befehl machten. Bei den meisten genügte es, sie an der richtigen Stelle zu kitzeln. Jelto legte das Buch auf den Tresen und streichelte Quibus erst zwischen den Ohren und dann an der Schwanzwurzel. Eine kleine Stichflamme schoss aus seinem Maul. Er zwitscherte erstaunt.

»Na, wer sagt's denn?« Langsam senkte er die Hand. Das Drachenmaul näherte sich dem Buch.

»Halt, nein, Moment mal! Bitte, lass das!«

Jelto sprang einen Satz zurück. Beinahe hätte er Quibus fallen lassen. Taumelnd schlug der Taschendrache mit den Flügeln und krallte sich in Jeltos Finger, um das Gleichgewicht zu halten. Er knurrte, seine Flamme erlosch.

»Du kannst mich doch nicht einfach verbrennen!«

»Das Buch!«, quiekte Jelto entsetzt. »Es spricht!«

»Nicht *das* Buch. Einfach nur *Bùch.* Und wie heißt du?«

Bùch

»Was ist das für eine Scharade? Ist hier jemand? Aufhören, sofort!« Jelto drehte sich einmal um die eigene Achse.

Ein Schwatzling begann, die Preise für Gewürze herunterzuleiern. Jelto erschrak bis ins Mark, bis er begriff, dass er selbst die Holzfigur mit seiner hektischen Bewegung ausgelöst hatte. Rasch vergrößerte er den Abstand zum Tresen. Dann verharrte er, blinzelte in das spärliche Licht und lauschte. Der Schwatzling beendete seinen Monolog. Nichts hatte sich verändert. Das Verkaufskontor lag genauso friedlich in Dunkelheit gehüllt wie zuvor.

»Ich bin hier. Sonst niemand.« Die Stimme des Buches klang ausgesprochen freundlich und zuvorkommend.

Nun, falsch. Nicht alles war wie zuvor.

»Du bist ein Buch, wieso kannst du sprechen?«

»Wieso nicht? Du kannst doch auch sprechen.«

»Ich bin ein Mensch!« Jeltos Stimme zitterte leicht. Er schnaubte wütend. »Du bist ein Ding, du hast nicht einmal einen Mund.« Er stolperte über seine letzten Worte. Stimmte das oder hatte er bisher nur etwas übersehen? Er beugte sich vor und versuchte, in der Dunkelheit mehr zu erkennen als die Umrisse des Buches, das da noch immer auf dem Tresen vor der Waage lag.

Quibus flatterte auf. Er schien neben dem Buch landen zu wollen, knallte aber stattdessen gegen die Tischkante und stürzte ab. Reflexartig zog Jelto an der Leine, was den Taschendrachen noch mehr taumeln ließ. Knurrend und zwitschernd flatterte er auf und landete mit einem dumpfen Aufprall unsanft auf dem Tresen.

»Bei den Initialen, du musst aber noch fleißig üben, Kleiner. Was ist das, ein Taschendrache?«

Jelto rieb sich mit beiden Händen übers Gesicht und schüttelte den Kopf. Was passierte hier? Das träumte er doch – ja, so musste es sein. Er war vorhin am Tisch in seiner Wohnung eingeschlafen und träumte jetzt davon, auf die Bücherjagd gegangen zu sein.

Er kniff sich in den Unterarm. Es tat ziemlich weh. Half ihm das jetzt weiter? Es hieß zwar immer, Schmerz wäre in einem Traum nicht zu spüren, aber stimmte das überhaupt?

»Was ist denn jetzt, nimmst du mich mit? Wir können doch nicht einfach hierbleiben. Und deinen Namen hast du mir immer noch nicht verraten. Ich finde das ziemlich unhöflich.«

Quibus neigte den Kopf und reckte die Schnauze zu dem Buch. Er beschnüffelte erst den Rücken und dann den Papierschnitt.

»Nicht, hör auf, das kitzelt!« Jetzt klang es sogar, als würde das Buch kichern.

»Du siehst mich? Du spürst das?«, fragte Jelto fassungslos.

»Wieso denn nicht? Ich höre dich ja auch. Wie könnte ich dir sonst antworten? Du stellst sehr seltsame Fragen. Übrigens würde ich gern wissen, ob du der Mensch bist, auf den ich hier warten sollte. Na?«

Jelto ließ die Schultern hängen. Er wurde verrückt. Eine andere Erklärung gab es nicht.

Zwitschernd kauerte Quibus sich neben das Buch. Von dort würde er sich erst einmal nicht wegrühren. Jelto ließ die Leine los.

»Tut mir leid, Taschendrache, dessen Namen ich auch nicht kenne, aber so können wir nicht hier liegen bleiben. Meine Informationen lauten anders.«

Jelto räusperte sich. »Was für Informationen? Von wem?«

»Steht alles in mir drin, du musst es nur nachlesen«, erklärte das Buch fröhlich.

»Ja, natürlich. Dass ich da nicht selbst drauf gekommen bin.«

»Ups.«

»Wieso *ups?*«

»Du kannst gar nicht lesen, nicht wahr? Wie die meisten – wie nennt ihr euch? Brückas? Die Menschen, die hier in dieser Stadt leben?«

»Ja, richtig. Wir sind in Brück.« Jelto erblickte einen Hocker und ließ sich darauf sinken. Er fühlte sich schwach und vollkommen überfordert. Was sollte er mit diesem Buch anstellen?

»So, brechen wir jetzt auf? Hier erwischt zu werden, wäre wohl nicht gut. Oder?«

»Nein, sicher nicht.« Jelto hob den Kopf. »Ich soll dich mitnehmen?«

»Nun, ich kann sprechen, hören, sehen und fühlen. Laufen kann ich leider nicht. Du wirst mich tragen müssen.«

»Wieso ich?«

»Hä?«

»Wieso sollte ich dich mitnehmen? Den Auftrag, dich zu finden, hatte eigentlich ein anderer Bücherjäger.«

»Aber das macht doch nichts. Ich sollte hier gefunden werden. Du hast mich gefunden. So weit passt es doch schon mal zusammen.«

»Nein, das passt überhaupt nicht. Ich glaube, es wäre besser, dich hierzulassen und den Auftrag an den richtigen Empfänger zurückzugeben.« Sollte Henk sich doch mit diesem schwatzhaften Papierhaufen herumschlagen!

Ein schweres Seufzen erklang, das Quibus ein fragendes Zwitschern entlockte. »Da ich immer noch keine Antwort auf meine Frage bekommen habe, wie du heißt, kann ich kaum überprüfen, ob du der bist, der mich finden sollte.«

»Jelto. Und ich bin ganz bestimmt nicht der Richtige!«

»Angenehm, ich heiße Bùch. Aber das sagte ich ja bereits. Du bist Bücherjäger, richtig?«

»Ja.«

»Bestens. Ich denke, das stimmt doch alles. Ich sollte hier auf einen Bücherjäger warten. Also packst du mich jetzt in deinen Rucksack und nimmst mich mit an einen sicheren Ort. Dort werden wir uns gemeinsam überlegen, wie ich dir das Lesen beibringe.«

»Wie bitte?«

»Ist das nicht in deinem Sinne?«

»Ganz bestimmt nicht! Wenn du Bücherjäger kennst, solltest du wissen, dass wir Bücher vernichten ...«

»Gut, dass du es erwähnst. Es wäre mir tatsächlich lieber, wenn wir diesen Aspekt vernachlässigen.«

»... und lesen zu lernen, noch dazu von einem Buch ...«

»Von mir, Bùch. Ich bin ja nicht irgendein Buch.«

»... ist absurd! Vollkommen ausgeschlossen, nein, danke!«

»Nicht?«

»Nein!«

»Ja, was machen wir denn dann?«

Gute Frage. Jelto fiel keine passende Antwort ein. Dieses Buch war ihm unheimlich. Bücher waren grundsätzlich gefährlich. Von einem sprechenden Exemplar hatte er noch nie etwas gehört. Stellte es nicht erst recht eine Gefahr dar?

Er stand von dem Hocker auf. »Ich werde dich vernichten.«

»Aber warum denn? Wir waren gerade dabei, uns näher kennenzulernen.« Die – Stimme? – des Buches rutschte in eine höhere Tonlage.

»Ich kann dich nicht mitnehmen und verstecken, wie stellst du dir das vor? Meine Aufgabe ist es, Bücher aufzuspüren und zu verbrennen. Warum sollte ich es anders machen als sonst? Nur, weil dir das besser gefällt?« Diskutierte er allen Ernstes gerade seine

Aufgabe, also das, was er seit Jahren tat und verflucht gut konnte, mit einem Buch?

»Was heißt schon: *besser gefallen*? Wie würdest du es finden, verbrannt zu werden?«

»Nicht gut, aber ich bin auch nicht gefährlich.«

»Das ist eine Frage des Standpunktes! Du drohst mir, mich zu verbrennen.«

»Na gut, das stimmt.«

»Bei lebendigem Einband!«

»Wie bitte?«

»Nun ja. Ich kann nur für mich sprechen, ich weiß ja nicht, wie es meinen stummen Kollegen geht. Aber ich stelle mir das sehr schmerzhaft vor, verbrannt zu werden. Du vernichtest Bücher, also bist *du* für uns gefährlich. Oder siehst du das anders?«

Jelto warf die Hände in die Luft und lief einige Schritte auf und ab.

»Außerdem bin ich auch nicht gefährlich.« Das Buch stockte und ließ seine Seiten rascheln. »Soweit ich weiß. Ich tu niemandem etwas. Ich drohe zum Beispiel nicht damit, jemanden zu verbrennen.«

Ein Geräusch erklang. Es erinnerte Jelto an flatternde Buchseiten, die knisternd im Feuer vergingen. Ihn überlief eine Gänsehaut. Die Frage, ob Bücher etwas fühlen oder wahrnehmen konnten, hatte er sich nie gestellt. Aber es hatte bisher auch noch keines gegen seine Vernichtung protestiert.

Und Quibus mochte Bùch, das war offensichtlich. Er schmiegte sich an dessen Buchrücken wie an einen Taschendrachenverwandten.

Aus weiter Entfernung erklang ein Klirren.

»Kommt da jemand?«

Jelto lauschte. »Weiß nicht. Aber vermutlich muss ich meine Entscheidung, was ich mit dir anstellen soll, auf später vertagen.«

Alles an diesem Auftrag war merkwürdig. Hatte Henk das am Ende so eingefädelt, um ihm ordentlich eins auszuwischen? Möglich. Und wenn er einen Schritt weiterdachte, könnte es sogar bedeuten, dass es gar keinen offiziellen Auftrag gab. Und das wiederum hieße, dass Fürstin Farlinger ihm nicht helfen würde, falls ihn hier eine Wache oder sogar Kapitänin Febe mitten in der Nacht fasste. Er wäre ein ganz normaler Einbrecher.

Das war doch alles nicht zu glauben. Mit einem unterdrückten Fluch riss Jelto den Rucksack vom Rücken. Er wollte nach dem Buch greifen. Quibus schrak auf und hüpfte zurück.

»Was ist denn noch, Bücherjäger? Pack mich schon ein, jetzt mach schon!«

»Du beißt mich nicht, oder?«

»Hast du nicht selbst vorhin festgestellt, dass ich keinen Mund besitze?«

Jelto verkniff sich eine Antwort. Was auch immer im oder vor dem Lagerhaus vor sich ging, er hörte jetzt deutlich, dass da jemand zugange war. Er quetschte das Buch zwischen zwei Lagen des Stoffes, den er von Mewes bekommen hatte, und ignorierte dabei das Protestgeheul, weil er zu fest drückte.

»Leise jetzt. Keinen Mucks mehr! Sonst werfe ich den Rucksack mitsamt dir ins Hafenbecken.«

»Das wäre aber schade um den Stoff. Sehr schön weich.«

»In der Tat.«

»Und schade um mich!«

»Weniger. Allenfalls noch um den Rucksack.« Bestimmt zog Jelto die Verschnürung zu und schnitt Bùch jedes weitere Wort ab. Er zog die Kapuze über, griff nach der Leine und scheuchte Quibus auf die Schulter. Zum Glück zierte sich der Taschendrache dieses Mal nicht, sondern kauerte sich sofort hin. Dann schlich Jelto hinaus in den großen Lagerraum.

Ein helleres Rechteck zeichnete sich rechterhand in der Ferne zwischen den Kisten und Regalen ab. Dort musste sich eine weitere Tür befinden. Sie lag genau gegenüber dem Eingangstor, daher vermutete Jelto, dass sie zum Steg hinausführte, der am rückwärtigen Teil des Lagerhauses zum Kanal hin lag. Vielleicht war das ein guter Fluchtweg. Er wagte es jedenfalls nicht, wieder zum Fenster über dem Eingang hinaufzuklettern. Wenn er dort oben hing und ihn jemand bemerkte, saß er in der Falle.

Er pirschte sich von Regal zu Regal Richtung des hinteren Ausgangs. Ungefähr nach der Hälfte des Weges konnte er zwischen den Regalböden und Leitern nach oben schauen. Dort über ihm schwankte ein Licht. Jelto glaubte, das Scharren von Kisten zu hören, die hin- und hergezogen wurden.

So lautlos wie möglich näherte er sich der Tür. Er vermochte nicht zu erkennen, ob es sich hier um eine echte Diebesbande handelte oder ob die Besitzerin eine späte Ladung einlagern ließ. Aber weder am Ausgang noch in unmittelbarer Nähe auf dem Steg oder auf dem Wasser des Kanals war eine Menschenseele zu sehen. Ein Kahn mit einer abgedunkelten Bootslaterne dümpelte am Anleger.

Was hier geschah, war jetzt nicht seine Angelegenheit. Jelto rückte den Rucksack zurecht und sah zu, dass er wegkam.

Nachdem er den belebteren Teil des Hafenviertels um den Fischmarkt hinter sich gelassen hatte, wurde es ruhig auf den Straßen. Die Kaufleute waren in ihre Wohnungen und Häuser zurückgekehrt, zumeist in die größeren Villen des Hügelviertels. Die Lauben waren inzwischen geschlossen und lagen im Dunkeln. Nur die Handelsstraße wurde in regelmäßigen Abständen von Öllaternen beleuchtet, falls noch Reisende unterwegs waren, was selten genug vorkam.

Jelto hatte seine Wohnung beinahe erreicht, als sich plötzlich ein Umriss aus dem Schatten löste und sich ihm in den Weg stellte. Erschrocken machte er einen Satz zurück. Quibus zischte nahe an seinem Ohr.

Dann erkannte Jelto die zarte, weißblonde Gestalt. In diesem Halbdunkel wirkte sie beinahe durchscheinend. Wie ein Geist, dachte er nicht zum ersten Mal.

»Rona! Beim Sternenlicht, hast du mich erschreckt! Was machst du hier um diese Zeit?«

Sie gestikulierte mit beiden Händen und lächelte dann verlegen.

»Noch ein Auftrag, ich verstehe. Was für ein Zufall, genau wie ich.« Jelto lachte und hoffte, dass es nicht zu nervös klang. Rona hatte ein feines Gespür für das, was nicht ausgesprochen wurde. »Ich musste eine Botschaft der Fürstin zu einem Lagerhaus im Hafen bringen«, erklärte er, ohne dass sie mit einer Geste angedeutet hatte, mehr wissen zu wollen.

Rona nickte verstehend.

»Wer ist da?«

Jelto zuckte zusammen, als er Bùchs Stimme hörte. Verstohlen holte er mit der linken Faust nach hinten aus und schlug damit gegen den Rucksack. Hoffentlich verstand dieses seltsame Buch, dass es den Mund halten sollte.

Fragend neigte Rona den Kopf.

Jelto zupfte rasch die Kapuze ein wenig zurück und lockte Quibus mit dem Finger, den Kopf herauszustrecken.

»Das war nur mein neuer Taschendrache. Das ist Quibus, ich habe ihn heute Nachmittag erst geholt. Er ist noch etwas vorlaut.«

»Pöh«, tönte es aus dem Rucksack. Zum Glück sehr leise.

Falls Rona zuvor bemerkt hatte, dass es sich um Worte und nicht um das Zwitschern eines Taschendrachen gehandelt hatte, ließ sie es sich nicht anmerken. Sie lächelte und streckte vorsichtig die Hand aus. Sofort zuckte Quibus' Kopf zurück.

»Ich meinte: schüchtern. Er ist vorlaut, und er ist schüchtern«, erklärte Jelto hastig. »Hör zu, ich würde dich zu gern mitnehmen. Aber heute geht es nicht, bitte verzeih mir. Wenn du möchtest, kannst du morgen Abend kommen. Ich könnte uns etwas kochen. Ich habe morgen einen freien Tag. Das heißt, ich nehme ihn mir einfach. Eigentlich wäre der heute gewesen, aber dieser dringende Auftrag musste erledigt werden. Deshalb muss ich jetzt auch los, weil er dringend ist. Das verstehst du doch?«

Lautlos lachend winkte Rona ab. Sie gestikulierte, dass sie verstanden habe und morgen Abend kommen würde. Dann folgte eine fragende Geste.

»Du willst auf den Glockenturm und von dort oben den Sonnenuntergang anschauen? Gern, einverstanden. Die Sonne geht spät genug unter, wir essen vorher, und dann gehen wir.«

Er bekam ein Nicken zur Antwort, und sie verabschiedeten sich voneinander. Mit dem nächsten Wimpernschlag war Rona so unvermutet verschwunden, wie sie gekommen war.

Jelto sah zu, dass er nach Hause kam. Mit einem erleichterten Seufzen schloss er die Wohnungstür kurz darauf hinter sich ab und lehnte sich dagegen.

»Bitte zerquetsch mich jetzt nicht noch am Ende. Lass mich besser raus, ich bekomme keine Luft mehr!«

Jelto sprang von der Tür weg und riss sich den Rucksack vom Rücken, als habe ihn etwas gestochen.

»Sag mir jetzt nur noch, dass du auch atmest!«

»Nein, eigentlich nicht.«

»Warum redest du dann so einen Unsinn?«

»Na, das sagt sich doch so?«

Jelto zerrte das Buch aus dem Rucksack und knallte es auf den Tisch. Erst dann zündete er eine Öllampe an – mit einem der Brennhölzchen, die er seit Lingas Tod notgedrungen im Haus hatte – und befreite Quibus von der Leine. Der Taschendrache flog zu seiner Kiste, die Jelto auf die Kommode neben den Herd gestellt hatte, und ließ sich knurrend darin nieder.

Jelto setzte sich und betrachtete seine Beute in hellerem Licht. Jetzt konnte er feine Linien erkennen, die in einen rotbraunen Ledereinband geprägt waren. Und wenn ihn nicht alles täuschte, verzogen sich die Linien … hin und wieder zu einem Gesicht …? War das das Geheimnis dieses magischen Buches?

Jelto war dankbar, dass es ausnahmsweise schwieg. Wehmütig dachte er daran, dass er die Nacht jetzt lieber mit Rona verbracht hätte. Eigentlich noch lieber mit Wyona, der Drachenzüchterin, aber er machte sich keine Hoffnungen, dass die etwas von ihm wissen wollte.

Das mit Rona war sowieso etwas gänzlich anderes. Gerade deswegen sehnte er sich nach ihr und ihrem stillen Verständnis. Er hätte ihr gern von Wyona erzählt. Sie hätte einfach nur zugehört. Sie war für ihn die kleine Schwester, die er nie gehabt hatte. Eine Verbündete, die genau wie er häufiger das Bedürfnis hatte, zu zweit allein zu sein und nichts weiter zu tun als beisammenzusitzen. Mit niemandem konnte Jelto so gut schweigen wie mit Rona. Sie waren schon so manche Sommernacht gemeinsam auf den Glockenturm zwischen Schneiderei- und Webviertel geklettert und hatten dort die Nacht verbracht. Sie blieben für sich, berührten einander nicht einmal, und waren doch vereint in dieser Stille da oben – die Glocke war vor langer Zeit verstummt, schwieg mit ihnen. Es war anders als mit anderen Menschen. Rona gab ihm ohne Worte zu verstehen, dass sie da war. So einfach.

»Und was machen wir jetzt?«, plärrte Bùch gut gelaunt.

Am liebsten hätte Jelto die Öllampe genommen, das Buch damit übergossen und es doch angezündet. Mit einiger Mühe beherrschte er sich. Schon allein, weil er keine Lust auf das Herumgezeter hatte.

Und falls es stimmte und es Schmerz empfand, brachte er es auch nicht übers Herz – obwohl er sich das nicht vorstellen konnte. Ein Buch war ein Ding, eine empfindungslose Sache.

Eine Sache, die sprechen konnte.

Bei allen Algenschnecken der Welt, was für eine Magie steckte dahinter?

Er gähnte. Es war spät geworden, am besten verschob er alle Entscheidungen erst einmal auf den nächsten Morgen. Er sollte Henk nach diesem Auftrag fragen. Informationen über versteckte Bücher gelangten auf verschiedensten Wegen zu ihnen. Manchmal wurde jemand anonym angezeigt. Viel häufiger waren es jedoch Verdachtsmomente, ein dahingeworfener Satz über eine Geschichte, ein Buch oder das Lesen im Allgemeinen auf der Straße, ein intensiver Buchgeruch aus einem offenen Fenster. Die Informationen wurden gesammelt und unter den Bücherjägern ausgetauscht. Sobald sie wussten, wo sie suchen sollten, zogen sie los. Manchmal bewahrheitete sich ein Verdacht nicht und sie fanden ein altes Tintenfass oder Papierreste. Oder die verdächtige Person arbeitete im Schreibkontor und der Geruch hing in ihrer Kleidung. Jelto hatte sich noch nie getäuscht, war jedes Mal mit mindestens einem Buch zurückgekehrt, meistens mit mehreren.

So wie er auch heute eines gefunden hatte. Sein Blick wanderte zurück auf den Tisch, wo Bùch so still lag, wie es sich für seinesgleichen gehörte.

»Erst einmal gehe ich jetzt ins Bett.« Erneut gähnend stand er auf und reckte sich. »Wir schlafen uns aus und sehen dann morgen früh weiter. Nein, sag nichts, ich will nicht wissen, ob du schlafen musst oder nicht. *Ich* muss schlafen, das genügt für uns beide.«

»Wie du meinst.«

Jelto nahm das Buch und schaute sich suchend um. Seine Wohnung war karg eingerichtet, da er kaum häufiger als zum Essen und zum Schlafen hier war. Insofern fehlte es an Versteckmöglichkeiten für ein schwatzhaftes Buch.

Quibus reckte den Kopf aus seiner Kiste, legte ihn auf den Rand und zwitscherte.

Jelto grinste. »Gute Idee. Ihr habt euch ja schon vorhin prächtig verstanden.«

»Halt, was hast du vor? Du wirst mich doch nicht zu deinem Taschendrachen in die Kiste legen?« Lautes Seitenrascheln folgte.

»Doch, genau das mache ich. Das hat zugleich den Vorteil, dass dein Geruch ein wenig von Drachenaroma überlagert wird.«

»Ich protestiere! In der Kiste ist gar nicht genug Platz.«

Jelto ignorierte Bùchs Geschimpfe und schob es unter Quibus' Hintern.

»Hier stinkt es nach Taschendrache!«

Quibus war aufgestanden und begann nun begeistert, seine kleine Leinendecke hin und her zu scharren. Dabei trampelte er hemmungslos auf Bùch herum.

»Pass doch auf, wo du hinlatschst! Du bist zwar klein und leicht, aber – autsch!«

Quibus hielt inne und blickte zu Jelto auf, als erwartete er eine Anweisung.

»Warte, ich hole dir einen Köder. Du hast dir sowieso eine Belohnung verdient.« Jelto zog einen Algenköder aus einem Leinenbeutel und hielt ihn dem Taschendrachen vor die Nase. Begeistert schnappte der zu.

Ein gequältes Stöhnen aus der Kiste zeigte an, dass Bùch mit dem Geruch des Köders noch weniger einverstanden war. Jelto glaubte einen Kommentar wie »dann pupst er gleich noch, na danke« oder so ähnlich zu hören, doch er hatte endgültig genug. Er nahm die Laterne und löschte sie. Den Weg ins Bett fand er mühelos im Dunkeln.

»Schöne Träume, ihr beiden. Macht keinen Unsinn, sondern schlaft jetzt.«

Am Durchgang zu seiner Schlafkammer lauschte Jelto ein letztes Mal. Er hörte ein wohliges Knurren, unterbrochen von Schmatzen und Kaugeräuschen. Es brachte ihn zum Lächeln. Dass der Kleine eingezogen war, war das Gute an diesem Tag. Er füllte die schmerzende Lücke in seinem Herzen, die Lingas Verlust hinterlassen hatte. Die Erinnerung an sie würde nicht vergehen, aber Quibus' Gesellschaft tat ihm gut, das spürte er jetzt schon. Er war ein goldiges Kerlchen.

Mit einem Schlag war Jelto todmüde. Morgen würde er Erklärungen finden. Und wenn es nur die war, dass er doch etwas Schlechtes gegessen und merkwürdig geträumt hatte. Das wäre ihm am liebsten. Aber sein Bauchgefühl sagte ihm etwas anderes.

Hausdrachenkompetenzen

Wynni gähnte verstohlen und lehnte sich auf den Besen. Es musste weit nach Mitternacht sein. Jacco war längst nach Hause gegangen und schlummerte hoffentlich glücklich träumend in seinem Bett. Sie dagegen fand keine Ruhe. Sie hatte sich über Stunden mit der Pflege der Drachen beschäftigt, ohne dass sie das von ihren unablässig kreisenden Gedanken abgelenkt hätte. Wie lange hatte sie jetzt gekehrt? Morgen würde der Hallenboden vermutlich im Sonnenlicht glänzen.

Sollte sie Jacco ihre Bücher zeigen? Wie konnte sie herausfinden, was er über Bücher, das Lesen und Schreiben dachte? Sie war über den Abend immerhin zu einer Erkenntnis gekommen: Der Junge war inzwischen mehr als nur ein Verbündeter. Er war ihr Freund geworden, der ihr wichtig war und für den sie Verantwortung empfand. Schließlich hatte sie ihn in die Sache mit den größeren Drachen hineingezogen. Und genau deshalb wollte sie ihn nicht noch mehr in Gefahr bringen, indem sie ihn zum Mitwisser über ihren wertvollsten Besitz machte.

Oder aber sich der Gefahr aussetzen, von ihm verraten zu werden. Denn natürlich müsste er sie wegen unerlaubten Bücherbesitzes anzeigen. Vielleicht tat er das, sobald er Bescheid wusste. Vielleicht hatten er und sein Bruder den Kontakt gar nicht abgebrochen, und Jacco teilte die Überzeugungen in Bezug auf die Gefährlichkeit von Büchern. Als Bote im Dienst der Farlingers ging Jelto in der Burg ein und aus. Sicherlich überbrachte er neben seinen Botschaften auch nur zu gern Informationen über versteckte Bücher, damit die Fürstin ihre Bücherjäger loslassen konnte. Oder wer auch sonst die Büchervernichtung organisierte. Dass die Farlingers etwas damit zu tun hatten, vermutete Wynni nur.

Sie seufzte laut und schlenderte Richtung Lagerraum.

Das wirklich Schlimme daran, etwas heimlich zu tun, war dieses Gefühl, ständig von allen Seiten belauert zu werden. Immer allen Menschen zu misstrauen, überall Feinde zu sehen. Warum vertraute sie Jacco plötzlich nicht mehr? Er hatte es doch selbst gesagt, er hatte seinen Bruder seit Jahren nicht getroffen. Daran, dass Jelto bei ihr einen Taschendrachen gekauft hatte, hatte Jacco keinen Anteil. Wo hätte Jelto auch sonst einen kaufen sollen, wenn nicht bei der einzigen Taschendrachenzüchterin von Brück? Hatte sie ihm nicht selbst an jenem Morgen auf dem Marktplatz eine Standpauke gehalten, weil er nach diesem fahrenden Betrüger Ausschau gehalten hatte? Jacco also einen heimlichen Kontakt zu seinem Bruder zu unterstellen, war ziemlicher Blödsinn.

Sie lehnte den Besen an die Wand neben dem Lagerraum und schaute sich in der Zuchtstation um. Jetzt gab es wirklich gar nichts mehr zu tun. Sie konnte sich nicht länger davor drücken, diesen Tag zu beenden und nach oben in die Wohnung zu gehen. Besser, sie legte sich sofort ins Bett und versuchte zu schlafen.

Sie löschte die Öllampen im gesamten Raum bis auf eine kleine Laterne, damit sie nicht im Dunkeln die Treppe hinaufsteigen musste. Aus so mancher Voliere erklang ein schläfriges Zwitschern. Taschendrachen schliefen gern im Hellen. Aber Wynni konnte schlecht die ganze Nacht Licht brennen lassen.

Dabei wäre es gefahrlos möglich …

Mit der Lampe in der Hand blieb Wynni in der dunklen Halle stehen. Lauschte, ließ den Blick schweifen. Hin und wieder raschelte Stroh, sonst war alles still und friedlich. Sie fasste sich ein Herz und ging zu einer Voliere mitten im Raum, in der ein Taschendrachenpärchen brütete. Die Küken würden sehr bald schlüpfen.

Wynni stellte die Lampe ab und kniete sich vor den Schubkasten unter dem Käfig. Aufmerksamen Augen würde auffallen, dass hier weniger Staub lag. Wynni wischte alle Käfige regelmäßig sauber, auch die leerstehenden, doch jetzt fragte sie sich nervös, ob das alles wirklich so unauffällig wirkte, wie sie meinte.

Sie zog und ruckelte an den Griffen. Der Schubkasten klemmte, und das war Absicht. Sollte jemals ein Bücherjäger hier herumschnüffeln, wollte sie es ihm nicht zu einfach machen.

Mit einem Ruck öffnete sie den Schubkasten. Sie langte in den Stoffberg aus in Streifen gerissenen Leinen, tastete nach dem dicksten Buch und zog es hervor. Sie besaß nicht nur das vermutlich letzte Exemplar des *Lexikon der Drachenzucht,* sondern auch einen Folianten, der ungleich wertvoller war.

Wynni strich mit den Fingerkuppen über die Buchstaben, die in das Leder geprägt waren. Der Titel lautete: *Handbuch der Nutzdrachenhaltung.* Andächtig öffnete sie es an der Stelle, die sie mit einem Leinenstreifen markiert hatte. Sie stellte die Laterne auf den Rand des Schubkastens, um besser sehen zu können.

Auf der leicht gewellten Buchseite war eine Schemazeichnung abgebildet. Sie erklärte den Bau eines Rohrsystems, in das kleine Glaskugeln eingelassen wurden. Über einen Trichter wurde von einem Drachen heißer Dampf hineingepustet, der ein Gas, das sich in den Kugeln befand, zum Glühen brachte. Ein kleiner Hausdrache wie Feikje würde ausreichen, um ein ganzes Haus oder die Halle der Drachenzuchtstation zu beleuchten. Ein sicheres, regulierbares und in die Zukunft weisendes System. Wynni seufzte. Es war nicht einmal kompliziert, sie könnte es allein und innerhalb weniger Stunden nachbauen. Wäre da nicht dieses kleine Problem, dass sie dafür Wissen benötigte, das sie offiziell nicht besaß – und einen Hausdrachen, der ebenso offiziell als ausgestorben galt.

Im Laubenviertel gab es so eine Anlage, sichtbar für die gesamte Öffentlichkeit. Sie war sogar noch in Betrieb und beleuchtete allabendlich das vordere Drittel der Gasse und die Eingangsbereiche der angrenzenden Wohnhäuser. Sie hatte sich erkundigt, herumgefragt, doch niemand konnte oder wollte ihr Auskunft darüber geben, ob es sich um eine solche Drachenlichtanlage handelte. Die Kaufleute und Anwohnenden nahmen es als selbstverständlichen Luxus hin, ohne sich weiter um das Wie und Warum zu scheren. Weshalb waren die meisten Menschen nur so gedankenlos?

Frustriert schlug Wynni das Buch zu und schob es wieder ganz nach hinten zu den anderen beiden Büchern. Seit Jahren machten Fortschritt und Entwicklung um Brück einen so großen Bogen, dass die meisten Brückas sogar diese Begriffe und ihre Bedeutung aus ihrem Wortschatz verbannt hatten. Sie glaubten noch immer, dass sie in einer allseits bekannten Stadt lebten, die für ihre hochwertigen Tücher und Stoffe bewundert wurde. Der Ruf würde bald verschwunden sein, genau wie so vieles andere.

Warum das so war und wer dafür die Verantwortung trug, wusste auch sie nicht, aber sie hatte die Vermutung, dass die Verantwortlichen in der Burg zu finden waren. Wynni ging diesem Verdacht mit Jaccos tatkräftiger Unterstützung nach. Sie musste Geduld haben, so schwer ihr das fiel. Sie würde nicht in wenigen Monaten ausbügeln können, was andere vor langer Zeit versäumt hatten.

Erst waren die größeren Drachen verschwunden, dem war die Große Säuberung gefolgt, und nach den Drachen verschwanden die Bücher. Wynni vermutete, dass es einen Zusammenhang gab. Sie und Jacco stellten sich hin und wieder laut Fragen, aber er wusste noch weniger als sie. Es war nicht einmal bekannt, wann genau die Säuberung stattgefunden hatte, dabei musste es doch ein aufsehenerregendes Ereignis gewesen sein? Doch auch das interessierte niemanden. Es war immer das Gleiche.

Allein bei dem Gedanken an so viel Ignoranz wurde Wynni wütend. Sie nahm die Lampe, drückte den Schubkasten zu und stand auf. Schon verpuffte ihre Wut. Sie war ungerecht. Woher wollte sie wissen, dass es niemanden interessierte, wann und warum die Bücher vernichtet worden waren? Es war ja vielmehr so, dass sich niemand traute, laut danach zu fragen. Allein darüber zu reden, war verdächtig, also schwiegen die Menschen. Wie hatte Jelto es ausgedrückt? Sie solle sich keine Sorgen machen, dass er sie für eine Buchfanatikerin hielte?

Sollte er sie doch dafür halten, denn es war nur allzu wahr.

Sie ging ein letztes Mal zu dem Verschlag mit Feikje und ihrem Wurf und dachte an Jaccos Begeisterung. Dann hatte sie eine Idee. Es war gewagt, aber sie hatte die Heimlichtuerei gründlich satt. Es war Zeit für ein ganz kleines bisschen Enthüllung.

Sie packte das orangegelb geschuppte Drachenmädchen an der Nackenfalte und hob es hoch. Es gurrte freundlich, genau wie zuvor, als sie es Jacco in den Arm gelegt hatte.

»Wird Zeit, euch einmal Paps vorzustellen.« Sie legte den Drachen in ihre Armbeuge und nahm die Laterne auf. Dann verließ sie die Halle durch den Lagerraum und eine weitere Tür dahinter.

Eine Stiege, die so schmal war, dass Wynni mit beiden Ellbogen die Wand berühren könnte, führte hinauf in den ersten Stock zu den Wohnräumen, in denen sie mit ihrem Vater Coen lebte.

Der Drache in ihrem Arm war nach einem ausgiebigen Gähnen wieder eingedöst. Wynni tätschelte dem kleinen Wesen den Kopf und vernahm ein zufriedenes Knurren. Sie durchquerte einen Flur, der nur unwesentlich breiter als die Treppe war, bis zur letzten Tür auf der linken Seite. Dort klopfte sie kurz und trat dann ein.

Sie hatte abgestandene Luft des Tages erwartet, aber ihr Vater überraschte sie. Trotz der späten Stunde hatte er die Vorhänge aufgezogen und das Fenster geöffnet. Er saß aufrecht im Bett.

»Paps?«

Coen schrak zusammen. Er hatte einfach mit offenen Augen dagesessen. Sein Blick huschte orientierungslos hin und her, bis er sie erkannte. »Wynni, mein Sternenlicht. Ist es nicht mitten in der Nacht? Solltest du nicht schlafen?«

»Dasselbe könnte ich dich fragen.«

Er beugte sich vor. »Was trägst du da im Arm?«

»Das ist einer der Hausdrachenwelpen.«

»Ach ja, das fürstliche Zuchtprogramm.« Er schüttelte den Kopf. »Ich weiß ja wirklich nicht, was sich die Farlingers davon versprechen.«

»Das kann uns doch gleichgültig sein. Selbst wenn es bei diesem einen Wurf bleibt, wird es meinem Ruf als Drachenzüchterin sicherlich nicht schaden.«

»Da hast du recht.«

Wynni log ihren Vater nicht gern an. Aber so selten er sein Zimmer noch verließ – hin und wieder ging er nach unten in die Halle oder sogar bis auf den Hof –, den Verschlag mit dem Hausdrachen vor ihm geheim zu halten, wäre auf Dauer unmöglich gewesen. Daher hatte sie behauptet, im Auftrag der Fürstin zu züchten und Feikje für diesen Zweck überlassen bekommen zu haben. Nichts könnte ferner der Wahrheit sein. Aber wenn ihr Vater den Verschlag zufällig selbst entdeckt hätte, wären sehr viel drastischere Lügen nötig gewesen. Sofern er ihr dann überhaupt noch geglaubt hätte.

Coen machte sich immer zu viele Sorgen. Wenn er auch nur ahnen würde, was sie alles inzwischen ausprobierte, hätte sie mächtig Ärger am Hals. Sie wollte nicht wissen, was er tun würde, wenn er seine Tochter dabei erwischte, dass sie in die Tat umsetzte, was seine Frau Daltje schon vor Jahren geplant hatte.

Doch, sie wusste, was er tun würde. Er würde toben oder weinen. Wynni wusste nie, was schlimmer war. Sie konnte seinen Anblick so schon kaum mehr ertragen, die eingefallenen Wangen, meistens mit Tage alten Bartstoppeln bedeckt, das dünne rotblonde Haar, unter dem seine helle Kopfhaut schimmerte. Immerhin wusch er sich regelmäßig und putzte sich die Zähne. Aber er aß kaum noch etwas. Es kümmerte ihn nicht, so wie ihn kaum noch etwas kümmerte.

Genau deshalb war sie mitten in der Nacht hergekommen. Um ihm zu zeigen, was ihn kümmern sollte. Wynni stellte die Laterne ab und setzte ihrem Vater den Hausdrachen auf den Schoß.

»Nicht«, protestierte er halbherzig und legte dann sofort die Arme um das kleine Geschöpf. Es hob die Nase und schnaufte. Eine kleine Rauchwolke kräuselte sich über der Nasenspitze.

»Die Kleinen rauchen ein bisschen. Das kommt vermutlich von der Muttermilch.«

Dieser Moment war ein kostbarer, denn Coen lächelte. Er konzentrierte sich ganz auf den Drachenwelpen auf seinem Schoß, stupste ihm spielerisch mit dem Finger auf die Schnauze. Der Drache schnappte danach. Coen erlaubte ihm, am Finger zu nuckeln. Er fiepte begeistert.

»Bring ihr das nicht bei, Paps. Wenn sie Zähne hat, wird das schmerzhaft.«

»Hast du ihnen schon Namen gegeben? Werden sie direkt der Fürstin gemeldet oder musst du zum Schreibkontor, um sie eintragen zu lassen? Sie planen doch sicher ein Zuchtbuch, oder?«

»Ich denke schon, dass sie ein Zuchtbuch planen, klar.« Wynni bemühte sich, einen gelassenen Tonfall beizubehalten. Das Schlimmste am Lügen war ja, dass immer neue Lügen hinzukamen.

»Bisher haben sie mir noch nichts dazu gesagt. Ich nehme an, dass sie mir rechtzeitig Bescheid geben.«

Coen nickte. »Da hast du recht. Dafür haben sie dir das Hausdrachenweibchen ja schließlich überlassen. Sie werden es wissen und dir sagen, was du tun sollst.«

»Am liebsten würde ich sie ja alle behalten.«

»Sieben Hausdrachen? Wie stellst du dir das vor?« Coens Stimme zitterte leicht.

»Gar nicht. Ich nehme doch an, dass die Farlingers sie irgendwann abholen lassen.« Sie lachte und hoffte, dass es unbekümmert klang. »Sonst sitze ich hier in einer Halle voller Hausdrachen, die sich am Ende langweilen und Unsinn anstellen.«

Ihr Vater hob den Kopf und riss entsetzt die Augen auf. »Das ist nicht lustig, Wyona. Das Feuer eines Hausdrachen ist nicht wie das von Taschendrachen!«

»Schon gut, Paps. Bitte reg dich nicht auf.«

»Ich rege mich aber auf, wenn du dich in Gefahr bringst! Ich bin schließlich dein Vater. Du hast doch kaum Ahnung von Hausdrachenzucht. Die letzten Hausdrachen wurden vor zig Jahren gezüchtet.« Er ließ den Kopf hängen. Der Ausbruch hatte seine gesamte Energie verbraucht.

Wynni biss sich auf die Zunge. Am liebsten hätte sie ihm gesagt, dass sie sich streng an die Vorgaben aus dem *Lexikon der Drachenzucht* hielt. Aber sie konnte nicht zugeben, dass sie dieses Wissen nutzte. Coen mochte ihr abnehmen, im Auftrag der Fürstin zu züchten, aber dass sie dafür Angaben in einem Buch nachlesen durfte, würde er ihr niemals glauben. Das klang einfach zu absurd.

Bisher hatten immer alle Informationen aus dem Buch gestimmt. Und sie hatte es erst gestern wieder hervorgeholt, bevor sie die Drachenwelpen zum ersten Mal mit Paprikapulver gefüttert hatte – das Gewürz wurde als Brandbeschleuniger bezeichnet. Im *Lexikon der*

Drachenzucht stand, dass das Feuer stärker, aber auch besser zu regulieren sei, je früher mit der richtigen Fütterung begonnen werde. Etwas, das ihr Vater vielleicht aus der Taschendrachenzucht nur zu gut wusste. Doch er weigerte sich, an der Hausdrachenzucht Anteil zu nehmen. Er hatte sich mit der Idee gar nicht anfreunden können, obwohl sie behauptet hatte, im Auftrag der Fürstin zu handeln.

So bewährt die Informationen aus dem Lexikon sein mochten, ihre einzige Möglichkeit, die Richtigkeit zu prüfen, bestand darin, sie auszuprobieren. Wynni war dabei sehr vorsichtig. Sie wollte schließlich nicht, dass die ganze Station samt der Wohnung in Flammen aufging. Aber ein Hausdrache musste nun einmal Feuer, Eis oder Dampf erzeugen. Sie wollte die Zuchtverfahren so gut wie möglich untersuchen. Sie besaß das Wissen, warum es also nicht anwenden?

Coen hatte sich wieder dem Drachenwelpen zugewandt, der sich auf seinem Schoß zu einer Kugel zusammengerollt hatte und leise schnarchte.

»Du könntest sie Aranja nennen. Das bedeutet orange in einer anderen Sprache.«

»In einer anderen Sprache? Welche denn?«

»Ach, das habe ich vergessen. Ist nicht so wichtig.« Ihr Vater rutschte auf dem Bett ein wenig tiefer und schloss die Augen.

Ein Zeichen für Wynni, dass er darüber nicht reden wollte. Wie immer. Wie über so vieles.

Sie legte kurz ihre Hand auf seine, die auf dem Rücken des Drachenmädchens ruhte. »Ein schöner Name, ich nehme ihn.«

Dann wandte sie sich ab. Sie wollte Aranja zurück in den Verschlag bringen und dann schlafen gehen. Besser gesagt, es versuchen. Sie ahnte, dass sie, wie in so vielen Nächten, wachliegen und grübeln würde. Endlos darüber nachdenken, ob es noch andere

Menschen wie sie oder ihre Mutter gab. Jacco war vielleicht eine Ausnahme, das würde sich noch zeigen.

Sie befürchtete, dass die allermeisten Brückas mehr wie ihr Vater und Jelto waren. Gedankenlos und ignorant durchs Leben taumelten. Es ging den Menschen ja nicht wirklich schlecht. Die meisten waren zufrieden mit dem, was sie hatten, und wollten nicht, dass sich etwas änderte. Die Regentschaft der Fürstin Maite Farlinger gründete auf dem Versprechen, dass alles blieb, wie es war. Für Wynni wäre das in Ordnung, wenn die Menschen eine Wahl hätten. Aber eine freie Entscheidung war ihnen abgenommen worden.

Sie jedenfalls wollte, dass sich etwas änderte. Sie wollte die Hausdrachen zurück in die Stadt bringen. Und sie wollte sicherstellen, dass in der fürstlichen Weberei nicht heimlich Manufakturdrachen gequält wurden.

An Abenden wie diesen, wenn ihr Vater so panisch reagierte, konnte sie verstehen, dass ihre Mutter fortgegangen war, weil sie Coens ständige Bedenken nicht mehr ertragen konnte. Und an Abenden wie diesen bereute Wynni, dass sie nicht mit ihr gegangen war. Ihre Eltern hatten ihr die Entscheidung überlassen. Damals hatte sie geglaubt, sie könnte ihrem Vater die ständige Angst nehmen, und dann würde Daltje zu Mann und Tochter zurückkommen.

Ein fataler Irrtum, aber Wynni war zu jung gewesen, um das vorherzusehen. Ein Kind wanderte mit der Hoffnung durchs Leben, dass am Ende alles gut werden würde. Und zum Erwachsenwerden gehörte die Einsicht, dass das nicht stimmte.

Manchmal wünschte sich Wynni, sie wäre noch immer jung genug, um diese Hoffnung zu hegen. Oder wenigstens die Hoffnung darauf, dass ihre Mutter nicht die einzige Person weit und breit war, die genauso dachte wie sie selbst.

Bùchjagd

Am nächsten Morgen entschied Jelto sofort nach dem Aufstehen, zur Burg zu gehen, um mit Henk zu sprechen. Vielleicht steckte ja mehr hinter der Sache, als dass dieser Schafskopf einfach nur einen lästigen Auftrag weitergeschoben hatte.

Das Buch hatte ihn schläfrig begrüßt, als er Quibus aus der Kiste gehoben hatte. Damit hatte Jelto die Bestätigung, dass dies alles kein schlechter Traum gewesen war. Er befahl dem Buch, fürs Erste zu schweigen. Er wollte sich zunächst frisches Brot auf dem Laubenmarkt kaufen. Zu seiner Überraschung gehorchte es und muckste nicht mehr, bis er die Wohnung verließ. Quibus hockte auf seiner Schulter und döste dort noch ein wenig vor sich hin.

Sie waren nicht lange fort gewesen, aber das hatte offenbar gereicht, um jemandem eine Gelegenheit zu geben. Kaum hatte Jelto mit dem Brot unter dem Arm den Hausflur betreten, beschlich ihn das Gefühl, dass etwas nicht stimmte. Aus einem der oberen Stockwerke hörte er merkwürdige, scharrende Geräusche. Erst dachte er, jemand würde den Abort am Ende des Flures benutzen, aber dann klang es eher, als würde Metall auf Metall kratzen.

Jelto lief die Stufen etwas schneller hinauf. Ganz sicher war es nur eine Nachbarin oder ein Bote. Doch seit dem vorangegangenen Abend und seiner Begegnung mit Bùch war er aufmerksamer und misstrauischer.

Und das mit gutem Grund. Er erreichte den Treppenabsatz und erhaschte gerade noch einen Blick auf eine dunkel gekleidete Gestalt mit Kapuze, die aus dem offen stehenden Fenster neben der Tür zum Abort flüchtete.

»Halt, stehen bleiben! Was soll das?« Jelto lief der Gestalt nach. Quibus wurde wach und zwitscherte aufgeregt.

Jelto erreichte das Fenster und lehnte sich weit hinaus, blickte nach unten in den Innenhof und dann hinauf zum Dachfirst. Zu spät. Nirgendwo war jemand zu sehen. Vermutlich war die Gestalt gesprungen – vier Stockwerke waren schmerzhaft, aber machbar – und hockte jetzt in einem Gebüsch oder schon hinter der nächsten Ecke. Oder, viel wahrscheinlicher, sie war hinauf aufs Dach und dann über die Häuserreihe geflüchtet. So hätte es Jelto zumindest gemacht. Er starrte noch eine Weile hinaus und blickte mehrmals nach oben, ob sich ein Gesicht über der Dachkante zeigte, aber vergebens. Dann schloss er die beiden Fensterflügel.

Wer wollte hier einbrechen? Weder bei ihm noch bei seiner Nachbarin gab es großartig etwas zu holen.

Es sei denn, jemand weiß über das Buch Bescheid, wisperte eine Stimme in seinem Hinterkopf.

Kopfschüttelnd ging Jelto zu seiner Wohnungstür und untersuchte sie. Er war gerade noch rechtzeitig gekommen, das Schloss war unbeschädigt. Bücherjäger hinterließen keine sichtbaren Spuren. Könnte es denn einer gewesen sein? Tagsüber? Es konnte ebenso gut ein sehr geschickter gewöhnlicher Eindringling gewesen sein.

Was ging hier vor sich?

Nervös drehte er sich einmal um die eigene Achse und beugte sich übers Treppengeländer, um zu sehen, ob da unten jemand lauerte. Er hatte geahnt, dass es Probleme geben würde, wenn er dieses Buch nicht sofort vernichtete. Zudem war er heute Morgen nicht zur Bücherverbrennung erschienen. Er überlegte. Gilles war tags zuvor mit einem offiziellen Schwatzling der Fürstin aufgekreuzt und hatte ihm den Auftrag übermittelt. Den Auftrag, der eigentlich für Henk bestimmt gewesen war. Mindestens die beiden wussten also, dass Jelto auf die Jagd gegangen war. Und da er heute Morgen nicht mit seiner Beute erschienen war, hatte das sicher Fragen aufgeworfen. Aber dass deswegen einer seiner eigenen Leute bei ihm einbrach? Das klang nicht sehr wahrscheinlich. Schließlich konnte es ja sein, dass Jelto einfach nichts gefunden hatte. Diesen Misserfolg hätte er heute im Laufe des Vormittags noch melden können.

Aber der Auftrag ist dringend gewesen und du bist noch nie mit leeren Händen zurückgekommen, widersprach seine innere Stimme.

Jelto wurde bewusst, dass er immer noch vor seiner Tür stand und auf das Schloss starrte. Er sollte wenigstens in seine Wohnung gehen und frühstücken.

Bei dem Versuch, die Tür aufzuschließen, bemerkte er, dass seine Hände zitterten. Erst nach mehreren Anläufen schaffte er es, den Schlüssel ins Schlüsselloch zu stecken. Er betrat seine Wohnung und hielt unwillkürlich die Luft an. Auf den ersten Blick erschien alles unverändert. Bedächtig drückte er die Tür zu und schloss sie von innen ab.

Jelto lehnte sich dagegen, suchte Herd, Tisch, Kommode ein zweites Mal mit Blicken ab und lauschte dabei. Quibus schien zu begreifen, dass etwas nicht so war, wie es sein sollte, und regte sich nicht.

»Bùch?«

»Ich bin hier.«

Immer noch wachsam näherte Jelto sich der Kiste. »Ist alles in Ordnung?«

»So in Ordnung, wie es im Nest eines Taschendrachen sein kann.«

Das klang so gar nicht nach dem gestrigen Lamento über Quibus' Tritte oder Annäherungsversuche.

Misstrauisch zog Jelto das Tuch weg, hob Bùch aus der Kiste und legte es auf den Tisch.

Es schwieg.

Sonderbar. Wenn es noch einen Beweis dafür gebraucht hätte, dass hier etwas nicht stimmte, bekam Jelto diesen gerade geliefert.

»Was ist hier passiert, Bùch?«

»Weiß nicht.« Einige Seiten raschelten.

Jelto hatte nach ihrer *Unterhaltung* vom Vorabend noch im Gedächtnis, dass dieses Geräusch mal einem Schulterzucken, mal einem Stirnrunzeln entsprach, meistens jedoch Empörung ausdrückte. Darüber hinaus war er sich jetzt bei Tageslicht sicher, dass die Prägung sich stetig veränderte, wobei es ihm nicht gelang, konkrete Muster oder Konturen darin zu erkennen. Es schien Bùchs Entsprechung eines Gesichts zu sein, doch das Mienenspiel vermochte Jelto nicht zu lesen.

»War jemand in der Wohnung?« Er betrachtete das Fenster. Es war geschlossen und unversehrt.

»Nein, da bin ich sicher. Nur vor der Tür.«

»Gut. Dann beruhigen wir uns jetzt fürs Erste. Ich mische mir eine Kanne Zitronentee. Du erzählst mir in der Zwischenzeit, was vorgefallen ist. Jede kleinste Einzelheit, lass nichts aus, hast du verstanden?«

»Wird gemacht.«

Jelto leinte Quibus ab und setzte ihn in seine Kiste, wo er sich sofort zusammenringelte und zufrieden knurrte. Jelto stellte den Topf auf den Herd und füllte ihn mit Wasser aus einem der Eimer, die er am Vorabend von der Pumpe im Hof hinaufgeschleppt hatte. Dann packte er die Zitronen aus, die er von einer Händlerin auf dem Markt gekauft hatte, und schnitt sie in schmale Scheiben. Weil

Bùch immer noch nichts sagte, wedelte er auffordernd mit dem Messer.

»Ich kann dir nicht viel erzählen. Kurz bevor du gekommen bist, habe ich Schritte und Stimmen vor der Tür gehört und –«

»Moment. Stimmen? Mehr als eine?«

»Natürlich mehr als eine. Menschen unterhalten sich höchst selten mit sich selbst.«

»Das würde ich nicht bestätigen, aber egal. Weiter. Wie viele Stimmen, wie klangen sie? Hoch, tief? Wie sprachen sie? Schnell, langsam?«

»Es waren zwei verschiedene. Eine ziemlich hektische, sie klang hoch und nervös. Die andere Stimme tönte eher dunkel. Dieser Mensch hat ohnehin nicht viel gesagt, das klang mehr nach knappen Anweisungen. Dazu habe ich Schritte und Getrampel gehört. Einer von beiden könnte sehr schwer gewesen sein. Vielleicht haben sie etwas getragen.« Erneutes Seitenrascheln.

Vorhin im Flur war da nur eine Person gewesen. Oder? Jelto hielt inne und ließ das Messer fallen. Wie hatte er so dämlich sein können? Mit einem Schritt war er an der Tür, schloss auf und rannte hinaus.

»Jelto? Habe ich was Falsches gesagt?«

Er lief bis zum Ende des Flures und riss die Tür zum Abort auf. Da war niemand, nur das zu erwartende Loch im Boden. Natürlich, was hatte er denn gedacht? Dass die zweite Person in diesem Versteck blieb, bis ihm einfiel, hier nachzusehen? Vermutlich hatte sie sich an seiner Wohnung vorbeigeschlichen, sobald er die Tür geschlossen hatte. Warum war er nicht gleich darauf gekommen?

Weil ein Dieb, erst recht ein Bücherjäger, am helllichten Tag hier gar nicht herumschleichen sollte. Und die Vorstellung, dass sie sogar zu zweit unterwegs sind, völlig absurd ist.

Lag dort auf dem Boden etwas? Jelto ließ die Tür los und bückte sich. Ein grüner Holzknopf, so groß wie ein Daumennagel, mit vier Löchern, in denen Bindfadenreste hingen. Die Farbe erinnerte ihn an etwas, aber er konnte den Gedanken nicht fassen. Außerdem hatte jemand auf dem Knopf herumgetrampelt und ihm einige Kratzer zugefügt.

Jelto steckte ihn ein. Vermutlich lag der schon seit Tagen dort und gehörte einem Nachbarn oder einer Nachbarin. Trotzdem war er sicher, dass sein zweiter ungebetener Gast sich hier versteckt gehalten hatte.

Wütend über sich selbst, weil er jetzt ein neues Rätsel zu lösen hatte, stapfte er zurück in die Wohnung und schloss ab.

Er wandte sich an Bùch. »Du musst ganz schön wertvoll sein, wenn hier am helllichten Tag gleich zwei Leute aufkreuzen, um dich zu verschleppen.«

»So hell ist es noch gar nicht, eher früh, findest du nicht?«

»Was haben die beiden vor der Tür gesagt?«

»Konnte ich nicht verstehen.«

»Was hast du sonst noch gehört?«

»Nix.«

»Keine anderen Geräusche, keine Hinweise, Namen, Flüche? Gar nichts?«

»Nö.«

Jelto stemmte die Fäuste in die Seiten. »Was ist denn los mit dir? Gestern Abend hast du in einem fort geredet und jetzt bekommst du die Zäh… also die Seiten nicht auseinander?«

»Ich habe Angst.«

»Du hast was? Jetzt erzähl mir nicht, dass du auch Gefühle hast!«

»Ja, nein, nicht so richtig. Ich weiß es nicht. Ich kann das doch nicht vergleichen, wie das bei Menschen ist. Ich würde jedenfalls am liebsten in ein tiefes Loch verschwinden, in dem mich niemand findet. Ich wäre jetzt sogar lieber bei Quibus in der Kiste, trotz des Taschendrachenmiefs.«

Nachdenklich kratzte Jelto sich an der Schläfe. Diese Beschreibung von einem Angstgefühl passte schon. Bùch wollte fliehen, sich verstecken. Es sorgte sich darum, dass diese beiden es mitnahmen. Wer immer sie gewesen sein mochten oder wer sie geschickt hatte, sie waren ihm unheimlich. Es konnte wahrnehmen, dass hier etwas nicht mit rechten Dingen zuging, ihm möglicherweise sogar Gefahr drohte. Ob diese Wahrnehmung nun dem Gefühl entsprach, das Menschen *Angst* nannten, oder nicht, war unerheblich.

»Also gut. Pass auf, Bùch, wir sprechen das jetzt alles in Ruhe durch. Solltest du etwas wahrnehmen oder spüren, dass sich jemand oder etwas meiner Wohnungstür nähert, gibst du sofort Bescheid.«

»Wird gemacht.« Immerhin klang Bùch jetzt schon zuversichtlicher.

Das Wasser auf dem Herd kochte inzwischen. Jelto goss es in einen Tonkrug zu den Zitronen und fügte ein paar Löffel Zucker hinzu. Dann zog er den Stuhl heran und setzte sich. »Fangen wir am besten von vorne an.«

»Einverstanden.«

»Wer hat dich erschaffen? Wann und wo?«

»Ähm … also das ist nun ganz von vorne und sehr am Anfang, oder? Meinst du das ernst?«

»So ernst, wie ich dich gestern noch verbrennen wollte.«

»Das ist … puh … ernst. Aber ich kann dir gar keine Antworten geben. Ich war einfach plötzlich da, verstehst du?«

»Nein.«

»Gut, ich nämlich auch nicht. Ich konnte meine Umgebung wahrnehmen, von einem Moment zum nächsten. Das muss vor zehn, zwölf Tagen gewesen sein. Aber wo ich war, das kann ich dir beim besten Willen nicht beantworten. Das war ein Raum wie dieser, nur doppelt so groß und mit mehr Möbeln, nicht so karg eingerichtet. Es gab ein Regal mit Porzellan, eine Vase mit einem duftenden Blumenstrauß, himmelblaue Vorhänge vor den Fenstern. Richtig schön bunt und lebendig. Dort habe ich gern einige Tage herumgelegen.«

»Ich habe schon verstanden, dass du mein Zimmer hier zu nüchtern findest. Wer war da?«

»Da waren vier Personen. Drei große und eine kleine. Ein Kind, genau.«

»Wie sahen sie aus?«

»Wie Menschen eben aussehen. Tut mir leid, ihr seht alle gleich aus. Es waren je zwei Frauen und Männer, so viel habe ich mitbekommen. Jedenfalls müsste ja eine dieser Personen mich erschaffen haben, meinst du nicht?«

»Sag du es mir.«

»Das ist es ja, Jelto, ich weiß es nicht. Vielleicht haben die mich … beschrieben? Oder geschrieben, so heißt es. Jemand hat Worte auf meine Seiten geschrieben. Aber nein, vorher muss ja noch jemand das Papier zusammengenäht und den Einband geleimt haben.«

»Deine Seiten werden zusammengenäht? Das Papier?«

»Ich glaube schon. Ich war ja nicht dabei. Also vermutlich schon, aber das war, bevor ich … zu mir gekommen bin. Wie soll ich das nennen? Wurde ich vielleicht erweckt? Genau, sie haben meinen Buchkörper erschaffen, bevor ich erweckt wurde.« Bùch schwieg, als erwarte es jetzt Beifall oder einen Glückwunsch.

Jelto war mit seinen Gedanken ganz woanders. Es juckte ihn, herauszufinden, wie das mit dem Nähen gemeint war. Er hatte sich bisher nie Gedanken darüber gemacht, wie Bücher hergestellt wurden.

Zögernd streckte er die Hand aus. »Darf ich mal in dich hineinblättern?«

»Ob du was? O ja, bitte, bitte! Darauf warte ich doch die ganze Zeit! Mach schon, dazu bin ich da, das ist meine Bestimmung. Möchtest du vielleicht jetzt doch sogar –«

»Sch!« Jelto beugte sich vor, berührte Bùch mit den Fingerspitzen und klappte es auf.

»... lesen lernen?«

»Nicht jetzt.«

Er blätterte Seite für Seite, und tatsächlich: Die Seiten waren in mehreren Lagen zusammengefasst und mit einem blassen, dünnen Faden vernäht. Am Rücken befand sich ein Stoffband. Als er dessen Kanten zurückbog, konnte er erkennen, dass die insgesamt zwölf Papierbündel an dieses Stoffband geleimt waren. Jelto schnüffelte und vernahm einen vagen Geruch. Das war unverkennbar Fischleim, der im Hafen aus Haut und Gräten gekocht wurde.

»Deine Seiten werden also zusammengenäht und dann verleimt.«

»So ist es.«

»Weißt du, wie das genau vor sich geht?«

»Könntest du nachlesen.«

Jelto blätterte einige Seiten weiter. Das Papier fühlte sich weich an und besaß einen seidigen Glanz. Es war mit akkuraten Zeilen in einer gleichmäßigen Handschrift bedeckt. Die Tinte war vermutlich die übliche Mischung Gallustinte, wie sie in den Schreibkontoren verwendet wurde. Hin und wieder war ein Buchstabe am Anfang einer Seite größer als die anderen und mit ausladenden Schnörkeln versehen.

»Was ist das, was in dir steht? Eine Geschichte oder Erklärungen?«

»Ein zusammenhängender Text. Mehr weiß ich nicht.«

»Wieso nicht? Hast du nicht gefragt, nachdem diese Leute dich erweckt haben?«

»Nein. Da war ich schon beschrieben. Mir wurde meine Aufgabe erklärt, und dann ging es auch schon los.«

»Und warum hast du nicht nachgesehen?«

»Hör mal, du kannst dir doch auch nicht selbst auf den Rücken gucken! Wie könnte ich mich denn selbst lesen?«

»Könntest du andere Bücher lesen?«

»Habe ich noch nicht ausprobiert.«

»Aber lesen kannst du?«

»Natürlich! Wie könnte ich dir sonst anbieten, es dir beizubringen? Was wäre ich denn für ein Buch, das nicht lesen kann?«

»Mir war bis jetzt weder bekannt, dass Bücher sprechen noch dass sie lesen können.«

»Stimmt auch wieder.«

»Gibt es noch mehr Bücher wie dich? Sprechende Bücher?«

»Also ... hm. Interessante Frage. Weiß nicht? Bin noch keinem begegnet, aber ich bin ja auch erst wenige Tage alt, das heißt also gar nichts.« Da schwang ein verunsicherter, vielmehr sehnsüchtiger Unterton mit. Hatte Bùch darüber bisher nicht nachgedacht?

Es raschelte mit den Seiten. »Wenn du bereit wärst, lesen zu lernen, müsstest du mir diese ganzen Fragen übrigens nicht stellen. Na, wie wär's?«

Jelto klappte Bùch zu und legte es zurück auf den Tisch. »Du hast gerade gesagt, dass dir deine Aufgabe erklärt wurde. Wie lautet die?«

»Nach ein paar Tagen herumliegen in diesem gemütlichen Raum hat die ältere Frau mich der jüngeren gegeben. Die beiden Männer waren auch dabei. Sie hat mich ganz feierlich in die Hände gedrückt, es fühlte sich alles ganz wichtig an. Sie hat auch sehr eindringlich gesprochen. Ich sollte im Lagerhaus versteckt und von einem Bücherjäger gefunden werden. Den sollte ich dann davon überzeugen, mich zu lesen und das zu tun, was in mir steht. Das ist alles.«

»Moment mal. *Ein* Bücherjäger? Irgendeiner oder ein bestimmter? Kein Bücherjäger kann lesen. Ich ja auch nicht.«

»Ich kann es euch ja beibringen, ist nicht so schwer.«

»Im Lagerhaus hast du gesagt, du hättest auf mich gewartet.«

»Du bist doch Bücherjäger, oder? Jedenfalls keine Bücherjägerin. Was das betrifft, war die Anweisung eindeutig. Es gibt ja keine Mädchen oder Frauen bei euch, soweit ich weiß.«

»Aber es hätte auch ein anderer sein können? Es musste nicht ich sein? Du hast doch im Lagerhaus nach meinem Namen gefragt, um sicher zu sein, dass ich der Richtige bin.«

»Nun, vielleicht war ich bei unserer ersten Begegnung etwas nervös und habe da etwas durcheinandergebracht. Und wenn schon. Du bist ein Bücherjäger, das passt also. Das ändert doch nichts.«

»Doch, das ändert alles!« Jelto sprang auf und raufte sich die Haare. »An dem Abend, an dem ich dich gejagt habe, war Gilles hier, unser Lehrling. Und der hat behauptet, der Auftrag wäre eigentlich für Henk. Und es sollte am gleichen Tag noch erledigt werden. Warum? Wer steckt dahinter?«

»Frag ihn doch.«

»Das wollte ich ja. Aber jetzt sieht die Sache anders aus. Wenn Henk sich das nämlich ausgedacht hat, um mir eins auszuwischen, dann bin ich erledigt!«

»Aber warum denn?«

»Na, weil ich dich nicht vernichtet habe! Der Besitz von Büchern ist verboten, und das gilt ganz sicher auch für mich als Bücherjäger.« Erst als er es aussprach, wurde ihm die gesamte Tragweite seines Handelns erst bewusst. Was hatte er sich dabei gedacht, dieses Buch nicht einfach zu verbrennen? »Ich könnte dich jetzt anzünden und Henk dann fragen.« Er ließ sich wieder auf den Stuhl fallen.

»Ich finde, das ist absolut keine Option.« Bùchs Seiten flatterten nervös.

»Da hast du es.« Er hob die Hände. »Nein, ist es wirklich nicht«, fügte er versöhnlicher hinzu. Zumindest nicht, bevor er nicht zweifelsfrei herausgefunden hatte, ob Bùch nun etwas Lebendiges war oder eine empfindungslose Sache.

»Immerhin freut mich sehr, dass wir uns dahingehend inzwischen einig sind. Dann wäre der nächste Punkt also das Lesenlernen. Auf meinen ersten Seiten sind spezielle Übungen, wir könnten sofort anfangen.«

»Ich bin doch nicht lebensmüde! Was ist, wenn diejenigen, die mir das eingebrockt haben, genau das wollen? Dass ich mich der Gefahr aussetze und Bücher lese? Nachher bringt mich das um!«

»Mensch, Jelto, jetzt beruhige dich mal! Wie sollte dich das umbringen, wenn du dir die Buchstaben auf meinen Seiten ansiehst, die Wörter erfasst, die sie bilden, und am Ende den Text verstehst?«

Jelto klappte den Mund auf und wieder zu. Ihm fiel keine Antwort ein. *Bücher sind gefährlich,* diese unumstößliche Weisheit hatte er nicht erst gelernt, seit er Bücherjäger geworden war. Schon seine Eltern hatten ihm das von klein auf beigebracht.

Er hatte sich nie gefragt, warum. Das Papier, die Tinte konnten es nicht sein, schließlich bestand in einem Schreibkontor auch keine größere Lebensgefahr als anderswo – von der Möglichkeit abgesehen, zu verhungern, weil die Wartezeit endlos sein konnte. Aber das war ein üblicher Scherz und galt zudem für die Wartenden, nicht für die Schreiberlinge.

Es musste der Inhalt sein, die Worte, die Wörter, die Buchstaben, der Text. Und natürlich musste es gefährlich sein, was in Bùch geschrieben stand. Andernfalls hätte der Inhalt doch auch einfach mündlich übermittelt werden können. Nein, es steckte mehr dahinter, da konnte dieses Buch erzählen, was es wollte.

Wer sollte den Text lesen? Er oder Henk? Oder war das letzten Endes egal, Hauptsache, irgendjemand las es? Warum sollte er es lesen? Worum ging es? Was passierte dann, löste das Lesen etwas aus?

Er schüttelte den Kopf, doch seine Gedanken purzelten nur noch mehr durcheinander. Er konnte Bùch nicht mit sich herumschleppen, wenn er Henk zur Rede stellte. Der würde es sofort riechen. Aber er konnte es auch nicht hier unbewacht in seiner Wohnung lassen. Jelto fühlte sich, so ungern er sich das eingestand, seit diesem Einbruchsversuch vorhin für Bùchs Sicherheit verantwortlich. Und nicht nur das. Solange er nicht wusste, was darin stand, wollte er auch auf den Inhalt gut achtgeben. Sonst war er am Ende dafür verantwortlich, dass mehr als nur die Lesenden gefährdet wurden. Es könnte viele Menschen töten oder am Ende sogar die ganze Stadt zerstören.

Nein, diese Gedanken waren vermutlich doch etwas übertrieben, aber er wollte im Moment einfach kein Risiko eingehen. Wenn er mit dem Schlimmsten rechnete, konnte ihn so leicht nichts und niemand überraschen.

Jelto fütterte Quibus und legte das Buch zurück in die Kiste. Er hatte Protest erwartet, stattdessen stieß es einen Laut aus, der sowohl Begeisterung als auch Erleichterung sein konnte. Nach seinem Frühstück trampelte der Taschendrache jedenfalls gründlich auf dem Einband herum und ringelte sich darauf zusammen.

Eine Weile setzte Jelto sich ans Fenster und schaute hinaus, während er über die Geschehnisse und möglichen Verwicklungen nachgrübelte, ohne zu einer Erkenntnis zu gelangen. Danach trank er den abgekühlten Zitronentee und aß Brot, Schafskäse und Tomaten zum Frühstück.

Bis zum späten Mittag hatte Jelto sich immer noch zu keiner Entscheidung durchringen können. Und so stand er nun im Watt mitten zwischen den beiden Leuchttürmen Brücks und hielt den letzten Algenköder aus seinem Vorrat in die Höhe.

Quibus kreiste über ihm in der warmen Sommerbrise, erblickte die ausgestreckte Hand und ging in einen Sturzflug über. Begeistert zwitschernd raste er mit einem übermütigen Schlenker und offenem Maul heran – und verfehlte den Köder knapp.

Lachend ließ Jelto die Hand sinken. Er hatte inzwischen ganz stark den Verdacht, dass der Taschendrache einfach schielte. Falls dem so war, fand er das nicht schlimm. Er machte sich allerdings Sorgen, dass Quibus sich doch einmal ernsthaft verletzte, wenn er etwas falsch einschätzte. Er nahm sich vor, darüber mit Wyona zu sprechen. Er brauchte ohnehin neue Algenköder.

Quibus genoss die Möglichkeit, zum ersten Mal ohne Leine zu kreisen. Er hatte auch keine Anstalten gemacht, abzuhauen. Seine Gier nach Algenködern war größer, und die waren ihm in den letzten Stunden reichlich dargeboten worden.

Jelto bummelte bis zur Uferböschung und ließ sich in das struppige Strandgras sinken. Gedankenverloren betrachtete er das Meer, das allmählich zwischen den weißen Leuchttürmen nahte. Vor einer halben Stunde hatte die Flut eingesetzt. Normalerweise liebte Jelto es, dem Wasser zuzusehen, wie es immer näher kam. Aber seine kreisenden Gedanken holten ihn wieder ein.

Er warf den Algenköder vor sich in den Sand. Quibus schoss von hinten heran, landete – für seine Verhältnisse elegant – auf allen vieren und trippelte auf den Köder zu. Zufriedenes Schmatzen folgte und brachte Jelto zum Lächeln.

Warme Sonnenstrahlen kitzelten ihn im Nacken, die Luft roch nach Salz. Das Leben könnte so einfach sein.

Wäre da nicht ein sprechendes Buch in seinem Rucksack. Er hatte sich auf dem Weg zum Strand bemüht, Abstand zu sämtlichen Menschen zu halten. Hier war weit und breit niemand außer ihm, das hatte ihn ein wenig beruhigt. Doch jetzt, da er die Flugübungen mit Quibus beendet hatte, holten ihn die Fragen wieder ein.

Was passierte mit einem Bücherjäger, der nicht in der Lage war, ein sprechendes Buch zu vernichten?

In den letzten Stunden hatte Bùch beharrlich sein Angebot wiederholt, ihm das Lesen beizubringen, damit Jelto endlich ein paar Antworten erhielte.

Was passierte mit einem Bücherjäger, der ein magisches Buch versteckte und lesen lernte?

Undenkbar.

Der Drang, sich Hilfe zu suchen und mit jemandem über sein Problem zu sprechen, war im Laufe des Tages immer mächtiger geworden.

Rona würde ihn am Abend besuchen. Könnte er ihr von Bùch berichten? Sie würde es kaum weitererzählen, glaubte er. Er vertraute ihr wie keinem zweiten Menschen in Brück. Aber sicher konnte er natürlich trotzdem nicht sein.

Er betrachtete die beiden Leuchttürme. Sie waren brandneu. Vor zwei Jahren erst war ein ganzes Schiff voller Handwerksleute eingetroffen. Sie hatten den gesamten Sommer über die Türme errichtet und die komplexen hellen Laternen eingebaut. Es hieß, dass einige Kapitäne und Kapitäninnen den Bau finanziert hatten, weil es Brück und der Fürstin sowohl an Geld als auch an den Fähigkeiten mangelte, selbst solche Wunderwerke zu erbauen. Und Wundwerke waren sie wirklich. Ein so strahlendes Licht wie das der beiden Leuchttürme hatte bis dahin noch niemand gesehen. Und nicht nur die Passage zum Hafen von Brück, so hieß es, sei jetzt um vieles sicherer, auch der Weg entlang der Küste.

Das graue Meer, das orangegoldene Sonnenlicht in einem Himmel voller langgezogener Wolkenbänke, sogar die Erinnerung an den Bau der Türme brachten Jelto ein wenig zur Ruhe. Sein Kopf klärte sich so weit, dass er endlich in der Lage war, über Lösungen nachzudenken.

Wenn er das Buch nicht vernichten wollte, musste er es loswerden. Erst dann, wenn er nichts mehr zu befürchten hatte, konnte er herausfinden, wer ihm das eingebrockt hatte und warum.

»Quibus, zu mir!«

Der Taschendrache gehorchte aufs Wort und zwitscherte dann enttäuscht, weil es keinen Algenköder gab. Trotzdem ließ er sich anstandslos anleinen und setzte sich auf Jeltos Schulter unter die Kapuze.

Zurück in der Wohnung legte er Bùch wieder in die Kiste des Taschendrachen, was Quibus selbst am wenigsten störte. Amüsiert beobachtete Jelto, wie er seinen Kopf an Bùchs Rücken rieb und dessen Proteste aus lauter »Bähs« und »Urgs« komplett ignorierte.

Den Rest des Tages bereitete Jelto das Essen für Rona vor – einen Gemüseeintopf mit frischen Muscheln – und grübelte darüber nach, wo er Bùch verstecken könnte, wenn er zu den Bücherjägern ging. Er fühlte sich bei dem Gedanken alles andere als wohl, denn er hatte inzwischen das Gefühl, der Geruch nach Papier und Tinte würde an seiner Kleidung haften. Was vermutlich Unsinn war. Hoffentlich.

Bis zum Abend hatte er noch keine Idee.

Und Rona kam nicht.

Das war nicht so ungewöhnlich. Sie tat, was sie wollte, und es war nie ratsam, sich auf ihre Zusagen zu verlassen. Außerdem blieb so das Geheimnis um Bùchs Existenz fürs Erste bewahrt, denn ob Rona nicht vielleicht auch Bücher riechen konnte, wusste er nicht. Darauf hätte er es ankommen lassen.

Dennoch ging ihr Ausbleiben Jelto unerwartet nahe, denn es verstärkte sein Gefühl, ganz allein zu sein.

Er aß den Eintopf, klopfte bei seiner Nachbarin Seetje und bot der alten Frau die Reste an, damit sie nicht schlecht wurden, und ging dann früh schlafen. Quibus schnarchte bereits in seiner Kiste, und auch Bùch sagte nichts.

Mitten in der Nacht wurde Jelto schlagartig wach. Was hatte ihn geweckt? Reglos lag er da und lauschte angespannt. Es war heiß und stickig, da er das Fenster geschlossen hatte. Nicht nur wegen Quibus, sondern auch wegen möglicher Eindringlinge.

Und dann hörte er es. Ein Scharren, ein metallenes Knirschen.

Mit einem Satz war Jelto aus dem Bett und lief in den Wohnraum. Quibus zwitscherte verschlafen. Das Mondlicht, das um diese Zeit durchs Fenster hereinfallen sollte, war von einem Schatten verdeckt. Ein Kopf zeichnete sich hinter der Scheibe ab und verschwand wieder, kaum dass Jelto den Raum betreten hatte.

Hektisch sah er sich um. Er besaß weder Waffen noch stellte er sich in einem Faustkampf besonders geschickt an. Seine einzige Möglichkeit bestand darin, dass er diesen Schatten gar nicht erst hereinkommen ließ.

»Quibus, zu mir!«

»Was ist denn los?« Bùch flüsterte, aber seine Stimme war dennoch unüberhörbar.

Vor dem Fenster knirschte es. Jelto glaubte, einen unterdrückten Fluch zu hören. Rasch griff er nach dem Besen, der hinter der Wohnungstür in der Ecke stand. Quibus hockte auf dem Rand der Kiste, schien sich jedoch nicht zu trauen, im Halbdunkel aufzufliegen. Jelto klemmte sich den Besenstiel unter die Achsel und nahm den Taschendrachen in die Linke. Mit der anderen Hand kitzelte er ihn an der Schwanzwurzel. Quibus nieste und spie Feuer. Eine blendend helle Stichflamme schoss in den Raum. Im gleichen Moment glaubte Jelto, Geräusche vor der Tür zu hören.

»Bei allen stinkenden Miesmuscheln, was ist hier los?« Jelto drehte den Kopf mehrfach zur Tür und zum Fenster, konnte sich nicht entscheiden, um welches Problem er sich zuerst kümmern sollte.

»Jelto?«, quiekte Bùch jämmerlich.

Das Fenster. Er hatte sich entschieden und trat an die Scheibe. Immer wieder sandte er einen Blick über die Schulter zur Tür, hielt den zappelnden Quibus an den Hinterläufen fest, nahm den Besenstiel in die Rechte und riss den Fensterflügel auf. Ein frischer Windstoß heizte das Feuer des Taschendrachen an, der eine kräftige Flamme spuckte und anschließend begeistert zwitscherte.

Da draußen war niemand mehr. Vorsichtig, den Besenstiel zum Schlag erhoben, beugte sich Jelto aus der Öffnung.

Unter sich sah er jemanden an der Mauer entlangrennen und um die Hausecke verschwinden.

»Quallendreck!« Jelto schloss das Fenster und ließ Quibus los. Dessen Flamme erlosch. Er flatterte auf, versuchte auf dem Fensterbrett zu landen, rutschte ab und segelte erschrocken knurrend zu Boden.

Jelto rannte zur Tür, drehte den Schlüssel und öffnete. Erneut hielt er den Besenstiel parat, doch er hatte schon geahnt, dass er zu spät kam. Im Flur war ebenfalls niemand zu sehen oder zu hören. Er schüttelte den Kopf und ließ die Schultern sinken.

Dann vernahm er das Knarren der Tür zum Abort. Sie öffnete sich. Seetje schlurfte hinaus, seine hagere greise Nachbarin.

Sie erblickte ihn und blieb abrupt stehen. »Beim Mondlicht, Jelto, hast du mich erschreckt! Ist was passiert?«

»Nein, tut mir leid, ich hatte nur seltsame Geräusche gehört.«

Die alte Frau kicherte. »Das könnte dein Gemüseeintopf sein.« Sie rieb sich mit einer kreisenden Bewegung über den Bauch.

»Schon gut. Vermutlich habe ich nur schlecht geträumt.« Jelto murmelte einen Abschiedsgruß und schloss die Tür. Er mochte Seetje, die häufig interessante Geschichten zu erzählen hatte. Doch gerade jetzt, mitten in der Nacht, stand ihm nicht der Sinn nach Anekdoten. Mit einem Aufatmen lehnte er den Besenstiel wieder an die Wand.

Im Flur war vermutlich niemand gewesen, sonst hätte Seetje diese Person sehen müssen. Aber den Schatten am Fenster hatte er sich nicht eingebildet.

»Bùch?«

»Jelto? Bist du das?« Bùchs Stimme war kaum mehr als ein Wispern.

»Ja, ich bin hier. Es ist alles in Ordnung. Für den Augenblick zumindest.«

»Puh!«

Aber das würde nicht so bleiben. Das war jetzt schon der zweite Einbruchsversuch innerhalb weniger Stunden gewesen. Da schien jemand ein ganz großes Interesse an Jeltos Wohnung zu hegen. Und er würde eine hohe Summe darauf wetten, dass es um Bùch ging. War das am Fenster ein Bücherjäger gewesen, einer seiner Gefährten, denen er bisher vertraut hatte? Derselbe wie am Morgen?

»Jelto, was machen wir denn jetzt? Was ist, wenn die wiederkommen?«

»Das ist eine gute Frage.« Er hatte die Gestalt auch dieses Mal nicht gut erkennen können, aber es war nicht ausgeschlossen, dass es sich um Seet, Per oder Leen gehandelt hatte. Nur Ruben schloss er sicher aus, der war kräftiger als die Gestalt, die er hatte flüchten sehen.

Das half ihm alles nicht weiter. Hier in der Wohnung fühlte er sich jedenfalls nicht mehr sicher.

Quibus hatte es inzwischen auf den Tisch geschafft und sich

kopfüber in den Krug gehängt, aus dem Jelto zum Abendessen kalten Zitronentee getrunken hatte.

Sanft packte er den Taschendrachen an Hinterläufen und Schwanz und zog ihn aus dem Krug. »Du bist ein richtiger Tollpatsch.«

»Wer, ich?«

»Nein, Bùch, mit dir rede ich nicht.«

Quibus schleckte sich mit der Zunge über die Nase. Jelto setzte ihn ab, kitzelte ihn an der Schwanzwurzel und entzündete den Docht der Laterne an der Flamme. Er hatte eine Entscheidung getroffen. In dieser Nacht würde er sowieso keinen Schlaf mehr finden.

»Jelto, kannst du mich wenigstens auf den Tisch legen, damit ich etwas sehen kann? Was hast du vor?«

Während er sich das Hemd über den Kopf zog, fragte er sich, ob es den Leuten, bei denen er Bücher gejagt hatte, genauso ging wie ihm jetzt. Ob sie sich in ihren eigenen vier Wänden nicht mehr sicher fühlten. Und dabei war noch niemand bis in die Wohnung vorgedrungen. Aber das war nur eine Frage der Zeit beziehungsweise der passenden Gelegenheit. Vermutlich lagen sie – wer auch immer – auf der Lauer und warteten darauf, dass er das Haus verließ. Und wie es wäre, wenn sie erst in seiner Wohnung herumgeschnüffelt hätten, wagte er sich gar nicht auszudenken. Allein bei der Vorstellung juckte ihm die Haut, als habe er sich wochenlang nicht gewaschen.

Er hatte sich immer eingebildet, die Menschen, deren Bücher er holte, wären ihm dankbar, weil er ihnen eine Bürde, eine Entscheidung abnahm. Er hatte geglaubt, dass sie ihre Bücher insgeheim viel lieber los wären und nur nicht wussten, wie sie es anstellen sollten.

Wie war er auf diese absurde Idee gekommen?

Jetzt vermutete er eher, dass die Bestohlenen sich fühlten wie er und sogar traurig oder wütend sein mochten, weil er ihre bis dahin sorgfältig behüteten Bücher fortgenommen hatte und diese ihrer Vernichtung entgegensahen. Vielleicht war es nicht ganz so dramatisch, wenn es keine sprechenden Bücher waren, aber ähnlich würde es schon sein.

Er nahm den Rucksack vom Haken neben dem Bett und stopfte zwei Hemden zum Wechseln zu den Überziehern, die sich bereits darin befanden. Nach kurzem Zögern legte er den blau gestreiften Stoff, den er von Mewes bekommen hatte, dazu. Brot und Käse, die Reste aus seinem Vorratsschrank und ein Futterbeutel für Quibus folgten. Als Letztes schlug er Bùch in ein großes dunkelgrünes Tuch ein. Es seufzte und schwieg, schien begriffen zu haben, dass Jelto jetzt nicht reden wollte.

Zuletzt zog er sich den dünnen Mantel an und die Kapuze über den Kopf. Noch bevor er die Leine genommen hatte, war Quibus auf seine Schulter geflogen. Jelto zögerte, dann leinte er den Taschendrachen dennoch an. Er rechnete zwar nicht mehr damit, dass sein kleiner Begleiter abhauen wollte, aber seit Bùch in sein Leben getreten war, gab es zu viele Überraschungen. Und darauf, dass Quibus nicht davonflog, falls er sich erschreckte, wollte er sich nicht verlassen.

Mit einem letzten Blick vergewisserte er sich, dass er alles Wichtige eingepackt hatte. Sein Geld und ein kleines Messer trug er ohnehin immer bei sich.

Jelto löschte die Laterne, schloss seine Wohnung ab und verließ das Haus.

Bùchentdeckung

Was, bei allen Drachenfeuern, machte dieser unmögliche Kerl da nur?

Wynni schlich einige Schritte näher bis hinter die nächste Voliere und drückte die Futterbeutel an sich. Es war düster in der Drachenzuchtstation, trotz des späten Vormittags. Regen trommelte auf das komplett geschlossene Glasdach. Um sie herum zwitscherte und knurrte es in allen Tonlagen. Die Taschendrachen hatten noch keinen Ausflug machen können und waren entsprechend unzufrieden und gelangweilt. Wynni konnte es ihnen nicht verdenken. Sie hatte allerdings gerade ganz andere Sorgen.

Drei Volieren von ihrer Position entfernt hockte Jelto und machte sich am Boden einer Voliere zu schaffen. Was genau er da tat, konnte Wynni nicht erkennen, da er außer Sicht war, sobald er sich hinkniete. Aber sie hatte eine Ahnung. Er suchte etwas. Er wollte sie bestehlen.

In den Sockeln der meisten Käfige befanden sich Schubkästen. Dort war alles Mögliche verstaut, von Harken und Schaufeln zum Säubern der Käfige über alte Stofflumpen für den Nestbau bis hin zu Futtervorräten.

Und ihre drei Bücher ... Zum Glück nicht in dem, vor dem dieser unverschämte Dieb dort hockte.

»Das reicht jetzt«, brummte Wynni bei sich. Sie trat aus dem Schatten der Voliere heraus, trampelte ein paarmal auf den Boden, damit Jelto sie bemerkte, und trat dann näher.

»Das sollte jetzt aber alles sein«, rief sie laut und betont fröhlich.

Aus den Augenwinkeln beobachtete sie, wie er in die Höhe fuhr und sich hastig den Staub von den Knien wischte. Danach tat er, als habe er den brütenden Taschendrachen in der Voliere beobachtet. »Die ist ja hübsch, ein Regenbogenexemplar, richtig?«

»Die? Wer?« Wynni kam zu ihm.

»Das Drachenweibchen.«

»Das da? Das ist das Männchen.«

»Wie? Aber es hockt doch auf dem Nest.«

»Ja, und? Bei Taschendrachen brüten beide, Vater und Mutter. Es kommt sogar vor, dass sie im Schwarm die Eier anderer bebrüten.«

»Ach, wie interessant. Das wusste ich nicht.«

Wynni hielt ihm die beiden Futterbeutel vor die Nase. »Findest du es wirklich interessant? Oder versuchst du nur höflich zu sein?«

»Ob ich versuche …? Nein, ich finde das wirklich spannend. Ich mag Taschendrachen. Du suchst nicht zufällig einen Lehrling?«

»Einen Lehrling? Ich dachte, du wärst fürstlicher Bote.«

Er betrachtete wieder den brütenden Taschendrachen. »Könnte sehr gut sein, dass sich das bald ändert.«

Wynni war nicht sicher, ob er zu ihr gesprochen hatte, daher überging sie die Bemerkung. »Ich habe bereits einen Lehrling. Und außerdem musst du verflucht gut verdienen, wenn du dir schon in deinem Alter einen eigenen Taschendrachen anschaffen kannst. In der Regel ist meine Kundschaft sehr viel älter.« Oder er beschaffte sich auf anderem Wege Geld. Sie linste zum Sockel der Voliere, konnte jedoch nicht erkennen, warum oder ob er sich an dem Schubkasten zu schaffen gemacht hatte. Darin war nichts von Wert.

»War nicht ernst gemeint.« Jelto schien völlig in Gedanken versunken zu sein.

Wynni wedelte ungeduldig mit den Futterbeuteln vor seiner Nase. »Willst du sie jetzt oder nicht?«

»Ob ich …?« Er lachte zu laut. »Also eigentlich … schon, aber ich habe gerade festgestellt, dass ich nicht genug Geld bei mir habe. Es reicht nur für die Algenköder. Pack mir bitte alles zusammen, und ich hole das in den nächsten Tagen ab.«

»Wie du meinst.« Genau das hatte Wynni erwartet. Dreimal hatte er sie ins Lager geschickt, weil ihm etwas Neues eingefallen war, was er haben wollte. Er hatte nie vorgehabt, etwas anderes als die Algenköder zu kaufen, er wollte sie beschäftigen, um die Volieren zu untersuchen.

Wenigstens schien er so etwas wie ein schlechtes Gewissen zu haben – dem verlegenen Lächeln nach zu urteilen, das er beim Bezahlen aufsetzte. Und Quibus liebte seinen neuen Herrn, das war offensichtlich. Er hockte auf Jeltos Schulter unter der Kapuze, als habe er schon immer genau dorthin gehört. Dazu sein entspanntes leises Knurren, fast wie das Schnurren einer Katze. Das hörte Wynni selten bei Taschendrachen. Und er befolgte schon kurze Kommandos. Das war beachtlich. Vielleicht würde Jelto wirklich kein so schlechter Lehrling sein. Abgesehen davon, dass er versuchte, sie zu bestehlen.

»Also, dann gehe ich mal wieder in dieses schöne Wetter.« Jelto lachte und zog die Kapuze etwas tiefer ins Gesicht.

Wynni ignorierte seine Aussage und brachte ihn mit einem unverbindlichen Lächeln zum Ausgang. Kaum war er nach draußen verschwunden, schob sie den Riegel vor das Tor.

Natürlich hätte sie normale Kundschaft hier warten lassen, bis der Regen nachgelassen hatte. Aber keinen Kunden, der sie bestehlen wollte. Selbst schuld.

Im Laufschritt durchquerte sie die Halle bis zu der Voliere in der Mitte. Sie hatte Jelto dort nicht beobachtet, aber er konnte trotzdem hier herumgeschnüffelt haben, während sie ihm das gewünschte Futter zusammengemischt hatte.

Sie schob eine leere Holzkiste zur Seite und hockte sich vor den Schubkasten. Mit zitternden Fingern zog sie ihn auf.

Auf den ersten Blick war alles wie immer. Wynni versenkte die Hände in dem weichen Berg Leinenstücke und tastete, bis ihre Finger festes Leder streiften. Eins – zwei – drei.

Sie zog die Hände zurück und atmete mehrmals tief durch. Alle drei Bücher lagen friedlich und unberührt dort, wo sie sein sollten. Was immer Jelto gesucht hatte, er hatte ihren Schatz nicht entdeckt.

Wynni strich die Stoffstreifen glatt und schloss den Schubkasten. Dann begab sie sich zurück Richtung Mittelgang und hockte sich vor die Voliere mit dem regenbogenfarbenen Taschendrachen. Das Männchen reckte neugierig knurrend den Kopf, ließ sich aber nicht beim Brüten stören.

Wynni zerrte die Lade auf und starrte verwirrt hinein.

Jelto hatte nichts herausgenommen, sondern vielmehr etwas hineingelegt.

Ein großes Leinentuch in wunderschönem Dunkelgrün. Was sollte das? Ein Geschenk? So schüchtern hätte sie ihn nicht eingeschätzt. Außerdem hätte es ja Tage dauern können, bis sie das Tuch fand, und unter normalen Umständen hätte sie dann nicht gewusst, von wem es stammte. Das ergab also keinen Sinn.

Zögernd, auf der Hut vor weiteren, vielleicht sogar unliebsamen Überraschungen, schlug sie die Tuchenden zurück. Und glotzte wie vom Blitz getroffen auf ein Buch, etwa zwei Hände groß mit einem rotbraunen, geprägten Ledereinband.

Ein oder zwei Atemzüge lang glaubte Wynni, dass alle Taschendrachen andächtig schwiegen, kein Laut tönte durch die Halle. Dann fingen sie wieder an zu zwitschern und zu knurren; die Geräusche von Flügelschlagen und Rascheln von Stroh kehrten zurück an ihr Ohr.

Jelto hatte ein Buch bei ihr versteckt.

Unruhig wanderte Wynnis Blick immer wieder zum Hallentor. Schon mehrmals hatte sie geprüft, ob alles verriegelt und abgeschlossen war. Laufkundschaft erwartete sie heute nicht mehr, schon gar nicht bei diesem Regenwetter. Dagegen rechnete sie jeden Augenblick damit, dass Jelto herbeistürmte und sein Buch wiederholen wollte. Oder ein Bücherjäger kommen und sie verhaften würde. Oder die Unbekannten, vor denen Jelto dieses Buch hier versteckt hatte. Denn das hatte er, oder nicht? Warum, bei allen stinkenden Algenschnecken, ausgerechnet hier bei ihr? War das ein blöder Zufall oder etwas Persönliches?

Inzwischen war es Abend geworden. Wynni hatte die Arbeit für heute erledigt, aber die Anwesenheit des fremden Buches hielt sie davon ab, zu ihrem Vater hinauf in die Wohnung zu gehen. Unschlüssig lief sie zwischen den Volieren auf und ab, konnte sich nicht recht entscheiden, ob sie es noch einmal ansehen oder gar darin lesen wollte. Nachdem sie es am Mittag entdeckt hatte, hatte sie den Schubkasten hastig wieder geschlossen und den Rest des Tages einen großen Bogen darum gemacht. Doch die Verlockung war groß. Bücher waren etwas Wunderbares. Und ein Buch, das jemand hier versteckt hatte, war erst recht verführerisch. Vor allem wenn sie an den Vortrag dachte, den Jelto ihr vorgestern erst über die Gefahren von Büchern gehalten hatte. War das eine Art Test gewesen, mit der er ihre Gesinnung hatte prüfen wollen? Oder war das Buch selbst jetzt der Test? Beobachtete sie jemand und wartete darauf, dass sie reagieren würde?

Unbehaglich schaute Wynni sich zu allen Seiten um, konnte jedoch nichts Ungewöhnliches erkennen. Was nichts heißen musste. Wer sich so etwas ausdachte, war bestimmt auch gut darin, sich zu verstecken. Sie blieb mitten in der Drachenzuchtstation stehen, spähte und lauschte. Von den üblichen Geräuschen der Drachen abgesehen hörte sie nichts.

Nach einer Weile gab sie sich einen Ruck. Sie würde ja doch keine Ruhe finden, bis sie sich dieses mysteriöse Buch noch einmal angesehen hatte.

Wynni ging zu der Voliere und kniete sich dort vor den Schubkasten. Bevor sie ihn aufzog, wischte sie sich die schwitzigen Hände an der Hose ab. Dabei glaubte sie beinahe, die Magie des Buches durch das Holz zu spüren. Es stand außer Frage, dass es sich hier um kein gewöhnliches Exemplar handelte. War an all diesen geflüsterten Behauptungen vielleicht doch etwas dran? Konnten Bücher gefährlich sein? Nur weil von ihren drei Büchern keine Gefahr ausging, musste das nicht heißen, dass alle übrigen harmlos waren.

Sie zögerte.

Da klopfte es am Tor.

Es war kein dringendes, forderndes Wummern, sondern ein ganz gewöhnliches Anklopfen. Dennoch erschrak Wynni fast zu Tode. Kurz dachte sie daran, ihren späten Gast einfach zu ignorieren, aber dann fiel ihr auf, dass das Licht in der Halle nach draußen drang. Wer dort wartete, wusste, dass hier jemand war.

Wynni stand auf und ging zum Tor, als es zum zweiten Mal klopfte.

»Wir haben geschlossen! Komm morgen wieder!«, rief sie.

»Ich muss mit Wyona sprechen. Bist du das?«

Die Stimme kam ihr bekannt vor, aber sie konnte sie nicht einordnen.

Sie schob den Riegel zurück und öffnete die Tür einen Spaltbreit. »Was gibt es so Dringendes?«

Vor ihr stand ein Kerl mit breiten Schultern, ungefähr im gleichen Alter wie sie, die blassen Wangen von hektischen roten Flecken übersät. Das breite Gesicht mit der kräftigen Nase sagte ihr nichts. Der Besucher trug unauffällige schwarze Kleidung und ließ einen breitkrempigen Hut nervös durch seine Finger wandern.

»Verzeihung, mein Name ist Henk. Ich bin Bote im Dienst der Fürstin und suche einen Gefährten von mir, Jelto. Er müsste vor ein paar Tagen hier einen Taschendrachen gekauft haben.«

Wynni senkte die Augenbrauen. »Solche Auskünfte gebe ich nicht.«

»Aber es ist wichtig. Ich muss ihn finden. Vermutlich bist du die Letzte, die ihn gesehen hat. Er könnte in Gefahr sein.«

»Und was geht mich das an? Viele Menschen sind tagtäglich in Gefahr, das Leben ist gefährlich.«

Ihr Gegenüber ballte wütend die Hände zu Fäusten und knautschte die Hutkrempe. »Du hast doch keine Ahnung, wovon du hier redest!«

Wynni wurde mulmig. Sie kannte diesen Henk nicht, aber er machte keinen besonders freundlichen Eindruck. Was, wenn er auf sie losging? Nur ihr Vater würde sie hören, wenn sie schrie, und der wäre zu schwach, um ihr zu helfen. Falls er überhaupt unbeschadet die Treppe herunterkäme, wäre sie vermutlich tot, bevor er die Zuchtstation durchquert hätte.

Beschwichtigend hob sie eine Hand, während sie mit der anderen den Knauf umklammerte und darauf hoffte, das Tor rechtzeitig schließen zu können, falls es zum Äußersten käme. »Hör zu, ich kann dir gar nicht helfen. Ich verkaufe meine Tiere, die Leute bezahlen, und das war es dann. Manche kommen wieder und holen Futter. Aber ich weiß weder, wo sie wohnen, noch, was sie machen. Mir ist nur wichtig, dass sie meine Taschendrachen gut behandeln. Und da ist mir in den letzten Tagen nichts aufgefallen. Alle meine Käuferinnen und Käufer haben einen guten Eindruck gemacht. Noch Fragen?«

Henk blickte nach oben und pfiff leise. Ein violettrotes Funkeln stürzte aus der Luft auf seine Schulter und knurrte leise.

»Elanda, begrüß die Drachenzüchterin.«

Der Taschendrache hob die Schnauze und stieß ein schrilles Pfeifen aus. Dann senkte er den Kopf, sodass es aussah, als verbeuge er sich.

Henk lächelte. »Deine Mutter hat sie gezüchtet und meinen Eltern verkauft. Wenn du also Menschen danach beurteilst, wie sie ihre Taschendrachen behandeln, solltest du von mir einen ebenso guten Eindruck haben.«

Elanda kauerte sich zusammen und schloss die Augen. Henk hob kurz die Hand und streichelte sie unter dem Kinn, was ihr ein wohliges Knurren entlockte.

Damit hatte Wynni nicht gerechnet. Die bedrohliche Atmosphäre war mit dem Auftauchen des Taschendrachen wie weggezaubert. Was nicht bedeutete, dass Henk nicht doch etwas im Schilde führte, aber ihre ersten Befürchtungen waren gebannt.

Sie räusperte sich verlegen. »Ich kann dir wirklich nicht helfen. Es ist sehr gut möglich, dass der, den du Jelto nennst, vor einigen Tagen einen Taschendrachen gekauft hat. Aber seitdem habe ich ihn nicht mehr gesehen. Wenn er es denn war. Ich weiß nichts über ihn.«

»Dunkelbraune Locken, hellgoldene Hautfarbe, so groß.« Henk zeigte mit der Handkante auf seine Kehle. »Helle Stimme, redet manchmal sehr schnell.«

»Wie gesagt, kann sein. Es ist aber einige Tage her. Und seitdem?« Sie zuckte übertrieben deutlich mit den Schultern.

»Schon gut. Danke. Ich will nicht weiter stören. Sternenlicht für dich!«

Henk scheuchte den Taschendrachen von seiner Schulter und setzte den Hut auf. Ohne ein weiteres Wort ging er davon. Elanda schwebte wie ein dunkler Schatten über seinem Kopf.

Sprachlos schaute Wynni ihm nach. Was hatte dieser Jelto eigentlich noch angestellt, außer ein ziemlich magisches Buch zu besitzen?

Sie knallte das Tor zu und riss so heftig am Riegel, dass das Metall elendig aufkreischte.

Dann löschte sie die Laternen und stieg hinauf zur Wohnung. Dort nahm sie mit ihrem Vater schweigend ein Abendessen ein. Mehrmals sprach sie ihn an und versuchte, ihn aus seiner Schwermut zu locken, doch heute wollte es ihr nicht gelingen. Sich aus dem Bett an den Tisch zu begeben, schien ihn sämtliche Kraft gekostet zu haben. Selten hatte Wynni sich einsamer gefühlt.

Und natürlich versuchte sie, nicht an das Buch zu denken, das sich in der Halle unter ihren Füßen befand. Das war erst recht unmöglich.

Nachdem sie alle Hausarbeiten erledigt hatte und sich die Nacht endgültig über die Stadt gesenkt hatte, schlich sie zurück nach unten. Der Regen hatte endlich aufgehört. In der Halle war alles ruhig, von den üblichen Geräuschen schlafender Taschendrachen abgesehen. An der Tür blieb Wynni eine Weile stehen, bis sich ihre Augen an die Dunkelheit gewöhnt hatten. Das Mondlicht, das durch die Dachfenster schien, war ausreichend. Sie wollte das Buch ja nicht lesen, sondern nur anschauen und vielleicht herausfinden, was es damit auf sich hatte.

Leise, um die Taschendrachen nicht zu wecken, ging sie zu der Voliere und zog den Schubkasten auf. Beinahe war ihr, als strömte ihr Hitze entgegen, wie von einem lebendigen Wesen. Aber da war nur das Buch. Behutsam schlug Wynni das Tuch zurück und betrachtete den ledernen Einband im fahlen Mondlicht. Es dauerte eine Weile, bis sie den Mut fand, es in die Hände zu nehmen.

Dieses Buch war magisch, ganz sicher. Sie könnte nur schwer beschreiben, was sie da genau spürte. Ihr kam es so vor, als kribbelten ihre Fingerspitzen bei der Berührung oder als würden die Papierseiten in ihren Händen vibrieren. Es löste Vorfreude bei ihr aus, stachelte die Neugier an, das Buch aufzuschlagen und zu lesen.

Das dritte Buch in ihrem Besitz war magisch. Jedes Mal, wenn sie *Die aufregende Reise des Taschendrachen Feikje* aufschlug, war der Reiz genauso stark wie am ersten Tag, obwohl sie den Inhalt mehr oder weniger auswendig kannte. Sie hatte ihr Hausdrachenweibchen zu Ehren der fiktiven Taschendrachendame Feikje genannt.

Sie streichelte noch einmal über den Einband, bemerkte eine Prägung, die sie beim ersten Mal übersehen hatte, und atmete das Aroma von Tinte und Papier ein. Dann schlug sie es auf. Das vertraute Rascheln der Seiten erklang.

Verwirrt hielt Wynni inne. Die dunkle Schrift hob sich deutlich vom hellen Papier ab, das Mondlicht wäre hell genug, um sie lesen zu können. Aber das, was sie da sah, ergab überhaupt keinen Sinn.

»Ist das eine fremde Sprache?«, murmelte sie bei sich. Sie starrte auf eine Schrift – zumindest glaubte sie, dass es eine Schrift war, aber die einzelnen Zeichen glichen nicht im Entferntesten den Buchstaben, die ihre Mutter sie gelehrt hatte.

Die Buchseiten raschelten, als wollten sie ihr etwas zuwispern. Das war natürlich Unsinn. Und doch konnte Wynni der Versuchung nicht widerstehen, ein Ohr auf die Seiten zu legen.

Stille.

Genau wie am Vormittag schien es ihr, als würden alle Drachen für einen Moment den Atem anhalten. Diese Stille war mehr als das Fehlen von Worten und Geräuschen, sie war wie ein Loch, das jemand in den Moment gerissen hatte. Und genau wie beim ersten Mal dauerte sie nur kurz, bis wieder Stroh raschelte und ein Taschendrache im Traum zwitscherte.

Aber Wynni war sich jetzt sicher, dass es etwas zu bedeuten hatte. Nur was? Ratlos starrte sie auf die fremden Schriftzeichen.

Sie klappte das Buch zu.

»Jelto muss in ziemlichen Schwierigkeiten stecken«, murmelte sie und strich über den Einband. »Wenn du mir nur sagen könntest, was los ist. Vielleicht könnte ich euch helfen. Was habt ihr nur durchgemacht?«

»Nun, also wenn du jetzt so direkt fragst, ich –«

Mit einem Aufschrei ließ sie das Buch fallen und sprang auf.

»Autsch, pass doch auf! Ich breche mir noch den Rücken!«

Nach einem Schockmoment begriff Wynni, dass ihr das Buch geantwortet hatte.

Zusammenkunft

Nachdem Jelto die Drachenzuchtstation verlassen hatte, hatte er sich den Rest des Tages vergeblich auf die Suche nach Henk gemacht. Auch Gilles war wie vom Erdboden verschluckt. Nicht einmal Floris oder einen der anderen Bücherjäger hatte er in der Burg angetroffen.

Die folgende Nacht hatte er im Gasthaus *Zur Goldenen Muschel* verbracht, mehr grübelnd als wirklich schlafend, und sich dann dagegen entschieden, am Morgen zur Bücherverbrennung zu gehen, obwohl er da natürlich einem seiner Gefährten begegnet wäre. Das war jetzt schon das zweite Mal, dass er fehlte. Aber allein die Vorstellung von brennenden Büchern verursachte ihm ein flaues Gefühl im Magen.

Es wurde Zeit, mit Floris zu sprechen. Der machte sich sicher inzwischen Gedanken, wo sein Bücherjäger abgeblieben war. Jetzt, am späten Vormittag, musste sein Mentor im Schwatzarium sein.

Jelto hatte sich so etwas Ähnliches wie eine Strategie zurechtgelegt und sich vorgenommen, seine Fragen allgemein zu stellen, nicht auf Bùch bezogen. Er wollte unbedingt sämtliche Ausreden vermeiden, warum er seine Beute noch nicht zur Verbrennung abgeliefert hatte.

Die Wächterin am Farlinger-Turm würdigte ihn kaum eines Blickes und winkte ihn durch, noch bevor Jelto sein Siegel hervorziehen konnte. Sie kannten einander vom Sehen, schließlich ging er seit Jahren als Bote ein und aus. Eine Wendeltreppe führte ihn in den fünften Stock. Ein wenig außer Atem klopfte er an Floris' Zimmer.

»Herein.«

Jelto trat ein. Der Anblick war ihm zutiefst vertraut. Der Raum war abgesehen von einem riesigen Pult leer. Dahinter saß Floris, je eine Truppe Schwatzlinge rechts und links neben ihm. Die einen bereits mit Botschaften besprochen, die anderen dafür vorbereitet. Am Nachmittag würden die Bücherjäger, dann in ihrer offiziellen Funktion als Boten, kommen und sie zustellen.

Floris hatte gerade einen Schwatzling nehmen wollen. Mitten in der Bewegung brach er ab und lächelte. Jelto atmete beruhigt auf. Er hatte mit einer Schimpftirade gerechnet, weil er zwei Tage ohne eine Nachricht verschwunden geblieben war.

»Jelto, ich habe mir bereits Sorgen gemacht. Ist etwas passiert?«

»Offen gestanden, ja. Einer meiner letzten Aufträge ist ein wenig merkwürdig gewesen.«

»Inwiefern?«

»Das Buch war sehr seltsam. Sehr … magisch.« Jelto wollte nicht zugeben, dass es sprechen konnte. Nicht, dass es am Ende doch eine magische Täuschung war und sich jemand einen üblen Scherz auf seine Kosten erlaubte oder Floris an seinem Verstand zweifelte. Bùch war nicht hier, er konnte die Behauptung, es könne sprechen, nicht beweisen.

Floris lehnte sich zurück und legte die Fingerspitzen aufeinander. »Magischer als üblich? Kannst du das irgendwie beschreiben?«

»Es hat versucht, mich zu beeinflussen.« Jelto grinste unsicher. »Ja. Es schien mir zuzuflüstern, ich solle lesen lernen.« Das war nahe genug an der Wahrheit.

Sein Mentor nickte verständnisvoll. »Es ist gut, dass du zu mir gekommen bist. Setz dich.« Er wies auf den Stuhl vor seinem Pult.

Jelto rutschte unbehaglich auf die Stuhlkante. Floris dachte wohl immer noch, dass sie gerade über eine Angelegenheit sprachen, die länger zurücklag. Die Tatsache, dass er die Beute seines letzten Auftrags noch nicht zum Bücherfeuer gebracht hatte, schien ihn jedenfalls nicht im Geringsten zu beunruhigen. Vielleicht war Bùch gar nicht so außergewöhnlich, oder es wurde auf eine andere Art vernichtet? Dann hatte er sich bisher grundlos Sorgen gemacht.

Floris dachte einen Augenblick nach. »Erinnerst du dich daran, was ich dir beigebracht habe? Darüber, wie du insbesondere magische Bücher aufspürst und warum das sein muss? Weißt du noch, wie es sich angefühlt hat?«

Was für eine Frage, und ob er sich erinnerte. Die Buchmagie hatte ihn überwältigt.

Das erste magische Buch in seinen Händen hatte ihn schwanken und nach Luft schnappen lassen. Erstaunlicherweise war es ein unbeschreiblich gutes Gefühl gewesen, dabei hatte er etwas Garstiges, Bösartiges erwartet, das ihn zum Schaudern bringen würde. Die Seiten hatten ein *freundliches* Aroma verströmt, bei dem er unwillkürlich gelächelt hatte, er konnte gar nicht anders.

An jenem Morgen, als es verbrannt worden war, hatte er zum ersten Mal eine Gestalt in den Flammen tanzen sehen und einen Schrei gehört. Seitdem fiel es ihm schwer, seine Jagdbeute dem Feuer zu überlassen, obwohl er wusste, dass es besser so war.

»Ich weiß es noch, Floris, ich erlebe es bei jedem Buch wie beim ersten Mal.«

»Bei jedem?«

»Nein, natürlich nur bei den magischen.« Jelto stockte. Er verstand nicht genau, worauf sein Mentor hinauswollte.

»Jelto, dein Talent, Bücher zu finden, ist außerordentlich. Bis wir uns begegnet sind, war Henk mein bester Bücherjäger, aber seine Ausbeute ist enttäuschend. Du dagegen machst immer noch reiche Beute.« Floris beugte sich etwas vor und sprach leiser. »Ich verrate dir etwas, Jelto, was ich sonst keinem gesagt habe. Und ich möchte dich bitten, es für dich zu behalten.«

Jelto hielt unwillkürlich die Luft an und nickte.

»In Wahrheit sind wir nur auf der Jagd nach den magischen Büchern«, fuhr Floris leise fort. »Die anderen vernichten wir mit. Zur Sicherheit, und damit niemand auf dumme Gedanken kommt. Aber im Grunde sind sie unwichtig. Wer braucht schon Bücher? Die Schreiberlinge führen die Verzeichnisse für die Belange unserer Verwaltung, und wir können sie jederzeit fragen, wenn wir etwas wissen wollen. Das reicht doch.«

Jelto dachte an Wyonas Klage über die Warterei im Schreibkontor, aber er widersprach nicht. Denn was *ihm* im Alltag ein Buch nutzen würde, hätte er nicht sagen können, insofern hatte Floris ganz recht.

»Es sind die magischen Bücher, die mit den Geschichten. Die sind es, die gefährlich sind. Du bist gut ausgebildet und kannst ihrer Verführung widerstehen. Aber allen anderen fehlt es an Erfahrung und Vorsicht. Das Kribbeln, das du verspürst, wenn du so ein Buch in der Hand hältst, kann schwache Menschen süchtig machen. Und mehr noch, die wirklich magischen flüstern, versuchen, die Lesenden zu beeinflussen, genau wie du es erlebt hast. Könntest du so ein Buch lesen, würde das im schlimmsten Fall tödlich enden. Die gesamten Sinneseindrücke würden dich überwältigen, es wäre wie ein Rausch. Und deshalb müssen wir diese Bücher für alle Zeiten vernichten.«

Jelto brachte nur ein sprachloses Nicken zustande. Noch nie hatte er die Gefahr so gut verstanden. Er räusperte sich mehrmals. »Gibt es auch sprechende Bücher?«

»Sprechend? Wie kommst du denn darauf? Wenn wir von *Einflüsterungen* reden, dann ist das mehr im übertragenen Sinn gemeint. Das Kribbeln in deinen Fingern, aber natürlich auch die Wirkung, wenn du den Inhalt lesen würdest.«

»Ich verstehe.« Dann war Bùch also wirklich außergewöhnlich

und einzigartig. Er setzte an, um davon zu erzählen, aber Floris sprach schon weiter.

»Wie intensiv die Magie eines Buches ist, hängt davon ab, wer es erschaffen hat. Diese Menschen waren nicht alle gleich gut und begabt.« Der besorgte Ausdruck auf Floris' Miene wich einem zuversichtlichen Lächeln. »Aber das muss uns heutzutage nicht mehr kümmern. Soweit ich weiß, sind auch die Bücher der Größten und Besten inzwischen weitgehend verschwunden und ihre Namen längst vergessen. Ich glaube nicht, dass es noch viele Menschen gibt, die magische Bücher herstellen.«

»Wie bitte? Das heißt, es gibt sie noch? Sie sind nicht alle …?« *Aus der Stadt geflohen, auf Algenschiffen gelandet oder Schlimmeres?* Das war einer der Gedanken, die Jelto sehr gut hatte verdrängen können, bis er Bùch begegnet war.

Floris breitete die Arme aus. »Wie gesagt, allenfalls noch ein oder zwei und nicht mehr lange. Mach dir keine Sorgen.«

»Dann habe ich also nur ein sehr gutes magisches Buch gefunden?«

»Ein außergewöhnlich magisches Buch, ganz recht.« Floris lächelte mitfühlend. »Deshalb also warst du am Bücherfeuer vor ein paar Tagen so aufgelöst und bist zu spät gekommen. Mein lieber Jelto, das hättest du doch sagen können. Wer würde das besser verstehen als ich?«

»Wenn das wieder geschieht, sollte ich dann Vorsichtsmaßnahmen ergreifen?«, fragte Jelto hastig, um sich nicht weiter in seine kleine Notlüge zu verstricken.

»Nicht nötig. Ihre Magie mag stark sein, aber am Ende sind sie aus Leder, Fischleim, Tinte und Papier. Sobald das Feuer seine reinigende Wirkung entfaltet hat, ist alles gut. Die Asche ist nicht mehr gefährlich.«

»Ich verstehe. Danke!«

»Du weißt, dass meine Tür immer für dich offen steht.« An Floris' Lächeln erkannte Jelto, dass das Gespräch zu Ende war.

Die Gelegenheit, von Bùch zu erzählen, war vertan. Und für den Moment war es Jelto auch lieber so. Er nahm sich vor, es heimlich zu vernichten und später zu behaupten, dass dies seine erste erfolglose Jagd gewesen sei. Besser, dies einzugestehen, als dass er seit fast drei Tagen ein höchst gefährliches Buch aufbewahrte. Floris würde so oder so nicht erfreut darüber sein. Immerhin fühlte Jelto sich jetzt besser. Er hätte viel früher zu seinem Mentor gehen sollen.

Er verabschiedete sich und schlenderte nachdenklich zurück Richtung Hafen. Mehr denn je spürte er, dass er Bùch vernichten musste, damit es keinen Schaden anrichten konnte. Er vertraute Floris, er machte schon seit so vielen Jahren Jagd auf Bücher.

Zugleich fürchtete er, dass er es nicht über sich bringen würde. Nicht mehr. Das Verrückte war ja, dass er Bùch mochte. Ihm graute vor dem Gedanken, wie es schreien würde, wenn es brannte. Was immer an Figuren oder Geschichten in ihm war, Jelto würde es mitansehen müssen. Vermutlich war genau das so gefährlich: Bùch weckte Gefühle in ihm, vor allem sein Mitgefühl. Es wiegte ihn in falscher Sicherheit.

Dann waren da noch die Einbrüche. Wer war hinter Bùch her? Die Bücherjäger schloss Jelto fürs Erste aus. Dazu hatte Floris zu unbesorgt und gelassen gewirkt.

Oder war alles doch ganz anders? Die erste Erleichterung, weil ihm das Gespräch mit Floris weitergeholfen habe, verflog. Er sei der Beste, hatte sein Mentor gesagt, und er hatte ihm weitere Geheimnisse rund um die Bücher anvertraut. Beides schmeichelte ihm. Aber mit jedem Schritt wuchs wieder die Unsicherheit. Vielleicht kannte Floris nicht die ganze Wahrheit und hatte noch nie von sprechenden Büchern gehört? So etwas Wichtiges würde er doch niemals verschweigen?

Wie also, bei allen Algenschnecken noch mal, half ihm das alles jetzt weiter?

Der starke Regen vom Vortag war als kräftiges Nieseln zurückgekehrt. Daher war Jelto froh, als er endlich die Rikus-Statue auf dem Fischmarkt erreichte und das Gasthaus *Zur Goldenen Muschel* in Sicht kam. Es war eines der besten Häuser von Brück. Bea, die matronenhafte Wirtin, führte über die Herberge am Rande des Fischmarktes ein strenges Regiment. Sie war bekannt dafür, dass sie Gäste, die sich nicht benahmen oder laut wurden, sofort hinauswarf, auch mitten in der Nacht. Dafür kostete das Zimmer fast doppelt so viel wie die Unterkünfte am Hafen, aber das war für Jelto kein Problem. Er verdiente als Bücherjäger gut und gab kaum etwas aus – Quibus war seine erste größere Anschaffung seit Langem.

Er traf zur Abendzeit ein und setzte sich an den letzten freien Tisch in einer Ecke. Die Wirtin befand, dass er völlig verhungert aussah, und tischte ihm trotz seines Protestes einen kräftigen Gemüseeintopf auf, zu dem sie ihm einige Scheiben Brot überließ, das sie bereits für das Frühstück am nächsten Morgen gebacken hatte. Dazu reichte sie ihm einen Krug Minzwasser. Seit seiner Kindheit hatte er nichts so Gutes mehr gegessen – genauer, seit der Zeit, in der es noch keine Schläge gehagelt hatte. In der sein Vater noch ein zufriedener Mensch gewesen war. In der seine Mutter bei der Arbeit im Takt der brandneuen Nähmaschine gesungen hatte, während Jelto und Jacco zwischen den Stoffballen Verstecken gespielt hatten.

Wehmütig schluckte Jelto gegen die plötzlich aufsteigenden Tränen an. Der Eintopf war salzig genug. Dieses Leben war vorbei, Schluss, aus. Die Erinnerung half ihm kein bisschen weiter. Er hatte einen Haufen Probleme zu lösen.

Bùch in der Drachenzuchtstation zurückzulassen, war eine spontane Entscheidung gewesen, weil ihn der Gestank in der Halle wieder überwältigt hatte. Nicht einmal er könnte dort Bücher riechen. Der Inhalt des Schubkastens hatte nicht so ausgesehen, als würde Wyona ihn täglich benötigen. Daher war Jelto überzeugt, dass Bùch unter der Voliere vorläufig nicht entdeckt werden würde und er sich damit ein wenig Zeit verschafft hatte.

Ein Schatten senkte sich über seinen Tisch. Die Gaststube hatte sich allmählich geleert, und Jelto war so ziemlich der Einzige in der düsteren Ecke, in die er sich verkrochen hatte. Er blickte auf. Sein Gegenüber hatte bereits den Stuhl unter dem Tisch hervorgezogen und setzte sich.

»Wir drei sollten uns einmal unterhalten, meinst du nicht?«, fragte Wyona in einem deutlich aggressiven Tonfall.

Jelto verschluckte sich an dem heißen Eintopf und hustete statt einer Antwort.

»Wir drei?«, brachte er endlich mit tränenden Augen hervor. »Meinst du den Taschendrachen auf deiner Schulter? Dann wären wir zu viert, denn Quibus liegt hier auf meinem Schoß.«

Sie beugte sich näher zu ihm und sprach ganz leise. »Nein, ich meine dich und mich. Und Bùch.«

»Was für ein Buch?« Jelto überlief es eiskalt, als er glaubte, einen vagen Geruch nach Papier aus Wyonas Beutel wahrzunehmen. »Keine Ahnung, wovon du da redest. Ich habe dir doch erklärt, was ich von Büchern halte. Sie sind gefährlich, ich gebe mich nicht mit ihnen ab.«

»Ach nein? Und deshalb versteckst du eins unter meiner Voliere?«

Jelto zog es vor, besser nicht zu antworten. Kein Zweifel, sie hatte Bùch gefunden.

Wyona grinste böse. »Ich habe es mit. Soll es für sich selbst sprechen?« Sie machte Anstalten, in den Beutel zu greifen, der über ihrer Schulter hing.

Klirrend fiel Jeltos Löffel auf den Teller. »Nein, halt, ist ja schon gut, bei den Tiefen der Ozeane! Ich dachte, du hättest nicht bemerkt, wie ich … wieso hat es geredet?« Wütend schnappte er nach Luft. War doch klar, dass auf Bùch kein Verlass war, so vorlaut, wie es war. Er hätte es doch besser direkt verbrannt, dann hätte er jetzt nicht all diesen Ärger. Was, wenn Wyona ihn anzeigte?

»Ich glaube, es kann einfach seine Klappen nicht halten.«

»Seine Klappen? Du meinst seine Klappe.«

Wyona machte eine Geste, als würde sie ein Buch aufschlagen. »Es gibt Bücher, bei denen ist der Einband lose. Dann sind die Enden eingeschlagen, und die nennen sich Klappen.«

»Bùch hat keinen losen Einband. Es hat auch keine Klappen.« Machte diese Drachenzüchterin sich über ihn lustig?

Jetzt verdrehte sie auch noch die Augen. »Es war ja nur ein verunglückter Vergleich. Was ich sagen wollte: Dieses Buch kann sprechen, und es macht von dieser Fähigkeit reichlich Gebrauch.«

»O ja, sogar mehr als reichlich.« Jelto trank einen Schluck Minzwasser. Er beruhigte sich allmählich. Es sah nicht danach aus, als würde Wyona ihn anzeigen wollen. Denn dann säße sie ihm jetzt nicht gegenüber, sondern wäre auf dem Weg in die Burg. »Wie hast du mich gefunden? Ich dachte, ich wäre hier einigermaßen sicher.«

»Wirst du verfolgt?«

Er zuckte mit den Schultern.

»Mach dir darum keine Sorgen. Ich habe da Mittel und Wege, die anderen nicht so leicht offen stehen.« Sie zögerte. »Glaube ich zumindest.«

Das beruhigte Jelto kaum, aber er musste einfach darauf hoffen, dass sie klug genug war, entsprechende Vorsichtsmaßnahmen zu ergreifen. »Warum bist du hier? Oder besser gesagt, warum seid ihr beide hier?«

»Ich bin neugierig, das ist alles.«

»So?« Dann hatten sie also doch etwas gemeinsam.

»Ich habe dich beobachtet, wie du es in der Voliere versteckt hast. Ich habe nachgesehen und plötzlich hat es geantwortet.« Sie zog eine Grimasse. Allein die Erinnerung daran schien ihr unangenehm zu sein.

»Oh, ich weiß genau, wie du dich in dem Moment gefühlt hast. Ein Buch, das plötzlich spricht, ist ziemlich verstörend. Und es ist vorlaut. Du musst dich erschreckt haben.«

Wyonas Augen strahlten. Er hatte die richtigen Worte gefunden. Jelto ging das Herz auf. Ihm wurde bewusst, dass sie vor einigen Tagen erst seine Einladung zum Essen ausgeschlagen hatte, und jetzt saßen sie gemeinsam hier, und er hatte Eintopf vor sich. Das war ein Anfang.

»Hast du Durst? Ich hole dir einen Becher.« Er wartete ihre Antwort nicht ab, sondern sprang auf und kehrte mit einem zweiten Krug sowie einem Becher zurück. »Das ist Holunderwasser, hier habe ich noch Minze.«

»Danke. Gib mir von dem Holunderwasser, bitte.«

Sie trank erst durstig, bevor sie endlich zu einer Erklärung ansetzte. »Bùch wollte mir nicht sagen, warum oder vor wem du es versteckst. Es meinte, es wäre in Gefahr, aber ich war nicht einmal sicher, ob ich das ernst nehmen sollte. Es klang ein wenig zu dramatisch, wenn ich ehrlich bin.«

Jelto dachte an die Einbruchsversuche. »Nun, in dieser Sache hat es nicht übertrieben.«

»Es hat mir verraten, dass du Ärger hast, und darauf bestanden, dass ich dich davon überzeugen soll, lesen zu lernen, dann würdest du alle Antworten erhalten.« Sie lächelte unsicher. »Was übrigens keine *meiner* Fragen beantwortet.«

Er schwieg eine Weile und aß seinen Teller leer, obwohl ihm der Appetit vergangen war. Dabei ignorierte er tapfer Wyonas Ungeduld, die wie eine Dunstglocke über ihrem Kopf zu hängen schien. Schließlich legte er den Löffel beiseite und schaute sich in der Gaststube um. Nur noch ein halbes Dutzend Matrosen, den farbigen Bändern an den Mützen nach alle vom gleichen Schiff, hatte zwei Tische belegt. Die Wirtin Bea hatte bereits begonnen, die übrigen Tische sauber zu wischen und die Stühle hochzustellen.

Jelto zog ein Taschentuch aus seiner Hose und wischte sich den Mund sauber. »Wollen wir uns hier unterhalten?«

»Dieser Ort ist so gut wie jeder andere. Nein, vielleicht sogar besser. Wir sitzen weit genug weg von neugierigen Ohren, der Raum ist öffentlich und übersichtlich.«

Insgeheim musste Jelto ihr recht geben. Personen, die zu ihnen wollten, mussten den gesamten Raum durchqueren, und zwar im Zickzack, weil überall Tische im Weg standen. Sie hätten Zeit genug, zumindest die Gefahr zu bemerken, vielleicht sogar zu fliehen.

Beim Sternenlicht, er litt wirklich unter Verfolgungsangst.

Er schob den Teller zur Seite und faltete die Hände. »Also gut, reden wir. Wo soll ich anfangen?«

»Am Anfang. Ich dachte, du verabscheust Bücher und hältst sie für gefährlich. Bei deinem Gerede von vor ein paar Tagen hast du dich angehört wie die Fürstin persönlich bei einer ihrer Ansprachen, dass sie uns jederzeit vor allen schädlichen Einflüssen schützen würde.«

»Ich …« Jelto starrte auf seine Hände. Wyona würden ihn hassen. »Ich bin Bücherjäger.«

»Du bist *was?*« Es klang beinahe, als würde sie ausspucken.

Jelto lehnte sich unwillkürlich etwas nach hinten. »Alle angeblichen Boten im Dienste der Fürstin jagen in Wahrheit Bücher.«

Sie wurde blass. »Wie viele seid ihr denn?«

»Insgesamt acht. Vielleicht kennst du Floris, einen alten Mann, den du normalerweise immer in der Burg antriffst. Er verwaltet die fürstlichen Schwatzlinge, nimmt die Botschaften entgegen, bespricht die Figuren und versiegelt sie. Er geht nicht mehr selbst auf die Jagd. Aber er ist der Älteste, er hat uns alle ausgebildet. Im Moment gibt es einen Lehrling, Gilles. Wenn du diese beiden also abziehst, sind es fünf, die das Gleiche tun wie ich.«

»Sechs Schafsköpfe, die Bücher töten.«

»Wir suchen Bücher. Das ist weder ungesetzlich noch unehrenhaft.«

»Das sehe ich ganz anders.« Wyona beugte sich vor, als wollte sie ihm an die Kehle springen. »Bücher sind etwas Wundervolles und Wertvolles.«

Jelto sah sie trotzig an. Noch vor ein paar Tagen hätte er leidenschaftlich widersprochen. Doch dann war er Bùch begegnet. Er dachte wieder an die Feuer, in denen er Gestalten zu sehen geglaubt hatte, an die Schreie – und senkte den Kopf, um sich Wyonas anklagendem Blick zu entziehen.

»Die Fürstin mag dir die Jagd auf Bücher erlaubt haben, aber ich kann mir kaum etwas Unehrenhafteres vorstellen«, setzte sie erbarmungslos nach.

»Das ist deine Sicht«, protestierte er schwach.

»Du brichst bei den Menschen ein und stiehlst ihnen die Bücher, die sie seit der Säuberung über Jahrzehnte vor der Vernichtung bewahrt haben. Schämst du dich wenigstens?«

»Könntest du etwas leiser sprechen?«

»Bücher zu jagen ist eines der miesesten Dinge, die ich mir vorstellen kann. Ich glaube, es ist dringend an der Zeit, dass dir das mal jemand sagt.« Wenigstens hatte sie die Stimme etwas gesenkt. Sie hielt inne, fegte sich mit der Hand einige Locken aus der Stirn und lehnte sich wieder zurück.

Beiläufig dachte Jelto, dass ihr Haar so rot schimmerte wie Taschendrachenschuppen. War das der Grund, warum er dieses Mädchen so mochte? Weil das Leuchten ihrer Locken ihn an Linga erinnerte? Nein, da war mehr als das. Er mochte auch ihre aufbrausende, leidenschaftliche Art, die sich bedauerlicherweise gerade gegen ihn wandte. Was konnte er tun, um sie zu beruhigen?

»Was denn jetzt?«, fauchte sie.

»Wie bitte?«

»Schämst du dich dafür, ein Bücherjäger zu sein?«

»Das … also … ich …« Er senkte abermals den Kopf, um Wyonas forschenden Blicken zu entgehen. »Ich kann nichts anderes. Und bisher habe ich es richtig gefunden, schon.«

»Bis du Bùch begegnet bist.«

Er nickte.

Sie stieß einen Laut aus, der zwischen Abscheu und Enttäuschung schwankte.

»Und du? Du kannst lesen und schreiben, oder? Deine Bemerkungen darüber, das Verzeichnis deiner Drachenzucht selbst führen zu wollen, das war nicht einfach nur dahingesagt. Du könntest es.«

Wyona presste kurz die Lippen aufeinander. »Na und?«, schnaubte sie. »Dieses Schreibkontor für offizielle Dinge, die Schwatzlinge, das ist alles völlig lächerlich. Es ist unnötig und kompliziert. Ich kann mir nicht vorstellen, dass es in anderen Ländern, ja nicht einmal in Mittelburg so zugeht.« Sie lachte bitter. »Aber um das herauszufinden, müssten wir dorthin reisen. Das macht ja heutzutage kaum noch jemand. Warum eigentlich? Hast du schon mal darüber nachgedacht?«

»Die Straße ist nicht mehr so gut in Schuss, das Reisen soll ziemlich unangenehm und gefährlich sein, seit Mittelburg den Kanal zum Meer gebaut hat. Habe ich gehört.« Er lächelte kläglich. Die Worte klangen selbst in seinen eigenen Ohren hohl und feige.

»Ich habe dasselbe gehört, es wird ja immer und immer wieder erzählt. Aber hast du dich je gefragt, ob es den Tatsachen entspricht?«

»Ob es …? Nein.«

Dieses Mal überraschte ihn Wyonas Reaktion. »Ich auch nicht. Bis jetzt.« Sie schwieg kurz und lehnte sich zurück. Und dann lächelte sie, dass Jelto das Herz aufging. »Nur weil es alle sagen, muss es doch nicht stimmen, oder? Wenn es aber alle glauben, sind immer weniger Brückas bereit, es selbst zu prüfen, und so glauben immer mehr Leute das, was einfach gesagt wird.«

»Moment, die Mittelburgas kommen aber auch nicht her.« Er hob die Hand, wehrte sich innerlich verzweifelt gegen das, was Wyona da sagte, denn er ahnte bereits, worauf sie hinauswollte.

»Ja, weil es für sie keinen Grund gibt, in das rückständige, von der Welt vergessene und abgehängte Brück zu kommen, wenn sie ihren Kanal haben, um zum Meer zu gelangen. Und wenn die Städte weiter im Landesinneren mehr zu bieten haben.«

»Die Städte weiter im Landesinneren«, wiederholte er wie ein schlecht besprochener Schwatzling. Natürlich musste es welche geben. Genau wie es Häfen jenseits des Meeres geben musste. Beides hatte Jelto gewusst, aber er hatte sich noch nie Gedanken darüber gemacht. Dabei hatte er doch selbst erst vor zwei Tagen am Watt die Leuchttürme bewundert, für die extra Material und Zimmerleute hergeschafft worden waren. Und diejenigen, die für das unfassbar helle Licht gesorgt hatten. Von wo waren sie hergereist, von wo stammten die Steine und riesigen Holzbalken?

Wyona setzte eine verschwörerische Miene auf und beugte sich näher. »So, und jetzt überleg dir mal, dass es mit den Büchern genauso geschehen ist.«

»Was? Was sollte mit den Büchern geschehen sein?« Er versuchte immer noch, sich arglos zu geben.

»Es gab eine Zeit, in der die Menschen in Brück Bücher besessen und gelesen haben. Dann ist jemand gekommen und hat behauptet, die Bücher wären gefährlich. Einige haben damit begonnen, sie zu vernichten. Und je mehr vernichtet wurden, umso schneller waren die Leute bereit, an diese Legende der gefährlichen Bücher zu glauben. Weil sie keine Möglichkeit mehr hatten, es selbst zu überprüfen. Bis keine Bücher mehr da waren. Die Menschen haben das Lesen und Schreiben verlernt. Sie haben sich nicht mehr dafür interessiert. Falls doch, dann wurde ihnen diese Neugier gefährlich. Es gab Menschen, die Bücher besessen haben und deswegen einfach verschwunden sind.«

»Diese Sache glaube ich nicht, Wyona.«

»Mein Großvater war einer von ihnen. Er wurde beim Lesen erwischt. Sie haben ihn geholt, mitsamt seinen Büchern. Ich weiß nicht, wer, aber meine Großmutter hat ihn niemals wiedergesehen.«

Jelto starrte sie sprachlos an.

»Und als nur noch wenige Menschen Bücher besessen haben und lesen konnten, ist diese Behauptung, Bücher wären gefährlich, zu einer Wahrheit geworden. Ein Fakt, der die meisten davon abhält, es auszuprobieren. Kannst du mir folgen?«

»Schon.«

»Könnte es in den Jahren der Großen Säuberung so gewesen sein?«

»Vielleicht.«

Wyona setzte sich aufrechter hin und hob triumphierend den rechten Zeigefinger. »Da fehlt aber noch ein Stück.«

»Wie meinst du das?«

»Wenn es so oder ähnlich geschehen wäre, fehlt bei dieser Geschichte etwas.«

Jelto grinste gequält. Jetzt hatte sie ihn gedanklich abgehängt. Bis er sich ein Urteil erlauben konnte, würde er gründlich über diese Worte nachdenken müssen. Und, schoss es ihm durch den Kopf, er würde zu gern Bùchs Meinung darüber hören. Es war betroffen, es musste doch etwas darüber wissen? Oder war das sogar Bùchs Wirken? Hatte es der Drachenzüchterin diese Worte in den Mund gelegt?

»Was fehlt, Wyona?«

Quibus gähnte. Jelto packte den Taschendrachen und setzte ihn auf den Tisch, wo er seine Nase neugierig in Richtung des leergegessenen Tellers reckte.

Wyona stutzte. »Du lässt ihn schon von der Leine?«

»Wir verstehen uns. Und er liebt übrigens Bùch. Ich würde nicht ausschließen, dass er es gleich riecht und dann versucht, zu ihm zu klettern.«

»Also gut.« Sie nahm den Beutel und legte ihn auf den Tisch. Ihr eigener Taschendrache, der bisher reglos wie eine Statue auf ihrer Schulter gesessen hatte, knurrte neugierig.

Einen Moment lang rechnete Jelto entsetzt damit, dass Wyona das Buch auspacken würde, doch zu seiner Erleichterung schob sie es nur zu Quibus, der mit einem freudigen Laut auf den Beutel hopste. Amüsiert beobachteten sie, wie er darauf herumtrampelte und sich schließlich zusammenrollte und die Augen schloss. Ein winziger Rauchfaden quoll aus seinen Nasenlöchern.

»Was fehlt bei deiner Geschichte über die Gefahr von Büchern, Wyona?«

»Warum.«

»Warum es fehlt? Du meintest vorhin –«

»Das ist die Antwort. Warum?«

»Warum was?«

»Warum sollen Bücher gefährlich sein? Warum hat jemand behauptet, Bücher wären gefährlich? Warum haben die Leute dieser Person geglaubt? Warum ist das alles passiert?«

»Das ist deutlich mehr als *ein* Warum.«

»Ganz genau.«

»Nun, um ehrlich zu sein, ich habe keine Ahnung.« Jelto begann, Quibus unter dem Kinn zu kraulen.

Wyonas Taschendrache zappelte auf ihrer Schulter, bis seine Besitzerin das Tier ebenfalls auf den Tisch setzte. Quibus öffnete die Augen und knurrte neugierig.

»Das ist übrigens Tjarda. Eines meiner besten Zuchtdrachenweibchen und mein Liebling.«

Jelto horchte auf. Sobald es um die Taschendrachen ging, wurde Wyona sofort zugänglicher. Vielleicht sollte er es Quibus überlassen, ihm den Weg zu ihrem Herzen zu ebnen.

Aber das würde dauern, und sie konnten hier nicht den ganzen Abend sitzen. So nahm er all seinen Mut zusammen und sprach aus, was er dachte. »Für mich war es immer die Wahrheit, dass Bücher gefährlich sind, Punktum. Ich habe mich nie gefragt, warum es so ist oder wie es dazu kam.« Allerdings hatte Bùch dafür gesorgt, dass solche Fragen ganz zaghaft in seinem Verstand zu kreisen begannen.

»Es ist ja noch nicht zu spät«, verkündete Wyona fröhlich. »Mich würden die Antworten jedenfalls brennend interessieren. Dich auch?«

Eigentlich nicht. Ja, er hatte sich vorgenommen, das Rätsel um die Existenz dieses sprechenden Buches zu lösen. Aber viel lieber hätte er sein altes Leben zurück gehabt, seinen geruhsamen Alltag als Bücherjäger, in dem er sein Tun nicht hinterfragt hatte. In dem niemand versuchte, bei ihm einzubrechen, und in dem Bücher nicht redeten.

Aber gut, jetzt war es so. Daher tat es schon unendlich gut, mit Wyona hier zusammenzusitzen. Hinzu kam die Erleichterung, mit der Bürde um Bùchs Wohlergehen nicht mehr allein zu sein. Es mochte ihr nicht bewusst sein, aber diese Verantwortung teilten sie jetzt, ob sie das wollten oder nicht. Die gesamte Situation war nicht ganz so, wie Jelto sie sich erträumt hatte, aber wenn er ihr jetzt zustimmte, konnte vielleicht mehr daraus werden.

»Ja, doch«, sagte er daher. »Es wäre schon spannend, das herauszufinden, warum Bücher so schrecklich gefährlich sind. Vielleicht hast du recht, und es stimmt nicht. Immerhin besitze ich seit ein paar Tagen eins, und ich lebe noch und bin unverletzt.«

»Das ist doch großartig!« Wyona klatschte in die Hände und beugte sich erneut vor. »Alles, was du dafür tun musst, ist, lesen zu lernen.«

»Sagt wer?«

»Bùch.«

»Ach so, natürlich, wer sonst.«

»Es sagt, dass du es im Handumdrehen beherrschen wirst.« Bei diesen Worten schwang ein leiser Zweifel mit, aber sie sprach schnell weiter: »Und dann wirst du alles Weitere erfahren. Hast du hier im Gasthof ein Zimmer? Dann lass es uns dort ausprobieren!«

Jeltos Antwort bestand aus einem gequälten Stöhnen.

Stadtgeist

Wynni merkte, dass sie allmählich zu weit ging. Jeltos Bewegungen waren fahrig, sogar Quibus, der sich ansonsten sehr wohlzufühlen schien, hatte sich auf die Schulter seines Herrn gesetzt und zappelte dort herum.

»Könntest du die Kapuze abnehmen? Dann beruhigt Quibus sich vielleicht.«

»Ganz im Gegenteil, er bleibt nur sitzen, wenn ich die Kapuze aufhabe.«

»Na gut.«

Zu ihrem Erstaunen stand Jelto auf und winkte ihr zu, ihm zu folgen. Nacheinander stiegen sie die Treppe ins erste Stockwerk hinauf. Auf dem Absatz blieb Jelto unschlüssig stehen, als müsste er sich erst daran erinnern, welches Zimmer er belegt hatte.

»Nun geh schon. Was das Lesen anbelangt, musst du dir keine Sorgen machen.«

»Das ist es nicht.« Er stockte und zeigte dann ringsum auf die Wände. »Ich fühle mich nicht sehr sicher hier. Falls jemand kommt und … wir hätten keine Fluchtmöglichkeit, verstehst du? Im Zimmer säßen wir in der Falle.«

»Und du meinst, dass es jemand auf dich abgesehen hat?«

Jelto senkte die Stimme zu einem Flüstern. »Mindestens zweimal hat jemand versucht, in meine Wohnung einzubrechen. Danach bin ich abgehauen. Außerdem versuche ich schon seit Tagen, einen anderen Bücherjäger zu finden, aber er ist wie vom Erdboden verschluckt. Irgendetwas geht da vor.« Kraftlos hob Jelto eine Hand. »Ich weiß im Moment nicht, wem ich trauen soll.« Unruhig wanderte sein Blick den Flur entlang, der von trübe flackernden Öllampen erhellt wurde.

Jetzt wurde Wynni doch mulmig. Bùch hatte angedeutet, dass Jelto in Schwierigkeiten steckte. Aber was er jetzt sagte, klang ernsthafter, als sie angenommen hatte. Worauf hatte sie sich da eingelassen?

Nachdem sie Jeltos Buch gefunden und es seine ersten Worte gesprochen hatte, war ihr Entsetzen sehr schnell in Begeisterung umgeschlagen. Bücher hatten ihr noch nie Angst eingejagt, und sie hatte Bùch sofort ins Herz geschlossen. Dass sie es nicht lesen konnte, stachelte ihre Neugier weiter an, auch, weil es behauptete, dass dies für Jelto keine Herausforderung wäre. Er könnte seinen Inhalt sofort erfassen. Er müsse, das wiederholte Bùch ständig, sich lediglich von ihm das Lesen beibringen lassen. Was er unmöglich im Handumdrehen lernen konnte – deshalb reizte es Wynni, mehr darüber herauszufinden, wie Bùch das anstellen würde.

Aber dass keine Gefahr von Büchern ausging, bedeutete noch lange nicht, dass diese gesamte Angelegenheit harmlos war. Ihr fiel der seltsame Kerl wieder ein, der am Abend nach Jelto gefragt hatte. Er hatte angegeben, ein Bote der Fürstin zu sein, und die waren in Wahrheit alle Bücherjäger. Sie hatten also bereits bemerkt, dass einer der ihren gegen die Regeln spielte, und waren hinter ihm her. Oder hinter Bùch, vielleicht sogar hinter beiden.

»Was sollen wir tun?«, flüsterte sie, weil Jelto sich immer noch nicht rührte.

Er schüttelte sich, wie um zur Besinnung zu kommen. »Kann deine Tjarda spähen?«

»Mein Taschendrache? Wie meinst du das?«

»Na, Ausschau halten und uns warnen, wenn jemand kommt.«

»Nein.« Taschendrachen als kleine Wächter? Wer kam denn auf so eine Idee?

»Schade. Quibus stellt sich ganz wundervoll an, aber ich habe vorgestern Morgen erst mit der Dressur begonnen. Er wird noch mindestens eine Woche brauchen, bis er seine ersten Spähflüge machen kann. Und natürlich noch länger, bis ich mich auf ihn verlasse.«

Dressierte Taschendrachen? War das zu glauben? Wynni platzte beinahe der Kopf vor lauter Fragen, aber sie riss sich zusammen. »Gut, was also tun wir? Dieser Treppenabsatz mit dem düsteren Flur taugt kaum für einen gemütlichen Plausch.«

Jelto sah sie mit glänzenden Augen an, eine steile Falte über der Nasenwurzel. »Könnten wir zu dir? In deine Wohnung?«

Er wirkte ziemlich verzweifelt, wenn Wynni ehrlich war. Sie hielt sich gerade noch davon ab, ihm beruhigend die Hand zu tätscheln, wie ihre Großmutter das früher immer bei ihr getan hatte.

»Tut mir leid, aber das würde mein Vater nicht erlauben. Wir wohnen gemeinsam über der Drachenzuchtstation.« Das war eine glatte Lüge. Coen verbot oder erlaubte ihr schon lange nichts mehr, eher war es umgekehrt. Und ihr Vater wusste, dass Wynni die alten Bücher über Drachenzucht immer noch versteckt hielt, aber er war darüber nicht gerade begeistert. Seit ihre Mutter sie verlassen hatte, sprachen sie einfach gar nicht mehr darüber.

Ja, dachte sie, vielleicht wäre er sogar einer dieser Menschen, die wirklich erleichtert wären, wenn ein Bücherjäger die Bände klammheimlich entwendete, so wie Jelto sich das einredete.

»War nur eine Idee.« Er seufzte. »Pass auf, dann lassen wir es für heute gut sein. Geh zurück nach Hause, und wir treffen uns morgen Vormittag an den Lauben. Ich kenne einen Tuchhändler, der uns vielleicht in seinem Lager sitzen lässt. Dort wären wir tagsüber komplett ungestört. Die Laubenhäuser haben dicke Wände und außer dem Haupt- noch einen Hinterausgang – ich denke, das könnte gehen.«

»Du denkst wirklich an alles, oder? Du willst doch nur lesen lernen.«

»Nur? Ja, sicher. Ich will *nur* lesen lernen, mehr nicht. Ein Bücherjäger liest in einem Buch, das er hätte vernichten müssen und das auch noch spricht. Die aufdringliche Drachenzüchterin nicht zu vergessen, die das alles für einen großartigen Spaß hält.« Bei seinen letzten Worten hatte er die Stimme erhoben. Als es ihm bewusst wurde, sah er sich hektisch zu allen Seiten um.

»Na, vielen Dank auch.« Wynni wusste nicht, ob sie lachen oder empört sein sollte.

»Entschuldigung. Das war gemein.«

»Schon gut.« Ganz unrecht hatte er ja nicht.

Am unteren Treppenabsatz polterten schwere Stiefel. Schritte folgten, und zwei Matrosen kamen ins Blickfeld.

»Na, ihr Turteltäubchen? Kein Zimmer mehr frei?«, rief der eine, ein bulliger Kerl mit Armen so dick wie Wynnis Oberschenkel. Obwohl er gutmütig klang, überlief sie eine Gänsehaut. Jeltos Angst war ansteckend.

Sie drückten sich an die Wand, um die Matrosen vorbeizulassen.

»Geh jetzt«, wiederholte Jelto leise und gab ihr einen sanften Schubs.

»Wie stellst du dir das vor? Soll ich mit Bùch den ganzen Weg zurücklaufen?«, zischte sie, als die beiden Männer außer Hörweite waren.

»Das verstehe ich nicht. Du bist doch auch hergekommen.«

»Ja, weil Bùch dir gehört, bei allen stinkenden Miesmuscheln. Außerdem hat es mir kaum eine Wahl gelassen.«

»Hat es gedroht, Verse aufzusagen?«

»Euch beiden Menschen ist doch hoffentlich bewusst, dass so

ein Leinenbeutel nicht schalldicht ist, oder? Ich höre euch sehr gut!«

Jelto schrak so sehr zusammen, dass er die Knie beugte und sich auf einer Stufe abstützen musste, bis er sein Gleichgewicht wiederfand. Auch Wynni taumelte kurz und hielt sich am Treppengeländer fest.

Wütend schüttelte sie den Beutel. »Willst du wohl still sein! Wenn uns jemand mit dir erwischt, wird niemand mehr lesen lernen, das ist dir doch hoffentlich bewusst.«

»Gut, das reicht jetzt.« Jelto zog ihr den Beutel aus der Hand. »Ich lege Bùch unter mein Kopfkissen und lasse Quibus Wache halten, so gut er kann. Wir treffen uns morgen um zehn Uhr. Frag nach Mewes, dem Tuchhändler. Den findest du schon.«

Ohne ein Abschiedswort ließ er sie stehen. Und Wynni war so vor den Kopf geschlagen, dass ihr erst eine Erwiderung einfiel, als er die Zimmertür bereits hinter sich geschlossen hatte.

Der Glockenturm im Laubenviertel schlug Mitternacht, während Wynni die stille Handelsstraße entlangging. Der Regen hatte endgültig aufgehört, und die Wolken waren aufgerissen. Von gelegentlichen Pfützen abgesehen war die Straße trocken, die Luft frisch und klar. Es war ein ruhiger Sommerabend, auf den ein warmer Tag folgen würde.

Irgendwo im Dachgebälk der Häuser schrie ein Kauz nach Futter. Tjarda hob den Kopf und knurrte interessiert.

Wynni tätschelte sie kurz. »Ja, Kleine, ein ganz schön aufregender Tag, was?« Sie dachte an Jeltos Ausführungen. Taschendrachen als Späher? Das war eine Idee, die sie erst einmal verdauen musste. Wobei es natürlich eine gute Sache wäre, wenn Tjarda jetzt Ausschau halten könnte. Die Straße lag ziemlich verlassen da.

Wynni blieb stehen und blickte die dunklen Lauben entlang.

Wenn sie so darüber nachdachte, konnte ihr dort ganz leicht jemand auflauern. Wie gut, dass sie Bùch bei Jelto gelassen hatte. Sie legte keinen Wert darauf, damit erwischt zu werden. Beklommen ging sie weiter, mehr als zuvor auf der Hut vor unliebsamen Überraschungen. Vergeblich redete sie sich gut zu, dass sie nicht zum ersten Mal nachts unterwegs war. Außerdem konnte Tjarda eine ordentliche Flamme spucken.

Falls ihr allerdings jemand etwas antun wollte, würde das nicht sehr viel helfen. Warum hatte sie nicht auf dem Hinweg darüber nachgedacht, als sie entschieden hatte, nach Jelto zu suchen? Und wo trieb sich eigentlich die Nachtwache herum? Gerade jetzt hätte sie nichts dagegen, einer Patrouille zu begegnen. Dieser Bücherjäger hatte sie mit seiner Unruhe wirklich angesteckt.

Sie hatte das Ende der Lauben erreicht, als ihre Befürchtungen wahr wurden und eine Gestalt aus dem Schatten trat. Abrupt blieb sie stehen. Was sollte sie tun, zurück Richtung Hafen laufen? Dort trieben sich trotz der späten Stunde noch ein paar Nachteulen herum, die ihr vielleicht helfen konnten.

Die Gestalt machte einen Schritt auf sie zu, hob beschwichtigend die Hand und zog dann die dunkle Kapuze vom Kopf. Helles, glänzendes Haar kam zum Vorschein.

»Rona! Klebriger Quallendreck, hast du mich erschreckt! Was machst du um diese späte Stunde hier?« Zitternd holte Wynni Atem. Dieses Lumpenmädchen hatte eine Begabung, unvermittelt vor ihr aufzutauchen, wenn sie am wenigsten damit rechnete.

Rona hob die Hände und gestikulierte eine Antwort. *Ich habe gesehen, dass du Angst hast, hier allein auf der Straße. Ich begleite dich nach Hause.*

»Ertappt.« Wynni lachte verlegen. »Danke sehr, das werde ich nicht ablehnen. Aber was ist mit dir? Hast du keine Angst, nachts und allein?«

Ich kenne die Stadt. Brück ist überall mein Zuhause. Rona krönte die Gesten mit einer wegwerfenden Handbewegung und einem selbstbewussten Lächeln.

Wynni fragte nicht nach, da sie keine bessere Antwort bekommen würde.

Rona stupste sie an. *Hast du Jelto gefunden?*

»Ja, dein Tipp war goldrichtig, er wohnt sogar in der *Goldenen Muschel.*« Wynni brach erschrocken ab. Wenn Jelto wirklich verfolgt wurde, hätte sie das besser nicht gesagt.

Rona hob fragend die Augenbrauen.

Sie räusperte sich. »Kennt ihr euch gut?«

Das Lumpenmädchen hob die Hände und zögerte. Dann nickte sie entschlossen. *Ich weiß, was die Botenjungen im Dienst der Fürstin sind, wenn du das meinst.*

»Und das hast du selbst herausgefunden, richtig? So, wie du alles zu wissen scheinst, was in dieser Stadt vor sich geht.«

Rona lächelte nur.

Wynni begriff, dass alle Informationen bei ihr in guten Händen waren. Und das war durchaus wörtlich zu verstehen. Ronas Worte waren Gesten, und die wusste sie sehr gut für sich zu behalten.

»Also gut«, sagte sie. »Lass uns gehen.«

In einvernehmlichem Schweigen gingen sie durch die dunklen Straßen und Gassen – und ja, Wynni fühlte sich sofort viel sicherer.

Sie kannten einander schon eine Ewigkeit, denn auch in der Zuchtstation fielen regelmäßig Lumpen ab. Rona nahm sogar völlig zerfetzte Stoffstreifen, die den Taschendrachen zum Nestbau dienten.

Seit ihrer ersten Begegnung waren Ronas Herkunft, ihr Zuhause und ihre Geschichte ein Rätsel. Eine Zeitlang hatte Wynni geglaubt, das Mädchen lebte auf der Straße, doch dem widersprach, dass sie nie unter Hunger oder Kälte litt. Auch ihre Kleidung –

verschiedene einfache Hemden und Hosen, mit Gebrauchsspuren, doch nicht im Entferntesten so abgetragen wie die Lumpen, die sie sammelte – war stets sauber und ordentlich.

Eines Tages, sie waren beide vielleicht sechs oder sieben Jahre alt gewesen, war Rona mit einem verletzten Taschendrachen zur Zuchtstation gekommen und hatte von Wynnis Vater Coen verlangt, ihm zu helfen, was natürlich keiner zweiten Aufforderung bedurfte. Täglich war Rona vorbeigekommen, um sich nach dem Zustand des Tieres zu erkundigen. Dafür erfanden sie und Wynni eine Zeichensprache, mit der sie sich gut verständigen konnten. Coen hätte ihr den verletzten Taschendrachen überlassen, doch er überlebte nicht. Rona war am Boden zerstört, sodass Wynni ihren Vater anbettelte, dass sie sich ein Küken aus einem frischen Wurf aussuchen dürfte. Rona lehnte ab. Ihr genügte es, die Taschendrachen in der Station zu beobachten oder eine Weile mit ihnen zu spielen, wenn sie Lumpen holen kam. Und zwischen den beiden kleinen Mädchen von damals war eine Freundschaft entstanden, für die es keiner lauten Worte bedurfte und die bis heute währte.

Aus dieser guten Erinnerung heraus griff Wynni spontan nach Ronas Hand und drückte sie fest. Und ganz selbstverständlich wurde der Druck erwidert. So gingen sie Hand in Hand bis zur Drachenzuchtstation. Erst am Tor ließen sie einander los.

»Möchtest du noch mit reinkommen?« Wynni zog ihren Schlüssel aus der Tasche. »Du kannst auch gern bei uns übernachten, weißt du ja.«

Lächelnd schüttelte Rona den Kopf. *Mach dir keine Sorgen um mich.*

Und wie ein Nebelhauch war sie verschwunden, noch bevor Wynni das Tor aufgeschlossen hatte.

Von der Gefahr des Lesenlernens

Jelto war ziemlich erschöpft, doch er konnte nicht einschlafen. Wie sollte er Wyonas Verhalten einschätzen? War sie unverhofft zu einer Verbündeten geworden? Sie schien eine Menge über Bücher zu wissen. Es war sogar möglich, dass sie welche besaß. Nicht solche wie Bùch, das war – soweit er wusste – einzigartig, aber andere. Sie hatte ohne Scheu zugegeben, dass sie lesen und schreiben konnte. Als wäre das nichts … Schlimmes. Zumindest nicht so schlimm, wie Jelto immer gedacht hatte.

»Bùch?«

»Ja?«

»Ist es schwer, lesen zu lernen?«

»Ach was, Kinderspiel, wirst schon sehen. Es gibt Buchstaben, die bilden Worte, und die Worte bilden Sätze. Du musst alles nur in der richtigen Reihenfolge betrachten. Sollen wir anfangen?«

»Wir wollten das morgen mit Wyona gemeinsam machen.«

»Hast du Angst?«

»Nein, wieso sollte ich?«

»Genau, warum solltest du?« Obwohl Bùch unter dem Kopfkissen lag, das seine Stimme dämpfte, war seine Begeisterung deutlich zu hören.

Bücher sind gefährlich. Lesen ist gefährlich.

Jelto wiederholte diese Aussagen immer und immer wieder in Gedanken. Es konnte stimmen. Und dennoch hatten diese beiden vertrauten Sätze etwas an Schrecken verloren. Die Selbstverständlichkeit, mit der Wyona über diese Dinge gesprochen hatte, gab ihm Mut und reizte zugleich seine Neugier.

»Du wirst sehen, es ist weder schwierig noch gefährlich.« Bùch schlug einen ernsteren Tonfall an, es klang beinahe fürsorglich. »Dieses Mädchen ist sehr klug, es wird dir helfen.«

»Hat sie dich gelesen?«

Jelto bekam so lange keine Antwort, dass er die Frage wiederholte.

»Sie hat es versucht.« Bùchs Erwiderung klang sehr zögerlich.

»Was soll das heißen? Sie hat gesagt, dass sie lesen kann.«

»Schon.« Erneut folgte ein längeres Schweigen.

Jelto setzte sich auf und fuhr sich mit beiden Händen durch die Haare. An Schlaf war sowieso nicht zu denken. Draußen vor dem Fenster deutete sich bereits der helle Streifen der Morgendämmerung an.

Er zog das Kopfkissen fort. »Jetzt lass dir nicht jedes Wort aus der Nase ziehen.«

»Ich habe keine Nase.«

»Meinetwegen zwischen deinen Seiten hervorziehen, tausend Algenschnecken noch mal!«

»Wyona kann sicherlich lesen. Normale Bücher und normal magische Bücher. Aber nicht mich.«

»Was soll das jetzt wieder? Ich dachte, du wärst ein *normal magisches Buch.* Abgesehen davon, dass du sprechen kannst.«

»Ich glaube nicht.«

»Du glaubst nicht?« Jelto lehnte sich gegen die kühle Wand und schloss die Augen. Er hatte gedacht, er würde alles verstehen – oder wenigstens einiges – wenn er sich auf dieses Abenteuer des Lesenlernens einließe. Jetzt bekam er die böse Vorahnung, dass die eigentlichen Probleme erst anfingen, sobald er Bùchs Inhalt kannte.

»Ich weiß nicht, was ich bin«, murmelte Bùch kläglich. »Ich

habe dir doch erzählt, wie ich entstanden bin und dass alles ganz schnell gehen musste. Ich hatte kaum meine Umgebung wahrgenommen und begriffen, was Menschen sind, da wurde ich auch schon in dieses Lagerhaus gebracht, um auf dich zu warten.«

Wenn Jeltos Erinnerung ihn nicht täuschte, hatte Bùch diese Geschichte beim ersten Mal ein wenig anders erzählt. Letzten Endes waren die Unterschiede unerheblich, aber ihm drängte sich der Verdacht auf, dass es viel weniger über den Grund seiner Existenz oder über seine Aufgabe wusste, als es zugeben wollte.

Gähnend streckte Jelto sich, stand auf und zog sich an. Vielleicht konnte er die frühe Stunde nutzen und mit Quibus noch ein wenig spähen üben.

Er packte Bùch ganz unten in den Rucksack, was es mit einem »Muss das sein? Kannst du mich nicht obendrauf legen, dann sehe ich vielleicht wenigstens was!« kommentierte, bevor seine Stimme unter den Schichten von Kleidung und Beuteln mit Taschendrachenfutter verstummte. Kopfschüttelnd betrachtete Jelto danach seinen Rucksack. Sein gesamtes Leben befand sich nun darin. Ein paar Habseligkeiten hatte er in der Wohnung zurückgelassen, aber er legte keinen Wert mehr darauf. Alles, was ihm wichtig war, hatte er bei sich.

Er zog die Kapuze des Mantels über den Kopf. »Quibus, Schulter.«

Der Taschendrache knurrte fragend und flog dann auf. Er schaffte es, einigermaßen gezielt auf Jeltos Schulter zu landen und streifte nur dessen Wangen mit einem Flügelschlag. Jelto kraulte ihn unter dem Kinn. Mit einem letzten Blick, ob er auch nichts vergessen hatte, verließ er das Zimmer. Er hatte vor, am Abend zurückzukehren. Aber falls wieder etwas dazwischenkam, war er dieses Mal vorbereitet.

Er hatte Glück und traf die Wirtin Bea in der Küche an, wo sie bereits das Frühstück vorbereitete. Sie ließ sich dazu überreden, ihm Brot, Käse und einen kleinen Tontopf Honig mitzugeben.

Auf den Straßen war noch wenig los. Im Hafen regten sich die ersten Seeleute und schlenderten in Richtung der Anlegestellen. Doch sowohl für die Rückkehr der Fischerboote, die in der Nacht hinausgefahren waren, als auch für das Ablegen der großen Frachtschiffe war es noch zu früh. Jelto verließ die Hafengegend und wanderte die stille Handelsstraße entlang. Ihm war noch eine andere Idee gekommen, wie er sich die Zeit bis zu seiner Verabredung mit Wyona vertreiben konnte.

Seine Verabredung …

Das klang nach viel mehr, als es sein würde. Er freute sich darauf, sie zu treffen. Mehr um ihretwillen hatte er sich auf dieses Abenteuer eingelassen, sich von Bùch das Lesen beibringen zu lassen. Am Vorabend war ihm das völlig logisch erschienen. Wyonas Anerkennung war ihm wichtig, er wollte, dass sie nicht schlecht von ihm dachte. Auch wenn das bedeutete, Floris weiterhin aus dem Weg zu gehen, um Bùchs Vernichtung hinauszuzögern. Jetzt fragte er sich, ob das wirklich so eine gute Idee gewesen war.

Er hielt auf die Altstadt zu, bog jedoch außerhalb der alten Stadtmauer nach Norden ab und folgte dem Weg zum Hügelviertel. Dem Weg, den er auf seiner letzten Bücherjagd in entgegengesetzter Richtung genommen hatte. Die letzte Jagd, bei der noch alles so gewesen war, wie es sein sollte.

Er fand das überwucherte Kopfsteinpflaster an der Hügelflanke hinter den Gärten der Villen ohne Mühe. Heute wollte er herausfinden, wohin der Weg verlief.

Unter den Bäumen war der Regen der beiden vergangenen Tage noch nicht verdunstet. Je weiter Jelto bergan stieg, umso stickiger und feuchter wurde die Luft. Bald erreichte er die Gartenmauer, über die er auf der Flucht vor den beiden Nachtwächtern geklettert war. Es folgten zwei weitere Mauern, beide von Moos und Flechten überwachsen. Dann gab es nur noch Bäume, Steine, satten Waldboden und den Weg, der immer zugewucherter daherkam, aber dennoch deutlich erkennbar war. Sogar hier war er noch gepflastert, wenn auch viele Steine von Wurzeln herausgebrochen und von starkem Regen an den Rand gespült worden waren. Der Weg schien bis hinauf auf den Hügel zu führen.

Soweit Jelto wusste, gab es dort oben nichts, wohin es sich zu gehen lohnte. Seine Mutter hatte ihm erzählt, dass es in ihrer Kindheit üblich gewesen sei, auf einen der Hügel rund um die Stadt zu steigen und die Fernsicht auf das Meer zu genießen. Sie hatte dann mit ihren Freundinnen Schiffe gezählt. Mit der Zeit waren die Bäume jedoch immer höher gewachsen, zudem kamen immer weniger Schiffe. Für die Erwachsenen gab es nichts mehr zu sehen und für die Kinder nichts mehr zu zählen. Vielleicht war es ja dieser Weg auf diesen Hügel, den seine Mutter damals mit ihren Eltern gegangen war?

Wieder überkam Jelto die Sehnsucht nach der Zeit, in der in seinen Kinderaugen noch alles in Ordnung gewesen war. Doch er machte sich nichts vor: Das war Vergangenheit. Er war älter geworden, hatte sich sein eigenes Leben aufgebaut. Er verdiente sein eigenes Geld. Wäre es da nicht eigentlich seine Pflicht, seiner Mutter und Jacco zu helfen, wenn es ihm möglich war?

Er schritt schneller aus. Ihm wurde unangenehm bewusst, dass er sich um diese Frage seit Längerem herumdrückte. Früher wäre er nicht gegen den Schneider Pim vom Markt angekommen. Aber galt das immer noch? Er hatte nicht vor, sich mit ihm zu prügeln, aber darum musste er doch nicht den Rest seiner Familie im Stich lassen? Denn das hatte er getan. Vor allem seinen Bruder vermisste er, auch nach all den Jahren.

Er brummte laut auf, wütend auf sich selbst, was Quibus ein erstauntes Zwitschern entlockte.

»Das habe ich alles Bùch zu verdanken, Quibus. Dieses Ding macht, dass ich viel mehr nachdenke. Ich weiß nicht, ob mir das gefällt.«

»Ich höre dich«, säuselte es aus seinem Rucksack.

»Dann hör mir gut zu, zum Quallendreck noch mal!«, blaffte Jelto. Erschrocken über sich selbst drehte er sich einmal um die eigene Achse, um sich zu vergewissern, dass er immer noch allein unter den Bäumen war.

Er atmete tief durch und zwang sich zu einem gemächlicheren Schritt. »Ich bin von zu Hause abgehauen, weil mein Vater mich geschlagen hat. Ich kam nicht gegen ihn an. Jetzt sind es vielleicht mein Bruder Jacco oder sogar meine Mutter, die Schläge abbekommen. Vielleicht geht es ihnen aber auch allen gut, seit ich weg bin. Oder es geht ihnen sogar besser! Sind sie froh, dass sie mich losgeworden sind? Vielleicht war ich ja allein der Grund für meinen Vater, so um sich zu schlagen, auch wenn ich bis heute nicht weiß, was genau ich falsch gemacht habe. Er war ja nicht immer so. Als ich kleiner war, war er sehr liebevoll. Und jetzt? Sollte ich dem allem den Rücken kehren, so wie bisher? Oder sollte ich es herausfinden, indem ich meine Familie besuche? Sollte ich mich mit meinem Vater anlegen, wenn ich feststelle, dass er immer noch um sich prügelt? Nutzt es den beiden anderen oder schadet es ihnen? Los, dann sag auch was, oh, du weises Buch!«

»Weise? Wie entzückend! Niemand hat mich je weise genannt, vielen Dank, du schmeichelst mir.«

»Du weichst aus.«

»Ja, stimmt. Das klingt sehr … also … wie soll ich das sagen? Menschlich? Ja. Und Menschen helfen einander und stehen sich bei, oder nicht? Also ist klar, wie der Rat lautet.«

»Ich sollte mich davon überzeugen, ob mein Vater meinen Bruder oder meine Mutter schlägt. Falls dem so ist, muss ich herausfinden, ob ich etwas gegen ihn ausrichten kann. Und wenn ja, es auch tun.«

»So würden es Menschen machen, genau.«

»Bücher nicht?«

»Ich gehe zwar nicht davon aus, dass eine Unterhaltung mit meinesgleichen möglich wäre, aber ich hatte bisher nicht die Gelegenheit, es herauszufinden. Demnach kann ich auch die Frage nach der Unterstützung nicht beantworten.«

»Stimmt, das hatte ich vergessen.«

»Ich erinnere dich gern daran. Habe ich dir eigentlich schon erzählt, dass es sehr angenehm ist, wenn du in mir blätterst?«

»Ich kann gern versuchen, Quibus das Blättern beizubringen. Das sollte er mit seiner Schnauze hinbekommen.«

»Und dann habe ich an meinem schönen Buchschnitt Drachensabber kleben?« Bùch machte ein Geräusch, das wie ein Aufstoßen klang.

Jelto schmunzelte. Ob ihm das nun gefiel oder nicht, Bùch hatte es geschafft, ihn aus seinen trüben Gedanken herauszuholen. Im Grunde war es wirklich einfach. Er würde in den nächsten Tagen ausspähen, wann sein Vater das Haus verließ, und dann nach seiner Mutter schauen. Oder er würde Jacco abpassen, wenn er zu Erledigungen aufbrach. Ob sein Bruder Freunde hatte und diese traf? Jelto konnte sich das nur schwer vorstellen. Jacco war immer gern für sich geblieben. Ihm hatte es meistens genügt, mit seinem älteren Bruder zu spielen.

Irgendeine Möglichkeit, herauszufinden, was in seinem Elternhaus am Markt vor sich ging, würde sich schon ergeben. Und dann musste er einfach weitersehen.

Der Weg brachte ihn nicht wie erwartet auf die Spitze des Hügels oder auf einen Platz, der ein Aussichtspunkt gewesen sein könnte, wie Jelto ihn sich vorgestellt hatte. Er endete einfach auf einer Lichtung, einem langgestreckten Oval von West nach Ost entlang der Hügelflanke. Im Süden fiel das Gelände hinter dichtem Gestrüpp und hohen Bäumen steil bergab, gegenüber bildete eine turmhohe Felswand die Grenze. Wurzeln und Efeuranken hingen wie ein Teppich über der Kante, gelegentlich ragte eine graue Felsnase aus dem Grün hervor. Wind raschelte in den Bäumen, immer wieder fand ein Sonnenstrahl zwischen den wogenden Wipfeln den Weg bis auf den Boden, wo dicke Grasbüschel und altes Laub sich den Platz streitig machten.

Jelto hatte sich immer für einen Stadtmenschen gehalten, aber ihm gefiel dieser Ort. Er fand einen flachen Felsen, setzte sich und packte sein Frühstück aus. Quibus hopste zu Boden und schnüffelte aufgeregt umher.

»Sind wir da?«, verlangte Bùch zu wissen.

»Wo?«

»Weiß ich doch nicht. Wo du hinwolltest. Ich sehe nicht einmal was. Außerdem riecht es penetrant nach Algenköder. Du solltest aufpassen, dass der Geruch nicht in deine Kleidung zieht.«

»Schon gut.« Mit einer Hand wühlte er im Rucksack und zog Bùch heraus. Hier war weit und breit kein Mensch. Falls jemand kommen sollte, was ihm reichlich unwahrscheinlich erschien, könnte Jelto diese Person auf dem Weg eher sehen als umgekehrt, da er etwas erhöht saß.

Bùch schnaufte tief und raschelte mit den Seiten, als wollte es sich aufplustern. Fasziniert beobachtete Jelto es. Das hatte es noch nie getan. Nahm die Magie zu? Würden ihm noch Beine oder Arme wachsen?

»Endlich Frischluft! Wo sind wir?«

»Auf dem Hügel hinter dem Villenviertel im Norden von Brück.«

»Ah, ich verstehe.«

»Ich hätte nicht gedacht, dass du dich auch orientieren kannst.«

»In mir ist eine Karte von Brück.«

»Eine Karte? Was meinst du? Eine Spielkarte?«

»Nein, eine Landkarte. Eine Zeichnung von Brück mit den Himmelsrichtungen, den Wegen und Markierungen für die wichtigsten Häuser.«

»Interessant.« Jelto hatte eine Ahnung, wovon das Buch sprach. Er hatte so eine Zeichnung mal gesehen. In seinen Anfängen hatte er hin und wieder in ein Buch hineingeblättert, nachdem er es erbeutet hatte. Aber da ihm die Buchstaben und meistens auch die Zeichnungen nichts sagten, hatte er es mit der Zeit gelassen. Daher wusste er nicht, ob diese Landkarte, die er gesehen hatte, Brück oder eine andere Stadt darstellte, aber das Prinzip war sicherlich immer ähnlich.

»Moment. Diese Karte ist in dir? Du hast gesagt, du kannst dich nicht selbst lesen. Aber in dich hinein und eine Landkarte angucken kannst du?«

»Oh, jetzt hast du mich erwischt. Nein, kann ich nicht. Ich muss die Karte woanders gesehen haben.«

»Das bezweifle ich. Es gibt nirgendwo Landkarten in Brück.«

»Umso wichtiger, dass du dir meine einmal anschaust. Wie wäre es? Los, schlag mich auf.«

»Hat diese Karte jemand gezeichnet? Die gleiche Person, die dich beschrieben hat?«

»Das ist Natur hier ringsum, oder?«, fragte Bùch munter. »Diese braunen Säulen mit dem grünen Zeug dran, das sind Bäume, habe ich recht?«

»Ja, das stimmt.« Jelto verkniff sich weitere Nachfragen, wo

Bùch eine Karte gesehen haben wollte oder wer für die Zeichnung in ihm verantwortlich war. Aus irgendeinem Grund wollte es nicht mit der Wahrheit herausrücken. Oder Bùch hatte selbst keine Ahnung, wo bestimmte Informationen herkamen. Vielleicht wollte es das nur nicht zugeben, zugleich aber seiner Aufgabe nachkommen: Wissen zu hüten und es an die Lesenden weiterzugeben.

Wissen ist gefährlich.

Jelto ahnte allmählich, wie das zu verstehen war. Bisher hatte er gedacht, dass diese Gefahr wörtlich gemeint wäre, im Sinne eines körperlichen Schadens, Schmerzes oder einer Verwundung. Inzwischen konnte er sich selbst nicht mehr erklären, wie er auf diese absurde Idee gekommen war.

»Warum könnte Wissen aus Büchern gefährlich sein, Bùch?«

»Weiß ich nicht, weil es ja nicht stimmt. Das war deine Überzeugung, nicht meine.«

»Und wie steht es um die Bücher mit den Geschichten? Vermitteln die Wissen?«

»Geschichten unterhalten im besten Fall, sie regen deine Fantasie an und nehmen dich mit auf ein Abenteuer in deinem Kopf.«

»Das ist keine Antwort.«

»Ja, schon, sie können auch Wissen vermitteln. Aber das ist nicht ihre Hauptaufgabe.«

Das klang durchaus irgendwie gefährlich, fand Jelto. Oder wie sollte er das nennen, wenn er sich Wissen aneignete, ohne es zu merken? Außerdem hatte er, gerade in den letzten Tagen und vor allem immer dann, wenn Bùch in seiner Nähe war, den Eindruck, dass er *mehr* wissen wollte. Er war immer schon neugierig gewesen – säße er sonst hier auf dieser Lichtung? –, aber jetzt trieb ihn diese Neugier voran. Antworten, die er bekam, genügten ihm nicht mehr. Sogar zufriedenstellende Antworten führten einfach zu neuen Fragen.

»Wissen führt dazu, immer mehr wissen zu wollen«, grübelte er laut.

»Eine interessante Ansicht. Ich würde dem zustimmen.«

»Ich werde ruhelos auf dieser Suche nach Antworten, Bùch. Das ist unangenehm. Und es ist deine Schuld.«

»Ich protestiere. Es ist wohl eher mein *Verdienst!* Denn so soll es ja sein.«

»Dazu bekomme ich aber kaum Antworten, und das ist erst recht anstrengend. Ich weiß immer noch kaum etwas über dich und was ich mit dir zu tun haben sollte.«

»Wie gut, dass wir dem Abhilfe schaffen.« Bùch zwitscherte beinahe wie ein Taschendrache. »Ich verspreche dir, wenn du erst einmal lesen kannst, wirst du eine Menge Antworten bekommen. Vermutlich mehr, als du möchtest.«

»Genau das fürchte ich.« Jelto verstaute die Reste seines Frühstücks und wischte die honigverschmierten Hände im Gras sauber.

Quibus stürzte sich sofort auf die klebrigen Halme und begann, sie abzufressen. Währenddessen packte Jelto Bùch wieder ganz nach unten in den Rucksack. »Und keinen Mucks mehr, bis ich dich heraushole. Sobald wir in der Stadt sind, werden sich die Leute ziemlich über einen sprechenden Rucksack wundern.«

»Ihr habt sprechende Holzpuppen an jeder Ecke. Warum sollten sich Brückas über einen Rucksack wundern?«

»Die Schwatzlinge geben immer nur kurze Informationen und sprechen selten in ganzen und langen Sätzen. Außerdem kenne ich keinen, der einen belehrenden Ton anschlägt.«

»War das eine Beleidigung?«

»Nein, keine Sorge.« Jelto grinste.

»Das *war* eine Beleidigung. Ich möchte doch entschieden darauf hinwofen … doff …« Der Rest des Satzes blieb in Jeltos Kleidung stecken, die er sorgfältig über das Buch stopfte.

»Bùch? Sag kurz etwas.«

Bùchs Stimme war kaum zu hören. Zufrieden schloss Jelto den Rucksack und schwang ihn auf den Rücken. Ein leises Kommando an den Taschendrachen folgte. Quibus flog sofort auf, als hätte er nie etwas anderes gemacht, und flatterte erwartungsvoll über seinem Kopf.

Da hier oben keiner der Glockentürme zu hören war, wusste Jelto nicht, wie spät es war. Rasch lief er den Weg zurück, um nicht zu spät zum Tuchlager zu kommen. Die Aussicht auf das Wiedersehen mit Wyona beschleunigte seine Schritte. Im Handumdrehen erreichte er den Abschnitt mit den Gartenmauern.

Zu seinem Erstaunen flog Quibus plötzlich aufgeregt zwitschernd herab. Das bedeutete, dass er jemanden erspäht hatte. Jelto befahl ihm, auf seiner Schulter zu landen, was der Taschendrache sofort tat.

Konzentriert ließ Jelto den Blick den Weg hinabgleiten, bis er Rona entdeckte, die ihm mit einer großen Kiepe auf dem Rücken entgegenkam.

»Guter Junge.« Er kraulte Quibus kurz unter dem Kinn. Der ließ das gnädig über sich ergehen und stieg dann wieder in die Lüfte.

»Rona, was machst du denn hier?« Jelto winkte übermütig.

Das bleiche Mädchen schrak auf wie aus einem Traum. Sie blieb stehen, riss die Augen weit auf und blickte hektisch in alle Richtungen, bis sie Jelto bemerkte. Seltsamerweise presste sie die Lippen aufeinander, als müsste sie sich davon abhalten, etwas Falsches zu sagen. Sie runzelte die Stirn und zeigte erst auf ihn und dann auf den Weg.

Jelto schlitterte über einen verrottenden Laubhaufen auf sie zu und wäre um ein Haar mit ihr zusammengestoßen. Im letzten Moment hielt er mit den Armen rudernd das Gleichgewicht. »Ja, ich war da oben. Ich habe diesen Weg vor ein paar Tagen entdeckt und wollte wissen, wo er hinführt. Nur auf eine Lichtung, da ist nichts außer Gras. Und du?«

Sie lächelte. Auf Jelto wirkte sie schlagartig erleichtert, aber da er nicht wusste, warum sie sich vor ihm so erschreckt hatte, war er nicht sicher, ob dieser Eindruck stimmte.

Sie gestikulierte ein wenig, bis er glaubte, sie verstanden zu haben.

»Du holst Lumpen in einem dieser Häuser ab, verstehe. Ich habe gar keine Tür in einer der Mauern gesehen, aber ich habe auch nicht darauf geachtet. Und warum sollst du diesen Hintereingang nehmen? Wollen die nicht, dass dich auf der Straße jemand sieht?«

Sie zuckte mit den Schultern und wich seinem Blick aus.

Jelto konnte diese Mimik nicht recht deuten. »Na gut, geht mich ja auch nichts an. Tut mir leid, ich habe es etwas eilig.« Er winkte und war schon an ihr vorbei. »Sternenlicht für dich, Rona!« Mit diesen Worten rannte er weiter den Hügel hinab, Quibus wie ein türkises Funkeln über sich.

Von der wirklichen Gefahr des Lesenlernens

Wynni ging zwischen den aufgestapelten Stoffballen im hinteren Teil des Lagers auf und ab. Mewes hatte ihnen auf Jeltos Bitte hin erlaubt, sich dort den Tag über aufzuhalten. Und so, wie der kräftige Mann dabei geschmunzelt hatte, hatte er sicherlich seine eigene Vermutung, was sie dort zu tun gedachten.

Seine Ahnung hätte kaum weiter von der Wahrheit entfernt sein können. Wynni langweilte sich nicht nur, sie musste auch allmählich zurück in die Drachenzuchtstation. Die kleinen Hausdrachen warteten sicherlich schon ungeduldig auf ihre Mittagsmahlzeit. Zudem wurden morgen Vormittag zwei Käfige mit Taschendrachen zum Verschiffen abgeholt, das musste vorbereitet werden.

Sie hatte sich das alles ganz anders vorgestellt, irgendwie aufregender. Bùch hatte so getan, als wäre Jelto etwas Besonderes. Sobald er erst seiner Pflicht nachkäme und lesen lernte, würden große Ereignisse in Bewegung geraten. Das hatte es zur Begrüßung gesagt, nachdem sie am Lager von Mewes eingetroffen war.

Nun, dass diese Worte nicht mehr als pathetisches Gerede waren, hätte sie sich denken können. Lesen lernte sich nicht innerhalb weniger Stunden. Selbst wenn diese aufregenden Dinge passieren würden, dann nicht heute und vermutlich auch nicht morgen. Wynni hatte sich da etwas zu sehr von Bùchs Begeisterung mitreißen lassen.

Sie blieb stehen und beobachtete Jelto, der einige Schritte von ihr entfernt auf einem Stoffballen saß und mit gerunzelter Stirn in das aufgeklappte Buch starrte. Bùch selbst schwieg erst seit Kurzem. Seit der Bücherjäger es aus dem Rucksack gezogen hatte, hatte es in einem fort herumgeschnattert. Anfangs hatte Wynni immer wieder misstrauisch den Gang entlang und zur Hintertür geblickt, ob jemand sie bemerken würde. Doch diese Sorge war unbegründet. Sie konnten die Hintertür sogar offen stehen lassen, damit das Sonnenlicht hineinfiel. Dahinter lag ein von einer hohen Mauer komplett umschlossener Hof, den Mewes als Kräutergarten nutzte. Der Händler hatte ihnen auch erlaubt, hinauszugehen, solange sie die Pflanzen in Ruhe ließen. Neugierig war Wynni umhergegangen und hatte sich alles angesehen, während Quibus begeistert in alle Richtungen witternd umherhopste. Sämtliche Kräuter und Blumen waren ihr unbekannt. Auf ihre Nachfrage hatte Jelto angedeutet, dass Mewes daraus Färbemittel herstellte. Zu weiteren Auskünften war er nicht zu bewegen, denn kaum waren sie allein gewesen, hatte er mit zitternden Händen Bùch hervorgezogen.

»Jelto?«

Er brummte geistesabwesend.

»Jelto, hast du nicht allmählich Hunger?«

»Wir sind gleich fertig, einen Moment noch«, ließ sich Bùch mit ungewohnter Ernsthaftigkeit vernehmen.

Jelto blätterte um. Wynni schüttelte den Kopf. Sie trat an die Hintertür und lehnte sich in den hölzernen Rahmen. Was hatte sie sich bei dieser ganzen Sache nur gedacht? Was sollte sie hier?

»So, das war es.« Resolut klappte er Bùch zu, was von einem »Nicht so grob, Mensch« begleitet wurde.

Wynni zog amüsiert die Augenbrauen hoch. »Das war es für heute, meinst du. Oder kannst du jetzt lesen?«

Jelto starrte sie einen langen Moment an, als erwache er aus einem Traum. Dann grinste er unbeholfen. »Ja. Also, ja, ich denke schon. Ich kann jetzt lesen.«

»So? Und was steht in Bùch drin? Was ist das überhaupt für eine Sprache? Und wieso konnte ich es nicht lesen?«

»Ach so, das.« Jelto wog Bùch in der Hand, das einen Laut ausstieß, der verdächtig nach einem Kichern klang. »Es ist eine magische Sache. Der Inhalt dieses Buches ist nur für mich bestimmt. Es ist … sagen wir … magisch verschlüsselt.«

»Wie bitte? Jetzt machst du dich lustig über mich.«

»Nein, ganz und gar nicht.« Er zupfte an seinem Ohrläppchen. »Ich kann immer noch nicht lesen – glaube ich, das müsste ich jetzt ausprobieren. Aber ich … also, wie soll ich das erklären?« Er hob hilflos die Schultern.

»Er erfasst mich. Das ist nicht ganz dasselbe wie lesen. Und es geht viel schneller. Er ist ein Naturtalent.« Bùch klang stolz, als wäre das sein persönlicher Verdienst.

Wynni verstand dagegen gar nichts. »Er *erfasst* Bücher?«

»Nur magische. Das Buch selbst muss auch die entsprechenden Voraussetzungen erfüllen.«

»Die wären?«

»Ja, logisch … ähm … magisch sein?« Bùch klang unsicher. »Jedenfalls magisch erschaffen worden sein. Ich weiß gar nicht, ob das auf jedes magische Buch zutrifft. Und könnte ein magisches Buch wieder normalisiert werden? Interessante Frage, findet ihr nicht?«

»Du verlierst dich in Nebensächlichkeiten, Bùch.« Wynni wandte sich an Jelto. »Heißt das, du bist ein Bucherschaffer? Ein Magier?«

»Was soll ich sein?« Jelto wirkte immer noch merkwürdig entrückt.

»Bùch, könnte er Bücher erschaffen? Magische Bücher?«

»So eines wie mich jedenfalls nicht.«

»Das ist keine Antwort.«

»Na ja, schreiben kann er ja auch noch nicht.«

»Das ist erst recht keine Antwort. Er kann nicht einmal lesen, und trotzdem erfasst er dich.«

»Das ist nun einmal etwas sehr Spezielles.«

»Ist er nun ein Magier?«

Mit einer gereizten Geste hob Jelto Bùch wie einen Schutzschild vor sich. »Könntet ihr beiden aufhören, über mich zu reden, als würde ich nicht daneben sitzen?«

»Mit magischen Büchern ist es eben kompliziert«, fuhr Bùch fort, ohne den Einwurf zu beachten. »Der nichtmagische Anteil ist wie bei allen Büchern, sogar bei den Verzeichnissen. Papier, Einband, Tinte, Schrift auf den Seiten. Mit diesen Zutaten können grundsätzlich alle Menschen Bücher herstellen. Aber den Büchern im Anschluss die Magie zuzufügen, das ist nur buchmagisch Begabten vorbehalten.«

»Und das soll ich sein?«, stotterte Jelto. »Buchmagisch begabt?«

»Bist du.«

»Oh.«

Wynni konnte ihm vom Gesicht ablesen, dass ihm diese Erkenntnis kein bisschen behagte. Was sie, obwohl sie lesen und schreiben beherrschte und Bücher mochte, nachvollziehen konnte. Denn was diese Begabung nun bedeutete, war ihnen beiden schleierhaft.

Daher gab sie sich noch nicht zufrieden. »Dann bist du ein Buchmagier. Zumindest, wenn ich an das denke, was in den alten Geschichten erzählt wird, Buchmagierinnen und Buchmagier waren diejenigen, die magische Bücher erschufen.«

»*Erschufen,* nicht einfach *schrieben,* da hast du es«, pflichtete ihr Bùch sofort bei.

»Und wie sollte Jelto ein Buch erschaffen, wenn er es zuvor nicht geschrieben hat? Oder kann er aus jedem Buch ein magisches Exemplar erschaffen?«

»Womöglich.«

Jelto klopfte mit dem Zeigefinger auf den Einband. »Du weißt es nicht.«

»Das ist alles kompliziert, wisst ihr? Nur weil ich etwas Besonderes bin und sprechen kann, heißt das doch nicht, dass ich alles weiß. Ich bin doch kein wandelndes Lexikon.«

»Kein was?« Jelto stutzte.

»Ein Lexikon ist ein Nachschlagewerk. Darin stehen kurze Erklärungen über viele Themen«, erklärte Wynni.

Sofort traf sie Jeltos misstrauischer Blick. »Woher weißt du das schon wieder? Du weißt ohnehin unheimlich viel.«

Hastig wedelte Wynni mit beiden Händen. »Jetzt beruhige dich mal. Zu wissen, was ein Lexikon ist, ist nun wirklich nicht sehr besonders. Mich wundert eher, dass du davon keine Ahnung hast. Du solltest doch über das, was du ständig vernichtest, Bescheid wissen.« Sie überlegte, ob sie ihm verraten sollte, dass eines ihrer Bücher ein Lexikon über Drachenzucht war. Aber so positiv sich der Umgang mit Bùch ausgewirkt haben mochte, Jelto, der Bücherjäger und neuerdings potenzielle Buchmagier, hatte in ihren Augen immer noch entschieden zu große Vorbehalte gegenüber dem gesamten Thema.

»Nein, das wusste ich nicht.« Jelto wich ihrem Blick aus. Wenigstens schien ihm diese Wissenslücke peinlich zu sein.

Bùch plusterte ein paar Seiten auf. »Nachschlagewerke sind niemals magisch. Sie waren früher, in den alten Zeiten, in vielen Haushalten üblich. Und weil sie so offensichtlich verfügbar waren, waren sie die Ersten, die der Vernichtung zum Opfer fielen.«

»Ach, darüber weißt du jetzt wieder bestens Bescheid?« Wynni schmunzelte.

Jelto schüttelte gereizt den Kopf. Ihre beiden Blicke trafen sich. Wynni konnte an seiner Miene deutlich ablesen, was sie selbst dachte: Es war offensichtlich, dass Bùchs Wissen lückenhaft war und es zudem nie recht einzuschätzen wusste, wie wichtig eine einzelne Information war, die es besaß. Was dazu führte, dass es seinen Inhalt eher zufällig preisgab. Jetzt konnte Wynni nur hoffen, dass Jelto seinerseits besser mit den neuen Erkenntnissen umgehen konnte, die er in Bùch gelesen – nein, erfasst hatte.

»So, was machen wir jetzt? Ich müsste allmählich zurück zur Zuchtstation und meine Drachen füttern.« Jetzt, da sich so viele neue Fragen aufgetan hatten, wäre Wynni lieber geblieben, aber die Pflicht rief. Dass ihr Vater daran dachte, vor allem Feikje zu versorgen, war unwahrscheinlich. Dafür stand er dem gesamten Experiment Hausdrachenzüchtung zu skeptisch gegenüber.

»Dann solltest du deine Drachen füttern gehen.« Jelto grinste schief. »Ich habe von Bùch den Auftrag erhalten, mich ins Mühlental zu begeben und dort am frühen Abend einen Ölmüller zu treffen. Wo auch immer mich das dann hinführen wird.«

»Na, ins Mühlental«, sagte Bùch.

Jelto verdrehte die Augen, sodass Wynni lachen musste.

»Er meinte das im übertragenen Sinne, Bùch. Mit Vergleichen oder nicht ganz ernst gemeinten Aussagen stößt du offenbar an deine Grenzen.«

»Willst du damit sagen, dass ich keinen Spaß verstehe?«

Sowohl Jelto als auch Wynni verzichteten auf eine Antwort.

Bevor Bùch noch weiter herumlamentieren konnte, verstaute er es rasch wieder ganz unten in seinem Rucksack, bis nur noch gedämpfter Protest zu hören war, der endlich verstummte.

Zuletzt pfiff Jelto Quibus herbei, der draußen auf dem Rücken in der Sonne gelegen hatte. Sorgfältig verschloss er die Hintertür. Das Lager wurde nun nur noch spärlich von ein paar Öllampen weiter vorn beleuchtet. Sofort fühlte Wynni sich unsicher. Sie spürte, wie sich auf ihren nackten Armen die Haare aufstellten. Sie hatte Jelto immer noch nicht erzählt, dass ein anderer Bücherjäger nach ihm gefragt hatte. War das wichtig?

»Wir können noch ein Stück bis zur Abzweigung in die Altstadt gemeinsam gehen«, schlug Jelto vor. »Ich muss dann weiter zu den Flachsgruben.«

»Dann viel Spaß!« Wynni rümpfte vielsagend die Nase. Gemeinsam verließen sie das Lager.

Mewes befand sich gerade im Gespräch mit einem sehr kritischen Kunden. Er winkte ihnen nur beiläufig zu und rief ihnen einen Abschiedsgruß hinterher. Weitere Männer und Frauen befühlten unter der strengen Aufsicht der beiden Gesellen die Ware, hielten Stoffe in die Höhe, um das Webmuster zu prüfen, oder ließen sich Ballen verschiedener Farben nebeneinander legen, um sie zu vergleichen. Zu alldem plapperten mehrere Schwatzlinge gleichzeitig über Preise und Qualitäten. An den anderen Ständen unter den Lauben war es genauso. Die meisten verkauften Stoffe, hin und wieder waren fertige Kleidungsstücke, Teppiche oder auch Rohwolle darunter.

»Wyona, was weißt du über die Legende des Ehrwürdigen Rikus?«, fragte Jelto plötzlich, während sie auf der Hauptstraße nebeneinanderher schlenderten.

»Wie um alles in der Welt kommst du jetzt ausgerechnet darauf?«

»Das ist … ich weiß nicht. Gibt es in anderen Städten eigentlich Bücher?«

Wynni musterte Jelto aus den Augenwinkeln. Seine Gedanken machten einige Sprünge, bei denen sie nicht mitkam. »Ich glaube schon. Irgendwo müssen ja auch die Folianten für die Verzeichnisse herkommen, oder? Ich glaube nicht, dass die in Brück hergestellt werden.«

»Wie werden Bücher gemacht? Weißt du das? Bei Bùch sieht

es so aus, als wären mehrere Papierbündel zusammengenäht und dann verleimt worden.«

»Ja, das trifft es, soweit ich weiß.« Wynni wollte nicht mehr dazu sagen, nicht zugeben, dass sie bereits verschiedene Bücher in der Hand gehabt hatte.

Dank Bùch änderte Jelto gerade seine Einstellung, lernte eine neue Sichtweise auf Bücher. Dennoch war sie unsicher, inwieweit sie ihm vertrauen konnte. Es war immer noch möglich, dass er ihre Bücher stahl und vernichtete, sobald er davon erfuhr, oder sogar sie oder ihren Vater in Gefahr brachte. Jahrelange Heimlichtuerei führte zu Misstrauen und Vorsicht, das ließ sich nicht so einfach ablegen.

»Bùch behauptet, dass magische Bücher ausschließlich in Brück erschaffen wurden«, fuhr Jelto fort. »Von diesen buchmagisch Begabten. Ich habe aber nicht verstanden, warum.«

»Wie meinst du das?«

Jelto blieb stehen und machte eine weite Armbewegung, die alles um ihn herum einschloss. »Wenn in anderen Städten Bücher erschaf… hergestellt und geschrieben werden, warum konnten diese Begabten nicht einfach dort hingehen und magische Bücher erschaffen? Was ist an Brück, was ist an diesem Ort so wichtig?«

Wynni spürte, wie die Wut ihr Herz schneller schlagen ließ. »Du und deinesgleichen, ihr vernichtet Bücher. Willst du mir gerade sagen, dass es gar nicht verwerflich ist, weil ja anderswo neue gemacht werden können? So einfach ist das für dich?«

»Bitte, nicht so laut!« Jelto wedelte erschrocken mit den Händen. »Das habe ich doch gar nicht gesagt! Und auch nicht gemeint!«

Sie blickten sich beide um, ob jemand etwas von ihrem Wortwechsel mitbekommen hatte. Um sie herum herrschte ein reges Treiben, aber alle schienen mit sich und ihren Angelegenheiten beschäftigt.

Jelto packte sie am Arm und zog sie mit sich. »Ich habe nicht die geringste Ahnung, wie alltäglich Bücher in anderen Städten und Gegenden sind und ob sie dort erlaubt sind oder auch vernichtet werden. Aber darum geht es nicht. Es geht um die magischen Bücher. Bùch behauptet, die könnten nur von ganz bestimmten Menschen und auch *nur* in Brück erschaffen werden. Hier, an genau diesem Ort, am Delta der Rintje, zwischen dem Hügel und dem Meer.«

»Ich verstehe nicht, worauf du hinauswillst.«

»Ich versuche herauszufinden, was es damit auf sich hat. Was ist hier, an Brück, so besonders? Ist es der Fluss, die Luft? Oder hat es doch mit den Menschen zu tun? Abgesehen davon, dass sie diese Begabung gehabt haben müssen, meine ich. Bùch konnte mir dazu nichts sagen. Deshalb habe ich dich gefragt, was du über die Rikus-Legende weißt. Er hat die Stadt gegründet, und zwar vor etwas mehr als zweihundert Jahren.«

»Vor zweihundertvier Jahren. Vor vier Jahren wurde das Rikusfest besonders groß gefeiert.«

»Ja, richtig. Ich kenne nur die Geschichte, die jedes Jahr dort als Schauspiel auf der Bühne erzählt wird, mehr nicht. Meine Eltern sind ... Fragen immer ausgewichen.« Er schien noch mehr sagen zu wollen, blickte Wynni jedoch nur auffordernd an.

»Viel mehr kenne ich auch nicht. Brück wurde vom Ehrwürdigen Rikus gegründet, einem einfachen Schafhirten, der mit seiner Herde auf der Suche nach einer guten Weide bis an die Küste gelangt ist. Dort wurde er von einem Unwetter überrascht. Er suchte Schutz an der Flanke des Hügels, der Brück heute in nördlicher Richtung begrenzt. Dort hat er eine Höhle entdeckt, in der Metall- und Holzteile lagerten. Außerdem befanden sich in der Höhle mehrere Schwatzlinge. Doch sie waren stumm wie einfache Holzpuppen. Da vor der Höhle immer noch das Gewitter tobte, legte

Rikus sich schlafen. Und am nächsten Tag haben die Puppen gesprochen.« Wynni verdrehte die Augen. Diesen Teil der Legende fand sie besonders albern.

Auch auf Jeltos Zügen malte sich ein amüsiertes Grinsen. »Nicht schlecht. Schon mal darüber nachgedacht, die Bardin beim Rikusfest zu mimen?« Er forderte sie mit einem kurzen Wink auf, fortzufahren.

Von seinen Worten angestachelt legte Wynni etwas mehr Dramatik in ihre Stimme. »Es stürmte und regnete tagelang, Rikus musste in der Höhle ausharren. So vertrieb er sich die Wartezeit damit, den Schwatzlingen zuzuhören, obwohl ihre Aussagen keinen Sinn ergaben. Mit der Zeit fand er heraus, dass die Texte der einzelnen Schwatzlinge aufeinander aufbauten. Er stellte die kleinen Gestalten in die richtige Reihenfolge und siehe da!« Wynni schnipste theatralisch mit den Fingern, wie es ein Barde machte, wenn er etwas betonen wollte. »Die Schwatzlinge erklärten ihm, dass er aus dem Material, das in der Höhle lag, zwei Dinge bauen konnte. Sie benannten die Geräte als Nähmaschine und Webstuhl, erklärten darüber hinaus, wie beides funktionierte.« Sie unterbrach sich. »Als kleines Mädchen habe ich mich immer gefragt, wie viele Schwatzlinge das wohl waren. Ihre Kapazität ist doch ziemlich begrenzt, findest du nicht? Das müssten hunderte gewesen sein.«

Jelto lachte zustimmend.

Wynni räusperte sich. »Der Ehrwürdige Rikus, heißt es in der Legende weiter, hat die Gegend betrachtet und ist zu dem Schluss gekommen, dass sich hier eine Stadt gründen ließe. Die Bucht war wie geschaffen für einen Hafen. Rikus errichtete einen Wohnturm auf einer Anhöhe.« Sie legte die Stirn in Falten. »Ja, soweit ich mich erinnere, soll der Burgturm, in dem die Farlingers leben, der sein, den der Ehrwürdige Rikus eigenhändig erbaut hat. Nun, mit der Zeit kamen weitere Menschen in die Gegend und siedelten sich an.

Wie Flachs angebaut und daraus Fasern gewonnen werden konnten, war bereits bekannt, ebenso die Verarbeitung von Schafwolle, das Spinnen und Filzen. Mit Webstuhl und Nähmaschine bekamen Menschen, die beides verarbeiteten, zwei neue Geräte und beinahe unendlich viele Möglichkeiten. Brück wuchs und gedieh, die Kauf- und Seeleute kamen, bis die Stadt zu dem wurde, was sie heute ist.« Sie atmete aus und breitete die Arme aus. »Der Vorhang fällt, es folgt noch ein kurzes Musikstück und dann wird getanzt und gefeiert. Das ist alles. Und wie hilft dir das jetzt weiter?«

»Diese ganze Geschichte klingt schon ziemlich absurd, findest du nicht?«

»Es ist ja auch eine Legende. Die wahren Begebenheiten werden ausgeschmückt, damit sie unterhaltsam und einprägsam sind. Das ist eben so üblich.«

»Woher weißt du das?«

»Es geht um den dramatischen Effekt auf der Bühne. Das hat mir meine Mutter schon als Kind erklärt.« Zwar nicht in Bezug auf die Rikus-Legende, sondern nachdem sie *Die aufregende Reise des Taschendrachen Feikje* zum ersten Mal gelesen und sich über die übertriebenen Darstellungen empört hatte, aber letzten Endes traf es auf beide Geschichten zu.

»Aber du glaubst, dass es einen wahren Kern gibt, der nur ausgeschmückt wurde?«

»Ja, ich denke schon.«

Die Abzweigung in die Altstadt kam in Sicht.

Jelto brummte nachdenklich. »Als kleiner Junge wollte ich immer eines der Schaf-Kinder sein. Du weißt schon, die, die mit der Wolle um den Bauch über die Bühne hüpfen.«

»Was?« Wynni lachte auf. »Ich auch! Ich glaube, jedes Kind wollte das.«

»Mein Freund hat es geschafft. Er und seine Zwillingsschwester sind bis heute Teil der Schauspieltruppe. Sie werden auch in ein paar Tagen wieder auf der Bühne stehen.« Seine Stimme bekam einen wehmütigen Klang.

Das hörte sich nicht danach an, als wäre es nur die Sehnsucht danach, Schauspieler zu sein. Wynni schaute zu ihm, doch er sagte nichts weiter.

Den Rest des Weges legten sie schweigend zurück. Jelto schien völlig in Gedanken versunken zu sein oder über das nachzugrübeln, was er von Bùch erfahren – nein, *erfasst* hatte. Wynni konnte sich nicht an dieses Wort gewöhnen.

Diese Sache mit der Rikus-Legende verstand sie nicht. Vielleicht ergab sich später noch einmal eine Gelegenheit, bei der Bùch ihr das direkt erklären konnte. Möglicherweise hatte Jelto da etwas falsch verstanden.

Vor allem aber wurde ihr bewusst, dass sie Jelto etwas netter fand als bei ihrer letzten Begegnung, bei der er kategorisch alles, was mit Büchern zu tun hatte, abgelehnt hatte. Nun ging er mit Bùch um, wie Wynni es erwarten würde, sorgsam und wertschätzend. Alle Menschen hatten ein Recht darauf, ihre Einstellungen zu ändern. Dieser nachdenkliche, wissbegierige Jelto war ihr jedenfalls deutlich sympathischer als der überzeugte Bücherjäger.

Vielleicht sollte sie über seine Einladung zum Abendessen nachdenken. Oder sie zeigte ihm das *Lexikon der Drachenzucht*, sobald sie sicher war, dass er das Buch nicht anrühren würde, außer, um darin zu lesen. Falls er das konnte, woran sie nach wie vor zweifelte.

Aus dem angenehm gemeinschaftlichen Schweigen wurde ein verlegenes, als sie die Kreuzung erreicht hatten. Hastig, als hätten sie beide Sorge, etwas Falsches zu sagen, verabschiedeten sie sich voneinander und gingen ihrer Wege.

Wynni war gerade durch die alte Stadtmauer getreten und hielt auf den Marktplatz zu, als ein kräftiger Kerl ihr den Weg verstellte. Aus den Augenwinkeln bemerkte sie einen zweiten Schatten. Sie stockte und blickte sich mulmig um. Ein Überfall, so mitten am Tag? Sie setzte an, um nach Hilfe zu rufen, als ihr Gegenüber die Kapuze zurückschlug und ihr die Handfläche entgegenstreckte. Eine Geste, die vielleicht beruhigend gemeint war, aber ebenso bedrohlich wirkte.

»Sieh an. Willst du mir immer noch erzählen, dass du Jelto weder näher kennst noch weißt, wo er sich gerade herumtreibt?« Es war dieser Henk. War das zu glauben?

Wyona reckte trotzig das Kinn. »Was willst du von mir? Wenn du was von Jelto möchtest, dann lauf ihm doch nach!« Sie zeigte mit dem Daumen über ihre Schulter.

Henk lachte dröhnend, als hätte sie einen großartigen Witz gerissen, den nur sie nicht verstand. »Den krieg ich nicht. Und außerdem ist der imstande, dieses Buch, das er bei sich hat, in eine Flachsgrube zu werfen. Er hat es doch bei sich, oder?« Er blickte vielsagend auf Wyonas Umhängetasche.

Sie legte schützend die Hand darauf. Dabei überlegte sie blitzschnell. Er wusste von Bùch? Wäre es besser, wenn er glaubte, sie habe es bei sich? Wie groß waren ihre Aussichten darauf, ihm zu entkommen? Wieder huschte eine zweite Person am Rande ihres Blickfeldes herum. Weitere Schatten bemerkte sie nicht, aber das bedeutete nicht, dass es sie nicht gab. So gleichmütig wie möglich schaute sie auf zu den Dächern. Lauerten dort noch welche?

Sie zwang sich zu Besonnenheit. »Ich habe keine Ahnung, wovon du redest. Ich habe jedenfalls kein Buch bei mir. Bücher sind gefährlich.«

»Na klar!«, höhnte Henk. »Und du kannst auch weder lesen noch schreiben. Pass auf, ich mache dir einen Vorschlag: Ich begleite dich jetzt zur Drachenzuchtstation, ganz unauffällig, als wäre ich ein Kunde, den du zufällig auf der Straße getroffen hast. Und dort unterhalten wir uns in Ruhe. Du beantwortest meine Fragen ehrlich und wahrheitsgetreu. Oder ich durchsuche die Station auf eigene Faust. Könnte auch sein, dass ich die Antworten aus dir herauskitzele.« Er beugte sich etwas näher, sodass Wyona seinen Atem riechen konnte. Er roch nach Pfefferminz, wie sie so beiläufig wie erstaunt bemerkte.

Er streckte sich wieder zu seiner vollen Größe und verschränkte die Arme. »Deine Wahl.«

Wyona schnaufte wütend. Was für eine Wahl sollte das sein? Was könnte sie Henk entgegensetzen? Sie hatte nicht einmal ein Taschendrachenküken bei sich. Und selbst wenn sie ihm entschlüpfte, entkam sie seinen Schatten wahrscheinlich nicht.

Ihre einzige Möglichkeit war, Zeit zu gewinnen, in der sie nach einem Ausweg suchen konnte. Also gab sie sich geschlagen und winkte ihm, vorauszugehen. In brütendem Schweigen trottete sie hinter ihm her. Sie spürte den Unterschied zu Jeltos Begleitung beinahe körperlich.

Aber sie hielt sich an ihrer Wut fest. Das war immer noch besser als Angst. Genau. Wie um sich selbst zu bestätigen, ballte sie unauffällig die Hände zu Fäusten. Ihr würde schon etwas einfallen. Fürs Erste musste es ihr genügen, dass sie eine unmittelbare Gefahr von Jelto und Bùch abgewendet hatte.

Flachsgruben und Ölmühlen

Zu gern hätte Jelto die Drachenzüchterin gefragt, ihn zu begleiten. Ihm war alles andere als wohl dabei, zu diesem Müller zu gehen, aber er verstand, dass sie ihre Drachen nicht noch länger allein lassen konnte. Bùch tat so, als wäre das alles ganz logisch und selbstverständlich. Nur was, bei allen stinkenden Miesmuscheln, sollte ein Ölmüller mit Büchern zu tun haben? Außerdem waren inzwischen vier Tage vergangen, seit er Bùch aus dem Kontor des Gewürzlagers geholt hatte. Wartete dieser Müller überhaupt noch auf ihn oder war es längst zu spät, ihn zu treffen?

Die Straße führte ihn vorbei am Viertel mit den Schneidereien und Webereien. Ein kurzer bewaldeter Abschnitt folgte. Noch etwa tausend Schritte, bis der Hauptweg Richtung Nordosten ihn zur großen Brücke bringen würde, wo die Straße, so weit das Auge reichte, zwischen Flachs- und Hanffeldern verlief. Sie endete erst in Mittelburg.

Heute waren nur wenige Fuhrwerke unterwegs, hauptsächlich Karren mit offenen Pritschen, die Rohstoffe transportierten. Kutschen mit Reisenden gab es so gut wie gar nicht mehr. Jelto hatte vielleicht ein halbes Dutzend Mal einen Fuß auf das jenseitige Flussufer gesetzt, und in Mittelburg war er noch nie gewesen. Warum auch? Es konnte nicht viel anders sein als in Brück. Häuser, Menschen, Kaufleute, irgendein Stadtoberhaupt, was sonst noch? Vielleicht unbekannte Waren an den Ständen. Aber Jeltos Leidenschaft waren die Stoffe und das, was er aus ihnen machen konnte. Die Herstellung und Verarbeitung, das Färben und Weben, all das interessierte ihn. Brück war berühmt für seine Leinenwebereien, andere Städte mochten Porzellanteller oder Schmuck herstellen, für die sie berühmt waren. Ihm war das gleichgültig.

Jelto schritt zügig aus. Er glaubte schon, den Gestank nach verrottenden Pflanzen und Verwesung zu riechen, der stets über den Flachsgruben lag. Das war auch der Grund, weshalb sie weit außerhalb der Stadt lagen. Diejenigen, die den in Wasser eingelegten Flachs täglich kontrollieren mussten, waren wirklich nicht zu beneiden. Wobei Jelto sich daran erinnerte, dass Wyona gemeint hatte, sie sei an den Gestank in der Drachenzuchtstation gewohnt. Vielleicht ging es den Flachsanbauenden genauso.

Oder es hatte wirklich niemand eine so empfindliche Nase wie Jelto. Das konnte er schwerlich beurteilen.

Während er rasch ausschritt, grübelte er über die Rikus-Legende nach, die Wyona vorhin zum Besten gegeben hatte.

Natürlich fragte er sich jedes Jahr aufs Neue, welche Elemente der Wahrheit entsprachen und welche für die Darstellung auf der Bühne dramatisch übertrieben wurden. Seine älteste Erinnerung reichte zu dem Rikusfest zurück, als er sechs Jahre alt gewesen war und er zum ersten Mal mit Lodi und Lieke allein über den Marktplatz hatte streifen dürfen. An dem Tag hatte sein Vater Pim ihm nachdrücklich eingeschärft, die Rikus-Legende niemals zu hinterfragen. Jelto erinnerte sich daran, wie sehr ihn damals die ungewöhnliche Ernsthaftigkeit beeindruckt hatte.

Tatsächlich hatte er sich als kleiner Junge sehr über die gesamte Geschichte gewundert, mehr als er das heutzutage tat. Da gab es so viele Ungereimtheiten. Warum die Teile einer Nähmaschine, ein Gerät, das seine Eltern hegten und pflegten, einfach in einer Höhle herumlagen, genau wie das wertvolle Material für einen Webstuhl, der zudem ziemlich sperrig war. Die unfassbar große Menge an Schwatzlingen hatte Wyona vorhin ebenfalls erwähnt.

Und diese Höhle und ihre Inhalte waren ja längst nicht alles. Irgendwer musste diese Gegenstände dort abgelegt haben. Warum? Und wenn die Bucht so ein guter Ort zum Siedeln war, warum hatten dort nicht längst schon Menschen gewohnt? Gelegentlich war die Rede davon, dass einige Fischerfamilien und ein Bauer mit einer Handvoll Knechte und Mägde dort gelebt hätten, wo sich heute der Hafen von Brück befand.

Er hatte so viele und weitere Fragen gehabt, aber nachdem sein Vater schon nach den ersten beiden, die er gestellt hatte, wütend geworden war, hatte er sich nie wieder getraut, sie zu stellen. Immerhin hatte Pim es damals noch nicht für nötig befunden, seine Worte mit Schlägen zu verdeutlichen.

Und es hatte Jelto und die Zwillinge natürlich trotzdem nicht davon abgehalten, im Geheimen weitere Mutmaßungen anzustellen. Lodi hatte am meisten beschäftigt, was mit den ganzen Schafen geschehen war. Wie passten die alle in die Höhle? Oder mussten die während des Unwetters draußen bleiben? Und später, wer hatte da auf die Herde aufgepasst, während Rikus seinen Turm baute?

Lieke hatte damals die Idee gehabt, der Ehrwürdige Rikus könnte statt Hütehunden Hütedrachen gehabt haben. Bei der Erinnerung grinste Jelto breit. Was würde Wyona dazu wohl sagen? Vielmehr noch hatte Lieke aber der Turmbau beschäftigt. Und jetzt, da ihm wieder der Bau der beiden Leuchttürme in den Sinn kam, wurde Jelto klar, dass dieser Teil der Legende nicht weniger absurd war als die anderen.

Spätestens seit er den Bau der Leuchttürme beobachtet hatte, hätte ihm bewusst sein müssen, was für ein Aufwand das war. Ein Wohnturm mochte nicht so groß und kompliziert sein, aber wie sollte Rikus als einzelner Mensch das schaffen? Allein für einen Leuchtturm hatte eine große Truppe, etwa fünfzig zumeist sehr kräftige Männer und wenige Frauen, Steine geschleppt, Mörtel angemischt, hölzerne Verstrebungen aufgerichtet und sogar einen Kran aufgestellt, mit dem die Steine leichter nach oben gebracht werden konnten. Es war faszinierend mitanzusehen gewesen. Für die Lampe waren Teile eines Glasspiegels zusammengesetzt worden, die später das Lampenlicht verstärkten.

Als er Wyona vorhin gebeten hatte, die Legende nachzuerzählen, hatte er erwartet, sie würde ihm mit ihrer üblichen Empörung vorhalten, dass er diesen Unsinn glaube. Stattdessen hatte sie behauptet, dass es einen wahren Anteil gäbe, der für die Nacherzählung ausgeschmückt worden sei.

Und jetzt war es Jelto, der zweifelte, noch mehr als sie. Weil er zwischen Bùchs Zeilen Hinweise entdeckt hatte, nach denen alles ganz anders gewesen sein könnte. Es waren eher vage Andeutungen, und Bùch selbst kannte seinen Inhalt nicht einmal halb so gut, wie es behauptet hatte, und konnte dazu gar nichts sagen.

Wer also hatte ein Interesse daran, dass die Legende genau auf diese Weise erzählt wurde, wie es alljährlich geschah? Und warum? Steckte in dieser ganzen Geschichte rund um den Ehrwürdigen Rikus überhaupt ein Körnchen Wahrheit?

Kurz bevor der Weg sanft anstieg und zur Brücke Richtung Mittelburg führte, zweigte ein breiter Weg nach links ab. Dieser würde ihn über eine sehr viel kleinere Brücke über den Mühlbach führen und dann in den Taleinschnitt hinein zu den Ölmühlen. Darauf wies auch ein Schwatzling hin, der dort auf einem Sockel stand und nach seinen Ausführungen über die möglichen Ziele in alle Richtungen mit launiger Stimme eine gute Reise wünschte.

Der Verwesungsgestank wurde stärker. Jelto kamen einige Männer und Frauen entgegen, die teils mit Körben auf den Rücken beladen waren und teils Esel führten, die ihrerseits Körbe trugen. Darin befand sich vermutlich der geröstete und getrocknete Flachs.

Er grüßte jedes Mal flüchtig. Die meisten erwiderten den Gruß oder winkten kurz. Viele trugen Stofftücher vor dem Mund, um den Gestank ein wenig abzuhalten, und alle hatten sie es eilig, von den Gruben wegzukommen. Jelto verstand das sehr gut, er atmete nur noch ganz flach und schritt schneller aus.

Erst als der gepflasterte Weg ihn weiter aufwärts führte und bereits die ersten Wassermühlen in Sichtweite kamen, ließ der Geruch nach. Auch hier waren Menschen unterwegs, transportierten Säcke zu den Mühlen oder kehrten mit Körben voller Glasflaschen zurück, die leise aneinander klirrten. Jelto sah das goldgelbe Öl darin schimmern.

Flachs zerfiel in den Gruben zu Fasern, die zu Leinfäden gesponnen und verwebt wurden. Sein Samen wurde zu Öl gepresst. Diese Pflanze war ein wahrer Schatz.

Während Jelto den Weg entlangschlenderte, der direkt am Mühlbach vorbei sanft bergauf führte, kam ihm wieder der Vergleich mit Mittelburg in den Sinn. Was wurde denn dort auf dem Markt gehandelt? Für welche Dinge war die Stadt so berühmt wie Brück für das Leinentuch?

Er erreichte die ersten beiden Mühlen, an denen reger Betrieb herrschte. Beide Mühlräder drehten sich und schaufelten das Wasser laut platschend in ihre Rinnen, sodass die Gesellen, die vor dem Eingang standen und rauchten, sich anschreien mussten, um sich zu verständigen. Jelto winkte zum Gruß und ging weiter. Bùch hatte gesagt, dass er tief bis ins Mühlental vordringen musste. Hin und wieder führten Holzstege – manche kaum mehr als eine breite Planke – ihn über den Bach, außerdem gab es Klappen, die das Wasser bei Bedarf stauen konnten, nun jedoch alle geöffnet waren. Bùch hatte gesagt, dass der Müller auf dem Weg nach ihm Ausschau halten würde. Sie könnten einander gar nicht verfehlen.

Je weiter Jelto ging, umso weniger Betrieb herrschte auf dem

Weg, der zwar immer noch mit faustgroßen runden Steinen gepflastert war und gut gepflegt wurde, aber bald nur noch die Breite eines Pfades aufwies. Jelto bemerkte erstaunt, dass es die gleiche Pflasterung war wie auf dem Weg, den er am Morgen zu dieser Lichtung gegangen war. Vielleicht waren beide Wege zur gleichen Zeit, sogar von den gleichen Menschen angelegt worden?

Er schritt schneller aus. Diese ganzen Fragen waren anstrengend.

Mit einiger Mühe zwang Jelto sich, seine Umgebung aufmerksamer zu betrachten. Gelegentlich war eine Mühle aufgegeben worden. Das Gebäude zerfiel, das Mühlrad pendelte nur ein wenig im Strom des Wassers. Ein solcher Anblick gab Jelto jedes Mal einen traurigen Stich. Und er verstand es nicht. Soweit er wusste, gab es mehr Flachs, als verarbeitet werden konnte. Teilweise lagen sogar Felder brach. Warum dann nicht wenigstens die Samen ernten und zu Öl pressen?

Schon wieder Fragen. Aber in diesem Fall wusste vielleicht Bùch etwas darüber. Er hatte seinen Inhalt längst nicht vollständig erfasst und wusste noch zu wenig über diese Buchmagie. Doch erst musste er den Besuch bei diesem Müller hinter sich bringen.

Er war inzwischen schon länger niemandem mehr begegnet. Zuletzt waren es drei Gesellen mit einem Esel gewesen, doch keiner der drei jungen Männer war auf ihn aufmerksam geworden oder hatte ihn, über einen flüchtigen Gruß hinaus, angesprochen.

Jelto erreichte den dritten Steg, wo eine weitere Ruine am jenseitigen Ufer zerfiel und von Efeu und Ginster überwuchert wurde. Die Bäume standen ein wenig lichter, aber das Unterholz wuchs nach wie vor üppig, sodass es außer auf dem Weg keine Möglichkeit gab, voranzukommen. Hin und wieder erhob sich ein moosbewachsener Findling aus grauem Schiefer zwischen dem Grün. Von den zwitschernden Vögeln hoch oben in den Baumkronen und den Geräuschen des Wassers abgesehen war es still. Quibus hatte sich ganz nah an Jeltos Ohr gekauert und gab bis auf ein gelegentliches Prusten keinen Laut von sich.

Jelto kraulte ihn unter dem Kinn. »Keine Sorge. Wir bleiben hier nicht lange.«

Er erhielt ein erfreutes Knurren zur Antwort.

Der Weg erschien zunehmend vernachlässigt. Dicke Grasbüschel wucherten zwischen den Pflastersteinen, und manche Ranke war bereits einmal quer von einer Seite zur anderen gewachsen. Hin und wieder blieb Jelto mit dem Fuß hängen, wenn er nicht aufpasste.

Er befand sich jetzt am linken Bachufer. Er dachte schon darüber nach, Bùch aus dem Rucksack zu holen und zu fragen, ob er noch richtig sei, als er in einiger Entfernung einen Steg zu erkennen glaubte. Das Wasser rauschte munter über treppenartige Felsen und sorgte dafür, dass ein feuchter Nebel in der Luft hing. Die Sonne streute einzelne Lichtflecken zwischen den hochgewachsenen Laubbäumen auf den Boden. Jelto entdeckte einen Regenbogen, blieb stehen und staunte.

Nach einer Weile ging er weiter und erspähte mitten im Grün ein Gebäude direkt am Steg. Von Weitem wirkte es wie die nächste Ruine. Die Wände bestanden aus grauen Trockenmauern, dazwischen ragten schwarzbraune Holzbalken hervor. Erst als Jelto sich auf gleicher Höhe wie das Gebäude befand, erkannte er, dass die Balken vermutlich einst das Dach eines Schuppens oder Anbaus getragen hatten, der schon vor langer Zeit von einem Erdrutsch getroffen worden war. Ein riesiger Felsbrocken in einem von Brennnesseln und Brombeeren überwucherten Schutthaufen sprach dafür. Aber das größere Gebäude schien unversehrt, und das Dach wirkte dicht. Ein mächtiges Mühlrad aus Holz zerrte an mehreren Seilen, die es daran hinderten, sich zu drehen.

Jelto blieb einen Moment stehen und ließ das Bild auf sich wirken. Die Mühle machte den Eindruck, als stünde sie hier bereits seit dem Anbeginn der Zeit. Das zweistöckige Gebäude war zwar von Menschenhand geschaffen, passte sich jedoch in die Umgebung ein, als wäre es zwischen den Bäumen oder aus den Bodenranken und Büschen herausgewachsen. Blauregen und weißes Geißblatt rankten die Mauern hoch und über das Dach, Fingerhut, Waldmeister und weitere Stauden, deren Namen Jelto nicht kannte, wuchsen bis in die Ritzen am Boden. Nur die Fenster wurden freigehalten. Die Glasscheiben wirkten wie dunkle Löcher. In einem der wenigen Sonnenflecken ums Haus hockte eine grau getigerte Katze auf einem bröckelnden Mauerrest und blinzelte ihm schläfrig entgegen.

Quibus stieß ein nervöses Zischen aus.

»Ruhig Kleiner, du kennst wohl keine Katzen, was?«

Ein Trampelpfad führte zwischen hohem Gras zu einer grau gestrichenen Tür, die Jelto wohl übersehen hätte, wenn sie nicht von innen geöffnet worden wäre, als er sich auf etwa fünf Schritte genähert hatte. Ein Mann mit dunkelbrauner Haut stand unter dem Türsturz. Er hatte einen dichten grauen Bart und trug die lockigen Haare zu einem wirren Zopf gebunden. Und er war so groß, dass seine Schultern beinahe den Türrahmen zu beiden Seiten berührten und er den Kopf ein wenig einziehen musste, um sich nicht zu stoßen. Bekleidet war er mit einem ärmellosen Leinenhemd und einer weiten Hose.

Jelto schluckte nervös und reckte sich. Quibus schlug die Krallen in seine Schulter.

»Bist du der Müller?«

Der Mann lächelte freundlich, dennoch bekam Jelto beim Anblick seiner keulenartigen Arme weiche Knie. Dieser Bär von einem Mann könnte ihn einhändig erdrücken.

»Ich heiße Friso. Und du bist?«

»Jelto.« Er schluckte ein zweites Mal. »Ich sollte herkommen.«

»Bist du der Bücherjäger?«

Jelto erschrak bei der Frage bis in die Eingeweide. Niemand außer seinen Gefährten – und Wyona – wusste davon. Dann sagte er sich, dass Friso nicht sehr überrascht von seinem Auftauchen war. Wenn er derjenige war, der Bùch als Köder ausgelegt hatte, um Jelto herzulotsen, musste er auch seine wahre Aufgabe kennen.

»Irgendwie schon.« Seit er Bùch begegnet war, fühlte es sich mit jedem Tag, jeder Stunde falscher an. »Ich würde lieber sagen, ich *war* es.«

Friso schien ihm seine Gedanken vom Gesicht ablesen zu können. »Wie viele Bücher hast du auf dem Gewissen?«

»Auf dem Gewissen?«

»Vernichtet. Verbrannt, ertränkt, zerstört. Was immer ihr tut mit den armen Seelen.«

»Arme Seelen? Das sind keine Lebewesen.« Oder? Warum verteidigte er, was er mittlerweile selbst als falsch empfand?

Jelto fühlte sich zunehmend unbehaglicher. Bevor er sich selbst davon abhalten konnte, wich er einige Schritte zurück. Am liebsten hätte er auf dem Absatz kehrtgemacht und wäre einfach wieder zurück nach Brück gelaufen. Quibus schnaufte nervös, und sein Atem war alarmierend warm. Es hieß, dass Taschendrachen gelegentlich unaufgefordert Feuer spuckten, wenn sie extrem unter Stress standen.

Friso bemerkte das und nickte in Richtung des Stegs über den Mühlbach. »Schon gut. Reden wir erst einmal miteinander. Setz dich dort hin. Hast du Hunger?«

»Nein, eigentlich nicht.«

Friso nickte und schloss die Tür.

Jelto drehte sich einmal um die eigene Achse und schlenderte dann zum Steg, der aus nicht mehr als zwei breiten Planken und einem Seil zwischen ein paar Pfosten bestand. Zwei felsige Stufen führten hinauf. Da ihm das schlichte Bauwerk nicht geheuer war, setzte Jelto sich auf einen Stein, dessen Oberfläche noch Sonnenwärme abstrahlte, auch wenn er inzwischen im grünen Schatten der umliegenden Bäume lag.

Jelto schlug die Kapuze zurück und blickte sich neugierig um. Der Weg schien hinter dem Steg zu enden. Vor allem Brennnesseln wucherten am jenseitigen Ufer. Quibus nutzte die Gelegenheit, hopste zu Boden und versenkte die Schnauze zwischen Kieseln und Schlamm am Bachufer.

Friso kehrte mit zwei Bechern zurück und reichte Jelto einen davon. »Hier. Das ist verdünntes Malzbier.«

»Danke.« Erst jetzt bemerkte Jelto, dass er durstig war.

Friso setzte sich auf den Rand des Stegs, der unter seinem Gewicht ächzte. »Wie geht es Bùch?«

»Gut, denke ich.«

Der Müller lächelte. »Dann hast du also seinem beharrlichen Quengeln nachgegeben und ihm zugehört, statt es zu vernichten.«

»Richtig.« Jelto betrachtete angelegentlich einige Gänseblümchen, die sich an der untersten Stufe im dichten Gras behaupteten. »Sonst wäre ich gar nicht erst hergekommen.«

»Das freut mich, wirklich. Ich habe nämlich einen Auftrag für dich.«

»Einen Auftrag?«

»Ich möchte, dass du ein Buch für mich findest und herbringst.«

»Ich soll was?«

»Das klingt, als hättest du das nicht erwartet. Du bist Bücherjäger.«

Jelto unterdrückte ein Stöhnen. Ja, was hatte er erwartet? »Die ein oder andere Antwort wäre schön. Ein sprechendes Buch, die Rikus-Legende, Brück. Ich bin völlig durcheinander.« Er stutzte und hob den Kopf, um Friso gründlich zu mustern. »Bist du ein Buchmagier? Ein buchmagisch Begabter?«

Das Lächeln seines Gegenübers wurde breiter. »Ich bin Müller. Mit der Buchmagie habe ich nichts am Hut.«

Jelto bemerkte sehr wohl, dass sich mehr hinter Frisos Worten verbarg. Aber er wagte es nicht, nachzuhaken. Sein Vater hatte ihn häufig genug für seine Neugier bestraft. Bùch – und auch ein wenig Wyona – hatte ihn in den letzten Tagen dazu gebracht, sich wieder Fragen zu stellen, wenigstens in Gedanken. Aber Friso war ein Fremder, noch dazu einer, der ihn mühelos mit einer Hand packen und wie einen Welpen im Bach ertränken könnte.

Jelto gab sich einen Ruck. »Also gut, was soll ich tun? Um welches Buch geht es, und wo soll ich danach suchen?«

»Moment noch, lass uns zuvor etwas klären. Hat Bùch dir erzählt, warum es so wichtig ist, dass die Jagd auf Bücher, insbesondere magische Bücher, ein Ende haben muss?«

»Es hat es versucht. Nicht, dass ich das wirklich verstanden hätte. Es hat behauptet, dass es mit Brück und der Rikus-Legende um die Stadtgründung zusammenhängt.«

»Diese ganze Legende ist eine einzige Lüge.«

»Nun ja, sie wurde ausgeschmückt, damit sie interessant und einprägsam ist, das ist ja nicht ungewöhnlich«, wiederholte Jelto Wyonas Worte.

»Nein, es ist viel mehr als das. Diese Legende ist gefährlich, denn sie ist dafür verantwortlich, dass es solche wie euch gibt. Büchermörder.«

Jelto entschied, diese beleidigende Bezeichnung einfach kommentarlos herunterzuschlucken. Friso hatte ihm schon zur Begrüßung deutlich gemacht, was er von der Bücherjagd hielt. Und er hatte ja recht.

Friso winkte ab. »Nun, ob es mir passt oder nicht, wir brauchen ausgerechnet deine Fähigkeiten. Es gibt ein Buch, in dem einiges über die damaligen Ereignisse festgehalten wurde. Es ist das Tagebuch des Gard Farlinger.«

»Ein Tagebuch? Was ist das?« Am Rande vermerkte Jelto, dass Friso von »wir« gesprochen hatte. Es gab also noch weitere Personen, die das gleiche Ziel verfolgten wie der Müller und vielleicht sogar über ihn, Jelto, Bescheid wussten. Keine angenehme Vorstellung. Aus den Augenwinkeln linste er zur Mühle, die still im dichten Grün lag. Doch falls sich dort jemand aufhielt, bemerkte er davon nichts.

»Ein Tagebuch ist eine persönliche Chronik, in der einige Menschen im Privaten ihre Erlebnisse aufgeschrieben haben. Gard Farlinger hat eines geführt, so wie es viele Brückas zu jener Zeit taten. Wir vermuten, dass es sich in Maite Farlingers Besitz befindet. Wenn wir es bekommen, können wir damit beweisen, was damals genau geschehen ist, und vielleicht sogar, warum.«

»Ich soll ein Buch aus der fürstlichen Burg holen?«

»Wenn du meinst, dass es dort aufbewahrt wird? Ganz genau.«

»Wo sonst? Die Farlingers bewohnen keine weiteren Gebäude, von denen ich wüsste.«

Friso zog die mächtigen Schultern hoch. »Das kannst du ganz sicher besser beurteilen, das ist schließlich deine Aufgabe, so etwas herauszufinden. Wenn ich wüsste, wo dieses Buch ist oder wie ich in die Burg gelangen könnte, würde ich diese Aufgabe selbst erledigen.«

Jelto musste ein Grinsen unterdrücken, weil er sich vorstellte, wie Friso auf Zehenspitzen des Nachts durch die Häuser schlich. Es würde diesem riesigen Mann sicherlich einige Mühe kosten, sich unbemerkt fortzubewegen.

»Also gut. Eine Jagd, ohne dass das Buch am Ende vernichtet wird. Das gefällt mir inzwischen eh viel besser.«

Friso kräuselte die Lippen, wobei Jelto es dieses Mal nicht gelang, seine Miene zu deuten. »Ja, du sollst es jagen. Oder *stehlen.* Denn das ist es, was ihr tut, ihr Bücherjäger. Den Menschen etwas, das sie lieben und hüten, wegnehmen. Das, was die Buchmagischen in stundenlanger Arbeit erschaffen – und auch, wenn keine Magie im Spiel ist, ist es ein aufwendiger Prozess. Um es dann zu vernichten.«

»Es tut mir leid.« Jelto ließ den Kopf auf die Brust sinken. Frisos Worte brannten auf der Haut, als habe er mehrere kräftige Ohrfeigen bekommen.

»Das sollte es unbedingt.« Die Stimme wurde sanfter. »Aber dir diese Einsicht beizubringen, ist Bùchs Aufgabe, und mir scheint, es hat bereits einen guten Teil erledigt. Ich wäre wirklich sehr froh, wenn du den Auftrag annimmst und dieses Tagebuch besorgst.«

»Das klingt, als hätte ich eine Wahl.«

Friso erhob sich. »Die hast du auch. Du könntest das alles vergessen, Bùch die Seiten anzünden und weitermachen wie bisher.«

Jelto nickte schüchtern. Er war sich sicher, dass das keine Alternative mehr war. Er stand von dem Stein auf. Quibus hob seine schlammverschmierte Schnauze, hopste näher und zwitscherte fragend. Der Rest eines Regenwurms hing ihm aus dem Maul.

»Eigentlich war geplant«, erklärte Friso, »dass wir uns auf dem Weg zur Mühle treffen. Ich habe mich die letzten vier Tage dort aufgehalten, um dich abzufangen. Seit heute Nachmittag hatte ich befürchtet, dass du nicht mehr kommst.«

Jelto konnte nicht erkennen, ob Friso es darauf anlegte, bedrohlich zu wirken. So oder so überragte ihn der Müller um mehr als zwei Köpfe. Er glaubte, die Botschaft zu verstehen. »Ich werde niemandem etwas über die Mühle verraten«, beteuerte er hastig.

Friso verzog einen Mundwinkel und grinste. »Wieso nicht? Es ist eine von Dutzenden hier im Mühlental. Und jetzt ist es Zeit für mich, dass ich wieder an die Arbeit gehe. Sternenlicht für dich, Jelto, einstiger Bücherjäger.«

»Dir eine gute Abenddämmerung«, stammelte Jelto und ging davon. Hinter sich hörte er, wie der Müller das Gebäude betrat und die Tür hinter ihm zufiel.

Wenige Schleifen des munteren Mühlbachs später war die Mühle außer Sicht. Die Sonne stand bereits tief. Quibus flatterte übermütig über ihm und schlug in der Luft einige Purzelbäume, ohne dabei abzustürzen, sehr zu Jeltos Erleichterung.

Jelto tat so, als müsse er all das, was er heute erfahren hatte, abwägen. Dabei wusste er tief im Innersten, dass er seine Entscheidung längst getroffen hatte.

Erst als der Gestank der Flachsgruben längst hinter ihm lag und die ersten Häuser in Sicht kamen, fiel ihm auf, dass Friso sein Auftauchen gar nicht infrage gestellt hatte. Besser gesagt das Auftauchen der Person Jelto.

An jenem Abend hatte Gilles ihm einen Schwatzling überbracht, der für Henk bestimmt gewesen war. Henk hätte Bùch finden, zur Mühle bringen und sich auf die Jagd nach diesem Tagebuch machen sollen.

Warum also hatte Friso sich nicht gewundert, dass stattdessen Jelto vor ihm gestanden hatte?

Taschendrachenfütterung

Sie ist nicht hier, das siehst du doch!«, knurrte der Mann, der sich als Coen vorgestellt hatte und ziemlich sicher Wyonas Vater war. Zumindest deuteten die ähnlich spitze Nase mit den wenigen blassen Sommersprossen und das – in seinem Fall schüttere – rotblonde Haar darauf hin.

»Und wo könnte sie sein?«, fragte Jelto beharrlich. Nach all den merkwürdigen Ereignissen der letzten Tage war er sofort alarmiert. Wyona hatte zur Drachenzuchtstation zurückkehren wollen. Sie würde doch die Fütterung ihrer Drachen nicht mehr als nötig verzögern?

Der Taschendrachenschwarm war jedenfalls nicht gerade erfreut, flatterte hektisch und krakeelend unter dem geschlossenen Glasdach umher. Aus einem Verschlag hinter einigen leeren Käfigen tönte ungeduldiges Pochen und Stampfen.

Coen hingegen schien sich keine Sorgen um Wyona zu machen. »Was weiß denn ich? Sie ist seit heute Morgen fort«, blaffte er, ohne Jelto dabei anzusehen. Mit seltsam apathischen und langsamen Bewegungen füllte er Näpfe aus einem Sack, der vor dem Lagerraum stand.

Jelto hatte zwar keine Ahnung, was dem Mann fehlte, aber so blass, wie er war, ging es ihm nicht gut. Die Sorge um Wyona brannte in seiner Brust, er wäre lieber jetzt als gleich losgelaufen, um sie zu suchen. Aber hier gab es ein akutes Problem zu lösen. Er legte seinen Rucksack nahe der Wand ab und klatschte in die Hände. »Sag mir, was zu tun ist, und ich helfe beim Füttern.«

Coen hielt mitten in der Bewegung inne. Futterkörner rieselten von der Kelle zurück in den Sack. »Du? Wieso? Hast du denn Ahnung von der Drachenfütterung?«

»Ich habe einen Taschendrachen.« Jelto wies mit dem Daumen über seine Schulter. Quibus versuchte gerade, mit der Schnauze den Rest eines Algenköders unter einer Voliere zu erhaschen. Dabei quetschte er sich weit unter den Käfigboden und flatterte mit den Flügeln. Zwei weitere Taschendrachen hopsten aufgeregt um ihn herum, als wollten sie ihn anfeuern. Bei seinem Geschick würde Quibus sicherlich gleich stecken bleiben.

»Ich weiß, was er frisst und wie viel. Wie groß kann der Unterschied sein, einen ganzen Schwarm zu füttern?«

»Nun, der Unterschied wäre die Menge an Taschendrachen, die dich anfallen.« Coen sagte das so teilnahmslos, dass Jelto die Bedeutung fast entgangen wäre.

Er musste grinsen, als er sich vorstellte, wie diese bunt schillernde Wolke um ihn herumtanzte – und war sich zugleich bewusst, dass es eine schmerzhafte Angelegenheit sein würde. Quibus krallte sich gern in seine Schulter; wenn das auch nur eine Handvoll seiner Verwandten ebenfalls tat …?

Er wedelte beschwichtigend mit den Händen, obwohl Coen ihm nach wie vor keinerlei Aufmerksamkeit schenkte. »Gut, aber ich lerne schnell. Wyona wollte mich sogar als Lehrling anstellen.«

Jetzt ließ Coen die Kelle in den Sack fallen und schaute ihn zum ersten Mal bewusst an. Auf seinen blassen Wangen zeigte sich ein klein wenig Farbe. »Sie will was?«

»Sie hat es mir angeboten, wirklich.« Dass es eher ein Scherz gewesen war, brauchte ihr Vater ja nicht zu wissen. Jetzt mussten die Drachen gefüttert werden. Je schneller, desto besser. Nicht nur, weil sie wirklich hungrig zu sein schienen, sondern weil er herausfinden musste, wo Wyona abgeblieben war.

Coen gab sich geschlagen. »Also gut, nimm diese Näpfe und stell in jede Voliere einen. Wenn ungefähr ein halbes Dutzend Taschendrachen im Käfig ist, machst du die Tür zu. Und pass auf dem Weg zu den Volieren auf. Ein paar ganz vorwitzige Exemplare werden versuchen, auf deinen Armen zu landen und direkt aus dem Napf zu fressen. Verscheuch sie einfach mit der Hand.« Er atmete durch, als habe er gerade die gesamte Rikus-Legende erzählt, und legte die Hand auf die Brust.

Jelto lächelte sein freundlichstes Lächeln und schnappte sich zwei Näpfe. Die Futtermischung war dieselbe, die ihm Wyona mitgegeben hatte, Leinsamen, Haferflocken, getrocknete Algen und etwas Muschelfleisch. Der Händler, der ihm damals seinen ersten Taschendrachen verkauft hatte, hatte behauptet, dass Paprikapulver das Feuer des Taschendrachen verstärken würde. Jelto hatte das kein zweites Mal versucht, nachdem Linga ihm beinahe die Wohnung in Brand gesetzt hatte. Jetzt fiel ihm wieder ein, dass er Wyona hatte fragen wollen, was sie davon hielt.

Der Schwarm Taschendrachen über ihm setzte zu einem Sturzflug an und sauste nur ganz knapp an ihm vorbei. Obwohl ihn kein einziges Tier berührte, hätte Jelto beinahe einen Napf fallen lassen. Er war mehr als erleichtert, als er die erste Voliere erreichte. Der Napf hatte noch nicht den Boden berührt, da umgab ihn ein Zwitschern, und die ersten Taschendrachen drängten sich durch die Öffnung. Hastig brachte Jelto den zweiten Napf hinter seinem Rücken in Sicherheit und schloss mit der anderen Hand die Tür.

»Es sind acht in diesem Käfig. Ist das zu viel?«, rief er Coen zu, der mit unendlich langsamen Bewegungen die Näpfe füllte.

»Nein, geht schon«, rief er über den Lärm der noch frei herumflatternden Tiere hinweg. »Du kannst gleich noch etwas Futter nachfüllen.«

Jelto winkte zum Zeichen, dass er verstanden hatte, und begab sich zum zweiten Käfig. Bei diesem und auch allen weiteren spielte sich das gleiche Geschehen ab, nur dass es immer weniger Taschendrachen wurden, die um einen Platz in der Voliere balgten. Nachdem Jelto den letzten Napf platziert hatte, fiel ihm auf, dass Quibus sich ebenfalls in einem der Käfige zwischen sechs anderen Taschendrachen befand.

Jelto trat heran. »Wie bekomme ich dich denn da wieder raus?«

Wie erwartet gab Quibus außer einem genüsslichen Schmatzen keine Antwort.

Coen war in der Zwischenzeit zu dem Verschlag geschlurft und hatte dort etwas in einen Trog gefüllt. Auch von dort tönte gefräßige Stille herüber. Neugierig näherte Jelto sich und blickte auf etwa katzengroße Wesen, die den Taschendrachen erstaunlich ähnlich sahen, jedoch nur Stummelflügel und kürzere Schwänze besaßen.

»Was sind die denn?«

Coen schrak zusammen, er schien seinen Gehilfen völlig vergessen zu haben. »Das … ich bin gar nicht sicher, ob du das hier sehen dürftest. Aber jetzt ist es auch zu spät. Also das sind Hausdrachen. Ein Züchtungsprogramm im Namen der Fürstin.« Er murmelte noch etwas.

Jelto glaubte »ein geheimes Züchtungsprogramm, eigentlich« zu verstehen, aber er war ohnehin verwirrt. Im Namen der Fürstin?

Natürlich war es möglich, dass er bisher nichts davon erfahren hatte, aber die Bücherjäger wussten über viele Dinge Bescheid, die in Brück vor sich gingen und den anderen Brückas verborgen blieben. So wie er Wyona kennengelernt hatte, lag für ihn die Vermutung näher, dass es ihre eigene Idee gewesen war.

Er betrachtete das Drachenweibchen und ihre Kleinen, die unbeholfen umhertapsten. Und dann wurde ihm mit einem Schlag bewusst, was das bedeutete: Es gab größere Exemplare als Taschendrachen. Hausdrachen. Gab es dann auch die legendären Manufakturdrachen?

Ihm wurde ganz schummrig. In seinem Haus gab es dieses Rohrsystem, das angeblich einmal von einem Drachen betrieben worden war. Die Vorstellung, dass in der Nähe oder sogar im Kellergewölbe des Wohnhauses ein riesiges Wesen hockte und Feuer durch die Rohre hauchte, behagte ihm kein bisschen. Und wer fütterte es, versorgte es?

Er blickte auf und wollte Coen fragen, ob das möglich war oder er sich gerade in Fantasien hineinsteigerte, aber Wyonas Vater war verschwunden. Von der Treppe, die in das Stockwerk über dem Lagerraum führte, hörte er dumpfe Schritte.

Was war denn nur los mit dem? Und das Eingangstor? Sollte das einfach geöffnet bleiben? Es war durchaus üblich in Brück, Haustüren nicht zu verschließen, aber auch hier? Mit einer ganzen Halle voller wertvoller Taschendrachen?

Jelto schüttelte fassungslos den Kopf. Er könnte sich jetzt mit dem ganzen Schwarm aus dem Staub machen. Allein aus dem Verkauf hätte er für lange Zeit mehr als genug Geld. Von dem Wert der Zuchttiere ganz abgesehen.

Das war alles sicherlich nicht in Wyonas Sinne. Wo war sie nur?

Er hatte ihr alles erzählen und sie fragen wollen, was sie von der angeblich gelogenen Geschichte über den Ehrwürdigen Rikus und diesem Tagebuch des früheren Fürsten hielt. Jetzt brauchte er einen Rat der ganz anderen Art. Sollte er die Stadtwache alarmieren? Aber was würde ihr Vater sagen, wenn er hier mit der ganzen Truppe aufkreuzte? Er schien sich so gar keine Sorgen zu machen. Vielleicht war das Verhalten seiner Tochter für ihn üblich, und sie verschwand häufiger.

Aber niemals, ohne die Drachen zuvor zu füttern.

Jelto ließ den Blick durch die Halle schweifen, über die Taschendrachen, die sich einer nach dem anderen zusammenringelten und einschliefen. Er trat an einen Käfig und erinnerte sich daran, was Wyona gesagt hatte: Dass sie sich darin unterschieden, wie sie gern schliefen. So war es tatsächlich, manche kratzten sich Stroh zu einem Haufen, andere zerrten mit dem Maul an Leinenfetzen und trampelten darauf herum, bis sie mit ihrem Lager zufrieden waren. Ein paar wenige Exemplare lagen auf dem nackten Boden. Und einer hing sogar kopfüber an einer Sitzstange und knurrte leise.

In Quibus' Käfig war es still geworden. Jelto öffnete die Tür und hob seinen Taschendrachen, der stolz auf einem Deckenturm thronte, heraus. Ein fragendes Knurren, gefolgt von einem Gähnen.

»Du bist mir wirklich eine große Hilfe.« Jelto zog die Kapuze über und setzte Quibus auf die Schulter. Der biss ihm versuchsweise ins Ohrläppchen und pustete dann heißen Atem aus.

Jelto wusste nicht recht, was er tun sollte. Konnte er hier Hinweise finden, wo Wyona abgeblieben war? Ging ihn das überhaupt etwas an? Sollte er noch einmal mit Coen sprechen? Oder einfach gehen und die Tür zur Halle unverschlossen lassen? Es gab noch das Hoftor am Eingang zum Gelände, das er zuziehen konnte, aber verschließen ließ sich das nicht.

Er schlenderte in Richtung des Lagerraums. Vor der Tür stand noch der geöffnete Futtersack. Jelto nahm die Kordel, die achtlos auf den Boden geworfen worden war, und schnürte ihn zu. Dann betrat er den Lagerraum.

Sofort fiel ihm die Unordnung auf. Bei seinem ersten Besuch waren alle Kisten und Beutel ordentlich in den Regalen verstaut gewesen, nur die Dinge, die Wyona gebraucht hatte, hatten auf dem Tisch gestanden. Jetzt sah es so aus, als habe jemand hastig aus mehreren Beuteln etwas zusammengesucht. Auf dem Boden lagen sogar einige Algenköder, die irgendwo herausgefallen waren.

Quibus reckte die Nase und witterte aufgeregt.

»Halt, du bleibst hier!« Mit der linken Hand hielt Jelto den zappelnden Taschendrachen auf der Schulter fest, während er mit der rechten die verstreuten Köder aufsammelte und auf den Tisch legte. Dabei stieß er an einen herumstehenden Schwatzling.

»Werde beweisen, dass alles eine Lüge ist.«

Jelto stockte.

Was war das? Hatte da jemand versucht, den Schwatzling zu besprechen? Oder war das ein Versehen gewesen?

Er stupste die kleine Holzfigur an.

»Werde beweisen, dass alles eine Lüge ist.«

Mehr sagte sie nicht.

Mit einem frustrierten Seufzer schaute Jelto sich um. Alle anderen Schwatzlinge standen im obersten Regal, wie bei seinem ersten Besuch. Von denen war sicher keine weitere Information zu erwarten.

Jelto fasste einen Entschluss. Er lief zum Hallentor, verschloss es und holte seinen Rucksack. Nachdem er sich vergewissert hatte, dass Coen im oberen Stockwerk war – Jelto ging davon aus, dass er dessen Schritte auf der Treppe hören würde – zog er Bùch heraus.

»Ich dachte schon, du hättest mich vergessen.«

»Wie könnte ich dich vergessen? Und trotzdem muss ich schon ziemlich verzweifelt sein, wenn ich ein Buch um Rat frage. Also: Wyona ist verschwunden. Schau dich um und sag mir, was dein Eindruck ist. Nein, warte, hör dir erst diesen Schwatzling an.«

Jelto stupste gegen die Figur.

»Werde beweisen, dass alles eine Lüge ist.«

Bùch sträubte die Seiten. »Große Worte für so einen Holzwicht.«

»Erstens sind es nicht seine Worte. Die hat ihm jemand aufgesprochen. Und zweitens neigst du selbst zu pathetischen Botschaften, daher wäre ich an deiner Stelle nicht ganz so vorlaut.«

»Ich bin nun einmal etwas Besonderes. Sonst würdest du mich ja jetzt nicht nach meiner Meinung fragen.«

»Schon gut. Und wie lautet die, deine Meinung?«

»Weiß nicht. Hier sind Dinge, die herumstehen und -liegen. Menschen machen das so mit Dingen, soweit ich weiß.«

»Wyona ist eher ordentlich. Diese Dinge stehen nicht dort, wo sie hingehören, und es sieht aus, als wären sie hektisch umhergeräumt worden.«

Bùch sagte lange nichts. Jelto hörte seine Seiten rascheln.

»Riechst du das?«, fragte es.

»Ob ich was rieche? Den Gestank der Drachen aus der Halle, Algenköder. Was noch?«

»Angst.«

Er hob den Kopf und blähte die Nasenflügel, sog konzentriert die Luft ein. »Angst? Wie sollte ich Angst riechen?« Doch im gleichen Moment verstand er, was Bùch meinte. Da war ein vager Geruch nach saurem Schweiß. »Doch, ich rieche es. Und außerdem Pfefferminze. Ich kenne nur eine Person, die ständig Minzblätter kaut. Henk.«

Damit hatte er den Beweis. Irgendwie war Henk in diese ganze Sache verwickelt, ihm vermutlich auf den Fersen, seit er von Gilles erfahren hatte, dass Jelto seinen Auftrag angenommen hatte. Jetzt war Wyona wie vom Erdboden verschluckt. Steckte Henk dahinter? Warum, bei allen stinkenden Miesmuscheln?

Jelto fasste sich mit beiden Händen an den Kopf und ließ sich auf einen Schemel sinken, der vor dem Tisch stand. Was konnte er tun, damit sich in dieser nebulösen Sache auch einmal etwas klärte, anstatt dass sich nur immer neue Rätsel und Schwierigkeiten auftaten?

»Jelto, es klopft.«

»Was?« Er war völlig in Gedanken versunken gewesen.

»Es klopft am Hallentor. Hörst du das nicht?«

Er stand auf und lauschte. Tatsächlich, da war jemand. Vielleicht Wyona, die ihren Schlüssel vergessen hatte?

Rasch verstaute Jelto Bùch in seinem Rucksack und schärfte ihm ein, keinen Ton von sich zu geben, wenn ihm seine Existenz lieb wäre. Dann lief er zur Tür. Er entdeckte eine kleine Klappe, öffnete sie und spähte hindurch. »Wer ist da?«

Schweigen antwortete ihm.

Und dann: »Jelto?«

Er presste die Wange an den Schlitz und versuchte, mehr zu erkennen als den Umriss der schmalen Gestalt. »Jacco?«

»Was machst *du* hier? Wo ist Wynni?«

»Wynni?«

»Wyona, die Drachenzüchterin.«

»Sie ist … ist noch jemand bei dir oder bist du allein?«

»Ich bin allein.«

Jelto schob den Riegel zurück und öffnete die Tür, wobei er misstrauisch in alle Richtungen spähte. Aber es war wirklich nur sein kleiner Bruder, der sich durch den Spalt ins Innere drückte.

Jelto verschloss die Tür wieder sorgfältig, bevor er sich Jacco zuwandte. »Kleiner Bruder, das dachte ich gerade. Dabei bist du jetzt fast genauso groß wie ich!«

»Was für eine Überraschung!« Jacco zögerte nur einen Wimpernschlag, dann fiel er ihm lachend um den Hals. »Ich habe so sehr gehofft, dich einmal wiederzusehen. Aber ich habe mich nicht getraut, nach dir zu suchen, weil Vater – er wollte es nicht.«

»Ich weiß. Schon gut. Du kannst nichts dafür.« Unbeholfen klopfte er dem Jüngeren auf den Rücken. Die Umarmung war eher eine Umklammerung.

Es dauerte eine ganze Weile, bis Jacco ihn endlich losließ. »Wo ist Wynni?«

»Ich weiß es nicht. Ich weiß auch nicht, ob wir etwas unternehmen müssten. Ihr Vater war vorhin hier unten und war völlig unbesorgt.«

»Ihr Vater? War hier unten?«

»Ja, warum?«

»Das hat er noch nie getan.«

»Du bist wohl häufiger hier?« Jelto spürte einen Stich Eifersucht. Natürlich hatte er kein Recht dazu, sein Bruder und erst recht Wyona konnten selbst entscheiden, mit wem sie befreundet waren, und dennoch pikste es.

»Ich helfe Wynni.« Jacco stockte und blickte auf seine Schuhspitzen. Eine Locke fiel ihm in die Stirn.

Am liebsten hätte Jelto sie zurückgeschoben und seinem kleinen Bruder durchs Haar gewuschelt. Er wagte es nicht. Dieser Mensch war ihm zutiefst vertraut, sie waren miteinander verbunden, seit er denken konnte. Es war eine Erleichterung gewesen, seinem Vater Pim zu entkommen. Es hatte wehgetan, seine Mutter Manou zurückzulassen. Aber der Verlust seines jüngeren Gefährten, seines Schattens, der ihn von Kindesbeinen an immer und überallhin begleitet hatte, war schier unerträglich gewesen. Es war wie ein klaffendes Loch in seinem Herzen. Die ersten Wochen war er immer wieder versucht gewesen, zurückzugehen, hatte darüber nachgegrübelt, wie viele Schläge er ertragen könnte, um Jacco nahe zu sein. Bis er Floris begegnet war. Mit den Jahren war dieses Gefühl von Verlust zu einem dumpfen fernen Pochen geworden, das er zu ignorieren lernte, aber das nie ganz verging.

Und jetzt war mit einem Schlag alles wieder da. Das Bedürfnis, sich diesem Menschen anzuvertrauen, ihm von Bùch und der Buchmagie zu erzählen, wurde übermächtig, doch auch das Misstrauen war in den letzten Tagen gewachsen. Jelto biss die Zähne zusammen. Er hatte das Gefühl, sein Mund würde in Flammen stehen.

»Jelto, ich ...«

»Jacco, es ist ...«

Sie schauten einander an. Schweigen senkte sich auf sie herab. Die Geräusche der Taschendrachen versanken im Hintergrund.

Jacco hob als Erster beide Hände mit den offenen Handflächen nach oben. »Keine Geheimnisse. Brüder bis ins Grab.«

Jelto schluckte. Ein Versprechen aus Kindertagen. Galt es bis heute, wo sie doch beide fast erwachsen waren?

Zögernd reckte er die Hände nach vorn, öffnete sie und berührte mit seinen Fingerkuppen Jaccos. »Ich habe Angst, Jacco.«

»Es gilt immer noch. Ich habe mit niemandem außer dir meine Geheimnisse geteilt.«

»Auch nicht mit Wynni?«

»Es ist ihr Geheimnis, sie hat es mit mir geteilt, nicht umgekehrt. Das ist etwas anderes.«

»Also gut.« Jelto atmete tief ein und langsam wieder aus. »Keine Geheimnisse. Brüder bis ins Grab.«

Jacco ließ die Hände sinken. Er lächelte, wirkte mit einem Schlag wieder wie der kleine Junge, den Jelto verlassen hatte. »Bitte, Jelto, erzähl mir, wie es dir ergangen ist. Was tust du?«

»Es gibt Bücherjäger«, platzte es aus Jelto heraus. »Ich bin einer von ihnen. Ich jage und vernichte Bücher. Aber dann ist vor einigen Nächten etwas ziemlich Merkwürdiges passiert.«

Niemals hätte Jelto geahnt, wie befreiend es sein konnte, seine Sorgen mit seinem Bruder zu teilen, wobei er erst einmal verschwieg, dass Bùch sprechen konnte und es sich in seinem Rucksack befand. Er wollte ihn nicht gleich überfordern, wobei Jacco bereits mehr über die Existenz von Büchern und deren heimliche Vernichtung zu wissen schien, als zu erwarten gewesen wäre. Und sein kleiner Bruder bestätigte Jelto dann auch, was er schon vermutet hatte:

dass einmal mehr Wyona dafür verantwortlich war. Sie hatten über Bücher gesprochen, natürlich nur im Allgemeinen und als Teil der Stadtgeschichte.

Zugleich wuchs Jeltos Angst, ihr könnte etwas passiert sein. Jacco hatte ihm erst nicht alles erzählen wollen, denn, so wiederholte er, es sei nicht sein Geheimnis, sondern das der Drachenzüchterin. Als er jedoch erfuhr, dass Jelto von dem Verschlag mit den Hausdrachen wusste, brachen die Worte aus ihm heraus wie die Wassermassen des Mühlbachs, sobald eine Schleuse geöffnet wurde.

Er ging auf und ab, während er erzählte, und warf immer wieder die Hände in die Luft. Ein Gebaren, das er sich von ihrem Vater abgeschaut haben musste. »Es gibt Hausdrachen, und es gibt Manufakturdrachen! Es gibt sie wirklich! Ich habe letzte Nacht einen mit eigenen Augen gesehen. Deshalb bin ich hier. Du hättest diese arme Kreatur sehen sollen! Eingepfercht in einem Käfig, der gerade so groß ist, dass er sich herumdrehen kann. Er sieht genau aus wie Feikje, nur so groß wie ein Schafbock.«

»Wer ist Feikje?«

»Das Hausdrachenweibchen, die Mama von den sechs Welpen.«

»Welpen? Du meinst Küken.«

»Nein, Hausdrachen legen keine Eier, sie bringen Junge zur Welt, wie Katzen oder Hunde.«

Jelto konnte sich nicht entscheiden, ob er sich mehr über die Geheimnisse der Drachenzucht wundern sollte oder darüber, dass sein Bruder das alles wusste. »Und sie halten große Drachen in einer Manufaktur? Was hast du da überhaupt zu suchen?«

»Nicht irgendeine. In der *fürstlichen* Manufaktur! Ich arbeite dort. Vater wollte, dass ich eine Zeitlang lerne, wie sie mit den Maschinen dort weben. Natürlich soll ich unsere Familienwerkstatt übernehmen, aber er meint, es wird mir nicht schaden, mehr als nur das zu lernen, was unsere Eltern mir beibringen können.«

»Erstaunliche Erkenntnis für einen Mann, der seinen Sohn schlägt, weil er Fragen stellt.«

»Jelto, es hat ihm leid getan. Er hat weder Mama noch mir jemals ein Haar gekrümmt.«

»Schön für euch.« Er schaffte es nicht, den Groll aus seiner Stimme herauszuhalten. Natürlich war er wirklich froh, dass Pim den beiden nicht das Gleiche antat wie ihm. Und seinen Bruder traf sicher überhaupt keine Schuld.

Jacco räusperte sich, schwieg aber, bis Jelto ihn mit einem Nicken aufforderte, zu sprechen. »Wyona und ich wollten eigentlich nur herausfinden, ob es Manufakturdrachen gibt. Aber jetzt ... du hättest diese arme Kreatur sehen sollen. Wir müssen sie befreien.«

»Wer, wir? Jacco, es tut mir leid, aber ich habe wirklich andere Sorgen.«

»Aber er leidet, er ist ein Lebewesen!« Jacco war aufrichtig verzweifelt. »Warum tun Menschen so etwas?«

»Ohne Wyona können wir kaum etwas tun. Du weißt doch nicht einmal, ob so ein Manufakturdrache gefährlich ist. Groß wie ein Schafbock, sagst du? Wie sollen wir ihn da herausbekommen aus diesem Käfig? Was, wenn wir ihn tragen müssen? Das schaffen wir beide nicht!«

»Warum sollte ein Manufakturdrache gefährlicher sein als ein Haus- oder Taschendrache?«

Jelto zeigte auf Quibus, der friedlich schnaufend auf seiner Schulter schlief. »Hast du dir früher nie die Finger an Sontanders Feuer verbrannt? Hast du darüber nachgedacht, dass dieser große Drache ganze Rohre samt der Glaskugeln befeuert?« Allein die Möglichkeit, dass diese Legende wahr war, die Drachen sogar die Webstühle antreiben könnten, machte ihm ordentlich zu schaffen.

»Er wird uns bestimmt dankbar sein, wenn wir ihn befreien. Drachen sind klug, das weißt du selbst.«

»Oder er freut sich so sehr über seine Freiheit, dass er vor lauter Glückseligkeit durch die Stadt tanzt und dabei alles in Brand setzt.«

Jacco brummte eine unverständliche Erwiderung.

»Hör mir zu.« Jelto hob beschwichtigend beide Hände. »Wir befreien diesen Drachen, ich helfe dir, wenn ich irgendwie kann. Aber nicht ohne Wyona! Erst müssen wir sie finden. Sie weiß als Einzige, wie wir mit einem befreiten Manufakturdrachen umgehen müssen.«

Jacco nickte, zögernd und widerwillig, aber er schien einzusehen, dass selbst ein freundlich gesonnenes, aber eben feuerspeiendes Wesen eine potenzielle Gefahr darstellte.

»Und was jetzt, Jelto? Wyona finden? Wie sollen wir das anstellen? Wir haben doch keine Ahnung, was ihr zugestoßen sein könnte. Wir wissen nicht einmal, ob sie nicht doch freiwillig verschwunden ist.«

»Das kann ich mir kaum vorstellen. Komm mit in den Lagerraum und sieh ihn dir selbst an. Wir räumen da auf und überlegen uns was.«

»Darf ich dann endlich raus?«, quengelte eine Stimme aus Jeltos Rucksack, den er an der Tür zum Lagerraum abgestellt hatte. Er war umgekippt, und die dämpfenden Stofflagen, die er über Bùch gestapelt hatte, hatten sich gelockert. Ein Hemd war sogar herausgefallen.

Jacco wurde sofort aufmerksam. »Was war das? Das war kein Schwatzling.«

Vor Überraschung schnappte Jelto nach Luft und brachte kein Wort hervor. Hektisch sah er sich um, suchte nach einer halbwegs glaubwürdigen Erklärungsmöglichkeit und scheiterte.

»Wolltest du mich nicht vorstellen, Jelto? Ihm kannst du vertrauen, das ist dein Bruder!«

Jelto bekam weiche Knie.

Dagegen nahm Jacco es mit Humor. Er zog die Augenbrauen hoch und grinste. »Keine Geheimnisse. Du bist sicher nur noch nicht dazu gekommen, mir zu erklären, warum dein Rucksack spricht.«

»Ja, also ... außerdem gibt es da noch etwas, das ich dir verraten muss. Ich möchte dir jemanden vorstellen. Ein ganz besonderes ... Wesen.«

Jacco nahm auch die Bekanntschaft mit Bùch erstaunlich gelassen hin. Vielleicht war die Existenz eines sprechenden Buches für ihn nicht ungewöhnlicher als die eines Manufakturdrachen.

Bùch plapperte vor sich hin und brachte sie trotz der ernsten Situation immer wieder zum Lachen, während sie das Lager aufräumten. Jelto hatte unterdessen einen Plan gefasst. Er würde zur fürstlichen Burg gehen. Wenn er wissen wollte, was mit Wyona geschehen war, musste er Henk finden, oder wenigstens Gilles. Außerdem wollte er herausfinden, ob Henk wusste, wo der Schwatzling hergekommen war. Friso hatte ihm diesbezüglich längst nicht alles verraten, das war mehr als deutlich. Während die anderen Bücherjäger wie üblich auf der Jagd waren, wollte er deren Kammern auf Hinweise durchsuchen.

Jacco sollte nach Hause zurückkehren, um keinen Verdacht zu erregen. Er käme häufig spät heim, hatte er behauptet, aber er sei noch nie über Nacht fortgeblieben.

Sie warteten ab, bis es stockdunkel war, und vertrieben sich die Zeit damit, zwei Transportkäfige bereitzumachen – in denen laut Jacco am nächsten Morgen einige Taschendrachen abgeholt werden sollten – und Quibus davon abzuhalten, ständig Algenköder zu stibitzen.

Von Coen sahen und hörten sie den Rest des Abends nichts mehr.

Aber Jelto fand einen Schlüssel für das Hallentor in einer Schublade im Lagerraum. Jetzt konnten sie wenigstens die Drachenzuchtstation abschließen. Jacco nahm den Schlüssel an sich und versprach, sich um die Drachen und das Füttern zu kümmern, solange Wyona verschwunden blieb. Coen trauten sie das beide nicht zu.

Weit nach Mitternacht waren sie so weit. Jelto trat an den Tisch, auf dem Bùch lag und ausnahmsweise schwieg. Jacco saß auf einem Stuhl davor, hatte den Kopf und die Arme auf die Tischplatte gebettet und war eingeschlafen.

»Jacco, aufwachen. Wir verstecken Bùch jetzt in einer Voliere, und dann sollten wir los.«

»Unter einer Voliere, bitte. Soll ein halbes Dutzend Taschendrachen an mir herumknabbern?«

»Bùch, es tut mir leid, es muss sein. Der Gestank der Taschendrachen ist dein bester Schutz gegen andere Bücherjäger.«

»Das gilt auch, wenn du mich in einen Schubkasten legst. Das hast du beim letzten Mal auch getan.«

»Wo Wyona dich prompt gefunden hat.«

»Weil du zu ungeschickt warst! Sie hat dich beobachtet. Außerdem hast du die anderen Bücher hier bisher auch nicht gerochen. Nicht einmal das magische.«

Jelto hielt inne. »Andere Bücher?«

Gähnend rieb Jacco sich die Augen. »Es hat recht. Wyona glaubt, dass ich nichts davon ahne, aber ich habe schon länger den Verdacht, dass sie ihr Wissen über Hausdrachenzucht aus einem Buch schöpft.«

Bùch raschelte triumphierend mit den Seiten. »Da hörst du es.«

»Unfassbar«, murmelte Jelto. Das verstieß gegen seine Ehre als bester Bücherjäger. Er dachte an die ein oder andere Wohnung, in der ein intensiver Geruch nach Taschendrache alles andere überlagert hatte. War das Absicht gewesen? Wie viele Bücher mochte er dadurch übersehen haben?

»Also gut. Dann lege ich dich unter eine Voliere, mir soll es recht sein.«

Jacco sprang auf. »Und ich –«

»Du gehst nach Hause, wie abgemacht.«

»Aber –«

»Jacco, wenn unsere Eltern dich vermissen und anfangen zu suchen, dann erregt das nur noch mehr Aufmerksamkeit. Tu erst einmal so, als wäre alles normal. Damit hilfst du am meisten.«

»Also gut.«

»Versprich es.«

»Bei Quallenkacke und Sternenstaub, ich versprechs.«

Jelto nickte zufrieden, dann fiel ihm noch etwas ein. »Kennst du Rona? Das Lumpenmädchen?«

»Ja, sicher. Mama gibt ihr seit Jahren unsere Stoffabfälle, und in die Manufaktur kommt sie fast täglich.«

»Gut. Sie weiß eine Menge darüber, was in Brück vor sich geht. Falls du sie siehst, frage sie nach Wyona. Frag sie, ob sie etwas Ungewöhnliches beobachtet hat, welche seltsamen Ereignisse sie in den letzten Tagen oder Nächten bemerkt hat.«

»Mache ich. Vielleicht treffe ich sie ja wirklich. Nachts sehe ich sie seltener, aber zwei- oder dreimal bin ich ihr zu dieser Zeit begegnet.«

Darüber wunderte Jelto sich nicht im Geringsten.

Sie versteckten Bùch in einem Schubkasten, wo es sich ohne Murren unter Stoffstreifen und Lumpen vergraben ließ. Jelto schnüffelte mehrmals probehalber, aber er konnte die anderen Bücher nicht wahrnehmen. Auch Bùch nicht, nachdem sie die Voliere sorgfältig verschlossen hatten. Dass er nichts außer Drache roch, kratzte an seiner Ehre, aber in Bezug auf Bùch beruhigte es ihn.

Wenn er es auf diesem Wege nicht finden konnte, dann auch kein anderer Bücherjäger.

Sie schlossen das Hallentor, und Jacco verabschiedete sich.

Tagebuchjagd

So rasch wie möglich lief Jelto im Schutz der Dunkelheit zur Fürstenburg. Dabei entschied er, dass er noch einen kurzen Abstecher zum Wohnturm der Farlingers machen und nach dem Tagebuch suchen würde, falls sich die Gelegenheit ergab. Zu dem Turm, den der Ehrwürdige Rikus eigenhändig erbaut haben wollte.

Bei dem Gedanken daran schnaubte Jelto erbost. Er war skeptisch, dass wirklich alles, was er über den Stadtgründer wusste, eine Lüge sein sollte, wie Friso behauptete. Aber diese Turmbaugeschichte war mehr als eine maßlose Übertreibung. Einen Holzschuppen mochte ein Mensch allein erbauen, aber gleich einen mehrstöckigen Turm aus Stein? Der Ehrwürdige Rikus hätte als einzelner Maurer für den Bau länger gebraucht als ein Menschenleben. Und er war ein Hirte gewesen, kein Handwerker.

Darüber hinaus wusste Jelto nicht, was er noch glauben sollte. Schon allein deshalb musste er dieses Tagebuch holen. Er ging nicht davon aus, dass es die Lösung aller Probleme präsentieren würde – schon gar nicht, was Wyonas Verschwinden betraf –, aber vielleicht brachte es ihn einen Schritt in die richtige Richtung.

Kaum hatte er den Burghof betreten, sagte sein Gefühl ihm deutlich, dass er hier, wie erhofft, keinen der anderen Bücherjäger antreffen würde. Der Gemeinschaftsraum lag still und verlassen, die Türen der meisten Schlafkammern im Turm standen offen: Sie waren alle auf der Jagd. Jelto durchsuchte sowohl Henks als auch Gilles' Raum, ohne einen Hinweis zu finden. Bei Henk vernahm er den zu erwartenden Geruch nach Taschendrache und vage nach Pfefferminze. Das nutzte kein bisschen.

Ratlos setzte Jelto sich auf den Treppenabsatz. Wenigstens einen kleinen Hinweis hatte er sich erhofft. Jetzt blieb ihm fürs Erste nur noch das Tagebuch.

Wyona war nicht dumm, sagte er sich in Gedanken nachdrücklich. Sie kam schon seit Langem allein zurecht, wenn er Coens Zustand bedachte. Sie war erst seit ein paar Stunden verschwunden, daher gab es immer noch die Hoffnung, dass sie von allein wieder auftauchte und für ihren Verbleib eine ganz normale Erklärung lieferte.

Jelto versuchte, seiner aufkommenden Panik nicht nachzugeben. Es fiel ihm mal mehr, mal weniger leicht.

Er gab sich einen Ruck und lief die Treppe hinab. Im Burghof blieb er stehen und betrachtete den gegenüberliegenden Farlinger-Turm. Er wollte sich auf die vor ihm liegende Aufgabe konzentrieren, das würde ihn ablenken. Eine Bücherjagd, damit kannte er sich aus. Hoffentlich sprach dieses Tagebuch nicht auch; ein zweites Exemplar dieser Art wäre schwer erträglich.

Bücherjagd … die Dinge hatten sich in den letzten Tagen gewaltig verändert. Hatte dieses Wort für ihn bisher nach Spaß und einer sinnvollen Aufgabe geklungen, verband er damit jetzt nichts Gutes mehr. Das, was er tat, eine Jagd zu nennen, unterschlug die Folgen seiner Handlungen. Er stahl das Eigentum anderer Leute. Und gerade die magischen Bücher, die über Jahrzehnte hinweg gerettet worden waren, hatten einen hohen ideellen Wert für die Menschen, denen er sie wegnahm. Und dann vernichtete er sie, übergab das Papier den Flammen, tötete die Geschichten in ihnen.

Jelto ballte die Hände zu Fäusten. Der Selbsthass musste warten. Er hatte jetzt eine Aufgabe zu erledigen. Und zwar eine, mit der er diesen Teil seiner persönlichen Vergangenheit vielleicht ein ganz klein wenig wiedergutmachen konnte.

Wenn er das Tagebuch erst einmal in den Fingern hatte, würde er mit Bùch und Wyona – und vielleicht sogar Jacco – entscheiden, was sie als Nächstes machten und ob es wirklich klug war, es diesem Friso auszuhändigen. Vielleicht konnte Wyona es ihnen vorlesen und danach wüssten sie, was zu tun wäre.

Jelto straffte die Schultern und blickte in den Nachthimmel. Vereinzelt blitzten Sterne zwischen träge dahinziehenden Wolken auf. Ein dicker Halbmond schien auf ihn herab. In sechs Tagen würde er voll sein. In sechs Tagen war Rikusfest.

Sternenlicht für mich, ich kann es brauchen. Jelto grub die Fingernägel in die Handballen und lief los.

Schon von Weitem konnte er sehen, dass das Eingangstor trotz der späten Stunde noch geöffnet war. Das hatte er erwartet. Er wollte den Turm erst einmal betreten, so wie er das üblicherweise tat, wenn er mit einem offiziellen Auftrag als Bücherjäger unterwegs war. Das erschien ihm am wenigsten auffällig. War er erst einmal im Inneren, würde er weitersehen.

Zwei junge Männer in der Uniform der persönlichen Wache der Farlingers winkten ihm zu.

»Jelto!«, rief der eine, ein gedrungener goldhäutiger Kerl mit einer Hakennase und dunklen Haaren. »Dich habe ich ja ewig nicht gesehen.«

Sein Genosse nickte zum Gruß. Er war schlanker, seine Wangen hell, beinahe weiß und mit Sommersprossen übersät, was Jelto direkt wieder an Wyona denken ließ.

Er trat heran und rang sich ein Lächeln ab, damit die beiden ihm seine Nervosität nicht anmerkten. Er kannte sie vom Sehen, konnte sich aber nicht an ihre Namen erinnern. »Sternenlicht für euch! Ja, es war ziemlich ruhig in letzter Zeit, nicht viel zu tun.«

»Willst du zu Fürstin Farlinger? Sie hat noch Besuch.«

»Nein, ich soll nur etwas abholen.« Das war zwar nicht die Wahrheit, aber wenigstens nicht vollständig gelogen. Der Form halber zeigte er kurz sein fürstliches Siegel.

»Dann geh nur, du kennst dich ja aus.« Der schlankere Wächter bedeutete ihm, einzutreten.

Der andere legte eine Hand auf den Schwertknauf. »Moment noch. Dauert es länger?«

»Nein, ich glaube nicht. Ich muss nur ins Vorzimmer des Schwatzlinghüters.« Jelto blickte zu Boden. Das war jetzt eine dicke Lüge, aber ihm war auf die Schnelle nichts Besseres eingefallen. Warum griff der Kerl nach seinem Schwert? Hatte er ihn durchschaut?

Doch statt ihn zu packen oder ihm zu erklären, er wäre verhaftet, griff der Wächter mit der anderen Hand unter seine Uniformjacke. Er zog ein Schlüsselbund hervor und hielt es Jelto klimpernd vor die Nase. »Manche Türen sind schon zur Nacht verschlossen. Nimm die Schlüssel einfach mit und bring sie mir gleich zurück.«

»Das ist hilfreich. Danke!« Jelto zwang sich erneut zu einem Lächeln, während die Panik in seinen Ohren rauschte.

»Klar, hilfreich auch für mich. Sonst müsste ich dich ja begleiten, um dir aufzusperren.«

»Es könnte eine Weile dauern.«

»Lass dir Zeit. Wir haben heute nichts anderes mehr vor.«

Sie lachten alle drei, wobei Jelto sich wunderte, dass die beiden immer noch nichts bemerkten.

Er griff das Schlüsselbund und ging zwischen den beiden Wächtern hindurch ins Innere des Burgturms. Kaum war er außer Sichtweite, lehnte er sich an die Wand und versuchte, sein wild klopfendes Herz zu beruhigen. Wie dämlich! Daran, dass nachts einige Verbindungstüren verschlossen waren, hatte er gar nicht gedacht. Nicht, dass dies ein Problem für ihn gewesen wäre. Es waren einfache Verriegelungen, die hätte er im Handumdrehen geöffnet. Aber es hätte ihn wertvolle Zeit gekostet, und mit jeder Verzögerung stieg die Gefahr, erwischt zu werden.

Zwei schmale Gänge führten nach rechts und nach links, geradeaus ging es in einen Saal, der beinahe das gesamte Erdgeschoss einnahm. Die Gänge waren spärlich mit ähnlichen Glaskugeln beleuchtet, wie sie auch in den Lauben hingen.

Kurz betrachtete er das kleine Feuer, das im Inneren einer Glaskugel tanzte. Hieß das, dass hier unter der Burg auch ein Manufakturdrache hauste?

Damit würde er sich später befassen; Wyona und Jacco würde das interessieren.

Er wandte sich nach links, nahm eine Wendeltreppe nach oben. Rasch lief er bis ins zweite Zwischengeschoss. Er musste vorsichtig sein; wenn Fürstin Farlinger noch Gäste hatte, würde sie sich in einem der Besuchszimmer genau hier aufhalten.

Jelto blieb kurz stehen und lauschte. Aus einem Raum links von ihm glaubte er, Stimmen zu hören. Eine Wache war zum Glück nicht zu sehen. Das bedeutete, dass es kein offizieller Besuch war, sondern eher eine fürstliche Privatangelegenheit.

Jelto nahm die Treppe in den dritten Stock. Hier war er bisher immer nur auf dem Weg in die oberen Etagen vorbeigekommen, wo sich das Schwatzarium und weitere Räume der Verwaltung befanden.

Jelto öffnete eine Zwischentür und betrat den breiten Flur in der dritten Etage. Er hatte entschieden, zunächst hier nach dem Tagebuch zu forschen. Die Fürstin würde so bald nicht auftauchen, das war die Gelegenheit, ihre Privatzimmer zu durchsuchen. Die Frage, wie er das angestellt hätte, läge Maite Farlinger bereits im Bett, hatte er hartnäckig verdrängt.

Manchmal vertraute er einfach auf sein Glück, und manchmal war es ihm gewogen.

Wie ein Schatten huschte er den Flur entlang bis zur letzten Tür auf der linken Seite. Die Fürstin hatte einmal erwähnt, dass ihr Fenster zum Meer hinausging und sie es mochte, den Blick über das scheinbar endlose Wasser schweben zu lassen. Dann konnte es nur dieses oder das Zimmer daneben sein. Jelto drückte die Klinke. Verschlossen, wie erwartet.

»Quibus, komm, ich brauche dich.« Er streichelte den Taschendrachen, der auf seiner Schulter gedöst hatte. Ein kurzer Feuerschein genügte, um das Schloss an der Tür zu begutachten.

Er ließ Quibus abermals eine kurze Flamme spucken und durchsuchte das Schlüsselbund. Beim zweiten Versuch passte ein Schlüssel. Wachsam in alle Richtungen spähend betrat er den Raum.

Es war zweifellos das Schlafgemach der Fürstin. Auf einem kleinen Tisch zur Rechten glomm eine Öllampe.

»Unglaublich.« Ob die Fürstin wusste, wie vertrauensselig ihr Wachpersonal war? Er hatte nicht damit gerechnet, dass er auch diese Tür würde öffnen können. Kopfschüttelnd sah er sich um.

An der linken Wand befand sich ein breites Himmelbett mit einem dunkelblauen Baldachin, der sich sanft im Luftzug wölbte, da das Fenster gegenüber der Tür offen stand. Dahinter breitete sich der Himmel über dem Meer aus. Mehrere Schränke und Kommoden waren vermutlich mit den persönlichen Habseligkeiten der Fürstin gefüllt.

Das alles interessierte Jelto nicht. Ihm stieg ein unverwechselbarer Geruch in die Nase. Es roch nach dem salzigen Meer und der würzigen Luft. Darunter mischte sich eine Note des Lampenöls. Und noch schwächer, aber unverkennbar: der Duft von Papier und Tinte.

Das Tagebuch?

Auf jeden Fall ein Buch.

Schon interessant, dass die Fürstin hier verbarg, was sie öffentlich verurteilte. Ob sie auch lesen konnte?

Wie an einer Schnur gezogen folgte Jelto dem Geruch zu einer Kommode mit zwei Schubladen. Er zog die untere auf und tastete in den Schals und Schultertüchern, die er darin fand, umher. Nach einer kurzen Weile runzelte er verwirrt die Stirn. Da war nichts.

Er war lange genug Bücherjäger. Er kniete sich vor die Kommode und tastete den Boden der oberen Schublade ab. Da war ein Päckchen, mit Nadeln befestigt. Jelto löste eine nach der anderen und fing sie dabei auf, damit sie nicht zwischen die Tücher fielen. Dann zog er das Päckchen hervor und wickelte es aus.

Das war tatsächlich ein Buch.

Ein ziemlich gewöhnliches, nicht einmal magisch. Enttäuscht blätterte Jelto darin herum. Ein Tagebuch hatte er sich anders vorgestellt, wobei er nicht einmal hätte sagen können, wie genau. Aber nicht mit Bildern, weder auf der Vorderseite noch im Inneren. Vier Worte standen auf dem Einband, sie waren kräftig eingeprägt.

Was gäbe er jetzt dafür, richtig lesen zu können …

Der Müller würde wissen, ob es das gesuchte Tagebuch war. Jelto schloss die Schublade und huschte zur Tür. Er schaute und lauschte in den Flur. Als alles still blieb, legte er das Buch dort ab und trat zurück in das Schlafzimmer.

Er stellte sich mitten in den Raum und witterte wie ein Tier. Hier war kein zweites Buch.

Zufrieden verließ er den Raum, verstaute seine Beute im Rucksack und sah zu, dass er nach unten kam, bevor die beiden Wachmänner noch Verdacht schöpften.

»Das wurde auch Zeit«, rief der Wächter mit der Hakennase ihm entgegen. »Nicht mehr lange und ich wäre dich suchen gekommen.«

»Wirklich?« Mehr brachte Jelto nicht hervor.

»Könnte doch sein, dass du dich verlaufen hast, oder?« Der schlankere Wächter nahm das Schlüsselbund entgegen und senkte verschwörerisch die Stimme. »Nicht, dass du noch aus Versehen im Schlafgemach der Fürstin landest.«

Sein Kumpel lachte gutmütig. Jelto quälte sich zum Abschied ein Grinsen ab und schlenderte über den Burghof davon. Viel lieber wäre er gerannt, doch er fürchtete, dass er damit Verdacht erregen würde. Die beiden ahnten nichts, und das sollte so bleiben. Er ließ Quibus in die Nacht aufflattern und blickte dem dunklen Schatten nach, wie er aufstieg und ein paar Sterne verdeckte.

So bemerkte er Floris erst, als er beinahe mit ihm zusammenstieß. Erschrocken machte er einen Satz zurück.

»Jelto, das ist ja eine Überraschung!« Sein Mentor war offenbar gerade aus dem Turm der Bücherjäger gekommen.

»Sternenlicht für dich«, stotterte Jelto und rückte den Rucksack zurecht.

»Und für dich, Jelto. Du hast gestern schon wieder keine Aufträge abgeholt und warst heute nicht beim Bücherfeuer. Wird das zur Gewohnheit?«

»Es ging mir nicht so gut«, sagte er hastig. Eine gute Lüge war immer möglichst nahe an der Wahrheit. Die letzten Tage hatten ihm emotional schon ziemlich zugesetzt.

Floris hob das Kinn und runzelte die Stirn. »Hast du ein Buch bei dir?«

»Ein Buch? Ja. Im Rucksack. Ich war auf der Jagd.« Das war noch nicht einmal gelogen. »Deshalb bin ich hier, ich hatte gehofft, noch einen der anderen zu treffen, um mir die Zeit zu vertreiben, bis wir das Bücherfeuer entzünden.«

»Nun, da muss ich dich enttäuschen, die anderen sind alle noch unterwegs. Alle, bis auf Henk und Gilles. Die beiden sind genau wie du seit einiger Zeit nicht mehr aufgetaucht. Du weißt nicht zufällig, wo sie abgeblieben sind?«

»Nein, keine Ahnung.« Jelto hätte sein Erstaunen beinahe laut herausgerufen. Noch vor wenigen Stunden hatte er in der Drachenzuchtstation Minzblätter gerochen, die Henk ständig kaute, und jetzt stellte sich heraus, dass er seit Tagen ebenfalls nicht mehr am Bücherfeuer gewesen war?

»Nun, hoffen wir, dass sie bald wieder auftauchen«, sagte Floris fröhlich. »Dann gib mir deine Beute, ich werde sie bis morgen früh aufbewahren.«

»Meine Beute?«

»Na, das Buch, das du im Rucksack hast. Ich lege es in das Verlies.«

Das Verlies war eine massive Holztruhe im Gemeinschaftsraum der Bücherjäger, die scherzhaft so genannt wurde.

»Oder willst du es den Rest der Nacht mit dir herumtragen?«, hakte Floris nach, weil Jelto nicht reagierte.

»Ich wollte hier warten«, murmelte er.

»Allein im Gemeinschaftsraum? Nein, Jelto, gib mir das Buch und geh nach Hause. Wir sehen uns morgen früh.«

Jelto wurde heiß und kalt. Er konnte Floris das Tagebuch nicht geben. Es durfte auf keinen Fall verbrannt werden. Ganz egal, ob es stimmte, was Friso ihm erzählt hatte, ganz gleich, welche Konsequenzen sich aus dem Inhalt ergaben – sobald es vernichtet war, war alles umsonst gewesen. Er und Bùch, sogar Wyona, hatten in den letzten Tagen zu viel riskiert. Es mochte besser sein, wenn dieses Tagebuch verbrannt wurde, aber sich die Gelegenheit entgehen zu lassen, vorher wenigstens einen Blick hineinzuwerfen, wäre mehr als töricht.

»Jelto, was ist denn? Ich bin ein alter Mann, ich brauche noch ein paar Stunden Schlaf. Stimmt etwas nicht?«

»Doch, es ist alles in Ordnung.« Widerwillig nahm Jelto den Rucksack ab. »Ich bin auch müde, wie gesagt, es ging mir in den letzten Tagen nicht gut.« Er gähnte – wie er hoffte, nicht allzu theatralisch. »Ich habe mich offenbar immer noch nicht ganz auskuriert.«

»Dann ist es erst recht besser, wenn du jetzt nach Hause gehst und dich ins Bett legst. Ich werde das Buch sicher verwahren.«

»Natürlich. Ich danke dir, Floris.« Fieberhaft überlegte Jelto. Was konnte er tun, ohne dass der alte Bücherjäger Verdacht schöpfte?

Umständlich öffnete er den Rucksack, tat, als habe er Schwierigkeiten, die Verschnürung zu öffnen, als habe sich das Buch verfangen, aber irgendwann konnte er nichts anderes mehr tun, als es herauszuziehen.

Wenn die Dinge anders wären, so wie vorher, als ihm Bùch noch nicht begegnet war, wäre ihm Floris' Reaktion vielleicht entgangen. Aber Jeltos Sinne waren über alle Maßen angespannt. Der Geruch des Buches stach ihm in die Nase. Unter seinen Fingerkuppen spürte er die Prägung. Und so bemerkte er das Zucken, das über die Miene seines alten Mentors huschte. Für den Bruchteil eines Momentes. Früher hätte er es für ein Blinzeln gehalten.

Floris nahm das Buch entgegen. »Ein Ledereinband. Das scheint ein altes Schätzchen zu sein.« Er klemmte es nachlässig unter den Arm. »Ich schließe es bis morgen früh weg. Oder sollen wir es jetzt anzünden? Wir beide, du und ich, ein kleines privates Feuer?«

»Du wolltest ins Bett oder nicht?«

»Ja, stimmt. Da hast du es einmal mehr, Bücher sind gefährlich, sie bringen dich um den Schlaf und auf dumme Gedanken.« Floris lachte herzlich, und in Jeltos Ohren viel zu laut. Es klang aufgesetzt. Oder bildete er sich das nur ein?

Jelto grinste schief und vermied es, dem Älteren direkt ins Gesicht zu sehen.

»Na, jetzt aber. Dann gute Nacht und bis morgen früh. Aber sei dieses Mal pünktlich, wir warten nicht auf dich!«

Jelto bekam noch einen Klaps auf die Schulter, dann wandte Floris sich ab und ging mit langen Schritten in Richtung Turm.

Jelto stand da wie angewurzelt und beobachtete, wie hinter den Fensterscheiben des Gemeinschaftsraums ein Licht erschien. Dann endlich besann er sich und huschte bis zur Mauer, wo Floris ihn nicht mehr sehen konnte. Nicht, dass er wieder herauskam und weitere dumme Fragen stellte, weil Jelto immer noch nicht verschwunden war.

Wie sollte er das Tagebuch jetzt wieder in seine Hände bekommen? Die Truhe würde er nicht so leicht knacken können, und den einzigen Schlüssel, von dem er wusste, besaß Floris. Außerdem war da dieses kaum wahrnehmbare Zucken gewesen. Jelto würde auf Bùch schwören, dass der Alte den Titel gelesen hatte.

War es so? Konnte Floris lesen? Es musste so sein. Was für ein Verräter …

Jelto hatte inzwischen das übermächtige Gefühl, viele Jahre lang getäuscht, für dumm verkauft worden zu sein. Bücher, das Lesen und das Schreiben waren gefährlich? So ein Unsinn. Doch eher für diejenigen, die es nicht beherrschten, denn sie waren darauf angewiesen, dass andere, Schreiberlinge, die Fürstin, Kaufleute, ihnen die Wahrheit erzählten und ihnen nichts vorenthielten.

Was verheimlichte Floris? Was für ein Spiel spielte er, bei einem ganzen Hafenbecken voller Quallenkacke?

Jelto sah Quibus über sich flattern, geräuschlos. Er wagte es nicht, den Taschendrachen herbeizulocken, doch er begriff, dass er viel zu lange damit gewartet hatte, den Burghof ungesehen zu verlassen. Eng drückte er sich gegen die Ziegelsteine. Suchte dabei nach einem besseren Versteck. Es gab keines, der Burghof war eine offene Fläche. Die beiden Wachen am Wohnturm konnten ihn nicht sehen, solange sie nicht hinaustraten, was ziemlich unwahrscheinlich war. Aber Floris würde ihn sofort entdecken, falls er noch einmal ins Freie käme.

Jelto hörte eine Tür schleifen. Das Licht im Gemeinschaftsraum war erloschen. Er kauerte sich hin, presste sich ganz eng an die Mauer. Der raue Stein kratzte an seinen Armen.

Und dann passierte genau das, was er die ganze Zeit befürchtet hatte. Warum war er nicht wenigstens in Richtung Burgtor gegangen, um rasch davonzuhuschen?

Floris trat heraus. Aber statt sich umzusehen, wie Jelto fest angenommen hatte, ging er mit weit ausgreifenden Schritten in Richtung Farlinger-Turm. Gedämpft erklang das Geräusch von Stimmen von dort, dann wurde eine Tür mit Wucht zugeschlagen und der Burghof lag still.

Jelto konnte sich kaum aufrichten, so sehr zitterte er. Mühsam hangelte er sich an der Mauer hoch, bis er stand, schwer atmend und gegen die Ziegel gelehnt.

Und was jetzt?

Freundin und Feind

Das Erste, was Wynni wahrnahm, war der überwältigende Duft nach Vanille. Sie schnüffelte, noch im Liegen, dann erst schlug sie die Augen auf und blickte sich verwirrt um. Sie befand sich in einer quadratischen Kammer, vielleicht zehn mal zehn Schritte breit und mit einem riesigen Fenster, hinter dessen Glasscheibe sie nichts als einen wolkenlosen Himmel sah. Außer der schmalen Pritsche, auf der Wynni lag, befanden sich im Raum nur ein paar aufeinandergestapelte Holzkisten an der gegenüberliegenden Wand.

Sie richtete sich auf und unterdrückte ein Stöhnen. Ihr Kopf schmerzte, als würde in seinem Inneren ein Glockenschlegel mit voller Wucht gegen die Schädeldecke geschlagen. Wo befand sie sich? Weit weg von ihrer Drachenzuchtstation, so viel war sicher. Was war passiert?

Sie erinnerte sich nur vage an den gestrigen Nachmittag – wenn nicht gar mehrere Tage vergangen waren, wie konnte sie das schon wissen?

Henk und sein Schatten, den er als seinen Lehrling Gilles vorgestellt hatte, hatten sie zur Drachenzuchtstation begleiten wollen. Doch bis dahin waren sie gar nicht gekommen, oder? Oder doch … Sie hatten die Halle durchquert und waren in den Lagerraum gegangen. Henk hatte angefangen, ihr etwas zu erklären, aber sie erinnerte sich an kein Wort davon. Danach folgte Dunkelheit.

Henk wusste von Bùch, das war schnell klar geworden, und er machte kein Geheimnis daraus. Er wollte es in seinen Besitz bringen. Um es zu behüten, wie er behauptete.

Als würde sie das glauben.

Henk war Bücherjäger, genau wie Jelto. Gilles ebenso, zwar noch nicht trocken hinter den Ohren, aber auf dem besten Weg, ein weiterer herzloser Büchervernichter zu werden.

Ganz vorsichtig und darum bemüht, den Kopf möglichst nicht zu bewegen, setzte sie sich auf die Bettkante. Allein von dieser Bewegung wurde ihr schwindelig. Schwarze Punkte tanzten vor ihren Augen. Dazu legte sich der Vanillegeruch auf ihre Zunge, ihr wurde übel davon.

Eine ganze Weile blieb Wynni so sitzen. Bruchstücke flackerten durch ihre Erinnerung, Schreie, Tumult, weitere Schatten außer denen von Henk und Gilles.

Richtig … Sie hatte einen Schlag gegen den Kopf bekommen. Von wem? Hatte jemand sie entführt?

Sie fühlte sich nicht stark genug, um aufzustehen, aber was blieb ihr anderes übrig? Vom Herumsitzen wurde ihre Lage nicht besser.

Sie trug noch die gleiche Kleidung wie in dem Moment, als sie sich von Jelto und Bùch verabschiedet hatte. Bis auf die Stiefel, die hatte ihr jemand ausgezogen und neben die Pritsche gestellt.

Wie viel Zeit war vergangen? Schwankend kam sie auf die Beine und trat ans Fenster. Die Anleger für die großen Frachtschiffe breiteten sich einige Stockwerke unter ihr aus, dahinter das Meer und der Horizont, hell und strahlend blau, doch sie konnte die Sonne nicht sehen. War sie im Hafen, in einem der Lagerhäuser? Demnach müsste sie nach Süden schauen, und es wäre noch früher Morgen.

Sie drehte sich um, schloss für einen Moment die Augen, weil ihr wieder schwindelig wurde, und tappte dann zur Tür. Prüfend drehte sie den Knauf – und hätte beinahe das Gleichgewicht verloren, weil das Türblatt leicht und lautlos aufschwang.

Sie wurde gar nicht gefangen gehalten?

Misstrauisch reckte sie den Kopf durch den Spalt. Es war dämmrig, sie konnte kaum etwas erkennen. Der Geruch nach Vanille wurde unerträglich intensiv.

»Da sag mir noch mal jemand, in meiner Zuchtstation würde es stinken«, murmelte sie.

Vor ihr lag ein Geländer vor einem dunklen Abgrund, nach rechts und links führte ein hölzerner Steg an der Wand entlang.

»Ist da jemand?«

Stille antwortete ihr.

Auf unsicheren Beinen ging sie zurück zur Pritsche. Dabei entdeckte sie ihre Tasche am Kopfende. Sie nahm sie an sich und zog die Stiefel an. Es schien nicht nur endlos zu dauern, danach trampelte auch eine ganze Schafherde durch ihren Kopf – zumindest fühlte es sich so an.

Wynni blieb noch zehn Atemzüge lang sitzen, dann richtete sie sich auf und verließ die Kammer. Sie ließ die Tür weit offen stehen, damit das Licht ihr ein wenig Orientierung gab. Als Erstes wagte sie einen Blick über das Geländer. Es ging hinab in eine dunkle Tiefe, vermutlich so tief wie vor dem Fenster, sechs oder sogar acht Stockwerke. Sie wandte sich nach links.

Hinter ihr klickte es. Eine Tür wurde geöffnet.

Sie fuhr herum – und bereute es zutiefst. Der Schmerz, der durch ihren Kopf tobte, zwang sie auf die Knie.

»Wyona! Geht es dir gut?«

Hände packten sie an den Oberarmen und bewahrten sie davor, gänzlich umzukippen. Saurer Mageninhalt stieg ihr den Hals hinauf. Sie würgte.

»Dich hat es ja richtig erwischt.« Eine Hand hielt ihren Oberkörper, die andere packte ihr Haar zu einem Zopf und zog es nach hinten über die Schulter. Wynni senkte den Kopf und erbrach sich zur Seite.

»Bei allen Algenschnecken, du wirst sicher so schnell keine Vanille mehr riechen können.« Ein unsicheres Lachen erklang.

»Jelto?« Ein weiterer saurer Schwall stieg ihr in den Mund. Dann endlich war es ein kleines bisschen besser.

Unter der Vanillenote zog ein dezenter Hauch von Pfefferminze hinweg. Wynni erstarrte.

»Geht es dir besser?«

»Du … bist Henk, oder?«

»Ja. Es tut mir leid, was da pass–«

Sie sprang hoch und wäre beinahe sofort wieder hingefallen. Nur Henks fester Griff bewahrte sie davor. Undeutlich tanzte sein Gesicht vor ihr. Sie war nicht in der Lage, sich darauf zu konzentrieren.

»Nicht so schnell, das bekommt dir nicht. Gilles? Mensch, wo bist du?«

»Ja?«, erklang eine Stimme irgendwo in der Dunkelheit.

»Mach das hier weg, und dann komm nach drüben. Wir müssen endlich reden.«

In Wynnis Kopf explodierten Sterne. Sie spürte einen Zug am Oberarm und hörte irgendwo am Rande ihres Bewusstseins den Befehl, mitzukommen. So gut es ging, setzte sie einen Fuß vor den nächsten. Sie hatte ja doch keine andere Wahl.

Es wurde wieder heller. Sie betraten einen Raum, der doppelt so groß war wie der, in dem sie aufgewacht war. Statt einer Pritsche befand sich ein Tisch mit vier Stühlen in der Mitte. Nur der Holzkistenstapel sah genauso aus wie in dem anderen Raum.

Überraschend behutsam führte Henk sie zu einem der Stühle. »Setz dich. Ich hole dir Wasser. Und bitte lauf nicht davon, ja? Wir haben schon genug Schwierigkeiten. Mach es nicht noch komplizierter.«

»Wo bin ich?«

»In einem Lagerhaus am Hafen. Es gehört meiner Schwester.«

Henk versicherte sich, dass sie nicht vom Stuhl kippte, was Wynni alles an Willenskraft abverlangte. Sie stellte eine weitere Frage, an die sie sich nicht mehr erinnerte, kaum dass sie sie ausgesprochen hatte. Als sie es schaffte, sich umzusehen, war Henk verschwunden.

Erschöpft ließ sie den Kopf auf die Tischplatte sinken und schloss die Augen.

»Wyona. Wyona? Aufwachen!« Ein sanfter Zug an der Schulter, ein Ruckeln.

Etwas wurde auf dem Tisch abgestellt.

»Hier, trink das, dann wird es dir besser gehen.«

Mühsam hob sie den Kopf.

Henk stand auf der anderen Seite des Tisches und zeigte auf einen Becher mit Flüssigkeit, in der braune Stücke herumschwammen.

»Was ist das?«

»Ein Sud aus Birkenrinde gegen deine Kopfschmerzen. Du hast doch Kopfschmerzen, oder? Sah zumindest vorhin so aus, und du hast einen gewaltigen Schlag auf den Kopf bekommen.«

Wynni zog den Becher heran und schnüffelte argwöhnisch. »Wie soll Birkenrinde gegen Kopfschmerzen helfen?«

»Das musst du meine Schwester fragen. Sie hat es in einem ihrer Bücher gelesen.«

Wynni hob ruckartig den Kopf, und wurde mit der nächsten Schmerzwelle bestraft. Aber was er sagte, schockierte sie mehr. »In einem ihrer Bücher gelesen?« Als wäre es das Selbstverständlichste auf der Welt.

Henk grinste schief. »Wird Zeit, dass wir mal zu dem Grund kommen, aus dem du hier bist.«

»Bücher?«

»Nicht irgendwelche Bücher. Ein ganz besonderes. Eines, von dem ich ziemlich sicher weiß, dass Jelto es genau hier aus diesem Lagerhaus gestohlen hat.«

Wynni fiel keine gescheite Erwiderung ein. Henk wusste nicht nur über Bùch Bescheid, sondern auch, wie es in Jeltos Hände gelangt war. Was brachte es also zu leugnen?

»Du kannst das trinken. Es wird dir besser gehen, ich verspreche es.«

»Warum sollte ich dir trauen? Du hast mir gedroht, dass du Informationen aus mir herausprügelst. Hast du das etwa getan?«

»Habe ich nicht! Warum behauptest du das?«

»Du hast etwas von herauskitzeln gesagt. Und mir hat jemand einen Schlag auf den Kopf verpasst.«

Henk machte einen Schritt zurück und lehnte sich gegen die Wand. Wenn Wynni ehrlich war, wirkte er kein bisschen bedrohlich, sondern eher verzweifelt.

»Das mit dem Kitzeln war doch nur ein Spruch und damit meinte ich ganz sicher nicht, dass ich handgreiflich werde. Nein, vielmehr sind wir beide angegriffen worden, du und ich. Dank Gilles konnten wir fliehen. Er hat die Angreifenden mit einem Blasrohr vertrieben. Elanda hat auch ein wenig mit ihrem Feuer geholfen. Sonst sähe ich jetzt genauso aus wie du, oder wir beide würden als Leichen im Hafenbecken schwimmen. Ich will es gar nicht wissen.«

»Blasrohr? Du machst Witze.«

»Ich würde dir nicht raten zu lachen, wenn er es mit kleinen Steinen geladen auf dich richtet. Wirklich nicht.«

»Und Elanda? Das ist dein Taschendrache, richtig? Du hattest sie mit, als du das erste Mal bei mir warst.«

»Ja. Jelto hat sie für mich dressiert und mir verraten, wie ich mit ihr übe. Sie kann spähen und auf Kommando Feuer spucken. Aber es sind kleine Flammen, so richtig zur Verteidigung taugt das nicht. Und jetzt trink schon.«

»Und wenn du mir da Gift unterjubelst?«

»Die Mühe müsste ich mir doch gar nicht machen, oder? Ich hätte dich hier töten können, während du geschlafen hast. Noch einfacher hätte ich dich letzte Nacht auch einfach liegen lassen können. Wer weiß, was die mit dir angestellt hätten.« Den letzten Satz sagte er mehr zu sich.

Wynni verstand nur die Hälfte von dem, was er da erzählte, aber in gewissem Sinne hatte er recht. Sie fasste sich ein Herz, nippte an dem Becher und stürzte den Inhalt dann in einem Zug hinunter. Es schmeckte überraschend nach gar nichts. Lediglich ein leicht bitterer Geschmack legte sich kurz auf die Zunge und verging.

Henk nickte zufrieden.

Vom Gang erklangen Schritte. Im nächsten Moment betrat eine groß gewachsene Frau den Raum.

Die Familienähnlichkeit war unübersehbar. Genau wie Henk hatte seine Schwester blonde Haare und helle Haut. Ihr war allerdings anzusehen, dass sie viel Zeit im Freien verbrachte. Ihr Gesicht wirkte wie helles Leder, und um ihre Augen und den Mund lagen unzählige tiefe Falten. Sie war mindestens zehn Jahre älter als Henk, schätzte Wynni.

Sie setzte sich ein wenig aufrechter hin. Diese Frau war nicht nur groß, sie hatte auch Arme und Hände, die aussahen, als könnte sie einen Kraken erwürgen. Und sie strahlte Autorität aus. Dabei war sie unauffällig gekleidet, in eine weite hellbraune Leinenhose und ein grün-gelb gestreiftes Hemd, unverkennbar in der Manufaktur des Tuchhändlers Mewes gefärbt. Niemand sonst kannte das Geheimnis von durchgefärbten Mustern. Während Bùch Jelto das *Erfassen* beigebracht hatte, war sie in dessen Lager umhergewandert und hatte die Ware bestaunt. Sie war sicher, dass sie genau diesen Stoff dort gesehen hatte.

»Willkommen zu unserer Verschwörung, Wyona.« Die große Frau lächelte warm, gab Henk einen Wink und setzte sich ihr gegenüber.

Ihr Bruder drückte sich von der Wand ab und nahm auf dem dritten Stuhl neben ihr Platz. In dem Blick, den er zur Seite warf, lag unverhohlene Bewunderung. »Das ist Kommandantin Febe, Kapitänin zur See und fürstliche Gewürzhändlerin.«

»Lass es gut sein, Henk. Für dich, Wyona, einfach Febe.«

»Dann ist das hier dein Lagerhaus?«

»Nun ja, streng betrachtet ist es das Lagerhaus der Fürstin, in deren Auftrag ich handle. Genau wie die Ware, also die Gewürze. Aber das Schiff gehört mir.«

»Gut. Also, was wollt ihr von mir?«

Von der geschlossenen Tür erklang ein Geräusch. Febe zuckte zusammen und wandte sich mit erschrockenem Blick an Henk. Der stand auf und riss die Tür auf. Gilles stolperte hinein.

»Kannst du nicht klopfen?«

»Wie denn?«

Der Lehrling des Bücherjägers trug einen ganzen Stapel Bücher in den Armen. Das waren mindestens ein Dutzend.

Bei dem Anblick schien es Wyona, dass ihr Herz einige Schläge aussetzte, sowohl vor Freude als auch vor Schreck.

»Da kommt die Antwort, Wyona. Wir wollen, dass du uns hilfst, die Bücher zu retten. Die wenigen Exemplare, die in Brück noch versteckt sind, die letzten Bücher und vor allem die magischen. Sie sind unersetzlich.«

Mit einem letzten angestrengten Schnaufen ließ Gilles den Stapel auf den Tisch fallen. Das oberste rutschte hinunter. Einen Moment lang erwartete Wynni einen Schmerzenslaut mit Bùchs empörter Stimme. Aber das Exemplar, das jetzt mit dem Titel vor ihr lag, schien nicht ungewöhnlich zu sein – von seiner zweifelsohne magischen Aura abgesehen. Die Luft rund um den Einband schimmerte sogar ein wenig.

»Nimm es, schau es dir ruhig an«, meinte Febe.

Henk hatte die Tür wieder geschlossen, auf seiner Schulter saß jetzt Elanda. Beiläufig kraulte er sie zwischen den Augenbrauenwülsten.

Wynni nahm das Buch. Es war zweifelsohne alt, das Papier viel dünner als bei denen, die sie kannte. Und sie konnte es lesen. Es waren ganz normale Buchstaben, zu Worten zusammengesetzt, die sie kannte. Das erleichterte sie nach der Erfahrung mit Bùchs Inhalt doch ziemlich.

»*Das Märchen von Nero, dem schwarzen Schaf.* Es ist magisch, es kribbelt in den Fingern, wenn ich es anfasse.« Und es gab ihr einen schmerzhaften Stich. Das gleiche Buch hatte ihr Großvater besessen. Es war das erste, aus dem ihre Mutter ihr vorgelesen hatte, vor so langer Zeit, als ihr Vater noch nichts dagegen gehabt hatte.

Henk, der von ihren sentimentalen Gedanken nichts ahnte, beugte sich hektisch vor. »Es kribbelt? So wie eine Horde Ameisen, die dir über die Haut läuft?«

»Ehrlich gesagt habe ich nicht viel Erfahrung mit Ameisen. Aber ich denke schon.« Sie nickte bedächtig und stellte fest, dass ihr Kopf nicht vor Schmerzen explodierte. Henks Gebräu zeigte anscheinend Wirkung.

»Dann bist du auch buchmagisch begabt.« Henk grinste begeistert.

»Ich? Aber das kann nicht sein.«

»Warum nicht?«, fragte Febe.

»Also erst einmal kann ich nur lesen. Schreiben auch ein wenig, aber nicht sehr gut, dafür mache ich es viel zu selten. Wie auch? Also kann ich keine Bücher schreiben – und schon gar nicht erschaffen. Das ist es doch, was buchmagisch Begabte tun? Die Buchmagierinnen und -magier aus den alten Legenden, oder?«

Henk setzte sich. »Also weißt du darüber Bescheid. Das ist schon mal ein guter Anfang.«

»Nein, ich weiß gar nichts. Es war Bùch, das behauptet hat …«

»Welches Buch?«

»Nicht irgendein Buch, sondern Bùch, das sprechende Exemplar, das Jelto gefunden hat.«

Gilles riss die Augen auf. »Es kann sprechen?«

Henk und Febe tauschten einen erstaunten Blick.

Wynni wurde immer unsicherer. »Das wusstet ihr nicht?« War sie jetzt gerade dabei, Geheimnisse auszuplaudern und sich um Kopf und Kragen zu reden?

»Interessant«, sagte Febe nachdenklich. »Das erklärt nämlich, wie die Informationen aus diesem Buch an den Bücherjäger übermittelt werden, ohne dass der lesen kann. Oder kann Jelto lesen?«

»Soweit ich weiß, nicht«, erwiderte Wynni. »Aber er kennt inzwischen einen Teil von Bùchs Inhalt. Wie die beiden das angestellt haben, kann ich euch nicht beantworten.« Und falls sie es wüsste, würde sie es vorerst nicht preisgeben.

Febe schlug mit den Handflächen flach auf den Tisch, und hinter Wynnis Stirn pikste es. »Also gut, wir springen hier von Thema zu Thema. Lasst uns noch einmal von vorne beginnen. Wyona, eigentlich solltest du gar nicht hier sein, sondern zu Hause in deiner Drachenzuchtstation. Aber ich habe keine Ahnung, wie sicher du dort jetzt noch bist. Auf dem Weg dorthin seid ihr überfallen worden.«

»Nein, nicht auf dem Weg dorthin, wir waren schon im Lagerraum der Station«, widersprach Henk.

»Mein Hoftor steht immer offen. Vermutlich war es nicht schwer, in die Halle einzudringen. Sie werden sich dort auf die Lauer gelegt haben. Wisst ihr denn, wer es war?«

Henk schüttelte den Kopf. »Ich habe die Vermutung, dass es Bücherjäger waren, aber wir konnten sie nicht erkennen, dazu ging alles zu schnell. Es fehlen noch zu viele Informationen, um alles zu einem Gesamtbild zusammenzusetzen. Konzentrieren wir uns erst mal auf die Tatsachen.«

Er blickte in die Runde, bis Febe ihm auffordernd zunickte.

»Um es kurz zu machen: Febe und ich, und rund zwei Dutzend andere, wir wollen die Bücher zurück nach Brück bringen.«

»Du stiehlst und vernichtest Bücher. Wie passt das zusammen?«

»Das stimmt. Weißt du, wer Floris ist?«

»Der fürstliche Schwatzlinghüter. Jelto hat den Namen erwähnt und auch, dass er euch Bücherjäger ausgebildet hat und euch anführt.«

»Fast richtig. Unser offizieller Anführer ist Per, aber die wahre Macht hat Floris. Genau ihn habe ich in Verdacht, dass er dich verfolgen lässt. Darüber sprechen wir später. Jedenfalls bin ich dank ihm Bücherjäger geworden. Und ich sollte sagen, mit Abstand der erfolgreichste.«

»Schon gut, kleiner Bruder. Übertreib es nicht.«

»Es stimmt aber.« Henk wurde wieder ernst. »Floris hat mich vor einigen Jahren auf der Straße angesprochen. Ich war damals allein unterwegs.« Er zeigte auf Febe. »Du siehst ja, dass meine Schwester viel älter ist, sie fuhr schon zur See, als ich noch ein Kind war. Ich habe zu der Zeit bei unserer Tante gelebt, aber in Wahrheit trieb ich mich den ganzen Tag auf der Straße herum, meistens in den Lauben. Ich habe ein bisschen was verdient mit kleinen Arbeiten für die Kaufleute dort, Ware ausliefern oder Botengänge machen. Ich hatte bald einen guten Ruf, ich war schnell und zuverlässig. Daher erschien es mir nur logisch, dass der oberste Schwatzlinghüter gerade mich ansprach und als Botenjungen verpflichten wollte. Erst ließ er uns normale Botengänge machen, wir lieferten Schwatzlinge in ganz Brück bis ins Mühlental. Und dann testete er, ob wir die Begabung haben, Bücherjäger zu werden. Floris ist unser Mentor. So war es auch bei Jelto, falls er dir das nicht erzählt hat.«

»Wir hatten bisher wenig Gelegenheiten für private Gespräche.«

»Alle Bücherjäger haben das Buchgespür. Das heißt, wir haben eine besondere Gabe, wir erschnüffeln Bücher. Weshalb deine Bücher in der Halle der Drachenzuchtstation absolut sicher aufbewahrt sind. Der Gestank der Drachen macht es uns unmöglich, sie zu finden.«

»Woher weißt du …?«

»Das tut nichts zur Sache. Ich –«

»Doch, vielleicht ist es wichtig«, unterbrach Febe ihn. »Wyona, du hattest einen Großvater, der beim Lesen erwischt wurde und dann spurlos verschwunden ist, habe ich recht? Seine letzten Bücher wurden gestohlen, als du zwölf warst, also vor ungefähr vier Jahren. Übrig sind nur noch Bücher über Drachen beziehungsweise Drachenzucht, die du väterlicherseits bekommen hast und seitdem versteckst. Mit Ausnahme deines Vaters wart ihr immer eine sehr belesene Familie.«

»Ihr wisst entschieden zu viel über mich. Wieso?«

»Hast du das Buch nicht erkannt, das du dir vorhin angeschaut hast?«

Wynni griff nach dem *Märchen von Nero, dem schwarzen Schaf* und hielt es in die Höhe. Beiläufig bemerkte sie, dass die Kopfschmerzen trotz ihrer ruckartigen Bewegungen ausblieben. Am liebsten hätte sie laut aufgelacht.

»Ist es Großvaters Buch? Eines davon?« Sie konnte ihr Glück kaum fassen. Das Kribbeln der Magie in ihren Fingern verstärkte sich, ging auf ihren gesamten Oberkörper über. Es war, als vibrierte das Buch in ihren Händen.

»Ich habe die Bücher aus eurer Wohnung geholt«, erzählte Henk leise. »Damals hast du mit deinen Eltern noch in dem Häuschen am Tor gewohnt. Es war meine dritte oder vierte Jagd.«

»Aber du hättest sie vernichten müssen. Warum hast du das nicht getan?« Ihr Blick wanderte zu dem Stapel. »Sind die alle von Großvater?«

»Es sind neun, es fehlen zwei. Febe hat zwei nichtmagische ausgewählt, die ich offiziell an Floris abgeliefert habe und die an dem Morgen verbrannt worden sind. Die übrigen habe ich zu meiner Schwester gebracht.«

Wynni stiegen Tränen in die Augen. Sie drückte das Buch über Nero, das schwarze Schaf, an ihre Brust. Am liebsten hätte sie es gar nicht mehr losgelassen. »Das heißt, du rettest Bücher, Henk?«

Er blickte mit unerwarteter Schüchternheit auf seine Hände. »Ich versuche es. Ich habe Febe von meiner Begegnung mit Floris erzählt, von seinem Angebot, Bote und Bücherjäger zu werden. Das hätte ich nicht tun dürfen, aber das zu verschweigen, war für mich undenkbar. Meine Schwester ist das letzte Mitglied meiner Familie, ich habe ihr immer schon alles anvertraut. Ihr Schiff lag zufällig im Hafen, als ich zum ersten Mal auf die Jagd gehen sollte. Ich habe ihr am Morgen nach dem Bücherfeuer alles erzählt. Na ja, und so fing es an.«

»*Reisen bildet,* so heißt es in anderen Häfen«, übernahm Febe den Faden. »Es ist beinahe undenkbar, mit einem Schiff in der Welt unterwegs zu sein und nichts zu lernen. Ich spreche mit den Menschen, ich verhandle mit ihnen. In manchen Ländern ist es üblich, dass alles aufgeschrieben und anschließend beglaubigt wird. Dafür ist ein fürstlicher Schreiberling an Bord meines Schiffes, und natürlich gibt es auch anderswo Schreiberlinge. Aber du ahnst nicht, wie oft meine Gegenüber versucht haben, mich zu betrügen. Dazu ist das alles unnötig kompliziert! Allein den Schreiberling auf eine Überfahrt mitzunehmen und durchzufüttern: eine Person, die an Deck zu nichts nutze ist!«

Henk grinste, wie Wynni fand, anzüglich. »Dafür hat der Schreiberling, der dich auf deiner ersten Reise begleitet hat, dir lesen und schreiben beigebracht. Und andere Dinge.«

Febe verdrehte die Augen. »Wir waren eine Zeitlang ein Paar, will er damit sagen. Aber er ist eines Tages in einem Hafen zurückgeblieben, weil ihm das Leben in Brück zu rückständig war. Das passiert übrigens ständig: Ich fahre nie mit der vollen Besatzung zurück. Die, die ein wenig Grips im Kopf haben, bleiben dort, wo es besser ist. Und das ist beinahe überall.«

»Ist es wirklich so schlimm?« Ja, Wynni las gern und mochte Bücher, beides war in Brück ein Problem. Aber davon abgesehen lebte sie gern hier, es war ihre Heimatstadt. Und so schlecht war es hier nun auch wieder nicht. Oder?

»Du hast ja keine Ahnung, Wyona. Du machst dir keine Vorstellung von dem fortschrittlichen Leben in Hafenstädten wie Serissima oder Londis. Henk übrigens auch nicht. Er rettet lieber hier Bücher.«

»Und du kommst doch auch zurück, Febe«, wandte Wynni ein.

»Ja, weil Henk noch hier ist. Und weil wir beide eine Aufgabe haben: Bücher zu retten. Aber lange kommen wir damit nicht mehr durch.«

Gilles besorgte ihnen einen Krug Zitronenwasser, während Henk erzählte. Es war eigentlich ganz einfach: Er war ein hervorragender Bücherjäger und noch nie ohne Beute zurückgekommen. Aber von Anfang an hatte Febe ihn dazu überredet, die meisten Bücher ihr zu bringen. Sie wählte ein oder zwei Opfer aus, die Henk für das Feuer ablieferte, die übrigen versteckte sie im Gewürzlager. Für einen durchschnittlich begabten Bücherjäger waren sie damit nicht mehr auffindbar.

Was nicht bedeutete, dass Febe das Lagerhaus nicht überwachen ließ. In Jeltos Fall hatte das allerdings nichts genutzt.

»Wir wussten, das Jelto hier auf die Jagd gehen sollte. Gilles hat hinter der Wohnungstür gelauscht, als Jelto den Schwatzling abgehört hat«, erklärte Febe. »Außerdem hat Gilles Henk später von dem Schwatzling erzählt, den er von Rona bekommen hatte.«

»Rona? Das Lumpenmädchen?«

»Ja, Rona. Ich weiß nicht, wie sie in diese Angelegenheit verstrickt ist und für wen sie Botin gespielt hat.«

»Ich hab's vermasselt«, meldete sich Gilles schüchtern zu Wort. »Rona hat mir aufgetragen, den Schwatzling zu Henk zu bringen, aber ich habe ihn nicht gefunden. Und da wusste ich ja noch nicht, dass es ein besonderes Buch ist. Außerdem war es dringend. Ich dachte, dass wir es uns später immer noch von Jelto zurückholen könnten, falls es unbedingt gerettet werden müsste.«

Henk lächelte ihm aufmunternd zu. »Schon gut. Lass Febe weitererzählen.«

»Erst einmal hatten wir alles im Blick«, fuhr die Kapitänin fort. »Besser gesagt dachten wir das. Wir sind davon ausgegangen, dass das Buch zwischen den Gewürzen versteckt ist. Damit, dass das Buch im Verkaufskontor hinterlegt werden würde, hatten wir nicht gerechnet. Im Nachhinein ist es aber logisch, denn Jelto sollte es ja möglichst schnell finden. Ich glaube daher, dass es sich um einen Zufall handelt, dass ausgerechnet dieses Lagerhaus ausgewählt worden ist. Die Frage, die sich für uns nun stellt, ist: Warum? Und wer steckt dahinter? Menschen, die Bücher retten, oder Leute, die Bücher endgültig vernichten wollen?«

Erst als sich Schweigen wie ein Tuch über den Tisch gesenkt

hatte und andauerte, wurde Wynni bewusst, dass alle sie anschauten.

Sie räusperte sich unbehaglich. »Ihr wollt jetzt von mir Antworten? Ich habe nicht die geringste Ahnung. Ich bin nur eine Drachenzüchterin, unter deren Käfig ein Bücherjäger ein besonderes Buch versteckt hat.«

Henk hob spöttisch die Augenbrauen. »Nur eine Drachenzüchterin? Deren Familie sich immer schon gern mit Büchern abgegeben hat, und die vielleicht sogar buchmagisch begabt ist? Die es geschafft hat, einen Bücherjäger davon zu überzeugen, lesen zu lernen?«

»Ich glaube nicht, dass Jelto jetzt lesen kann.«

»Das lässt sich leicht prüfen, indem wir ihm ein nichtmagisches Buch zum Lesen geben«, mischte sich Febe ein. »Es ist so, Wyona: Ich habe eben erwähnt, dass Henk und ich einer Gruppe von Menschen angehören, die Bücher retten wollen. Wenn Reisen bildet, sind Bücher die Reisen in deinem Kopf, die es dir ermöglichen, über den Horizont hinauszudenken. Aber auch das Sammeln von Informationen, das Bewahren von Wissen, für all das sind sie wichtig.«

Wynni nickte. Das musste Febe ihr nun wirklich nicht erklären.

»Nun, unsere Gruppe kann nicht die einzige sein, es muss mehr Menschen geben, die denken wie wir. Außerdem muss es noch buchmagisch Begabte geben. Irgendwer stellt Bücher her, magische Bücher. Es tauchen immer wieder neue auf.«

»Woher wisst ihr das?«

»Ganz einfach.« Henk langte über den Tisch und zog den Bücherstapel heran. Er wandte sich an Gilles. »Welches?«

Gilles streckte den Zeigefinger und fuhr damit über die Buchrücken. Bei einem Folianten mit dickem roten Ledereinband und goldgeprägten Buchstaben verharrte er. »Dieses.«

Henk nickte, zog das Buch aus dem Stapel und legte es vor Wynni, neben das Märchen über Nero. Sie sah sofort, dass es ebenfalls von einer magischen Aura umgeben war. Wie kam es, dass sie diese plötzlich sehen konnte? Das magische Buch, das sich unter der Voliere in der Station befand, hatte keinen solchen Glanz. Oder hatte sie nur nie darauf geachtet?

Erneut bemerkte sie, dass alle sie ansahen. Sie lächelte verlegen. »Meine Kopfschmerzen sind übrigens wie weggeblasen. Danke!«

»Dank denen, die ihr Wissen den Büchern anvertraut haben, sodass ich es nachlesen konnte«, gab Febe trocken zurück.

»Was muss ich jetzt tun?«

»Berühr die Bücher.« Gilles sprach leise. »Am besten legst du nacheinander beide Handflächen darauf.«

Wynni folgte der Aufforderung. Beide Bücher kribbelten. »Es fühlt sich unterschiedlich an. Das kleine Buch ist intensiver. Ich weiß nicht, wie ich das beschreiben soll. Wie große und kleine Ameisen?«

Die Antwort schien Henk zufriedenzustellen. »Die Magie ist wie eine Signatur. Sie ist einzigartig an die Person gebunden. Die Bücher eines buchmagisch Begabten sind einander ähnlich. Mit ein wenig Übung könntest du das spüren und wüsstest immer, ob zwei Bücher mit unterschiedlicher oder der gleichen Buchmagie erschaffen wurden.«

»Die magischen Bücher, von denen ich vorhin gesprochen habe«, sagte Febe, »die, die hin und wieder neu auftauchen, sind alle von ein und derselben Person. Ich fürchte, dass es die letzte ist, die magische Bücher erschafft.«

»Wie kommst du darauf?«

»Weil wir viele magische Signaturen kennen.« Febe lachte fröhlich. »Dieser Schreiberling, von dem Henk vorhin erzählt hat, hat mir auch beigebracht, wie ich ein Verzeichnis führe. Wir haben ein

Verzeichnis über alle Bücher, die wir retten konnten, und ein zusätzliches über die magischen Bücher. Es sind erschreckend wenige. Bis vor fünfzehn Jahren kamen immer noch einzelne Bücher mit magischen Signaturen hinzu, die wir nicht kannten. Aber danach nicht mehr. Wyona? Warum schaust du mich so fragend an?«

»Vor fünfzehn Jahren? Seit wann rettest du Bücher?«

Wenn Febe nicht zehn, sondern fünfzehn Jahre älter war als Henk, musste sie um die dreißig sein. Aber sie hatte doch nicht schon in Wynnis Alter ein Schiff gesteuert? Gut, sie selbst führte eine Drachenzuchtstation, aber ihr Vater war noch da, konnte im Fall der Fälle eingreifen, und außerdem hatte sie keine Wahl gehabt. Das war also nicht vergleichbar.

»Das stimmt, Wyona, diese Information habe ich von meinem Vorgänger. Es gab schon vor mir Mutige, die Bücher gerettet haben. Nur fürchte ich eben, werden nach mir – oder uns – keine mehr kommen. Weil es nichts mehr zu retten gibt und die restlichen Bücher dann alle vernichtet sind. Vernichtet, bis auf wenige Ausnahmen, die zwischen Gewürzen versteckt ihr Dasein fristen, ungelesen, vergessen. Das ist auch nicht der Sinn eines Buches, findest du nicht?«

»Uff.« Im Geiste hörte Wynni plötzlich Bùch, wie es über die Aussicht lamentierte, mit seinesgleichen inmitten stark riechender Gewürze herumliegen zu müssen. Jelto hatte erwähnt, dass Quibus Bùch gern um sich hatte, Letzteres sich aber mit dem Drachengeruch schwertat. Was würde es erst zu beständigen Geruchsnoten wie Zimt und Nelke, Muskat und Kardamom sagen? Was Vanille anbelangte, war Wynnis eigener Bedarf fürs Erste gedeckt.

»Es gibt nicht mehr viele Bücher, Wynni«, setzte Henk nach. »Das ist unter den Eingeweihten kein Geheimnis. Floris zum Beispiel hält es nicht für nötig, außer Gilles weitere Bücherjäger auszubilden. Es gab eine Kandidatin namens Nynke, die Schwester eines Bücherjägers, die hat er gar nicht mehr angenommen. Besser für uns, sie und ihr Bruder Ruben sind auf unserer Seite. Aber so oder so: Dies ist die letzte Generation von Bücherjägern. Vielleicht werden wir unsere Jagd schon sehr bald einstellen, weil es keine Beute mehr gibt. Keine Bücher. Wir sind in so ziemlich jeder Wohnung und jedem Haus von ganz Brück gewesen, teilweise mehrfach. Wir waren in Lagern, haben Heuhaufen durchwühlt, Verschläge mit Schafen und Eseln durchstöbert, sogar viele Schiffe abgesucht. Manche Bücherjäger kommen inzwischen häufiger mit leeren Händen zurück.«

»Ich schätze, dass es in ganz Brück keine hundert Bücher mehr gibt, die wir noch finden könnten«, ergänzte Febe. »Die werden die Bücherjäger in wenigen Jahren, vielleicht sogar nur noch Monaten, auftreiben und verbrennen, wenn wir nicht schneller sind. Und das sind wir nicht. Henk und Ruben sind jede Nacht unterwegs, fangen Informationen ab, damit diese gar nicht erst zu Floris und seinen Getreuen gelangen.«

»Beim Sternenlicht.« Wynni schwirrte allmählich der Kopf, ihr Verstand fühlte sich an wie eine Wolke. Und das rührte nicht von dem Schlag am Vorabend her.

Henk übernahm das Wort. »Wir sind acht, Floris und Gilles als Lehrling eingeschlossen. Das ist mehr als in den Jahren zuvor, als es immer nur zwei oder drei gab. Es scheint, dass Floris sich entschieden hat, die Buchvernichtung zu Ende zu bringen.« Er hob sechs Finger und begann, abzuzählen. »Ruben ist wie gesagt auf unserer Seite. Dann gibt es noch drei: Per, Seet und Leen. Sie sind Floris alle treu ergeben. Zum Glück sind sie nur mittelmäßige Jäger.«

»Und Jelto.«

»Richtig. Er ist – von mir abgesehen – der beste unter ihnen. Floris jagt nicht mehr, auch das ist ein Segen. Er war zu seinen Zeiten verdammt gut. Er ist unser größter Feind, aber im Moment scheint er sich sehr sicher zu sein, dass er dieses Kapitel bald abschließen kann.«

»Ich verstehe.«

»Wir beobachten Jelto schon lange, da ich ihn auf meine Seite bringen will.« Jetzt wurde Henk verlegen. »Leider sind wir nicht gerade die besten Freunde. Floris hat es geschafft, uns als Rivalen gegeneinander aufzubringen. Daran bin ich selbst mit schuld. Offiziell ist er der Beste von uns, mit großem Abstand. Es weiß ja niemand, dass ich mehr als die Hälfte meiner Beute gar nicht abliefere.«

»Es geht aber nicht nur um Jelto«, ergänzte Febe. »Es gibt Menschen, von denen wir vermuten, dass sie mit der anderen Gruppe in Verbindung stehen.«

»Meinst du Rona?«

Henk wiegelte mit einer Geste ab. »Rona ist schwierig einzuordnen. Ich glaube, sie hat ihre eigenen Pläne. Sicher ist nur, dass sie diesen Schwatzling Gilles gegeben hat, der ihn wiederum mir aushändigen sollte.«

Gilles verknotete die Finger ineinander und starrte darauf. »Ich habe gar nicht nachgefragt, sondern bin sofort losgelaufen. Erst später ist mir eingefallen, wie ungewöhnlich das ist, dass dieses Lumpenmädchen mir einen fürstlichen Schwatzling gibt. Aber sie war so … überzeugend.«

»Niemand macht dir einen Vorwurf, Gilles.« In Henks Stimme lag ein gereizter Unterton, als wäre er es leid, das seinem Lehrling wieder und wieder zu sagen.

»Dieser Schwatzling ist im Übrigen eine herausragend gute Fälschung«, meinte Febe. »Den hätte sogar ich für echt gehalten. Jelto hatte jedenfalls keinen Grund, den Auftrag anzuzweifeln.«

Henk stupste Gilles an. »Da hörst du es, Gilles. Darauf wären wir alle reingefallen. Als ich so alt war wie du, hätte ich Rona auch eine ganze Menge geglaubt.«

Gilles lächelte verschämt.

»Wie auch immer.« Henk schlug mit der flachen Hand auf den Tisch. »Jelto ist der, der jetzt das Buch hat, das vermutlich das mit Abstand magischste Exemplar ist, das je in Brück existiert hat. Ich meine: Es kann wirklich sprechen? Du hast das vorhin ernst gemeint?«

»Ja.«

»Und es plappert nicht einfach nach wie ein Schwatzling?«

»Es plappert schlimmer als ein Schwatzling, aber es scheint einen eigenen … Geist zu haben. Es wirkt nicht, als würde es von außen irgendwie gesteuert werden.«

Febe nickte Henk zu. »Das bestätigt unsere Vermutung, dass es ein ganz besonderes Buch ist.« Sie wandte sich wieder an Wynni. »Wir versuchen seit Jahren, mit der Gruppe Kontakt aufzunehmen, die die neuen magischen Bücher in Umlauf bringt. Es braucht ja viel mehr als die Buchmagie. Sie müssen Papier herstellen, sofern sie es nicht über den Hafen herschmuggeln. Was ich für wenig wahrscheinlich halte, denn früher oder später würde ich etwas davon mitbekommen. Sie benötigen Leder für den Einband, Tinte, Schreibgeräte, Bindewerkzeug. Vor allem das Papier ist mir ein Rätsel. Offen gestanden weiß ich nicht, wie Papier gemacht wird. Ganz alte Bücher haben Seiten aus Pergament, das aus Schafhäuten hergestellt wurde. Das wäre viel zu aufwendig, es muss anders gehen. In einigen Ländern stellen sie Papier aus Bambus her, aber der wächst hier nicht.«

»Da kann ich euch nicht helfen. Von diesen Dingen habe ich wirklich keine Ahnung.« Und Wynni war froh darum. Mit dem Verschwinden ihrer Kopfschmerzen war ihr bewusst geworden, dass sie ziemlich vertrauensselig alles preisgab. Woher wollte sie wissen, ob diese drei es mit der Bücherrettung ernst meinten?

»Oh doch, du kannst uns helfen«, widersprach Febe. »Fürs Erste würde es nämlich schon reichen, wenn du zu Jelto zurückkehrst und ihm sagst, dass wir mit ihm sprechen wollen. Henk oder Gilles würde er vermutlich nicht einmal in seine Nähe lassen, da er ihnen nicht vertraut, was ich sogar begrüße. Er muss unbedingt vorsichtig sein und sich von Floris fernhalten. Das Buch – oder sollte ich Bùch sagen?«

»Ja, es benutzt es wie einen Namen.«

»Verstanden. Bùch muss nicht dabei sein. Ich gebe zu, ich sterbe vor Neugier, aber es bleibt besser an einem sicheren Ort. Wenn ich recht habe, ist es der Schlüssel und der Weg zu der oder dem letzten buchmagisch Begabten.«

»Gut, das sage ich Jelto. Ob er euch treffen will, ist aber seine Entscheidung.«

»Natürlich. Ich bin zuversichtlich, dass du ihn davon überzeugen kannst, uns zu unterstützen.«

Sofern Wynni das selbst wollte. Darüber sollte sie gründlich nachdenken und es auch offen mit Jelto und Bùch besprechen. Konnte sie den dreien hier vertrauen?

Ihr Blick fiel auf den Stapel neben ihr. Ein Titel stach ihr ins Auge: *Anatomie des Manufakturdrachen.* Das waren Großvaters Bücher, ein Irrtum war ausgeschlossen. Wäre das nicht ziemlich viel Aufwand, diese Bücher hier jahrelang zu verstecken, bis seine Enkelin eines Tages hier säße und in falsche Sicherheit gewiegt werden sollte?

»Kennt ihr meine Mutter? Daltje?«, platzte es aus ihr heraus.

Alle drei starrten sie an. Eine Weile blieb es still.

Dann neigte Febe den Kopf wie ein Taschendrache, der einen Algenköder erwartete. »Wie sieht sie aus? Wie alt ist sie? Und warum glaubst du, dass sie eine von uns sein könnte?«

Wynni zögerte. Das war eine familiäre Angelegenheit. Sie hatte noch nie mit jemandem darüber gesprochen. Zahllose Male hatte sie versucht, ihren Vater dazu zu überreden, nach ihrer Mutter zu suchen und sie zurückzuholen. Doch Coen hatte sich geweigert, hüllte sich in Schweigen, als wollte er damit die Erinnerung an seine Frau aus seinem Gedächtnis tilgen.

»Mama wäre jetzt ... ist neununddreißig. Sie hat meinen Vater verlassen. Das war vor etwas mehr als eineinhalb Jahren, vorletzten Winter. Ich hätte mit ihr gehen können, doch ich dachte, ich könnte etwas retten.« Sie schwieg unsicher.

Alle drei schauten sie an. Gilles mitleidig, als könnte er eine ähnliche Geschichte erzählen, Henk dagegen freundlich interessiert. Febe lächelte offen.

Wynni räusperte sich mehrmals. »Also, der Grund, warum sie fortging, waren Bücher. Wir besitzen Bücher, das weiß Henk ja offensichtlich bereits. Über die Drachenzucht. Meine Mutter wollte das Wissen in diesen Büchern benutzen. Darin steht, wie wir sie füttern sollen, damit sie nicht nur Feuer spucken. Welche Taschendrachen wir kreuzen müssten, um bestimmte Farben bei den Küken zu erhalten, solche Dinge.«

Bei ihrer Beschreibung hatten Febes Augen angefangen zu leuchten. »Genau deswegen liebe ich Bücher.«

»Ich dachte, wegen der Geschichten und der Reisen im Kopf«, sagte Henk spöttisch.

Febe gab ihm eine sanfte Kopfnuss. »Das schließt sich nicht aus, du Algenschnecke.«

Wynni verschwieg, dass es in diesen Büchern nicht nur um die Zucht kleiner Taschendrachen ging. Vermutlich ahnten sie auch das, schließlich lag hier ein Buch über Manufakturdrachen. Allein der Anblick des Buches ihres Großvaters sandte ein freudiges Schaudern durch ihren Körper. Am liebsten hätte sie es hier und jetzt gelesen.

»Deine Mutter hat also Bücher geliebt und war gegen ihre Vernichtung. Das war auch der Grund für die Trennung von deinem Vater«, fasste Febe zusammen.

Wynni nickte. Das war nicht die ganze Geschichte, auch Coens Schwermut hatte eine Rolle gespielt. Aber das hatte nichts mit der Frage zu tun, ob Daltje sich einer Gruppe angeschlossen hatte, die Bücher rettete.

»Ich kann dir ein Angebot machen und mich umhören, Wyona«, meinte Febe. »Es ist so, dass wir uns nicht einmal untereinander alle kennen. Ich weiß nicht, wie groß unsere Gruppe ist. Wenn ich zwei Dutzend sage, können es auch zwanzig oder dreißig Personen sein, Männer und Frauen, Kinder und Erwachsene. Ich kenne insgesamt sechs, und das ist mehr als die meisten.« Sie grinste breit. »Wir kommunizieren über schriftliche Nachrichten, die wir an fest definierten Orten hinterlegen. Es hat in diesem Fall einen kleinen Vorteil, dass kaum ein Mensch in Brück lesen und schreiben kann: Sollte einer falschen Person eine Botschaft in die Hände fallen, kann sie in den meisten Fällen nichts damit anfangen. Ich könnte also die Nachricht hinterlegen, dass jemand Daltje sucht und sie sich bei dir melden soll?«

Wynni hielt inne. Es kam ihr wie Verrat an ihrem Vater vor. Doch Coen wollte sich nicht helfen lassen, hatte sie es nicht lange genug versucht? Wie lange sträubte sie sich schon gegen die Einsicht, dass sie nicht wusste, was sie für ihren Vater noch tun konnte? Sie erreichte ihn kaum noch mit Worten. Sie wollte ein eigenes Leben leben, und sie wollte ihre Mutter wiedersehen. Und sie hatte ein Recht darauf, oder nicht?

Hinzu kam ihr geheimes Zuchtprogramm. Sie konnte sich nichts Schöneres vorstellen, als sich darüber mit ihrer Mutter auszutauschen. Mehr noch, wenn Jacco recht behielt und in der fürstlichen Manufaktur große Drachen missbraucht wurden, wollte sie diese Kreaturen befreien. Daltjes Unterstützung käme ihr da sehr gelegen. Ihre Mutter würde ihr helfen, in diesen Dingen waren sie sich immer einig gewesen. Sie kämpfte an dieser Front, von Jaccos Einsatz abgesehen, allein.

Sie zögerte nicht länger. »Ja, bitte. Sag denen, die diese Botschaften lesen, Daltje soll sich bei ihrer Tochter melden. Ich würde mich freuen.«

»So machen wir es. Wer weiß, vielleicht hast du Glück.«

Dankbar lächelte Wynni Febe an. Dann fasste sie einen Entschluss. Wenn die Kapitänin ihr half, war sie nur zu gern bereit, etwas zurückzugeben. Hier bestand Handlungsbedarf. »Febe, ganz gleich, wie das hier ausgeht, ich wäre gern Teil eurer Gruppe. Ich möchte Bücher retten.«

»Wir können jeden schlauen Kopf gebrauchen, das Angebot nehme ich gern an. Und ich hoffe sehr, dass es nicht zu spät ist. Wir gehen jetzt hinunter ins Kontor; wenn du möchtest, kannst du mit uns frühstücken. Danach musst du so schnell wie möglich mit Jelto sprechen.«

»Das werde ich.«

Gut eine Stunde später brachen sie auf. Febe hatte Wynni erlaubt, die *Anatomie des Manufakturdrachen* mitzunehmen, schließlich hatte das Buch ihrem Großvater gehört. Sie konnte es kaum erwarten, darin zu lesen. Henk und Gilles bestanden darauf, Wynni zu begleiten. Erst fand sie das übertrieben, aber noch bevor sie den Fischmarkt erreicht hatten, wurde sie eines Besseren belehrt.

Gilles, der vorausgelaufen war, kam ihnen entgegen und winkte hektisch.

»Wie großartig, Gilles«, knurrte Henk bei sich. »Sehr unauffällig, wirklich.«

»Ihr müsst woanders lang«, rief sein Lehrling, sobald er in Hörweite war. »Floris und Seet kommen, und sie suchen etwas, das ist ganz eindeutig.«

Henk fluchte und zog Wynni in eine Gasse zwischen zwei Gasthäusern. Sie schaute zurück und entdeckte einen groß gewachsenen, älteren Mann, den sie schon oft in der Laubengasse gesehen hatte. Das musste Floris sein, und der jüngere neben ihm Seet. Dessen Gesicht, das Wynni an eine erschrockene Maus erinnerte, hatte eine ungesunde graue Farbe. Doch bevor sie weitere Einzelheiten ausmachen konnte, zerrte Henk sie voran.

»Henk, lass los, ich komm ja schon. Wo willst du denn hin, da vorne ist ein Kanal. Das ist eine Sackgasse.«

»Das weiß ich selbst. Kannst du schwimmen?«

»Ob ich …? Nicht sehr gut. Können wir uns nicht verstecken? Wer sagt denn, dass sie nach uns suchen?«

»Das ist jetzt kein guter Moment, um es darauf ankommen zu lassen, oder?«

Wynni schwieg. Nebeneinander rannten sie bis zum Ende der Gasse und starrten dann ratlos auf das Wasser, das in sanften Wellen gegen die Kaimauer schwappte.

»Und jetzt?«

Henk blickte nach oben auf die Fassade des Lagerhauses, das sich neben ihnen in den Himmel erhob. »Nächste Frage: Wie gut kannst du klettern?«

»Überhaupt nicht! Warte, schau mal, da kommt ein Boot. Es hält auf uns zu. Ist das nicht …?«

Mit einem erneuten Fluch auf den Lippen fuhr Henk herum und beschattete die Augen mit der Hand.

Wynni kniff die Lider zusammen und blinzelte. »Das ist doch Rona, oder? Das Lumpenmädchen.«

Noch mehr Geheimnisse

Jelto, jetzt wach doch endlich auf. Jelto, ich bin nicht schwindelfrei, wusstest du das schon? Was ist, wenn jetzt eine starke Windbö kommt und mich von diesem Turm fegt? Jelto! Hast du schon darüber nachgedacht? Ein Buch auf dem Marktplatz? Jelto, Mensch!«

Jelto wälzte sich auf den Rücken und schlug die Augen auf. »Bùch, halt die Klappe.«

»Ich habe keine Hände. Und auch keine Klappe. Wenn, dann hätte ich zwei, vorne und hinten im Einband. Wie sähe das denn aus, ein Buch mit nur –«

»Sei still! Oder ich werfe dich wirklich den Turm runter.«

»Das würdest du nicht tun.«

»Lass es darauf ankommen.«

Endlich war Ruhe. Manchmal war es von Vorteil, dass Bùch vieles allzu wörtlich nahm und nicht begriff, wann es sich um eine leere Drohung handelte.

Gähnend setzte Jelto sich auf und rieb sich den Sand aus den Augen. Er schälte sich aus dem blau gestreiften Stoff, den er als Decke benutzt hatte, und kroch vorsichtig auf Knien bis zu der niedrigen Brüstung, um hinabzuspähen. Es war bereits helllichter Tag, aber die letzten Nächte hatten ihren Tribut gefordert, und er hatte geschlafen wie ein Stein, bis Bùch herumgeschrien hatte.

Unter ihm lagen das Schneiderei- und das Webviertel, der Glockenturm stand genau auf der Grenze nahe der ehemaligen Stadtmauer. Die Glocke war vor einigen Jahren vom Blitz getroffen worden und seither gespalten. Bisher hatte sie niemand repariert oder ersetzt. Im Webviertel wurde irgendwann für den Notfall ein Ruf- und Winksystem eingeführt, mit dem sie einander warnten, wenn ein Brand ausbrach, eine Überschwemmung aus dem Kanal drohte oder dergleichen.

Jelto hatte den Turm kurz nach seiner Flucht aus seinem Elternhaus für sich entdeckt. Im Sommer ließ es sich hier unter der Glocke ungestört sitzen und den Gedanken nachhängen. Soweit er wusste, kannte außer ihm nur Rona den Aufstieg an der Seite, die zur Stadtmauer lag. Vor langer Zeit musste es dort einmal eine stählerne Leiter gegeben haben, von der noch Überreste zwischen den großen Bruchsteinen hingen. Aber sogar ohne diese war es mit mittelmäßiger Kletterbegabung leicht, heraufzugelangen. Für ihn und Rona war es ein Kinderspiel. Sie hatten viele Sommernächte in stiller Eintracht hier verbracht.

»Und jetzt?«, fragte er laut in den wolkenlosen Himmel.

»Ich wüsste was. Darf ich einen Vorschlag machen?«

»Natürlich.« Jelto lächelte versonnen. Bùch erkannte auch keine rhetorischen Fragen. »Wenn deine Antwort nicht lautet, dass wir unbedingt das Tagebuch an uns bringen müssen, her damit.«

»Na, wenn du das schon weißt, warum fragst du dann?«

»Die Frage war nicht an dich gerichtet.«

»Aber hier ist außer mir niemand. Du wirst ja kaum eine Antwort von Quibus erwarten.«

Jelto sah sich suchend um. »Wo ist der überhaupt?«

Ein jämmerliches Zwitschern antwortete ihm. Er beugte sich hastig über die provisorische Decke und entwirrte sie. Ein schnaufender Taschendrache blickte ihm aus den Falten des Stoffes entgegen. Zum Glück hatte er kein Loch hineingebrannt.

Quibus knurrte erfreut, schüttelte sich und schlug ein paarmal mit den Flügeln. Dann legte er auffordernd den Kopf schief.

»Du willst Frühstück. Sollst du haben.«

Jelto zog einen Algenköder und etwas Futter aus dem Rucksack und fütterte den Drachen aus der Hand. Er selbst hatte seine Vorräte inzwischen komplett aufgebraucht, vor allem hatte er nichts mehr zu trinken. Er konnte also nicht ewig hier auf dem Turm bleiben, wobei ihm die Vorstellung gar nicht so schlecht gefiel, solange das Wetter trocken blieb.

Während Quibus vor sich hin schmatzte und Bùch leise über den Algengestank lamentierte, dachte er über das Ende der letzten Nacht nach. Er hatte natürlich versucht, die *Verlies* genannte Truhe im Gemeinschaftsraum der Bücherjäger zu öffnen, um das Tagebuch wieder an sich zu bringen.

Es war zu seinem Erstaunen ganz einfach gewesen: Die Truhe besaß zwar ein kompliziertes Schloss, aber die Scharniere auf der Rückseite ließen sich abschrauben. Und dann war das Tagebuch nicht dort gewesen. Im gesamten Raum hatte sich kein Buch befunden, zumindest konnte Jelto keines riechen. Floris musste es woanders versteckt haben.

Wachsam und angespannt war er den Turm hinaufgestiegen und in Floris' Kammer eingedrungen. Was er dort vorfand, ging beinahe über seinen Verstand. Schon auf dem Treppenabsatz schlug ihm der Duft von Papier und Tinte entgegen. Und dann erblickte er in dem Turmzimmer eine ganze Bibliothek voller Bücher. Keines davon magisch, sofern er das auf die Schnelle beurteilen konnte. Überwiegend schwere Folianten, teilweise mit dicken Ledereinbänden, aufwendigen Beschlägen und Prägungen.

Zitternd vor Angst, entdeckt zu werden, hatte er Quibus vor die offen stehende Tür gesetzt, damit er spähte. Jelto selbst hatte beständig Richtung Treppe gelauscht, während er hastig den Raum durchsucht hatte.

Vergeblich, das Tagebuch war nicht zu finden gewesen. Jelto

hatte den Taschendrachen aufgesammelt und sich davongemacht. Unterwegs hatte er immer wieder Ausschau nach Jacco und Rona gehalten, aber von den beiden keine Spur gefunden. Also hatte er Bùch aus der Drachenzuchtstation geholt und sich auf den Turm geflüchtet, dem einzig einigermaßen sicheren Versteck, das ihm eingefallen war.

Er fühlte sich erfrischt und ausgeschlafen, sein Verstand funktionierte wieder. Und damit kamen die Fragen. Was waren das für Bücher, die Floris dort angehäuft hatte? Wovon handelten sie? Warum waren sie in seiner Kammer? Die Neugier brannte Jelto im Nacken wie Sonnenstrahlen. Was hätte er letzte Nacht dafür gegeben, lesen zu können. Er hatte sogar überlegt, ein oder zwei Exemplare mitzunehmen und sie Wyona zu zeigen. Bis ihm wieder eingefallen war, dass die Drachenzüchterin verschwunden war. Später in der Station hatte er keine neuen Hinweise darauf gefunden, was mit ihr geschehen sein könnte, aber das hatte er auch nicht ernsthaft erwartet.

Eines stand jedenfalls fest: Floris hatte ihn nach Strich und Faden betrogen und belogen. Vermutlich hatte er das Tagebuch mitgenommen und Jelto noch in der gleichen Nacht bei der Fürstin angeschwärzt.

Wem sonst hätte er es geben sollen? Jelto hatte Floris zuletzt gesehen, wie er in Richtung des Farlinger-Turms gegangen war. Welche Rolle spielte die Fürstenfamilie?

Wenn sie an dieser Sache beteiligt war, was würden Maite Farlinger und ihr oberster Schwatzlinghüter nun mit ihm anstellen? Waren die anderen Bücherjäger schon auf der Suche nach ihm? Er konnte keinem seiner ehemaligen Gefährten mehr vertrauen. So richtig Sorgen machte er sich aber nur um Henk. Der war ihm beinahe ebenbürtig. Den anderen zu entkommen, würde nicht so schwer werden.

Allerdings war ein Leben auf der Flucht auch keine gute Lösung. Sollte er zu Friso und seiner Mühle zurückkehren? Was aber, wenn ihm jemand folgte und er es nicht bemerkte? Brachte er dann nicht alle in Gefahr?

Er benötigte Hilfe. Und ihm fiel nur ein Ort ein, an dem er vielleicht jemanden finden konnte, der ihn unterstützte.

Er hatte Bùch auf dem Turm zurückgelassen, um keine Aufmerksamkeit auf sich zu ziehen, falls ihm einfiel, vor sich hin zu plappern. Oder schlimmer noch, falls Jelto einem anderen Bücherjäger begegnete und dieser den Geruch aus dem Rucksack bemerkte.

Hoffentlich stimmte es, dass außer ihm nur Rona den Turm bestieg … Er hatte zwar ein paar Ziegel gelöst und Bùch in eine Mauernische gedrückt, aber das Versteck war nicht schwer zu finden, sobald jemand genauer hinsah. Erst recht nicht, falls Suchende es riechen konnten.

Jetzt stand Jelto am Rand des Altstadtmarktes und versuchte, sein klopfendes Herz zu beruhigen. Er blickte geradewegs auf das Haus, in dem er aufgewachsen war. Das weiß gestrichene an der nordöstlichen Seite des Platzes. Die Fenster der Werkstatt im ersten Stock standen weit offen. Es war also jemand zu Hause.

Es half nichts. Er brauchte Jaccos Unterstützung. Er war auf dem Weg hierher wieder an der Drachenzuchtstation vorbeigegangen. Alles war so sorgfältig verriegelt, wie er es zurückgelassen hatte, nachdem er Bùch geholt hatte. Allmählich machte er sich riesige Sorgen um Wyona, aber er hatte nicht den Hauch einer Idee, wo er nach ihr suchen sollte. Spürdrachen für vermisste Personen müsste es geben …

Jacco hatte erwähnt, dass er zurzeit in einer Manufaktur arbeitete. Da Jelto aber nicht wusste, in welcher, musste er erst mit seinen Eltern sprechen. Natürlich hätte er auch warten können, bis

Jacco nach Hause zurückkehrte – wenn er denn heute überhaupt zur Arbeit gegangen war und nicht immer noch auf der Suche nach Wyona oder Rona umherstreifte, bevor er sich um die Versorgung der Drachen kümmerte.

Jelto wollte den Tag jedenfalls nicht sinnlos vergeuden und sich ausschließlich Gedanken und Sorgen machen. Zweimal hatte er auf dem Weg hierher gedacht, er würde verfolgt. Er brauchte einen Verbündeten. Er brauchte seinen Bruder.

Trotz seines festen Vorsatzes konnte er sich nicht überwinden, an die Tür zu klopfen.

Eine ganze Weile stand er da und beobachtete eine Gemüsehändlerin, die mit einem Kunden stritt, weil ihr Schwatzling angeblich falsche Preise angab. Nachdem der Mann mit einem Kohlkopf als Wiedergutmachung von dannen gezogen war und die Händlerin begonnen hatte, alle ihre Schwatzlinge zu kontrollieren, deren Geplapper über den Marktplatz schallte, gab er sich einen Ruck.

Viel zu schnell stand er vor der Tür und betrachtete das blau gestrichene Holz. Er klopfte. Sein Herz klopfte lauter, schien es. Dennoch musste ihn im Haus jemand gehört haben. Erst näherten sich Schritte, dann wurde die Tür geöffnet.

Wie befürchtet sah er sich seinem Vater gegenüber. Ein breites, goldfarbenes Gesicht unter kurzen, dunkelbraunen Locken, dem seinen gar nicht unähnlich, nur eine Generation älter.

Er senkte den Kopf. »Sonnenlicht für dich, Papa. Könnte ich Jacco sprechen?«

Schweigen antwortete ihm, das so lange anhielt, bis er es wagte, den Kopf zu heben. Er glaubte seinen Augen nicht zu trauen. Sein Vater Pim lächelte verlegen und blinzelte sogar eine Träne weg. »Sonnenlicht für dich, mein Sohn.«

»Ist ... Jacco zu Hause?«

»Jacco ist heute Morgen zur Arbeit. Er lernt gerade in der fürstlichen Manufaktur das Weben.«

In der fürstlichen Manufaktur? Stimmt, das hatte Jacco letzte Nacht erwähnt. Den Weg hierher hätte Jelto sich sparen können. Es gab an die Dutzende Manufakturen, aber nur eine, die der Fürstin gehörte.

»Aber das kannst du ja nicht wissen«, sagte Pim, der nichts davon ahnte, dass die Brüder sich erst wenige Stunden zuvor begegnet waren.

Jelto nickte geistesabwesend. Da vernahm er einen sehr vertrauten Geruch.

Zart nur, eine kaum wahrnehmbare Note unter dem intensiven Geruch von Lavendel. Wie immer hatte seine Mutter die lila Dolden büschelweise aufgehängt, weil das angeblich die Motten vertrieb. Jelto bemerkte im Hausflur mehrere Sträuße unter der Decke und über jedem Sturz der drei Türen.

Aber da war ein weiterer Geruch, der ihm inzwischen allzu vertraut war. Er erinnerte sich genau, er hatte diesen Duft auch als Kind schon wahrgenommen, aber nicht gewusst, worum es sich handelte. Jetzt war er dazu ausgebildet, dieser Spur zu folgen: Papier, Tinte. Fischleim. Hier im Haus musste ein Buch versteckt sein.

Er wandte sich seinem Vater zu. Auf dessen Miene las er sofort das schlechte Gewissen. Und es rührte nicht etwa daher, dass er seinen Sohn geschlagen hatte, zumindest nicht nur. Es war der reuige Blick eines Schuldigen, der ertappt worden war. »Vielleicht möchtest du hereinkommen. Wir sollten das nicht an der Haustür besprechen. Deine Mutter ... wird sich sicher freuen ... dich zu sehen.« Pim mühte sich mit einem Lächeln ab.

Jelto überfiel Angst. Dann rief er sich zur Ordnung. Er war kein kleiner Junge mehr, er war fast erwachsen. Als er gegangen war, war er einen Kopf kleiner als sein Vater gewesen, jetzt blickte er ihm geradewegs in die Augen. Er würde sich zur Wehr setzen können, wenn es zum Äußersten kam, auch wenn es das Letzte wäre, was er wollte. Aber Pim würde es sicher nicht darauf ankommen lassen.

Jelto erwiderte das Lächeln schüchtern und trat in den Flur. Die Haustür schloss sich mit einem dumpfen Knall.

Pim deutete auf den Lavendel. »Es vertreibt wirklich die Motten. Es ist nicht, um etwas zu verheimlichen. Es bringt ja nicht einmal etwas, wie du selbst gerade feststellst.«

»Wo ist es? Das Buch, meine ich.«

Pim zuckte zusammen, öffnete den Mund und schloss ihn wieder.

»Papa, ich bin Bücherjäger geworden. Das ist es, was die Botenjungen im Dienst der Fürstin sind.«

Der große Mann, vor dessen Schlägen er einst so viel Angst gehabt hatte, sank in sich zusammen, lehnte sich an den Rahmen der Küchentür und schloss kurz die Augen. »Dass die Boten Bücherjäger sind, ist ein offenes Geheimnis für alle, die jemals irgendwie mit Büchern zu tun hatten. Du hast deiner Mutter bei eurer letzten Begegnung erzählt, dass sie dich angeheuert haben. Damit war klar, was sie aus dir machen wollten.«

»Wie bitte? Was meinst du damit?«

»Ich habe immer gewusst, dass ich es nicht aus dir herausprügeln kann. Es liegt dir im Blut.« Er hob die Hände, drehte sie vor seinem Gesicht hin und her. »Wir waren eine Buchbinderfamilie. Über viele Generationen. Wir hatten ein Talent dafür, bis zur Säuberung. Aber manche unserer Vorfahren waren mehr als das.«

»Buchmagisch begabt?«

»Du weißt auch das.« Seine Stimme war kaum mehr als ein Flüstern.

»Ich bin es sogar selbst, wie ich kürzlich erfahren habe.«

»Damit werden meine schlimmsten Albträume wahr. Und die deiner Mutter.« Er ließ die Hände sinken. Einfach nur aufrecht stehen zu bleiben und nicht niederzusinken, schien ihn alle Kraft zu kosten.

Dann straffte er die Schultern. »Komm mit.«

Er wartete keine Erwiderung ab, sondern ging an Jelto vorbei bis zur Kellertür unter der Treppe. Er öffnete sie, nahm eine Fackel und hielt sie wortlos Quibus vor die Nase, der sich neugierig langmachte. Jelto tippte ihm auf die Schwanzwurzel, und der Taschendrache entzündete die Flamme. Nicht mehr lange, und er würde auf einen mündlichen Befehl Feuer spucken.

Schweigend ging Pim voraus in den Keller. Jelto folgte ihm zögernd. Beim Anblick der vertrauten Wände überlief ihn ein Schauder. Die Wände waren weiß gekalkt und trocken, solide gebaut für die Ewigkeit. Jelto hatte auf seinen Jagden zahllose Gebäude von innen gesehen, war in Dutzende, wenn nicht hunderte Keller hinabgestiegen. Erst jetzt wurde ihm bewusst, was für ein meisterhaftes Stück Baukunst dieses Haus war. Neuere Bauwerke waren oft feucht, Wände hatten Risse, bei ganz schlampig ausgeführten Mauerarbeiten bröckelte der Putz oder waren die Fugen komplett zu Staub zerfallen und die Ziegel wackelten in den Wänden. Der Glockenturm, auf dem Bùch auf ihn wartete, war ähnlich beständig wie sein Elternhaus, fiel ihm auf. Wann waren die Türme erbaut worden?

Sein Vater blieb in der Mitte einer Wand stehen, eine Stelle, die sich ziemlich genau unter der Haustür befand und die Jelto in sehr lebhafter Erinnerung hatte. Hier hatte sein Vater das erste Mal zugeschlagen. Mit unsicheren Schritten trat er heran.

Sie standen vor dem Grundstein, ein ungefähr zwei Handbreit großer Quader. Pim entzündete eine zweite Fackel und klemmte beide in Halterungen.

Jelto war nicht überrascht, dass der Geruch nach Papier stärker geworden war. Er beobachtete, wie sein Vater sich schwerfällig vor den Stein kniete. Dann hörte er ein Schaben, das ihm eine Gänsehaut verursachte.

»Komm her. Hier.« Pim winkte ihm zu.

Jelto beugte sich zu ihm und sah, dass sich hinter dem Stein eine Aushöhlung befand.

»Greif hinein. Keine Angst, für Ratten ist der Spalt zu klein und die Mäuse und Spinnen sind längst geflüchtet.«

Jelto folgte der Aufforderung, blieb allerdings auf der Hut vor Überraschungen. Das war nicht das erste Versteck, in das er hineingriff, ohne zu wissen, was ihn erwartete.

In diesem Fall ahnte er etwas. Und richtig, seine Finger ertasteten Stoff, darin eingewickelt unverkennbar ein Buch. Daneben einen Beutel, in dem sich längliche Gegenstände befanden. Hölzerne Stifte mit schwarzen Minen vermutlich oder Röhren mit stählernen Spitzen, in denen sich Tinte aufziehen ließ, wenn keine Vogelfeder zur Hand war. Solche Dinge hatte er schon häufig aus Verstecken gezogen. All seine Funde hatte er wie die Bücher dem morgendlichen Feuer überantwortet.

»Jelto, ich wusste nicht, was ich tun sollte. Ich war verzweifelt. Habe ich geglaubt, dass ich die Hingabe zu Büchern aus dir herausprügeln könnte? Nicht wirklich. Aber am Ende war es einfacher, zuzuschlagen, als darüber nachzudenken, wie ich dich vor deinem Schicksal bewahren könnte. Ich kann mich nicht entschuldigen, denn es ist nicht entschuldbar. Ich bereue es. An dem Abend, als du fortgelaufen bist, habe ich mir schwere Vorwürfe gemacht. Und als Jacco zurückgekehrt ist, ohne dich zu finden, habe ich gedacht, dass dies vielleicht die beste Lösung für uns alle ist. Dass du nie entdecken wirst, was du bist und was du kannst.«

»Was passiert mit buchmagisch Begabten?« Vorsichtig zog Jelto das Buch und das Bündel hervor.

Pim lachte bitter auf. »Wenn sie schlau genug sind, stellen sie sich dumm und leben ihr Leben. Kopf unten halten, nicht zu viel reden, nichts von sich preisgeben.«

»So wie du?«

»Ich bin nicht buchmagisch begabt. Ich habe nur das Buchgespür. Ich kann sie riechen, Papier und Einband in ein Buch verwandeln, es binden und leimen. Oder besser gesagt hat mein Großvater es mir beigebracht, gegen den Willen meiner Eltern. Ich habe es seit deiner Geburt nie wieder getan, aber ich habe es nicht verlernt, da bin ich sicher. Deine Mutter ist Buchmagierin.« Er stützte sich an der Wand ab und richtete sich auf. Das Licht war zu düster, um zu erkennen, ob es nur das Wiedersehen mit seinem Sohn war, das ihm zu schaffen machte, oder ob er auch einfach alt geworden war. Jelto hatte ein paar graue Strähnen in dem dunklen Haar bemerkt, die früher nicht da gewesen waren.

»Diejenigen, die den Kopf nicht unten halten, werden getötet. Angeblich werden sie auf den Gefängnisschiffen zum Algenernten gezwungen. In Wahrheit vegetieren dort nur die Lesenden vor sich hin, die die Fürstenfamilie für zu gefährlich hält. Die Buchmagierinnen und Buchmagier bekommen einen Stein um den Hals, werden an Händen und Füßen gefesselt und über die Planke gejagt.« Er machte eine Handbewegung, als würde er sie in Wasser eintauchen. »Woher ich das weiß?«

Jelto nickte, obwohl er nicht sicher war, ob sein Vater das sehen konnte.

»Hin und wieder gelingt einem Menschen die Flucht von diesen Schiffen. Und sie alle, du ahnst es sicher schon, können lesen und häufig auch schreiben – logisch, sonst wären sie ja keine Gefangenen auf diesem Schiff, denn das ist ihr Verbrechen. Es gibt mehrere Berichte, die wohlgehütet in Brück versteckt sind. Sie stammen aus unterschiedlichen Quellen und Zeiten, von verschiedenen Schiffen und Menschen. Aber sie alle erzählen Ähnliches.« Er lachte erneut auf, noch bitterer als zuvor. »Deine Mutter und ich waren uns einig: Wir wollten dich und Jacco von all dem fernhalten. Dir nichts erzählen, wie auch meine Eltern es nicht getan haben. Wie gesagt, es war mein Großvater, der sich über deren Wunsch hinweggesetzt hat. Seither lebe ich mit dieser Bürde, eingeweiht zu sein. Und nun stehst du hier vor mir, behauptest, ein Bücherjäger zu sein, wo es diese Leute doch angeblich gar nicht gibt. Vernichtest, was Menschen erschaffen. Menschen, die einfach nur das Handwerk beherrschen, wie ich, oder die sogar die Magie in die Bücher bringen. Du müsstest jetzt deine Mutter ausliefern, das ist dir klar, oder?«

»Das werde ich sicher nicht tun.«

»Gut. Denn das wäre der einzige Grund, aus dem ich noch einmal die Hand gegen einen meiner Söhne erheben würde. Jelto, ich liebe dich. Ich habe dich geschlagen, weil ich dich schützen wollte. Du musst mir nicht sagen, dass es falsch war, das habe ich längst eingesehen. Aber wenn du versuchst, deiner Mutter, meiner Frau Manou etwas anzutun, würde ich sie mit aller Macht verteidigen. Auch gegen den eigenen Sohn.«

Jelto hörte, wie ernst es ihm war. Und er verstand es. Die Liebe zu seiner Frau übertraf die zu seinem Sohn. Zugleich schmerzte es. Aber was würde er tun, wenn er vor einer solchen Wahl stünde? Es überlief ihn eiskalt. Er konnte sich diesen Konflikt nicht ansatzweise vorstellen.

»Ich weiß noch«, sagte Pim, »wie ich mich gefreut habe, dass du nicht gern stickst. Ich dachte, in dir würde es sich nicht rühren, dieses Verlangen danach, Bücher zu binden und ihnen ein schönes Antlitz zu verleihen. Unsere Familie war einst berühmt für Stickereien. Wir haben die Ledereinbände mit hauchdünnen Fäden bestickt und verziert. Die gleiche Arbeit, mit der ich heutzutage den Latz oder die Säume einer Hose aus Schafsleder verziere und die du so leidenschaftlich hasst. Weshalb ich gedacht habe, du kommst um dein Erbe herum. Nun, vielleicht um das Erbe väterlicherseits. Aber die Magie ist dann doch in dir.«

Jelto hatte das Buch ausgewickelt. Ehrfürchtig streichelte er mit den Fingerspitzen den bestickten Einband. Es war zu dunkel, um Farben auszumachen, aber er erkannte menschliche Figuren und ein Schaf, umgeben von verschiedenen Blumenornamenten und Schnörkeln. Nein, er stickte nicht gern, aber das hieß nicht, dass er die Arbeit seines Vaters nicht wertschätzte. Er galt als einer der Besten von Brück. Und das hier übertraf alles, was er von Schneider Pim vom Markt bisher zu Gesicht bekommen hatte.

»Was ist das für ein Buch?«

»Die Chronik unserer Familie und dieses Hauses. Vor der Säuberung war es üblich, solch ein Buch unter den Grundstein eines Hauses zu legen. Die Namen derjenigen, die beim Bau mitgeholfen hatten, sind dort verzeichnet. Und wenn die Familie erst eingezogen ist, werden alle wichtigen Ereignisse darin festgehalten, Geburten und Todesfälle, aber in unserem Fall auch besonders wichtige Aufträge, die Titel der Bücher, die unsere Vorfahren verziert haben, die Namen der Kundschaft, der Kaufpreis und dergleichen. Es ist so alt wie das Haus, fast vierhundert Jahre. Ein Vorfahr hat es begonnen und bestickt, vor neun Generationen.«

Jelto wurde ganz schwindelig, seine Hände mit dem Buch zitterten. Wenn ein Bücherjäger dieses Exemplar in die Hände bekäme, hätte er zahllose Hinweise auf weitere Bücher – vorausgesetzt, er könnte es lesen. Wurden solche Chroniken systematisch gesucht und für die Bücherjagd genutzt? Wenn ja, was für Schätze waren in den vergangenen Jahrzehnten vernichtet worden? Oder sogar

Jahrhunderten? Bücher, die seine Ahnen in tage-, wenn nicht gar wochenlanger Arbeit verziert hatten. Er wusste ja, wie lange sein Vater an solch einem Blumenornament saß.

Ihm graute vor dieser Vorstellung. Und er schämte sich. Er hatte seinen Anteil daran gehabt, Meisterwerke zu zerstören.

Wyona hatte ihm die Liebe zu Büchern nähergebracht. Er hatte verstanden, wie wertvoll die konkreten Gegenstände, aber mehr noch ihr Inhalt war. Jetzt setzte sein Vater noch einen drauf, indem er ihm vor Augen führte, welche Handwerkskunst in den Büchern steckte. Was kam als Nächstes? Sein alter Freund Lodi, der ihm erklärte, wie das Schafsleder für die Einbände hergestellt wurde und welcher Aufwand dafür vonnöten wäre?

»Papa, ich möchte die Bücher retten«, hörte er sich sagen. Seine Stimme klang fremd, echote vom Kellergewölbe zurück zu ihm. »Ich will, dass die Bücher zurück nach Brück kommen. Dafür brauche ich Hilfe.«

Sie schoben die Familienchronik und den Beutel, dessen Inhalt sich als Buchbindewerkzeug mit Beiteln, scharfen Messern und Nadeln herausstellte, zurück unter den Grundstein. Gemeinsam verließen sie den Keller und gingen hinauf in die Werkstatt, wo Jelto erst einmal eine Umarmung seiner Mutter über sich ergehen lassen musste, für die er sich viel zu erwachsen fühlte – und die dennoch gut tat, gerade nach den Aufregungen der letzten Tage.

Manous Erleichterung, ihre Buchmagie vor ihrem Sohn nicht länger geheim halten zu müssen, war unübersehbar. Sie machte es Jelto leicht, einiges darüber zu verraten, vor welchen Herausforderungen er stand, die mit der Jagd nach einem besonderen Buch einhergingen. Kaum hatte er erklärt, dass er das Tagebuch nicht vernichten wollte, bot seine Mutter ihm ihre Unterstützung an.

»Und ich habe sogar eine Idee, Jelto«, meinte sie. »So wie du es erzählst, wurde dieses Tagebuch noch am gleichen Abend wieder zurück in die Burg gebracht, oder?«

»Das ist ziemlich wahrscheinlich, ja.«

»Dann gehe ich jetzt los und finde heraus, wo es ist. Danach holst du es dir.«

Pim runzelte die Stirn. »Hältst du das wirklich für eine gute Idee, Manou?«

»Hast du eine bessere?«

»Nein, aber du bringst dich in Gefahr. Vielleicht sogar uns alle.«

Manou schlug mit der flachen Hand so hart auf den Nähmaschinentisch, dass eine Schere klappernd herunterfiel. »Ich bin in Gefahr, seit ich atme, ist dir das eigentlich bewusst? Du und ich, wir haben nur die Augen davor verschlossen! Es wird Zeit, dass wir ein paar Dinge in Ordnung bringen.« Sie warf Jelto einen vielsagenden Blick zu.

Ihm war das unangenehm. Er hatte nicht erwartet, dass er die Beziehung zu seinem Vater würde aufarbeiten müssen. Schon gar nicht hatte er damit gerechnet, eine Erklärung dafür zu bekommen, warum sein Vater ihn geschlagen hatte. Und nun wohnte er auch noch einem Streit seiner Eltern bei.

Auch Pim senkte peinlich berührt den Kopf und widersprach nicht länger. Kurz darauf gab Manou ihm einen liebevollen Kuss auf die Wange und verließ mit einem Korb voller Stoffmuster das Haus.

So ungewohnt es anfangs war, in der Werkstatt seiner Eltern zu sitzen, von vertrauten Geräuschen umgeben und mit Blick aus dem ersten Stock des Hauses auf das bunte Treiben auf dem Marktplatz, so schnell gewöhnte sich Jelto daran. Seine Mutter hatte ihm erlaubt, ihre Nähmaschine zu benutzen, solange sie fort war. Nach einer Weile, in der er und sein Vater es mit einer unbeholfenen Unterhaltung versucht hatten, holte er den blau gestreiften Stoff hervor, den der Stoffhändler Mewes ihm geschenkt und der bisher nur als Polsterung für Bùch gedient hatte. Er begann, eine schlichte Hose und eine locker fallende Tunika für Rona zu nähen. Mewes hatte nicht zu viel versprochen, der Stoff reichte noch mindestens für zwei weitere Kleidungsstücke. Jelto hoffte jedoch, dass er es nicht schaffen würde, alles zu verarbeiten, bis seine Mutter zurückkehrte. Zwischendurch ging er abermals zur Drachenzuchtstation, die nicht weit vom Marktplatz entfernt lag. Wyona war dort noch immer nicht aufgetaucht.

Sontander, der Taschendrache der Familie, war vor einem halben Jahr gestorben, erzählte Pim seinem Sohn, der betroffen bemerkte, dass er gar nicht mehr an ihn gedacht hatte. Dabei war Sontander der Grund gewesen, weshalb er so schnell wie möglich einen eigenen Drachen hatte haben wollen. Er war so sehr daran gewohnt, eine fliegende Begleitung um sich zu haben. Pim bot Quibus den Ruheplatz seines Vorgängers an, doch der stürzte sich stattdessen begeistert in die Werkstatt, flatterte abwechselnd zwitschernd und knurrend zwischen den Stoffballen und Zuschnitten hin und her, trampelte sich hier und da eine Rastmulde, nur um im nächsten Augenblick zu einem potenziell besseren Schlafplatz zu fliegen. Jelto wollte ihm Einhalt gebieten, aber sein Vater meinte, er solle den kleinen Kerl gewähren lassen. Er lächelte, während er den Flug des Drachen beobachtete. Jelto wiederum gefiel es, seinen Vater lächeln zu sehen. Er war wie verwandelt, und zwar zum Guten. Auch wenn er dieser Wandlung noch nicht ganz und gar traute, glaubte er doch daran, dass Pim ihm die Wahrheit gesagt hatte, als er versucht hatte, seine Prügel zu erklären. Auch dass er nicht versucht hatte, sich zu rechtfertigen, rechnete Jelto ihm an.

Am Nachmittag hörten sie, wie ein Schlüssel ins Schloss der Haustür geschoben wurde und sich klickend drehte.

»Endlich!« Jelto nahm den Fuß von der Pedale, und die Nähmaschine kam mit einem letzten Surren zum Stehen.

Sein Vater wirkte unsicher. »Wenn es Manou ist und nicht die fürstliche Wache.«

Jelto stockte mitten in der Bewegung. Natürlich. Wenn seine Mutter entdeckt worden war, kamen sie sicher, um auch Pim zu holen. Mit dem Schlüssel, den sie bei sich gehabt hatte.

Sie tauschten einen Blick, Worte waren nicht mehr notwendig. Gemeinsam gingen sie hinunter in den Flur. Eine Flucht wäre möglich, über die Treppe und das Dach. Die Angehörigen der Stadtwache mochten nicht sehr gewitzt sein, aber an die Hintertür zu denken, würden sie vermutlich hinbekommen. Beinahe jedes Haus in Brück hatte eine Hintertür.

Die Tür öffnete sich, und Jacco kam herein. Entgeistert starrte er die beiden anderen an. »Jelto?«

»Leise«, zischte es hinter ihm. »Willst du, dass ganz Brück erfährt, dass dein Bruder hier ist?«

Jacco wurde in den Flur geschoben, und seine Mutter Manou folgte. Sie gab der Tür einen Stoß, die daraufhin krachend ins Schloss fiel.

Lachend breitete sie die Arme aus. »Auftrag erfüllt.«

»Was? Auftrag?«, stammelte Jacco. Sein Blick huschte von seinem Vater zu seinem Bruder und wieder zurück, als fürchtete er, die beiden könnten sogleich aufeinander losgehen.

Jelto lächelte ihm beruhigend zu. »Ich habe nach dir gesucht. Papa und ich haben uns … ausgesprochen.«

Das war ziemlich übertrieben. Jelto und sein Vater hatten sich die meiste Zeit unsicher angeschwiegen. Es gab noch viel zu sagen, aber offenbar mussten sie beide dazu erst den Mut finden.

»Ich war in der Manufaktur arbeiten. Auf dem Hin- und Rückweg habe ich noch einmal nach Rona gesucht. Aber sie ist wie vom

Erdboden verschluckt. Das letzte Mal wurde sie vorgestern gesehen.« Jacco wirkte erschöpft.

Jelto schien es, als habe er selbst die paar Stunden auf dem Glockenturm besser geschlafen als sein Bruder vergangene Nacht.

»Das gefällt mir nicht. Rona ist sonst immer in den Lauben unterwegs«, murmelte er.

»Und ich habe nach dem Drachen geschaut. Es ist schrecklich, wie er da in diesem winzigen Käfig haust.«

»Wovon sprichst du?«, unterbrach ihn seine Mutter. »Ab in die Werkstatt mit euch allen. Wir müssen reden, endlich reden, wie es sich für eine Familie gehört.«

Jelto und Jacco gehorchten, auch ihr Vater folgte ihnen die Treppe hinauf in den ersten Stock. Wie in den alten Zeiten setzten sich die beiden Söhne auf einen Stoffballen, mit dem Unterschied, dass sie nicht mehr hinaufklettern mussten.

Während Manou ihre Umhängetasche ablegte und Pim ein paar Stoffstreifen zur Seite legte, an denen er gearbeitet hatte, beobachtete Jelto sie alle drei verstohlen. Seine Eltern waren merklich älter geworden, beide. Wo sein Vater robust und kantig war, wirkte seine Mutter sanft und weich. Der Eindruck täuschte, in vielerlei Hinsicht. Manou war schon immer die Stärkere von beiden gewesen, hatte Entscheidungen getroffen, führte Verhandlungen mit der Kundschaft, resolut und selbstbewusst. Pim war der Handwerker, arbeitete gern im Stillen und konnte sich ganz in seine Arbeit versenken. Kaum jemand würde dem Mann mit den großen Händen solch zarte Stickereien zutrauen.

Dann war da ihr Umgang miteinander, der von jahrzehntelanger Vertrautheit zeugte. Jacco war dort hineingewachsen und fügte sich ganz natürlich in den Haushalt ein. Und mit einem Mal wünschte Jelto sich, er könnte wieder ein Teil davon sein.

Manou packte ihre blauschwarzen Haare und band sie mit einer

Schnur zu einem Zopf zusammen. Ihre sonst so hellen Wangen waren dunkel gerötet. »Ich habe getan, worum du mich gebeten hast, Jelto. Es war nicht schwer.«

»Du weißt, wo das Tagebuch ist?« Er konnte es kaum glauben. Er hatte seiner Mutter in nur wenigen Sätzen erklärt, auf welche Geruchsnote sie achten solle, um das Tagebuch zu finden. Sie war buchmagisch begabt, sie musste die Bücher riechen können. Jelto glaubte nicht, dass alle Menschen, die Bücher riechen und aufspüren konnten, auch die Buchmagie beherrschten; sein Vater zum Beispiel hatte zugegeben, Bücher riechen zu können. Aber er war sicher, dass es umgekehrt der Fall war: Die Bücher wahrnehmen zu können, war Teil der Magie.

Und er schien mit dieser Vermutung recht zu behalten. Zumindest, was seine Mutter betraf. Sie hatte im Handumdrehen verstanden, wofür er Wochen der Ausbildung benötigt hatte – was an Floris' Methoden gelegen haben mochte.

»Ja, und mehr noch, Jelto.« Manou machte eine dramatische Pause. »Ich habe es mitgenommen.«

»Du hast *was?*«

»Bist du verrückt geworden?«

»Was für ein Tagebuch?«

Sie redeten alle durcheinander, bis Pim mit der Faust auf den Nähmaschinentisch schlug.

Quibus flatterte erschrocken von einem Stoffballen dahinter auf.

Manou folgte dem Taschendrachen mit den Augen. »Wo kommt der denn her?«

»Das ist meiner«, sagte Jelto und zog hastig einen Algenköder aus der Tasche, um Quibus zu locken. »Stimmt, du hast ihn vorhin gar nicht gesehen, da hatte er sich dort in dem Haufen eingebuddelt.« Der Anblick der Stoffreste ließ ihn wieder an Rona denken. Wo war sie? Wo Wyona?

Pim fuhr sich mit beiden Händen übers Gesicht. »Jetzt lenk nicht ab, sondern erzähl schon, Manou. Allein bei dem Gedanken an ein zweites Buch im Haus wird mir ganz flau im Magen.«

»Schon gut, mach dir keine Sorgen. Es hat niemand bemerkt, dass ich das Tagebuch mitgenommen habe.«

»Wieso nicht?«

»Lasst mich einfach erzählen, ja?« Sie zwinkerte gerührt. »Das ist ja wie in alten Zeiten, so wie ihr mich bestürmt.«

Alle drei schwiegen gehorsam. Jelto musste ihr in Gedanken zustimmen. So war seine Familie gewesen, bevor Pim angefangen hatte, ihn zu schlagen.

Manou setzte sich auf die Kante der Nähmaschine. »Jetzt hört zu. Ich bin wie besprochen in den Farlinger-Turm gegangen und habe behauptet, beim fürstlichen Hauswirtschafter einen Termin für die Auswahl von Stoffen zu haben. Ich musste lange warten und wurde immer wieder weiterverwiesen. Was nicht verwundert, da ich ja gar keinen Termin hatte und ich sicher weiß, dass der Hauswirtschafter heute im Hafen unterwegs ist. Schließlich kenne ich ihn und seine Routinen gut, wir arbeiten seit Jahren zusammen.« Letzteres hatte sie zur Erklärung an Jelto gerichtet. »So bin ich Stockwerk um Stockwerk hinaufgekommen, bis ich in der Nähe des Vorzimmers des fürstlichen Schwatzlinghüters jenen Geruch wahrgenommen habe.«

»Floris. Es ist wirklich Floris, der hinter alldem steckt – oder mindestens daran beteiligt ist«, murmelte Jelto mehr zu sich. Der Verrat des Mannes, der sich seiner angenommen hatte, als er traurig und allein durch die Gassen geirrt war, schmerzte beinahe so sehr wie die Schläge seines Vaters. Nein, mehr. Gegen die Schläge hatte er sich hin und wieder ducken können, auch seine Mutter hatte häufig genug eingegriffen. Gegen die Enttäuschung, betrogen worden zu sein, konnte Jelto sich nicht wappnen, sie stach unbarmherzig.

»Um es kurz zu machen: Das Buch war im Schwatzarium versteckt. Ich durfte im Zimmer von diesem Floris warten, da inzwischen vereinbart worden war, dass ich eine Nachricht auf einen Schwatzling aufsprechen und hinterlassen soll. Nun hatte ich ein unfassbares Glück: Die Tür zum Schwatzarium stand noch offen und Floris hatte sich gerade mit einer Figur an seinen Arbeitstisch gesetzt, als irgendwo im Flur ein Tumult ausbrach. Es wurde herumgeschrien. Ich meine sogar, Waffengeklirr gehört zu haben, aber das weiß ich nicht sicher. Jedenfalls hat Floris mich gebeten zu warten und ist hinausgegangen.«

Jelto nickte. »Und du bist dem Duft des Tagebuches gefolgt.« Kein Wunder, dass er es nirgendwo in Floris' Kammer hatte finden können, nachdem der es ihm abgenommen hatte.

Seine Mutter nickte eifrig. Im Gegensatz zu Pim, der immer nervöser und schweigsamer wurde, schien sie Gefallen an dem Abenteuer zu haben, das ihr Sohn ins Haus gebracht hatte.

»Seit ich mich in dem Raum befand, konnte ich das Buch riechen. Und nachdem Floris die schwere Holztür zum Schwatzarium geöffnet hatte, war die Richtung, aus der der Duft kam, eindeutig.«

»Wie sieht das Schwatzarium aus? Wie viele Schwatzlinge lagern dort?«, fragte Jacco.

»Eine Kammer, vielleicht sechs mal drei Schritte groß. An allen drei Wänden außer der, in der sich die Tür befindet, Regal um Regal. Das waren Hunderte. Tausende? Ich kann es unmöglich abschätzen.« Sie schwieg versonnen. »Eigentlich sah es so aus, wie ich mir als Kind eine kleine Bibliothek oder ein Archiv vorgestellt habe. Nur dass auf den Regalen keine Bücher standen, sondern eine Armee von Schwatzlingen.«

Jelto wedelte mit den Fingern. »Gibst du mir bitte das Tagebuch? Ich muss sehen, ob es das richtige ist. Kannst du lesen, Mama?«

»Nein, das ist verrückt, oder? Ich habe die Fähigkeit in mir, einen Zauber in ein Buch zu legen, aber schreiben könnte ich es nicht.« Sie lachte, und es klang traurig. »Meine Eltern haben es mir nicht beigebracht, wobei es schon nur noch mein Vater konnte, und das recht schlecht, soweit ich mich erinnere. Sie hatten beide entschieden, dass es mich schützen würde, wenn ich das Lesen nicht beherrsche. In ihren Augen war die Magie schlimm genug.« Während sie erzählte, packte sie die Stoffmuster aus ihrem Korb und legte sie auf den Nähmaschinentisch.

Quibus steckte die Nase tief in den Haufen und knurrte vor Begeisterung. Einen Moment lang fürchtete Jelto, er könnte den Stoff anzünden, doch zu seiner Erleichterung kräuselten sich keine Rauchfäden aus den Nüstern.

»Hier ist es.« Triumphierend hielt Manou das Buch in die Höhe.

Jelto erkannte es sofort wieder. Er nickte, unendlich erleichtert. Nacheinander nahmen sie es alle an sich und betrachteten es gründlich von allen Seiten, ohne dass es ihnen ein Geheimnis offenbarte.

»Und was jetzt?«, fragte Jacco.

Sie vernahmen das Klopfen an der Haustür gleichzeitig. Ihrer aller Blicke trafen sich.

»Ich erwarte keine Kundschaft mehr«, sagte Pim tonlos.

Manou schüttelte nur den Kopf.

Jelto riss seinen Rucksack hoch, der neben der Nähmaschine gelegen hatte. Hastig stopfte er das Tagebuch und dann die halbfertigen Kleidungsstücke für Rona hinein.

Es klopfte ein zweites Mal, energischer. Durch die zum Marktplatz hin geöffneten Fenster drangen Rufe.

Jelto warf sich den Rucksack auf den Rücken und packte Quibus, der erschrocken eine kleine Stichflamme von sich gab. »Geht, macht auf und tut, als wäre alles normal. Ich bin nie hier gewesen. Wir sehen uns unter den Sternen wieder.« Er zog die Kapuze über und zwang den Taschendrachen auf seine Schulter, wo er sich schmerzhaft festkrallte.

»Warte!« Jaccos Stimme war heiser. »Du kannst jetzt nicht auch noch verschwinden. Wo finde ich dich?«

Jelto öffnete ein Fenster auf der rückwärtigen Seite des Hauses und war schon mit einem Bein auf dem Sims. »Ich finde dich. Euch. Danke für alles, Mama … und Papa. Und jetzt schützt euch. Macht euch keine Gedanken um mich!«

Jacco stürzte ihm nach, während sein Vater sich zögernd zur Treppe wandte, mit dem Blick zurück auf seinen Sohn. Manou stand wie versteinert und rührte sich nicht. Das Klopfen wurde zu einem Wummern.

»Ich komme schon!«, brüllte Pim. »Reißt mir doch nicht gleich mein Haus ein.«

Fäuste prügelten auf die Tür ein.

»Jacco, halt die Drachenzuchtstation im Auge. Wenn Wyona wieder auftaucht, weiß sie vielleicht etwas.«

»Geh jetzt, Jelto! Wir regeln das schon.« Pim verschwand mit einem hektischen Wink die Treppe hinab. Jelto schwang sich durch das Fenster und blickte auf die Gasse hinab. Unter ihm an der Hintertür stand eine Frau in der Uniform der Stadtwache. Ihre beiden Begleiter trugen die Farben der Fürstin.

Am liebsten hätte Jelto laut aufgelacht. Hier drei, sicherlich noch mal so viele an der Haustür. Falls er noch Zweifel gehabt hätte, wie wichtig dieses verdammte Tagebuch war, wären die endgültig beseitigt.

Er packte einen Mauervorsprung und zog sich hinauf. Nur wenige Handgriffe, und er befand sich auf dem Dach. Gerade rechtzeitig. Seine Mutter hatte sich aus ihrer Erstarrung gelöst und das Fenster hinter ihm geschlossen. Als der Flügel zuschlug, schauten die drei Wachen nach oben. Jelto zuckte zurück.

Vom Marktplatz her hörte er Rufe.

»Da oben ist er!«

»Wieder einmal. Aber jetzt kriegt ihr mich nicht mehr, und das tut mir auch nicht leid, ihr Kanalratten«, murmelte Jelto. Auf allen vieren krabbelte er über die Dachpfannen und zog sich auf das höher gelegene Dach des Nachbarhauses. Er duckte sich an einen Kamin und blickte sich um.

Tatsächlich sah es gar nicht so gut für ihn aus, musste er zugeben. Die Häuser standen in einem Halbkreis um den Marktplatz, keines davon war höher als drei Stockwerke. Und an den Enden des Halbkreises – Leere. Je eine breite Gasse lag zwischen dem Haus, das er erreichen könnte, und dem nächsten. Wenn es genug Wachleute waren, konnten sie sowohl nach rechts als auch nach links ausschwärmen, um ihn abzufangen. Auf dem Straßenpflaster wären sie schneller als er auf den Dachziegeln. Eine letzte Möglichkeit wäre das vierte Haus von hier Richtung Norden, in dem Lodi mit seiner Familie lebte. Er würde ihn sicher hereinlassen, aber wie sollte Jelto sich bemerkbar machen? Und eigentlich wollte er seinen alten Freund nicht mit in diese Sache hineinziehen. Wohin also?

Etwas berührte ihn an der Schulter. Eine Hand legte sich ihm auf den Mund. Panisch riss er die Augen auf und fuhr herum.

Der Ausweg

Rompfl!« Sein überraschter Ausruf wurde von Ronas energischem Druck auf seinen Mund verhindert. Sie tippte mehrmals mit dem Zeigefinger gegen ihre Lippen. Jelto hob die Hand zum Zeichen, dass er verstanden hatte.

Sie zögerte noch einen Moment, dann zog sie die Hand zurück und winkte ihm zu.

»Wohin denn?«, raunte er. Ihm brannten ein Dutzend weitere Fragen auf der Zunge. Wo war sie hergekommen? Warum ausgerechnet jetzt?

Sie schüttelte energisch den Kopf, packte einen Zipfel seines Hemdes und zog ihn mit sich. Jelto folgte ihr, warf dabei Blicke in alle Richtungen und vor allem nach unten auf die Straße, wo die Wache ihm auflauern würde. Rona, stellte er fest, tänzelte barfuß über die Dachschindeln, und er kam sich mit seinen dicken Stiefeln umso unbeholfener vor. Aber sich die Zeit nehmen, um sie gegen die ledernen Überzieher zu tauschen, stand wohl ziemlich außer Frage.

Sie liefen über die Dächer zweier Häuser, bis sie eine Luke im Dach des dritten Hauses erreichten, die geöffnet war. Jelto schielte über den Dachrand, konnte jedoch keine Wachen entdecken. Lediglich einige Rufe drangen vom Marktplatz her zu ihnen herauf. Er wandte sich Rona zu und sah gerade noch, wie diese in der Dachluke verschwand.

»Zum Quallendreck noch mal, was wird das?«

Es war eine Sache, nachts im Schutz der Dunkelheit in Häuser einzusteigen und dort gezielt Bücher mitzunehmen, und eine ganz andere, mitten am Tag in ein Nachbarhaus seiner Eltern einzubrechen. Wohnte dort nicht eine alte Dame, die Schals und Tücher webte?

Ronas Gesicht erschien unter der Luke und war zu solch einer aggressiven Grimasse verzogen, wie Jelto es noch nie bei dem Lumpenmädchen gesehen hatte.

Komm, formte sie gereizt mit dem Mund und verschwand.

Hatte er eine Wahl?

Jelto ließ sich durch die Luke gleiten und fand sich auf einem staubigen Dachboden wieder. Rona stand bereits an der Tür, hinter der er eine Treppe vermutete. Wie zuvor tippte sie energisch mit dem Zeigefinger an die Lippen und winkte ungeduldig. Er folgte ihr.

Dann glaubte er eine gedämpfte Stimme zu hören, die fragte, wo sie seien. Rona schlug mit der flachen Hand gegen einen Beutel über ihrer Schulter, den Jelto erst jetzt bemerkte. War das Bùchs Stimme gewesen? Das wurde ja immer besser.

Leise tappten sie eine Treppe bis ins Erdgeschoss hinunter und gelangten in einen langen schmalen Flur, ähnlich dem im Haus seiner Eltern. Zu Jeltos Entsetzen stand die Eingangstür sperrangelweit offen und gab den Blick auf den Marktplatz frei. In einiger Entfernung erkannte er mindestens zehn Uniformen der fürstlichen und der städtischen Wache. Sie schienen die Häuser abzusuchen. Hin und wieder zeigte jemand Richtung Dach.

Aus einem Raum gegenüber der Treppe drangen die Geräusche eines Webstuhls; das unverkennbare regelmäßige Klacken des Webblatts, das gegen das Gewebe geschoben wurde. Auch die Tür zu diesem Zimmer war weit geöffnet.

Rona beugte sich vorsichtig in den Türrahmen, winkte Jelto abermals und huschte vorbei. Unter der Treppe befand sich die

Kellertür. Rona öffnete sie und blickte zu Jelto, der immer noch am Treppenabsatz nach oben stand und sich wie gelähmt fühlte.

Rona nickte ihm ruppig zu und bleckte die Zähne. Sie schien allmählich richtig wütend zu werden, weil er sich so lahm bewegte und dauernd zögerte.

Sich sorgfältig in alle Richtungen absichernd schlich er durch den Flur. An der geöffneten Tür vorbeizukommen war einfach, denn die Hausbewohnerin wandte ihm den Rücken zu. Völlig in ihre Arbeit versunken bewegte sie das Webschiff. Der Webstuhl klackerte gleichmütig vor sich hin.

Jelto trat durch die Kellertür und blickte eine schmale Holzstiege hinab. Ganz unten glaubte er, etwas glimmen zu sehen, doch sicher war er nicht. Er hatte keine bessere Idee, als Rona zu folgen, wohin ihn das auch führen würde. Er merkte sich den Anblick der Treppe und schloss die Tür. Bevor er es sich anders überlegen konnte, setzte er Fuß um Fuß in die Dunkelheit. Kurz überlegte er, Quibus eine Stichflamme pusten zu lassen, aber er fürchtete, dass ihn das nur blenden würde. Zum Glück waren die Stufen regelmäßig, und am Ende der Treppe erwartete ihn Rona mit einer Kerze.

Zu dumm nur, dass das Licht nicht ausreichte, um sich zu verständigen. Rona schien zu der gleichen Erkenntnis gekommen zu sein, denn sie nahm Jeltos Hand und tätschelte sie beruhigend, bevor sie ihn sanft, aber unmissverständlich hinter sich herzog. Dann löschte sie die Kerze.

Sie gingen viel länger durch die Dunkelheit, als bei einem Haus dieser Größe logisch wäre. Jelto tappte wortwörtlich im Dunkeln hinter Rona her, die genau zu wissen schien, was sie tat. Er dagegen wartete vergeblich darauf, dass sich seine Augen an die Schwärze gewöhnten. Er konnte nicht einmal Grautöne, Schemen ausmachen. Es war nicht einfach finster, ihn umgab eine vollkommene

Lichtlosigkeit. Der Boden, so viel konnte Jelto feststellen, bestand aus trockener, festgetretener Erde. Hin und wieder stieß er seitlich mit den Schultern an Gestein.

Ihm schauderte es. Wären da nicht Ronas Hand, die ihn beständig voranzog, und Quibus' Krallen, die sich in seine Schulter bohrten, wüsste er nicht, was er getan hätte.

Er verlor jegliches Zeitgefühl. Sie konnten keine Stunde gegangen sein, aber dennoch eine gute Weile, als Rona ihn losließ. Er blieb stehen, wo er war, sagte sich, dass er immer noch den Taschendrachen hätte, der ihm ein wenig leuchten könnte. Aber natürlich war es keine gute Idee, einfach im Dunkeln eine Stichflamme auszusenden, solange er nicht ungefähr wusste, was ihn ringsherum alles erwartete.

Da war ein Schaben, Stein auf Stein. Schlagartig fiel helles Sonnenlicht durch eine Öffnung. Jelto schnappte nach Luft und blinzelte geblendet. Rona trat aus dem Gang hinaus. Er folgte ihr. Nachdem die tanzenden Punkte vor seinen Augen verflogen waren und er wieder sehen konnte, fand er sich in einer schmalen Gasse gegenüber einer efeubewachsenen Mauer wieder. Dasselbe schabende Geräusch erklang, und als er sich umdrehte, sah er nichts weiter als Felsen.

Fragend blickte er Rona an, die zwar noch aufmerksam in alle Richtungen spähte, sich aber beruhigt hatte. Sie machte einige Gesten, schien seine Frage zu ahnen.

»Am unteren Ende des Villenviertels? Ist das dein Ernst? Aber …« Er drehte sich einmal um die eigene Achse. Dann erkannte er die Umgebung. »Das ist der Waldweg, der hinauf auf den Hügel führt, oder? Wo wir uns vor ein paar Tagen begegnet sind. Warte, nein, es war erst gestern.«

Sie nickte erleichtert und ging den Hügel hinauf. Wieder ein Winken über die Schulter, dass er ihr folgen sollte.

Er lief ihr nach. »Wo willst du denn hin? Das ist eine Sackgasse.«

Sie drehte sich kurz um. Mit wenigen Gesten bedeutete sie ihm, dass er zwar nicht mehr schweigen müsse, aber bitte auch nicht so herumschreien solle.

»Ich verstehe das nicht.« Grummelnd folgte er ihr.

»Warte ab, Jelto, es geht nach Hause«, rief Bùch aus dem Beutel.

Er schloss mit ein paar großen Schritten auf und sah gerade noch, wie Rona die Augen verdrehte.

»Nach Hause? Was soll das jetzt heißen?«

Rona schritt schneller aus.

Jelto rief sich ins Gedächtnis, was er über die Gegend wusste. Würde dieser Weg nicht an einer Felswand enden, sondern fortführen, so kämen sie …

»Ins Mühlental? Rona? Bringst du mich zu Frisos Mühle?«

Endlich nickte sie, und zwar wohlwollend, als hätte sie einem Taschendrachen gerade einen Trick beigebracht. Oder einem dummen Menschen wie Jelto.

Kopfschüttelnd folgte er ihr.

Ganz wie er erwartet hatte, erreichten sie nach einem strammen Marsch bergauf die ovale Lichtung. Rona marschierte ohne Halt auf die Felswand zu, genau zu einer Stelle, an der eine markante steinerne Spitze zwischen dem gelben und grünen Efeu hervorragte. Jelto war stehen geblieben, um zu verschnaufen, und nun zu weit weg, um genauer zu erkennen, was sie tat, außer, unterhalb des Vorsprungs in das Efeu zu greifen. Und irgendwie wunderte er sich nicht mehr darüber, dass er erneut das Schaben von Stein auf Stein hörte und im nächsten Augenblick auf einen Durchgang schaute. Vor der pechschwarzen Dunkelheit pendelten einige Efeuranken in einer leichten Brise, die aus der Öffnung wehte.

»Also gibt es Höhlen«, murmelte er bei sich, während er

misstrauisch näher trat. War dieser Teil der Geschichte des Ehrwürdigen Rikus doch nicht erlogen?

Zu seiner Erleichterung drückte Rona ihm eine von zwei Fackeln in die Hand, die in einer Felsnische hinter dem mysteriösen Eingang bereitgelegen hatten. Er ließ Quibus sie entzünden, trat ins Dunkel und wartete, bis Rona den Eingang wieder verschloss.

Schweigend setzten sie ihren Weg fort, wobei Jelto gar nicht in Worte fassen konnte, wie erleichtert er war, dieses Mal etwas sehen zu können. Außer dem Licht der Fackel hatte die Decke des breiten Ganges hin und wieder ein Loch, durch das spärliches Tageslicht zwischen Baumwurzeln und Ranken hindurchfiel. Dazu verlief der Gang ziemlich gerade, sodass er annehmen musste, dass sie beständig in östliche Richtung gingen.

Immer noch führte der Weg sanft bergan. Wenn er sich nicht irrte, müssten sie ziemlich weit oben im Tal herauskommen, vielleicht sogar direkt an Frisos Mühle.

»Jetzt geht es endlich nach Hause!«, krähte Bùch fröhlich.

Rona machte ein Geräusch, das wie eine Mischung aus belustigtem Schnauben und einem Kichern klang.

»Sei mir nicht böse, Rona«, rief Jelto, »aber ich hoffe doch sehr, dass ich bald auch ein paar Antworten bekomme. Du hast doch irgendwie bei alldem deine Finger im Spiel. Du bist auch gestern gar nicht aus dem Garten einer Villa gekommen, sondern von hier, oder?«

Sie nickte.

»Bist du Buchmagierin?«

Kopfschütteln.

»Ich könnte einer sein. Ich bin buchmagisch begabt. Wusstest du das?«

Ihr Nicken wirkte so selbstverständlich, als habe er ihr gerade erklärt, dass Wasser nass sei.

»Woher weißt du das alles? Du wusstest auch, dass Bùch auf dem Glockenturm ist.«

Sie zog die Schultern hoch. Vermutlich wäre die erforderliche Erklärung zu umständlich zu gestikulieren, vor allem im Gehen in einem schlecht beleuchteten Gang.

»Sie hat mich aus dieser schrecklichen Mauernische geholt, in die du mich hineingestopft hast, Jelto Bücherjäger! Ich habe mir dabei den Buchschnitt gestoßen. Unten ist nun eine fiese Kerbe im Papier.«

»Wäre es dir lieber gewesen, ich hätte dich mitgenommen, damit du Floris in die Hände fällst und verbrannt wirst?«

»Und ich dachte, du beschützt mich! Hast die Seite gewechselt und wirst in Zukunft Bücher erschaffen, statt sie zu vernichten!«

»So einfach ist das alles nicht.«

Rona nickte sehr entschieden ihre Zustimmung. Sie klopfte auf den Beutel, wohl um Bùch deutlich zu machen, dass es schweigen solle, und schritt ein wenig schneller aus.

Nach einer Weile drang Licht zu ihnen, von den Bäumen im Mühlental mit einem grünlichen Schimmer versehen. Unter einem Schleier aus wildem Wein und Efeu hindurch traten sie ins Freie. Dieser Eingang war weder verschlossen noch großartig getarnt. Doch als Jelto sich nach wenigen Schritten noch einmal umdrehte, hätte er die Stelle nicht mehr wiedergefunden, so zugewachsen war alles.

Ein kaum sichtbarer Saumpfad durch Waldmeister, Brennnesseln und Farn führte zwischen den Bäumen hindurch ganz leicht abwärts. Daneben floss ein Rinnsal, vermutlich eine Quelle des Mühlbachs. Und ganz wie erwartet entdeckte er nach einigen hundert Schritten den tiefen Einschnitt, wo der Mühlbach floss, nur wenige Augenblicke später auch die Brücke und Frisos Mühle.

Zwischen den Mauerresten des Schuppens bewegte sich eine Gestalt in einer braunen Hose und einem hellen Hemd von der gleichen Art, wie Friso sie getragen hatte. Beim Näherkommen erblickte Jelto einen schlaksigen Mann von vielleicht zwanzig Jahren, die Haut beinahe weiß und mit blondem Haar, der unter einem Vordach Holzscheite stapelte. War das ein Geselle des Müllers? Freund oder Feind? Die grau getigerte Katze saß auf dem gleichen Fleck Mauerrest wie beim letzten Mal und beobachtete den Menschen gelangweilt bei seinem Tun. Bei ihrem Anblick schlug Quibus nervös mit den Flügeln. Jelto streichelte ihm beruhigend über den Kopf.

Der Geselle bemerkte sie und hob den Kopf. Aus der Nähe wirkte er doch etwas älter, denn um seine Augen lagen viele tiefe Falten. Als er ihnen entgegengrinste, zeigten sich in seinen Wangen tiefe Grübchen.

»Sieh an, Rona. Heute keine Lumpen?«

Lachend winkte sie mit beiden Händen.

»Dann bist du der Bücherjäger Jelto? Eine gute Dämmerung euch beiden.« Er wischte sich über die Stirn und hinterließ dabei einige Krümel Rinde.

Rona gestikulierte dem jungen Mann, bis der zustimmend nickte und sich an Jelto wandte. »Ich bin Jos, offiziell der Müllergeselle, aber in Wahrheit bin ich Buchbinder.«

»Wie mein Vater!«, platzte es aus Jelto heraus. Bisher war er immer zurückhaltend gewesen, die jahrelange Heimlichtuerei als Bücherjäger hatte sich allgemein auf den Umgang mit seinen Mitmenschen ausgewirkt. Doch seit der Begegnung mit Bùch schien sein altes Leben sich aufzulösen. War das die Buchmagie?

»Dein Vater? Wirklich? Er beherrscht das Handwerk?« Interesse leuchtete in Jos' Augen auf.

»Mehr als das, er hat mir vorhin erst erzählt, dass unsere Familie

Bucheinbände mit Stickereien verziert hat. Sie hatten einst einen guten Ruf.«

Einen Moment lang schien sein Gegenüber sprachlos. Dann senkte er den Kopf, nickte anerkennend. »Dann ist er mehr als ich, er ist ein Künstler. Ich bin nur ein Handwerker.«

Rona war in der Zwischenzeit zur Tür gegangen und hatte die Mühle betreten. Aus dem Inneren drangen Stimmen.

»*Nur* ein Handwerker? Das erscheint mir nicht angemessen«, befand Jelto.

Ein breites Grinsen huschte über Jos' Miene. »Sagt der, der noch vor wenigen Tagen am liebsten alle Bücher vernichtet hätte.«

»Ich bin immer noch nicht ganz sicher, ob Bücher nicht doch gefährlich sein können, aber es scheint auf jeden Fall anders zu sein, als ich immer geglaubt habe.«

»Was hast du denn geglaubt?« Jos wischte sich die Hände an der braunen Leinenhose ab.

»Das weiß ich gar nicht. Es war einfach eine unumstößliche Wahrheit. Aber was die Auswirkungen genau sind, darüber habe ich mir nie Gedanken gemacht.«

»Du hast gedacht, du fällst tot um, sobald du ein Wort liest.«

»So ungefähr.«

Jos grinste schon wieder und zeigte in Richtung Tür. »Komm mit, aber pass auf deinen Drachen auf, ja?«

»Natürlich. Ich will auch nicht, dass die ganze Mühle in Flammen aufgeht.«

Jos stutzte kurz, dann lachte er. »Es ist viel mehr als das.«

Diesen Satz verstand Jelto erst, nachdem er die Mühle betreten hatte, wo ihn sofort der Geruch nach Büchern überwältigte. Ihm blieb vor Staunen der Mund offen stehen, auch weil sich hier kein einziges Buch befand.

Der Raum besaß keine Fenster, dafür bestand das Dach fast völlig aus Glas. Die Kletterpflanzen, die Jelto von draußen gesehen hatte, bedeckten einen Teil der Scheiben, sodass alles in ein helles, grünliches Licht getaucht wurde.

Drei lange Tische standen in der Mitte, an allen vier Wänden reckten sich Regale bis zur Decke, nur unterbrochen von der Eingangstür und einer weiteren direkt gegenüber, die in den Mahlraum führen müsste – wenn es denn überhaupt einen Mahlraum und Mühlräder gab. Jelto ahnte allmählich, dass er sich nicht in einer Ölmühle befand und hier keine Leinsamen gewonnen wurden.

Noch interessanter fand Jelto den Anblick der Materialien auf den Tischen und in den Regalen. Schüchtern trat er nach links und beäugte einen dicken Stapel. »Ist das … Papier?«

»Du darfst es anfassen. Es wird dich nicht beißen.«

Ganz behutsam nahm er ein Blatt in die Hand. Es war dünner und weniger steif, als er es kannte, eine hauchzarte Schicht zwischen seinen Fingern.

Er legte es zurück in das Regal und sah sich weiter um. Das mussten Abertausende Papierbögen sein, die meisten beigebraun, doch manche auch grün, blau oder strahlend weiß. Dazu standen in einem Regal Töpfe, aus denen der unverkennbare Geruch nach Fischleim drang. Daneben weitere Tiegel mit dunkler Flüssigkeit – Tinte? –, Garnspulen und auf einem Tisch eine Werkzeugkiste mit allerhand Messern, riesigen Nadeln und Beiteln.

»Buchbindewerkzeug«, murmelte Jelto mehr zu sich.

Jos stand hinter den Tischen an der zweiten Tür und beobachtete ihn amüsiert. Jelto riss sich von den Regalen los. »Stellst du das Papier selbst her? Schreibst du die Bücher?«

»Nein, ich kann zwar lesen und schreiben, aber ich binde die Bücher und stelle die Tinte her. Das Papier macht Friso, der Müller. Und das Schreiben der Bücher – nun ja, das ist wieder eine ganz andere Sache. Das soll Sanne dir selbst erklären.«

»Sanne? Wer ist das?«

»Ich stelle sie dir sofort vor. Du müsstest ein Buch mitgebracht haben, oder?«

Jelto zögerte. Er fühlte sich dem gesamten Geschehen ein wenig ausgeliefert. Seit Rona ihn vom Dach seines Elternhauses gerettet hatte, hatte er keine Gelegenheit mehr gehabt, darüber nachzudenken, wem er vertrauen konnte und wem nicht. Aber so sorglos, wie das Lumpenmädchen die Mühle betreten hatte, schien hier keine Gefahr zu drohen.

Also nickte er. »Ich habe das Tagebuch, nach dem Friso mich geschickt hat.«

»Dann komm mit. Wenn dich das Buchbinden oder Papiermachen interessiert, können wir uns später noch unterhalten.« Er duckte sich unter dem Türsturz hindurch und verschwand im Nebenraum.

Jelto umrundete die Tische, warf einen wachsamen Blick auf Quibus. Bei all dem Papier verstand er jetzt, warum Jos Sorge gehabt hatte.

Er betrat den Mahlraum und fand sich auf einer Empore wieder. Von dort erkannte er, dass die Mühle ins abschüssige Bachufer gebaut worden war. Unter ihm lag ein riesiges Mahlwerk – zumindest glaubte er, dass es sich um das Mahlwerk handelte. Denn statt der Mühlsteine, die er erwartet hatte, befanden sich dort sechs armdicke Balken, die je in einem Becken hingen. Im Moment standen sie still. Wenn Jelto es richtig deutete, fungierten diese Balken im Betrieb wie überdimensionale Stößel in den Becken, die in diesem Vergleich die Mörser wären. Aber was sie mahlten oder zerstießen? Leinöl jedenfalls nicht, das wurde zwischen Mühlsteinen erst zu Brei gerieben, aus dem wiederum das Öl herausgepresst wurde.

Jos war am Ende der Empore vor einer schmalen Stiege stehen

geblieben, die einen Knick nach rechts machte. »Komm, Jelto. Ich erkläre dir gern später, wie die Mühle funktioniert. Aber du solltest erst mit Sanne sprechen.«

Quibus machte sich auf seiner Schulter ganz klein und gab keinen Mucks von sich.

Jelto folgte Jos die Stufen hinauf, schritt durch eine schmale Tür und blinzelte überrascht. Er war in einer goldenen Anderswelt gelandet.

Der Raum war sechseckig und rundherum verglast. Er lag mitten zwischen den Baumkronen, sodass er vom Weg, der durch das Tal zur Mühle führte, nicht zu sehen war. Sonnenlicht flutete über einen honiggelben Holzboden und die hüfthohen Regale rings um einen gewaltigen Schreibtisch. All diese Regale waren voller Bücher. Zweifelsohne magische Bücher, die Gerüche verströmten, von denen Jelto schwindelig wurde. Mehr noch, ihm war, als würde die Luft vor lauter Magie summen und in tausend Stimmen wispern. Zum Glück waren alle Regale mit Glastüren versehen. Wenn er dieser Menge Bücher ungeschützt ausgesetzt wäre, würde er vor lauter Sinneseindrücken vermutlich ohnmächtig werden.

Rona hatte hier auf ihn gewartet. Sie trat auf ihn zu und drückte seine Hand. Das brachte ihn wieder ein wenig zur Besinnung. Dankbar blickte er sie an und bekam ein Lächeln. Mit einem stummen Nicken ging Jos an Jelto vorbei und verschwand. Die Stufen knarrten unter seinem Gewicht. Davon abgesehen war es still in diesem Raum.

Erst jetzt bemerkte Jelto noch eine weitere Person im Raum. Die Frau, die hinter dem Schreibtisch saß, war so zierlich, dass sie beinahe hinter dem Möbel verschwand. Sie saß bewegungslos, ließ Jelto Zeit, die Eindrücke aufzunehmen. Lediglich ihre Augen folgten ihm, wie er seinerseits den Blick schweifen ließ. Der Raum weckte ein sehnsüchtiges Verlangen nach etwas, für das er keinen Namen kannte, und zugleich ließ er ihn schaudern. Diese Bücher verströmten *Macht.*

Die Warnungen wurden nicht ohne Grund ausgesprochen. Diese Bücher hier waren gefährlich. Sie durften nicht in die falschen Hände gelangen. Allmählich ahnte Jelto, warum sie sich hier befanden, ganz am Ende eines Tals in einem Gebäude, das von Weitem wie eine harmlose Ruine wirkte, bewacht von diesem riesenhaften Müller und vermutlich anderen Dingen, Fallen vielleicht, die auf den ersten Blick nicht zu erkennen waren.

»Willkommen, Jelto. Schön, dich endlich kennenzulernen.« Sannes Stimme klang warm und freundlich.

Er dagegen räusperte sich mehrmals vergeblich. »Licht für dich.« Er kam sich albern vor. Es war die übliche Begrüßungsfloskel, aber einer Frau, die das Licht selbst zu sein schien, Licht zu wünschen, war völlig unpassend.

Sanne trug ein schlichtes weißes Kleid. Es war völlig unmöglich, ihr Alter zu schätzen, ihr Haar mochte weiß sein, aber ihr Gesicht war faltenlos, ihre Haut hell, beinahe transparent, wie die Papierseiten von Bùch, als Jelto sie einmal ins Gegenlicht gehalten hatte. Rein äußerlich war die ältere Frau Rona nicht ganz unähnlich, sodass Jelto sich kurz fragte, ob die beiden verwandt waren.

Sanne wirkte unscheinbar, doch schwelte unter der Oberfläche eine Gefahr. Jelto fühlte sich an einen Sonnenstrahl erinnert: Er wärmte wohltuend, und dennoch konnte er, im richtigen Winkel gebündelt, ein Feuer entzünden. Und keinesfalls war es ratsam, hineinzuschauen, ohne die Augen zu schützen. Reflexartig wandte er den Blick ab und starrte stattdessen auf seine Stiefelspitzen.

»Setz dich, Jelto. Jos meinte, deine Jagd wäre erfolgreich gewesen. Hast du auch Bùch dabei?«

»Rona hat es.«

Während Rona Bùch aus dem Beutel zog, ließ Jelto sich auf einen gepolsterten Stuhl sinken.

Noch bevor sie es ganz herausgezogen hatte, fing es aufgeregt an zu plappern. »Das wurde aber auch Zeit, was? Endlich! Wo bin ich hier? Wer sind die Bücher denn alle? Mama!«

»Mama?«, wiederholten Jelto und Sanne wie aus einem Mund.

»Jelto! Die Frau da, die hat mich erschaffen! Das wolltest du doch wissen?«

Er wäre keineswegs überrascht gewesen, wenn Bùch jetzt von selbst auf den Schreibtisch gehüpft und zu seiner »Mutter« gekrochen wäre, doch ihm wuchsen keine Beinchen. Rona legte es behutsam ab.

Sanne konnte ein Kichern nicht unterdrücken. Dieser Laut nahm ihr mit einem Schlag eine Menge Erhabenheit. Sie war doch nur ein Mensch, eine Frau in einem weißen Kleid in einem Raum voller Sonnenlicht.

»Ich bin Buchmagierin. Diese Bücher sind alle magisch, das hast du sicherlich schon gespürt. Aber darüber hinaus ist weder an ihnen noch an mir etwas Besonderes«, sagte sie laut, als habe sie Jeltos Gedanken gelesen. »Dieser überwältigende Eindruck, den du hast, kommt allein durch die Menge.«

Er nickte eingeschüchtert. Dieser Wunsch, Sanne Respekt entgegenzubringen und von ihr lernen zu wollen, erinnerte ihn stark an seine erste Begegnung mit Floris.

Sanne zog Bùch zu sich heran und streichelte über den Einband. »Schön, dich wohlbehalten wiederzusehen.«

Es gurrte wie ein verliebter Taschendrache. Quibus reckte die Schnauze etwas weiter unter der Kapuze hervor und knurrte neugierig.

»Oh, ist das dein Freund?«

»Ich musste in seiner Kiste schlafen! Dieser fürchterliche Taschendrache trampelt ständig auf mir herum!«

Sanne hob die Hand vor den Mund und unterdrückte ein erneutes Kichern. »Ist schon gut. Du wurdest gut behandelt und …«

»Gar nicht!«

»… deine Aufgabe ist erledigt. Der Bücherjäger sitzt hier bei mir und hat das Tagebuch bei sich.« Sie nickte zufrieden.

Rona nahm eine Kanne mit kaltem Tee, zwei Becher sowie eine Schale mit Gebäck aus einem Regal hinter sich. Kaum hatte sie den Teller abgestellt, stibitzte Quibus sich einen Keks und krümelte damit den Fußboden voll.

Dann drehte sie sich zur Tür.

»Warte!«, rief Sanne. »Willst du nicht bleiben?«

Rona wandte sich nicht einmal um. Sie huschte wie ein Windhauch aus dem Raum.

Verwundert blickte Jelto ihr nach, bevor er Sanne ansah.

Sofort hob sie abwehrend beide Hände. »Moment. Ich lese dir eine ganze Menge Fragen vom Gesicht ab. Ich werde versuchen, sie zu beantworten. Aber frag mich nicht nach Rona. Ich habe selbst keine Ahnung, welche Rolle sie in dieser ganzen Geschichte spielt. Sie hilft uns. Was sie dazu antreibt und welche persönlichen Ziele sie darüber hinaus verfolgt, ist mir genauso ein Rätsel wie dir. Ich habe mich damit abgefunden, und das solltest du ebenfalls tun.«

Jelto lachte auf und entspannte sich zum ersten Mal an diesem Tag etwas. »Also gut.«

»Sprechen wir doch erst einmal über dich und das, was du unbedingt über deine neuen Fähigkeiten wissen solltest. Du bist buchmagisch begabt.«

»So hat Bùch es ausgedrückt. Es meinte, ich könnte magische Bücher erschaffen. Wie genau, habe ich noch nicht verstanden.«

»Soweit richtig. Und damit ist dein Buchgespür besonders sensibel ausgeprägt. Dieser Raum muss dir ziemlich zusetzen, beziehungsweise all diese magischen Exemplare um uns herum.«

Er schlug verlegen den Blick nieder. »Wären die Bücher nicht hinter den Glastüren, könnte ich es vermutlich nicht unbeschadet aushalten, hier zu sitzen.«

»Sollen wir nach unten, in den Binderaum gehen?«

Erschrocken schüttelte Jelto den Kopf. Denn trotz der Wucht dieser Eindrücke hatte er zum ersten Mal in seinem Leben das Gefühl, sich an dem Ort zu befinden, an dem er sein sollte. Es war wie eine Bestimmung. Allein der Gedanke, von hier fortzugehen, fiel ihm schwer.

»Na gut. Aber ich behalte dich im Blick, lieber Jelto. Denn auch wenn viele Bücher nicht so gefährlich sind, wie immer behauptet wird, sind nicht alle harmlos. Das gilt insbesondere für magische Bücher und ihre Wirkung auf buchmagisch Begabte. Letztere sollten Ersteren ohne entsprechende Ausbildung und Vorsichtsmaßnahmen nicht zu lange ausgeliefert sein. So wie ein guter Herr seinem Hund einen Knochen wegnehmen muss, weil der zu lange daran knabbert und Magenschmerzen bekommt, so muss ich dich vor den magischen Büchern bewahren.«

»Was passiert sonst mit mir?«

»Du verlierst dich in ihnen. Du wirst ein Teil der Geschichte.«

Er blinzelte entsetzt zu Bùch.

»Nein, keine Sorge.« Sofort wedelte Sanne beruhigend mit der Hand. »In Bùch hat sich niemand verloren. Es ist etwas Einzigartiges und Besonderes.«

»Oh, das gefällt mir, mehr davon«, jauchzte Bùch und wölbte ein wenig den Einband.

Sanne lächelte und wandte sich wieder Jelto zu. »Den Büchern merkst du nicht an, wenn sich jemand in ihnen verloren hat. Du würdest allenfalls feststellen, dass eine zusätzliche Figur in den

Text eingebaut worden ist. Was das genau bedeutet, weiß ich nicht, denn zu meinen Lebzeiten ist das noch nie passiert. Was nicht zuletzt daran liegt, dass es so gut wie keine buchmagisch Begabten mehr gibt. Und die wenigen, die dieses Talent mitbringen, vernichten Bücher lieber, statt sie zu erschaffen.« Sie lächelte grimmig. »Ich kenne euch alle, Floris' gesamte Bande. O ja, ich weiß sehr genau, welche machtvolle Position dieser alte Mann noch immer innehat. Ich weiß auch eine ganze Menge über dich und dein Leben, das, was du tust, wer dir nahesteht.«

Jelto war sich nicht sicher, ob er das schmeichelhaft oder beunruhigend finden sollte. Er fühlte von beidem etwas. »Ich will das nicht mehr, das musst du mir glauben.«

»Keine Sorge, das tue ich. Sonst säßen wir jetzt nicht hier und würden bei ein paar Keksen miteinander reden. Und ich bin wirklich froh darum.«

Bùchs Seiten flatterten, es klang aufgeregt. »Na also! Ich habe gewusst, dass er ein ganz besonderes Exemplar ist! Ich habe es sofort tief in den Zwischenräumen meiner Buchstaben gespürt!«

»Schon gut.« Sanne streichelte den Einband. »Das Tagebuch, hast du es bei dir? Würdest du es mir geben, damit ich es lesen kann?«

»Natürlich.« Jelto fand diese Frage etwas merkwürdig. Er war allein hier, Jos und erst recht Friso, der sich sicherlich in der Nähe befand, würden ihm keine Wahl lassen, falls er es sich anders überlegte. Er hatte sich entschlossen, dieser Gruppe in der Mühle zu vertrauen, aber es blieb ein leiser Zweifel, ob er das Richtige tat.

»Jetzt mach schon, Jelto!«, rief Bùch. »Wir wollen doch nicht den ganzen Tag hier herumliegen. Ich möchte zurück nach Brück, da ist es viel aufregender.«

Sanne zeigte auf Bùch. »Und dieses Exemplar kannst du gern mitnehmen. Andernfalls habe ich Zweifel, dass ich das Tagebuch in Ruhe lesen kann.«

Jelto zog das Buch, das seine Mutter von Floris zurückerobert hatte, aus dem Rucksack. Er verstand immer noch nicht ganz, warum dieses Tagebuch so furchtbar wichtig war, aber die Tatsache, dass Floris es um jeden Preis hatte behalten wollen, sagte einiges über seinen Wert in dieser ganzen Geschichte aus. Schlagartig kehrte auch die Enttäuschung über seinen väterlichen Mentor zurück. Er war dem falschen Mann gefolgt.

Plötzlich wünschte er sich, er würde eine Gelegenheit bekommen, sich wieder seinem leiblichen Vater anzunähern. Er hatte verstanden, dass Pim versucht hatte, ihn von der Gefahr fernzuhalten. Dass er ihn deswegen geprügelt hatte, leuchtete ihm aber nicht ein. Vielleicht gab es da auch nichts zu verstehen.

Energisch verdrängte er den Gedanken. Er reichte Sanne das Buch. »Ich hoffe, dass es überhaupt das Tagebuch ist, das du suchst. Es war unter einer Kommodenschublade in einem privaten Zimmer der Fürstin versteckt, aber wer weiß, was die Dame vor dem Zubettgehen liest.«

»Lass mich sehen. Oh, es ist ganz sicher das richtige, siehst du die Prägung? *Tagebuch von Gard Farlinger*, steht hier. Natürlich hatte so ein Fürstenspross damals Geld genug, sich ein persönliches Tagebuch binden und prägen zu lassen. Gut, ich brauche sicherlich eine Weile. Wenn du möchtest, soll Jos dir die Mühle zeigen. Rona meinte, dass Floris dir in Brück bereits auf den Fersen ist. Wenn das stimmt, solltest du dir keine Sorgen machen, solange du hier bist. Bis hierher kommen er und seine Schergen nicht.«

»Danke. Ich habe noch eine Frage.«

»Die wäre?«

»Weder Friso noch du haben sich gewundert, dass ich hierhergekommen bin und nicht Henk. Dabei war der Schwatzling doch für ihn bestimmt.«

»Wie bitte? Nein, du giltst als der beste Bücherjäger. Wir wollten dich.« Sanne legte die Stirn in Falten. »Henk ist gut, aber du übertriffst ihn bei Weitem.«

Jelto nickte verunsichert. Er war nicht überzeugt, doch er hatte den Eindruck, dass für Sanne alles seine Richtigkeit hatte. Dann musste jemand Gilles eine neue Anweisung gegeben haben. Nur, wer? Von selbst dachte sich der Lehrling das nicht aus.

Er verabschiedete sich mit einem Lächeln von Sanne, ging in die Hocke und lockte Quibus an. Der Drache war damit beschäftigt, Kekskrümel vom Holzboden zu lecken. Jelto setzte ihn auf seine Schulter und verließ leise den Raum. Sanne hatte sich längst über das Tagebuch gebeugt und begonnen zu lesen.

Die Papiermühle

»Du hast nicht nur das Buchgespür, sondern bist auch buchmagisch begabt, oder? Ist dein Vater Buchmagier?«, fragte Jos. Jelto hatte ihn im Binderaum angetroffen, wo er mit einem scharfen Messer Papierbündel zurechtschnitt.

»Nein.« Jelto zögerte, wusste nicht, ob er seine Mutter damit in Gefahr brachte, wenn er herumerzählte, was sie war.

Jos nahm ihm die Entscheidung ab. »Dann ist es vermutlich deine Mutter. Es vererbt sich, hin und wieder überspringt es Generationen. Aber es ist in deiner Familie, es lässt sich ausrechnen.«

»Ausrechnen?«

»Ob du die Magie in dir hast oder nicht. Wenn dein Vater und deine Mutter sie beide in sich tragen, ganz gleich, bei wem von beiden sie sich zeigt, dann ist die Möglichkeit, dass du Buchmagier bist, halbe-halbe.«

»Wie bitte? Woher …?«

Lachend machte der Müllergeselle eine ausladende Geste, mit der er die gesamte Mühle einschloss. »Aus Büchern, woher denn sonst? Das ist kein Geheimnis, so etwas wusste früher jedes Kind. In all den Jahrzehnten ist so viel Wissen in Brück verloren gegangen. Vielleicht nicht für immer. Hoffentlich nicht für immer.«

»Und du glaubst alles, was du in einem Buch liest? Was ist, wenn es nicht stimmt?«

»Es sollte immer wieder überprüft werden, da hast du recht«, erklang eine Stimme hinter ihnen.

Jelto fuhr herum. »Wyona!«

»Dieses Überprüfen nennt sich Forschung«, dozierte sie, als wäre es das Selbstverständlichste auf der Welt, dass sie hier unversehrt vor ihm stand. »Forschung ermöglicht Wissen, und Wissen führt zu Fortschritt. Das Wissen zu erschaffen, es zu prüfen, das ist die Wissenschaft. Eigentlich ganz einfach. Vielleicht hast du diese Begriffe mal gehört, aber sie sind in Brück nicht gerade geläufig.«

»Und du kennst sie und lebst sie, diese Worte und ihre Bedeutung«, stammelte Jelto, der inzwischen besser nachvollziehen konnte, wie die Drachenzüchterin über all dies dachte. Einiges, was sie bei ihrem ersten Gespräch gesagt hatte, erschien ihm in neuem Licht.

Wyonas Miene, ein glückliches Lächeln und strahlende Augen, war Antwort genug.

»Wie geht es dir? Wo warst du?«, beeilte er sich zu fragen, da sich in seinem Kopf Widerspruch regte. Was, wenn die falschen Menschen Wissen anwendeten? Was, wenn sie Lügen verbreiteten und andere ihnen diese Lügen glaubten? Konnten Bücher nicht missbraucht werden, waren sie dann nicht doch gefährlich? Zwar anders, als er immer geglaubt hatte, aber dennoch … Das musste ein anderes Mal diskutiert werden.

»Ich bin so froh, dich unversehrt wiederzusehen«, schob er nach.

Er durfte sich über ein gerührtes Lächeln ihrerseits freuen.

»Wo bist du gewesen?«

»Das lässt sich nicht in zwei Sätzen beantworten«, sagte sie. »Weißt du, wie es Jacco geht? Und meinen Drachen?«

Er hob die Augenbrauen. »Interessant, dass du mich nach Jacco fragst. Seit wann weißt du, dass er mein kleiner Bruder ist?«

»Erst seit ein paar Tagen. Rona hat mir berichtet, was passiert ist und dass ihr euch begegnet seid.«

»Immer wieder Rona. Gibt es etwas, das sie nicht weiß?«

Wyona zog nur lachend die Schultern hoch.

»Es geht allen gut, Jacco hat dich letzte Nacht lange gesucht. Du züchtest Hausdrachen? Das mit dem fürstlichen Zuchtprogramm ist gelogen, oder?«

»Du hast Feikje gesehen?«, fragte sie erschrocken.

»Ich habe deinem Vater beim Füttern geholfen. Er war etwas überfordert.«

»Oh. Gut … ähm. Danke. Nun, Feikje ist das, worüber wir gerade gesprochen haben: Drachenzuchtforschung. Ich will beweisen, dass es Hausdrachen gibt. Und Manufakturdrachen.«

»Mein Bruder Jacco hat davon erzählt –«

Ein Ruf ertönte aus dem Mahlraum. Jos entschuldigte sich und ließ die beiden allein, was Jelto mehr als recht war.

»Wie bist du hergekommen?«, fragte er.

»Vermutlich genau wie du. Dein Floris –«

»Das ist ganz sicher nicht *mein* Floris. Er hat mich ziemlich übel hinters Licht geführt.«

»Dein ehemaliger Mentor war auf der Suche nach mir, und ich musste verschwinden. Rona hat mich hergeführt. Kaum dass wir hier angekommen waren, ist sie sofort wieder los, als würde sie Gefahr spüren.«

Jelto lachte auf. »Ich war auch in Gefahr. Ich war kurz davor, mitsamt diesem verfluchten Tagebuch von der fürstlichen Wache eingesammelt zu werden. Aber mich hat beim ersten Mal Bùch hergeführt, nicht Rona. Besser gesagt sein Inhalt.«

»Den du *erfasst* hast.«

»Bist du etwa neidisch, weil ich das kann?«

»Zugegeben, ein bisschen. Ich würde zumindest gern verstehen, wie es funktioniert.«

»Dafür kann ich immer noch nicht lesen.«

»Willst du es denn lernen?«

»Weiß nicht. Vielleicht, ich denke schon.« Das war untertrieben. Aber er erinnerte sich gut an ihre erste Unterhaltung, als er Quibus abgeholt hatte, und es fiel ihm nicht leicht zuzugeben, dass sie in allen Punkten recht und er unrecht gehabt hatte.

Im Mahlraum waren die Stimmen verstummt. Stattdessen hatte ein gleichmäßiges Stampfen eingesetzt. Jos und Rona kehrten zurück in den Binderaum.

Jelto neigte den Kopf und lauschte. »Das Stampfen, das ist die Mühle, richtig? Ich verstehe immer noch nicht, wie das mit dem Papier vor sich geht.«

Rona grinste, das war ganz untypisch für sie. Sie wirkte richtig stolz.

»Ich auch nicht«, meinte Wyona. »Woraus stellt ihr es her?«

Einen Moment lang lauschte Jelto ihren Worten nach. Er meinte, einen merkwürdigen Unterton aus ihren Worten herausgehört zu haben, als wäre da mehr als reine Neugier. Es klang eine Spur zu beiläufig. Spionierte sie für jemanden?

Oder erlag er selbst allmählich seinen eigenen Verfolgungsgedanken?

Jos bemerkte jedenfalls nichts. »Kommt mit, ich zeige es euch.«

Sie folgten ihm in den Mahlraum. Die sechs Balken bewegten sich nun rhythmisch mit jeder Drehung des Mühlrades auf und ab. Vor den Becken lagen Lumpen, sortiert nach Größe und Farbe. Friso hockte auf einem Schemel und schnitt die Überreste einer Hose in schmale Streifen. Gerade trennte er einen Knopf ab und warf ihn in einen Holzeimer. Er blickte nicht einmal auf.

Jos zeigte auf die Becken, in denen die Balken auf und ab stampften. Jelto und Wyona traten näher und blickten auf einen Brei aus Wasser und Lumpenstreifen.

»Dieser Brei nennt sich Pulpe. Falls ihr euch je gefragt habt, wer Rona die Lumpen abnimmt, die sie in ganz Brück sammelt, habt ihr hier die Antwort. Die Mühle stampft das Leinen klein, bis kaum mehr als dünne Fasern übrig sind.«

»Leinenpapier. Jetzt verstehe ich!« Jelto riss erstaunt die Augen auf. »Floris hat es häufig so genannt, ich habe mir aber nichts dabei gedacht. Vor allem nicht, dass es denselben Ursprung hat, nämlich die Pflanze.«

»Und deshalb liebt Quibus Bücher genauso sehr wie Leinendecken«, ergänzte Wyona. »Aber dieser Brei, wie soll daraus Papier werden?«

Jos zeigte auf eine Tür neben dem Treppenaufgang zu Sannes Bibliothek, die Jelto bis dahin noch gar nicht bemerkt hatte. Sie betraten den Raum dahinter, dem Binderaum nicht unähnlich, mit einer Werkbank in der Mitte und Regalen an den Wänden. Zusätzlich standen hier noch ein Bottich mit milchigem Wasser sowie ein hölzernes Ungetüm. An einer Wand lehnten mehrere Rahmen, die in vier Rechtecke unterteilt waren, in die wiederum dünnes Drahtgeflecht eingespannt war.

»Das hier ist unser Schöpfraum. Seht her.« Jos nahm einen Rahmen, der auf dem Tisch bereitlag, und hielt ihn über den Bottich. »Die Pulpe wird hier herausgeschöpft und ganz dünn auf dem Draht verteilt. Dann wird dieser Rahmen zwischen zwei Holzplatten hier in die Schraubpresse eingespannt.« Er legte den Rahmen ab und wandte sich der Presse zu. Dort drehte er an einer Kurbel und eine Holzplatte schwebte an einem Gewinde in die Höhe, dann eine zweite, eine dritte, eine vierte. Als sich die achte und letzte Platte hob, erblickten sie einen dieser Rahmen, der darunter gelegen hatte. Er passte genau hinein. Jos hob ihn an, drehte ihn auf der Werkbank um und klopfte sanft darauf, half mit den Fingerspitzen nach, bis vier Bögen Papier auf den Tisch flatterten.

»Nein! Das ist ja fantastisch.« Wyona nahm ein Blatt und streichelte zart darüber, als handle es sich um ein Taschendrachenküken.

Jelto bemühte sich, äußerlich gelassen zu bleiben. Doch als er den hauchdünnen Bogen zwischen den Fingern hielt, überlief ihn ein ehrfürchtiger Schauder.

»Die Mühlen, von denen nur noch die Ruinen stehen, waren einst Papiermühlen«, erzählte Jos leise. »Brück war berühmt für feinstes Leinenpapier, es wurde in alle Welt verkauft. Manche Mühlen haben die Fasern direkt von den Röstgruben abgenommen; Flachs, der nicht gut genug zum Weben war. Früher kamen über Mittelburg täglich Fuhrwerke mit Lumpen aus dem ganzen Land, und dennoch konnte der Bedarf der Mühlen kaum gedeckt werden.«

»Aber das Papier ist viel rauer, als ich es kenne.« Wyona beäugte kritisch das Blatt in ihrer Hand.

»Ja, das stimmt. Es kann bei Bedarf noch geglättet werden.«

Jelto interessierte das im Moment nicht. »Die Mühlen mussten also auch schließen? Nach der Säuberung?«

»So ist es. Es wurden ja nicht nur die Bücher und das Lesen verboten, sogar das Herstellen der Materialien für Bücher. Es gab auch spezialisierte Gerbereien, die Einbände hergestellt haben, die Buchbinderinnen und Buchbinder wie die Vorfahren deines Vaters, und diejenigen, die Tinte produzierten. Es war der Niedergang der gesamten Kette an Handwerk und Produktion. Diese Mühle ist die einzige, die überlebt hat, dank Menschen wie Friso.«

»Zu viel der Ehre.« Unbemerkt von Jelto und Wyona hatte der kräftige Müller den Raum betreten. Er schlug Jos freundschaftlich auf die Schulter, sodass der ein wenig in die Knie ging, und zog ihn dann an sich. Der Geselle errötete leicht.

Friso entließ ihn aus der Umarmung und hielt einen Bogen Papier gegen das Licht, das aus einem der Fenster direkt unter der Decke fiel. »Seht ihr das Wasserzeichen? Das ist unseres. Wie alle Menschen hinterlassen wir Spuren auf dieser Welt. In diesem Fall sind wir die Letzten, dessen Wappentier euch da entgegenschaut.«

Jelto hob den Papierbogen in seiner Hand und erblickte fasziniert ein Rechteck, in dem ein Esel abgebildet war, angedeutet nur, aber mit den langen Ohren deutlich erkennbar. Darunter befanden sich fünf Flachsblüten. Der Aufbau dieses Wappens war genau wie der des fürstlichen, nur dass das der Farlingers einen Fuchs zeigte.

»Und du schaffst all die Lumpen an?« Jelto wandte sich zu Rona um und stellte fest, dass sie mal wieder verschwunden war. Er schaute zu den anderen, aber sie alle erwiderten seinen ratlosen Blick.

Friso zuckte mit den Schultern. »Rona hat schon meine Eltern mit Lumpen beliefert. Und jetzt sag schon, dass das nicht sein kann, Jelto, wo sie doch ein Mädchen oder eine junge Frau im gleichen Alter wie du und Wyona ist. Ich kann es dir nicht erklären.«

»Bist du denn sicher?«, wollte Wyona wissen. »Es kann doch auch eine ältere Schwester oder eine andere Verwandte gewesen sein, sogar ihre Mutter. Wenn sie ein Mensch ist, muss sie eine Mutter haben.«

Jos grinste vielsagend, schwieg jedoch.

Friso dagegen schnaubte belustigt »Wenn sie ein Mensch ist! Nicht einmal darauf würde ich wetten.«

»Was soll sie denn sonst sein?« Jelto schüttelte ungläubig den Kopf.

»Mein lieber Junge. Wenn du erst einmal einige Zeit in Gesellschaft einer so mächtigen Buchmagierin wie Sanne verbracht hast, wunderst du dich über die wenigsten Dinge. Sprechende Bücher sind ja auch so eine Sache, die es meiner Meinung nach nicht geben dürfte.« Friso kam auf ihn zu und schlug ihm ähnlich kräftig auf die Schulter wie zuvor Jos. Ihm blieb die Luft weg. »Wo ist dieser Quälgeist überhaupt?«

»Jelto hat es im Binderaum abgelegt.« Wyona zeigte über die Schulter zur Tür.

»Was soll mit Bùch passieren?«, fragte Jelto die beiden Männer. »Ich fürchte, es ist in ganz Brück nicht sicher.«

»Da würde ich dir zustimmen.« Friso nickte nachdenklich und schwieg einen Moment. »Und es hat seine Schuldigkeit getan, indem es dich hergelockt hat. Vermutlich ist es bei Sanne am besten aufgehoben.«

»Und was können wir jetzt tun, während wir warten, dass Sanne fertig ist?« Wyona blickte sich um, als würde sie im Schöpfraum eine Antwort finden.

Jos bemerkte das und lachte. »Wenn ihr Lust habt, könnt ihr uns zur Hand gehen. Jelto, du wolltest doch sicher schon immer wissen, wie ein Buch gebunden wird?«

Er hob ruckartig den Kopf. »Ernsthaft? Das fragst du noch?«

Manufakturdrachensorgen

Am späten Nachmittag ging Wynni zu Jelto, um sich zu verabschieden. Während er sich mit Jos in den Binderaum zurückgezogen hatte, war sie den gesamten Tag über mit dem Schöpfen, Pressen und Glattschaben des Papiers beschäftigt gewesen, und es hatte ihr einen riesengroßen Spaß gemacht. Friso war begeistert. Der Tag ging dahin, aber Sanne ließ sich nur kurz blicken, schüttelte bedauernd den Kopf und verschwand wieder.

Wynni hoffte, dass Jacco im Laufe der Tages zur Station gegangen war und die Drachen gefüttert hatte oder wenigstens ihr Vater für das Nötigste gesorgt hatte. Sie konnte es nicht mehr verantworten, die Drachen noch länger allein zu lassen.

Sie klopfte gegen den Rahmen der offen stehenden Tür und trat herein. »Sonnenlicht für dich, Jelto. Ich wollte mich für heute verabschieden. Wo ist Jos?«

»Oben in der Küche, um das Abendessen vorzubereiten.«

Wynni lächelte. Jelto schaute nicht einmal auf, sondern blieb konzentriert über einen Papierstapel gebeugt sitzen, die Zungenspitze in einen Mundwinkel geklemmt. Bùch lag nahe bei ihm, und auch wenn es keine sichtbaren Augen hatte, erweckte es doch sehr den Eindruck, dass es Jelto genauestens beobachtete.

»Ich kann die Drachen nicht länger allein lassen, ich muss nach ihnen schauen.«

»Und nach deinem Vater, oder?«

»Na ja, du hast ihn ja selbst erlebt, er kommt nicht sehr gut allein zurecht.«

»Das stimmt.« Jelto zupfte an einem Fadenende, das aus den frisch gebundenen Buchseiten herausstand.

»Das sieht sehr gut aus, Jelto«, lobte Bùch. »Noch eine Lage und du kannst den Einband leimen.«

»Ach sei doch still. Es ist fürchterlich schlampig. Der Faden dort ist viel zu locker.« Jelto blickte Wynni an und nickte mit dem Kinn zur Tür. Dann stand er auf und wischte sich die Hände an der Hose ab.

Wynni verstand: Er wollte mir ihr außerhalb von Bùchs Hörweite reden.

»Halt, wo wollt ihr denn hin? Ihr könnte mich doch nicht hier allein –«

»Bis bald, Bùch!« Wynni winkte ihm zu.

»Ich bin gleich wieder da, lauf nicht weg.«

»Das kann ich nicht, du dummer Mensch. Was für eine überflüssige Bemerkung.«

»Ironie ist an dieses Buch verschwendet«, brummte Jelto.

»Das habe ich gehört! Was hast du gesagt?«

Wynni kicherte.

Gemeinsam verließen sie die Mühle. Draußen war die Luft feucht und schwül, es roch nach Erde und modrigem Laub. Die Sonne stand noch hoch und warf von den Bäumen grün gefärbtes Licht auf den Bach und die Umgebung.

Jelto steckte die Hände in die Hosentaschen. »Du bist vorhin ausgewichen, als ich gefragt habe, wo du gewesen bist. Kannst du mir nicht wenigstens einen Hinweis geben? Jacco und ich haben uns ziemliche Sorgen gemacht.«

Sie schwieg eine ganze Weile, bevor sie zögernd antwortete. »Ist es für dich in Ordnung, wenn ich es dir erst einmal nicht erzähle?«

»Merkwürdige Frage. Ich kann dich ja wohl kaum dazu zwingen.«

»Das würdest du nicht tun.«

»Nein, ganz sicher nicht.« Er lächelte. »Allerdings führen deine Worte jetzt nicht gerade dazu, dass ich weniger neugierig bin.«

Wynni senkte betroffen den Blick. »Das tut mir leid. Nun, ganz freiwillig bin ich ja nicht verschwunden. Ich bin überfallen worden.«

»Wie bitte? Aber das …!«

»Keine Sorge, mir ist nichts passiert. Ich hatte Hilfe. In Brück gibt es noch andere wie die beiden Müller und Sanne. Menschen, die Bücher retten und in die Stadt zurückbringen wollen, samt dem Wissen, das sie enthalten, samt den Geschichten, die Lesende in fremde Welten entführen und verzaubern können.« Sie brach ab.

»Das verstehe ich«, sagte Jelto ganz leise, fast mehr zu sich.

»Wirklich?«

»Ja.« Er betrachtete seine Hände, die Stich- und Schnittwunden aufwiesen. An den Knöcheln klebten Reste von Fischleim. Er puhlte sie ab. »Wir alle haben das Recht, Fehler einzusehen und es in Zukunft besser zu machen, oder nicht? Das muss ich mir auch immer wieder in Bezug auf meinen Vater sagen.«

»Jacco hat mir erzählt, dass er dich geschlagen hat.«

»Ja. Aus Angst und Hilflosigkeit. Er hat keine andere Möglichkeit gesehen, mich von dem Wissen über das Buchbinden und die Buchmagie fernzuhalten.«

»Verzeihst du ihm?«

Jelto kaute auf seiner Unterlippe. »Ich weiß nicht. Es ist nicht einfach. Aber ich habe im Moment vor allem mir selbst viel zu verzeihen. Ich muss mit mir zurechtkommen und der Tatsache, wie viele Bücher ich eigenhändig vernichtet habe. Und das obwohl …« Er brach ab.

Wynni war froh, dass er nicht weiter danach fragte, was ihr passiert war. Sie hätte ihn nur ungern angelogen. Sie wartete geduldig.

»Ich habe ihre Schreie gehört, hin und wieder«, gab er nach einer langen Pause zu. »Im Feuer. Wenn magische Bücher verbrennen, kann ich es wahrnehmen. Es ist grauenhaft. Ich habe trotzdem weitergemacht.«

Ohne darüber nachzudenken ergriff Wynni seine Hand und drückte sie. »Aber du wusstest doch nicht, was es ist. Was du bist. Eines Tages wirst du dir das verzeihen können.«

Er seufzte tief. So ernst war er noch nie gewesen. »Ich hoffe wirklich, dass dieser Tag kommen wird, bevor ich alt und grau bin.«

Eine Weile standen sie so, lauschten den Vögeln in den Bäumen, dem plätschernden Bach und dem leisen, regelmäßigen Stampfen der Mühle.

Dann entzog Jelto ihr die Hand. »Los jetzt, lauf. Ich habe erlebt, wie anstrengend ein Schwarm hungriger Taschendrachen sein kann.«

»Wo ist eigentlich Quibus?«

»Bei Jos in der Küche. Er hat ihn mit irgendeinem Leckerbissen gelockt, weil er meinte, ich wäre zu konzentriert auf meine Arbeit, um in einem Raum voller Papier auf meinen Taschendrachen aufzupassen.« Er neigte den Kopf, als würde ihm jetzt erst bewusst, was der Müllergeselle da zu ihm gesagt hat.

»Na dann.« Wynni lachte. »Als Nächstes wirst du lederne Einbände besticken.«

»Davor bewahre mich das Mondlicht.« Jelto schüttelte sich. »Wynni, pass auf dich auf, ja?«

»Rona wird mich in die Stadt bringen. Und dort habe ich einen Beschützer.«

Wie ein Nebelschwaden, den der Wind auf den Weg gehaucht hatte, stand Rona plötzlich da. Sie lächelte und winkte ihnen zu.

Wynni lief los. »Ich hoffe, dass ich morgen wiederkommen kann. Ich will doch wissen, was in diesem Tagebuch steht.«

Es tat nicht gut, Jelto all das zu verschweigen, was sie am Morgen im Gewürzlager von Febe und Henk erfahren hatte.

War es wirklich erst heute Morgen gewesen? Es kam ihr vor, als wäre es eine Ewigkeit her, seit sie und Henk sich getrennt hatten. Der Bücherjäger war auf das Dach des Lagerhauses hinaufgeklettert und so entkommen. Wynni war zu Rona in den Kahn gestiegen, und das Lumpenmädchen hatte sie in Windeseile übergesetzt. Am anderen Ufer hatte sie Wynni über verschlungene Pfade durch die Altstadt und schlussendlich bis ins Mühlental geführt. Pfade, von denen Wynni nicht einmal etwas geahnt hatte, obwohl sogar einer ganz in der Nähe der Drachenzuchtstation verlief.

Obwohl es also keinen Umweg bedeutete, sondern nur eine kurze Verzögerung auf ihrer Flucht, war es gar nicht so leicht gewesen, Rona davon zu überzeugen, über die Mauer zu klettern und kurz Halt zu machen. Nicht nur, um die Drachen zu füttern und den Schwarm nach draußen fliegen zu lassen – dass die Drachen dringend gefüttert werden müssen, war eine kleine Notlüge gewesen, die Wynni Jelto gegenüber gebraucht hatte –, sondern auch, um das Buch *Anatomie des Manufakturdrachen* dort zu verstecken, das sie hatte mitnehmen dürfen. Umso schneller war Rona dann auf dem Weg zur Mühle vorgelaufen, sodass Wynni Mühe gehabt hatte, nicht den Anschluss zu verlieren.

Zu gern hätte sie Jelto von dem Gespräch mit Febe berichtet und ihn nach seiner Meinung über diese heimliche Bücherretterei gefragt. Im Laufe des Tages war sie mehrmals kurz davor gewesen. Am Morgen war ihr alles so plausibel, logisch und vertrauenswürdig erschienen. Inzwischen waren ihr wieder Zweifel gekommen. Waren Febe und die anderen, was sie vorgaben zu sein? Oder spielten sie Wynni etwas vor, damit sie Informationen preisgab? Tat sie das Richtige, wenn sie ihnen von der Papiermühle erzählte?

Das Schlimmste an all dem war dieses beständige Misstrauen gegen alles und jeden. Einzig Rona schien genau zu wissen, was sie tat.

Wynni hatte sehr wohl Jeltos Reaktion bemerkt, als Jos ihnen die Papierherstellung erklärt hatte. Klar, er kannte sie als wissbegierig und an vielem interessiert, aber sie hatte vielleicht ein wenig zu aufmerksam nachgefragt. Weil es etwas war, das Febe erfahren wollte und sollte.

Quallendreck noch mal, sie taugte wirklich nicht zur Spionin. Und sie war hin- und hergerissen, wem ihre Loyalität gelten sollte. Am liebsten wäre sie auf direktem Weg zu Febe gelaufen, hätte sie zur Mühle gebracht und Sanne vorgestellt. Wollten sie nicht alle das Gleiche, die Bücher retten? Aber die mahnenden Worte der Kapitänin, ihre Erklärung, dass sie selbst nicht einmal genau wusste, wer ihrer Bewegung angehörte, waren ihr gut im Gedächtnis geblieben. Auch Sanne wirkte verstohlen, schien hin und wieder Mühe gehabt zu haben, Wynni zu vertrauen, nachdem Rona sie zur Mühle gebracht hatte.

Überhaupt, Rona. Dieses geisterhafte Mädchen war ein immer größeres Rätsel. Sie schien immer genau zu wissen, was vor sich ging. Was Friso behauptet hatte, konnte nicht stimmen. Rona war immer genauso alt gewesen wie Wynni. Sie erinnerte sich gut daran, wie sie einander als ungefähr Siebenjährige begegnet waren, als Rona den verletzten Taschendrachen zur Station gebracht hatte.

Nachdem Rona auch Jelto zur Mühle gebracht hatte, war sie wie vom Erdboden verschluckt gewesen. Aber als Wynni Friso erklärt hatte, sie müsse nach ihren Drachen sehen – in Wahrheit zu Febe gehen –, hatte der gemeint, dass Rona sie gleich nach Hause führen würde, das sei sicherer. Woher das Lumpenmädchen gewusst hatte, wann sie auftauchen sollte, war Wynni schleierhaft. Aber Rona war da, und jetzt folgte sie ihr, wieder einmal.

Und es wunderte Wynni kein bisschen, dass sie für den Rückweg eine Abkürzung nahmen, die, so schien es, einmal quer unter den Hügel führte. Auf einer frühabendlich belebten Straße im Villenviertel trafen sie auf Gilles.

Und Rona verschwand wie Rauch im Wind.

Gereizt starrte Wynni einen Moment lang Löcher in die Luft, weil ihr im gleichen Moment bewusst wurde, dass Rona, wenn sie über alles Bescheid wusste, auch ihr Doppelspiel längst durchschaut hatte. Was wusste sie über Febe und deren Gruppe? Wo sollte das noch hinführen?

»Gehen wir«, befahl sie Gilles in einem ruppigen Ton, sodass der ihr erschrocken schweigend Richtung Gewürzlagerhaus folgte.

Sie gelangten unbehelligt zum Lagerhaus. Zu Wynnis Unmut traf sie dort aber weder Febe noch Henk an. Der fürstliche Schreiberling, ein glatzköpfiger Mann mit olivfarbener Haut, war gerade dabei, das Verkaufskontor abzuschließen und das Verzeichnis mit wichtiger Miene in eine Kiste zu legen, die er ebenfalls sorgfältig verschloss.

Wynni schüttelte unmerklich den Kopf. So viel Aufwand nur für ein Buch, in dem Käufe und Verkäufe dokumentiert wurden. Was Febe mühelos selbst tun könnte.

Gilles lehnte sich in dem Vorraum zum Kontor gegen eine Säule, während sie den Schreiberling beobachteten, wie er die letzten Lagerarbeiter, ausnahmslos junge Männer mit verschiedenen Haar- und Hautfarben, aus dem Gebäude scheuchte.

»Und jetzt?«, fragte der Bücherjägerlehrling. »Der Schreiberling wird uns kaum hier drin warten lassen. Ich meine, ich käme ohne Probleme jederzeit wieder hier hinein, aber das hat kaum einen Sinn, solange Febe nicht auftaucht.«

»Und du weißt wirklich nicht, wo sie ist oder wie lange es dauert, bis sie zurückkommt?«

»Wir könnten am Schiff nachschauen. Manchmal ist sie dort beschäftigt.« Plötzlich grinste Gilles listig.

Wynni verengte die Augen zu schmalen Schlitzen. »Du hast eine Idee. Ich sehe es dir an.«

»Du kannst ihr eine Botschaft hinterlassen.«

»Stimmt. Hast du einen Schwatzling zu Hand?«

Gilles klopfte mit wichtiger Miene auf seine Taschen. »Ich habe ein kleines Stück Papier und einen Kohlestift.«

»Oh.« Wynni fehlten die Worte. Natürlich, sie hatten ihr von dieser Austauschmethode erzählt, sich Botschaften zu schreiben.

Der Schreiberling kam auf sie zu. »Raus jetzt hier. Ich weiß zwar, dass du Gnom die Kapitänin kennst, aber wenn du hier allein etwas anstellst, muss ich die Verantwortung dafür übernehmen. Darauf habe ich gar keine Lust.«

Gilles nickte gehorsam und zog Wynni mit sich. Kurze Zeit später standen sie in der schmalen Gasse zwischen den Lagerhäusern. Die Lagerarbeiter riefen sich Abschiedsworte zu und verschwanden in kleinen Gruppen in Richtung Fischmarkt.

Wynni schaute sich um. Die Fassaden bestanden alle aus ähnlich dunkelrotem Klinker, in regelmäßigen Abständen von Toren unterbrochen. In den oberen Stockwerken gab es kleine Balkone vor den Toren, damit die Ware dort hinaufgehievt und abgelegt werden konnte, bevor sie eingelagert wurde. Ganz oben baumelten Lastenkräne. Die meisten wurden jedoch nicht mehr genutzt. In vielen Lagerhäusern befanden sich im Inneren Rampen, über die Karren hinaufgeschoben oder -gezogen werden konnten. Ob das leichter war, konnte Wynni nicht beurteilen. Sie hatte sich nie Gedanken dazu gemacht, jetzt aber fragte sie sich, ob das auch eine Sache war, die Febe mit dem Verfall von Brück gemeint hatte. Dass vieles einfach rückständiger wurde. An ihrem Lagerhaus war der Kran jedenfalls gut gepflegt und wurde auch benutzt.

»Wir sollten warten, bis die Arbeiter und vor allem der Schreiberling fort sind.« Gilles hatte verstohlen die Stimme gesenkt, obwohl sie niemand beachtete.

»Nein, Gilles, hör zu, wir machen das anders. Du begleitest mich zur Zuchtstation –«

»Das hätte ich ohnehin getan. Hast du den Überfall vergessen?« Er hob die Hand ein wenig, und Wynni konnte sehen, dass er sein Blasrohr darin verbarg.

»Und entweder nehmen wir einen meiner Schwatzlinge für die Botschaft, oder ich schreibe sie dort, wo mich niemand beobachten kann. Aber hier zu warten hat keinen Zweck.«

»Verstanden. Also gut, gehen wir.«

Wynni folgte ihm erleichtert. Sie hatte nicht zugeben wollen, dass sie sich nicht traute, etwas zu schreiben. Aus Gilles' Mund klang es so selbstverständlich, aber das war es für sie keineswegs. Es war Jahre her, dass sie etwas geschrieben hatte. Was, wenn es niemand lesen konnte?

Sie betraten den Hof vor der Zuchtstation, und Wynni ahnte, dass sie es so bald nicht herausfinden würde, da ihnen ein wild winkender Jacco entgegenkam.

»Wynni, wir müssen reden. Wir müssen etwas tun!«

»Jetzt lass uns erst einmal reinkommen. Dein Bruder hat erzählt, dass die Wachen euch besucht haben. Dass du hier vor mir stehst, ist ein gutes Zeichen, aber wie geht es deinen Eltern?«

»Heißt das, du hast Jelto getroffen? Konnte er entkommen?«

»Er ist in Sicherheit.«

Jacco schnaufte erleichtert, bevor er antwortete. »Bei meinen Eltern ist alles in Ordnung. Sie haben sie befragt und dann nicht weiter behelligt. Aber ich habe eine grauenhafte Entdeckung gemacht.«

»Lass uns erst einmal reinkommen und abschließen. Ich möchte nicht schon wieder überfallen werden.«

Jacco tänzelte neben ihnen her und konnte sich kaum zurückhalten, bis Wynni und Gilles das Hallentor hinter sich geschlossen und den Riegel vorgeschoben hatten. Dann nickte sie ihm auffordernd zu.

»Der Manufakturdrache. Er hat Flügel!«

»Unmöglich.«

»Doch, ich habe es mit eigenen Augen gesehen!«

»Wie bist du an ihn herangekommen?«

Jacco senkte verschämt den Kopf. »Ich habe das Schloss zu dem Gewölbe geknackt, in dem sein Käfig steht. Er leidet, Wynni, wir müssen ihn da rausholen.«

Gilles schaute zwischen ihnen beiden hin und her. »Manufakturdrachen gibt es nicht.«

»Doch.«

»Ihr wollt mich reinlegen.«

»Komm mit.« Wynni ging voraus und zeigte ihm Feikje in ihrem Verschlag.

Gilles sank mit einem erstaunten Ausruf auf die Knie. »Darf ich sie anfassen?«

»Natürlich, sie tun nichts.« Wynni wandte sich an Jacco. »Du musst dich verguckt haben. Manufakturdrachen sind wie Hausdrachen, nur größer. Ihre Flügel sind verkümmert.«

Jacco schob trotzig die Unterlippe vor und murmelte etwas davon, dass er genau wisse, was er gesehen habe.

Mit einem gereizten Knurren ließ Wynni die beiden Jungen stehen und ging zu den Volieren ganz am Ende der Halle neben dem Lagerraum. Dort hatte sie vor wenigen Stunden erst die *Anatomie des Manufakturdrachen* versteckt. Sie hatte das Buch nicht ohne Grund mitgenommen, denn sie hatte ja bereits geahnt, dass Jacco einen Drachen entdeckt hatte und sie ihn früher oder später befreien würden. Vorausgesetzt, es ging ihm dort in seinem geheimen

Gefängnis nicht gut – wovon Wynni überzeugt war, denn warum sonst sollte die Fürstin in ihrer Manufaktur einen Drachen geheim halten?

Aber hätte das alles nicht noch ein paar Tage warten können? War die ganze Angelegenheit um Jelto und Bùch, die Papiermühle und das Lagerhaus nicht schon kompliziert genug?

Sie wollte gerade das Buch aus seinem Versteck zwischen Leinenlumpen und Algenködern hervorziehen, als über ihr ein heftiger Tumult ausbrach. Sie sprang erschrocken auf – und begriff, dass der Taschendrachenschwarm durch die gekippten Fenster geflogen war und sein Abendessen einforderte.

»Jacco? Kannst du dich um die wilde Meute kümmern?«

»Mach ich!«

Die Taschendrachen verursachten nicht nur eine willkommene Ablenkung. Sobald Jacco mit der Fütterung begann, würden sie zuverlässig vor Eindringlingen warnen, weil sie sich nämlich in der Hoffnung auf Futter auf jede Person stürzen würden, die die Halle unbemerkt betreten wollte.

Wynni setzte sich mit dem Buch auf den Knien vor die Voliere und begann zu blättern, da sie meinte, sich an schematische Zeichnungen zu erinnern. Sie hatte bisher keine Gelegenheit gehabt, mehr als einen flüchtigen Blick hineinzuwerfen und voller Wehmut den Namen ihres Großvaters *Tejk, Drachenzüchter von Brück* zu betrachten, den er vermutlich vor langer Zeit höchstpersönlich in schnörkeliger Schrift auf die erste Seite geschrieben hatte.

Wynni brauchte nicht lange, um festzustellen, dass Jacco sich nicht verguckt hatte. Was sie beim Durchblättern am Morgen für einen etwas unproportionierten Taschendrachen gehalten hatte, war die Abbildung eines Manufakturdrachen. Die Flügel seien gut ausgebildet, so die Erläuterung darunter, sodass die Drachen bei entsprechender Dressur als fliegende Boten eingesetzt werden konnten. Sie würden Gegenstände bis zu sechs Pfund transportieren können, im Gegensatz zu Taschendrachen, denen lediglich ein maximales Gewicht von einem Viertelpfund zuzumuten war.

Sie las den Abschnitt ein zweites und ein drittes Mal. Drachen als Boten? Sie traute ihren Augen nicht.

Um sie herum wurde es allmählich ruhiger, je mehr Taschendrachen in die Volieren zum Fressen flogen.

Aber ja, Jelto hatte ihr erklärt, dass er Quibus zum Spähen abrichten wollte. Woher wusste er, wie das ging, besser gesagt, *dass* es überhaupt ging? Wusste er auch etwas über den Einsatz von Drachen als fliegende Lastenträger? Wynni blätterte weiter, überflog nur noch die Überschriften.

Und dann begriff sie, dass die Quälerei, die in der fürstlichen Manufaktur vor sich ging, noch viel schrecklicher war, als sie und Jacco geahnt hatten.

»Jacco! Komm her!«

»Was denn?« Mit einer Schale Futter in der Hand und von den letzten sechs Taschendrachen umschwärmt, kam er näher. Gilles folgte ihm schüchtern.

Wynni überlegte. Eigentlich müsste sie Gilles fortschicken. Sie wusste nicht, ob sie ihm trauen sollte, und außerdem hatte ihre Mission nichts mit der Rettung der Bücher zu tun. Doch sie ahnte bereits, dass sie es nicht allein mit Jaccos Hilfe schaffen konnte.

Sie traf eine Entscheidung und hoffte im Stillen, dass sie diese nicht bereuen würde.

»Kommt her, beide.« Sie legte das Buch vor sich auf den Boden und schlug die Doppelseite mit der Schemazeichnung auf. »Du hattest recht, Jacco, bitte entschuldige, dass ich dir nicht geglaubt hatte. Manufakturdrachen haben Flügel.«

»Ich weiß, was ich gesehen habe«, wiederholte er mit trotzigem Stolz in der Stimme.

Gilles beugte sich neugierig über die Zeichnung.

Wynni wartete, bis Jacco die Schale auf dem Boden abgesetzt hatte und zu ihr kam. Die Taschendrachen stürzten sich begeistert auf das Futter und kugelten ausgelassen herum.

»Ich habe jetzt auf die Schnelle nicht alles lesen können, aber wenn ich das richtig verstanden habe, sind eigentlich die Hausdrachen für den Einsatz in einer Manufaktur oder einem größeren Haushalt gezüchtet worden. Sie sind eher gemütlich und träge, sie liegen am liebsten herum, und es ist überhaupt nichts Schlimmes dabei, sie hin und wieder in Rohre und dergleichen pusten zu lassen, damit ihre Wärme, Kälte oder der Dampf genutzt werden kann.«

Sie machte eine dramatische Pause. Die beiden Jungen sahen sie mit großen Augen an.

»Aber Manufakturdrachen sind mit Taschendrachen verwandt! Sie sind nur viel größer. Und weil das so ist, haben verantwortungslose Menschen sie für die gleichen Zwecke eingesetzt wie die Hausdrachen. Größerer Drache, größeres Feuer, so die perfide Logik. Aber was den Hausdrachen nichts ausmacht, ist eine unbeschreibliche Quälerei für die Tiere.«

»Quallenkacke«, flüsterte Jacco.

Auch Gilles formte mit den Lippen einen lautlosen Fluch. Sein Blick wanderte zu den sich balgenden Taschendrachen.

Wynni schlug mit der flachen Hand auf die Buchseite. »Das ist verrückt! Wir haben falsch gelegen und zugleich richtig. Jacco, erinnerst du dich, was ich dir erzählt habe, als wir auf den Hügel gestiegen sind und Feikje gefangen haben?«

»Du meintest, dass nichts über Manufakturdrachen in freier Wildbahn bekannt ist, nur über Hausdrachen. Taschendrachen seien vor sehr langer Zeit aus einem anderen Land per Schiff eingeführt worden, und alle in Freiheit lebenden Taschendrachen wären entflohene Zuchttiere.«

»Genau! In meinen beiden Büchern gab es keinerlei Aufzeichnungen über frei lebende Manufakturdrachen. Und jetzt weiß ich auch, warum: Weil diese großen Exemplare eine Weiterentwicklung der Taschendrachen sind. Ich hätte einfach nur immer möglichst große Tiere miteinander verpaaren müssen und irgendwann einen Manufakturdrachen erhalten. Mit Hausdrachen hat das gar nichts zu tun!«

»Uff.« Gilles kratzte sich verwirrt an der Schläfe.

»Und was heißt das jetzt, Wynni?« Jacco schien nicht weniger verunsichert.

Kein Wunder. Wynni war aufgekratzt, wütend und glücklich zugleich, denn jetzt könnte sie ohne Probleme einen großen Drachen züchten. Zugleich ärgerte sie sich, dass sie im Grunde alle Voraussetzungen dafür seit Jahren direkt vor ihrer Nase gehabt hatte.

Aber dann hätte sie Feikje nie gefangen. Und wenn sie ehrlich war, war sie völlig verliebt in diese gutmütige Hausdrachendame. Es sprach ja nichts dagegen, diese Züchtung ebenfalls weiterzuführen.

Sie war außerdem sicher, dass noch sehr viel mehr dahintersteckte. Diese ganze Sache war größer, als sie je geahnt hatte. Dass die Drachen und die Bücher ungefähr zur selben Zeit verschwunden waren, konnte kein Zufall sein. Die *Anatomie des Manufakturdrachen* wies an einigen Stellen auf ein anderes Buch hin, auf die *Anatomie des Hausdrachen.* Die Möglichkeiten, wie die Fähigkeiten der Drachen genutzt werden konnten – und das, ohne die Tiere zu quälen – waren unvorstellbar. Wynni schien es nur logisch, dass das jemand hatte verhindern wollten. Aber das führte jetzt zu weit.

Die Futterschale war inzwischen leer, wobei durch wildes Geflatter mehr Futter verstreut als gefressen worden war. Zwei Taschendrachen schnoberten über den Boden und leckten die Krümel auf, während die übrigen sich in die Luft schraubten und versuchten, sich gegenseitig zum Absturz zu bringen.

Bei dem Anblick konnte Wynni gar nicht anders, als eine Entscheidung zu treffen. Sie hatte wirklich Dringenderes zu erledigen, als über die Zusammenhänge von Drachen und Büchern nachzudenken. »Ich werde diesen Manufakturdrachen heute Nacht befreien. Helft ihr mir?«

»War das nicht von Anfang an unser Ziel?« Jacco grinste. Er schien erleichtert, als habe er nur darauf gewartet, dass sie handelte.

Gilles dagegen blickte zögernd von einem zum anderen. »Ich würde gern mitmachen, aber was ist, wenn Henk mich braucht? Und was ist, wenn dir immer noch Floris und die anderen Bücherjäger auf den Fersen sind, Wyona?«

Ihr Enthusiasmus bekam einen ordentlichen Dämpfer. Daran hatte sie gar nicht mehr gedacht. Sie erhob sich und legte die Handflächen aufeinander. »Gut. Du hast recht, Gilles. Gib mir das Papier und deinen Stift. Die Botschaft an Febe wird etwas anders ausfallen. Du musst unbedingt Henk finden.«

»Was hast du vor?«

»Das weiß ich noch nicht. Ich fürchte, wir brauchen einen richtig guten Plan.«

Eine neue alte Geschichte

Erschöpft hatte Jelto sich irgendwann einen Holzstuhl genommen und sich darauf neben die Eingangstür der Mühle gesetzt. Die Sonne war noch nicht untergegangen, drang jedoch nicht mehr durch die Bäume. Es wurde allmählich kühler. Daher genoss Jelto, dass die raue Natursteinmauer in seinem Rücken die am Tag gespeicherte Wärme abstrahlte.

Er hatte stundenlang Papier zusammengenäht, geleimt, mit Einbänden versehen, so lange, bis alles vor seinen Augen flimmerte. Das Stampfen der Mühle war inzwischen verstummt, Friso hatte für heute Feierabend gemacht.

Jelto zog die Schale mit der sämigen Kartoffelsuppe vom Fenstersims und aß hungrig. Die getigerte Katze beobachtete ihn immer dann, wenn er nicht zu ihr blickte. Kaum tat er das, wandte sie betont deutlich den Kopf ab, als wolle sie ausdrücken, dass diese Menschen sie nicht im Geringsten interessierten. Quibus hatte im Laufe des Tages immer wieder versucht, die Katze aus der Reserve zu locken und sich dabei nie näher als eine Armlänge herangetraut. Jetzt lag er friedlich auf einem Grasfleck und schlief.

Jos kam aus der Mühle und blieb im Türrahmen stehen. »Dir schmeckt es. Willst du noch Nachschlag?«

»Sehr gern! Ich habe seit einigen Tagen nichts mehr Vernünftiges gegessen.« Das letzte Mal in der *Goldenen Muschel,* wenn er sich recht erinnerte. Kurz bevor Wyona ihn dort aufgestöbert hatte. Inzwischen war so viel passiert, dass er schon ganz durcheinanderkam.

Er reichte Jos die leere Schale und wollte ihm folgen, doch der Müllergeselle meinte, er solle sitzen bleiben. Wenig später kehrte er mit einer weiteren Portion und Bùch unter dem Arm zurück. Er legte das Buch auf einen Mauersims und reichte Jelto die Suppe. Dann verschwand er wieder im Inneren.

»Da bin ich! Du hast mich im Binderaum vergessen.«

»Oh nein, wie konnte das passieren?«, flötete Jelto. In Wahrheit hatte er das unablässige Geplapper nicht mehr ertragen.

»Das passiert, weil du mich immer –«

»Bùch, wenn du nicht endlich einmal still bist, klebe ich dir die Seiten zusammen!«

»Das würdest du tun?« Echtes Entsetzen lag in seiner Stimme.

»Probier es aus!« Jelto reckte herausfordernd das Kinn.

»Bin schon still.«

»Sanne ist fertig.« Jos stand mit zwei Stühlen in der Tür. »Ich dachte, wir könnten uns auch hier draußen hinsetzen und uns anhören, was sie zu erzählen hat. Bùch hat natürlich das gleiche Recht, es zu erfahren, wie wir alle.«

Jelto hatte gerade einen Löffel Suppe im Mund und nickte daher nur. Zu seiner Überraschung setzte Bùch sein Lamento nicht fort, sondern schwieg tatsächlich, bis Jos mit einem letzten Stuhl gefolgt von Sanne zurückkehrte. Der Geselle platzierte die Stühle auf dem kleinen Vorplatz so, dass alle einander ansehen konnten. Dann ging er ein letztes Mal, um einen Krug Minzwasser und Becher zu holen. Friso folgte ihm nach draußen, zwei Suppenschalen in der Hand. Eine davon reichte er an Sanne weiter. Dann setzte er sich mit einem leisen »Danke« neben Jos und begann zu essen.

Sanne hingegen stellte ihre Schale neben sich. Sie wirkte erschöpft, dunkle Augenringe hoben sich auf ihrem blassen Gesicht ab, ihre Wangen wirkten beinahe durchscheinend. Wieder erinnerte sie Jelto an Rona.

»Jelto«, begann Sanne an ihn gewandt. »Am liebsten würde ich dir eher heute als morgen das Lesen beibringen, damit du dich mit eigenen Augen überzeugen kannst, was in diesem Tagebuch steht. Aber der Tag wird kommen. Dieses Büchlein ist ein wichtiges Zeitdokument.« Sie hielt es in die Höhe. »Es wurde von Gard Farlinger geschrieben. Er hat damit begonnen, als er neun Jahre alt war. Nicht alles, was er berichtet, erscheint glaubwürdig. Oder besser gesagt ist einiges durch die Perspektive eines Kinds verzerrt. Wir sollten daher bedenken, dass es sich nicht um die *eine* unumstößliche Wahrheit handelt. Aber einiges lässt sich anhand der Stadtchronik belegen, sicherlich auch anhand der Familienchroniken.«

»Moment«, unterbrach Jelto sie. »Was für eine Stadtchronik?«

»Es gibt eine Stadtchronik«, erklärte Sanne, »in der die Menschen vor langer Zeit die großen Ereignisse festgehalten haben. Seit Bücher und das Schreiben als *gefährlich* verschrien sind, also seit ungefähr zweihundert Jahren, wird diese Chronik im Verborgenen fortgeschrieben.«

»Von dir und zuvor von anderen buchmagisch Begabten.«

»Also gut, das war nicht schwer zu erraten, oder?« Sanne lachte fröhlich. »Ja, aktuell von mir.«

Jelto gewann den Eindruck, dass es ihr Freude bereitete, ihn zu verleiten, seiner Neugier, seinen Erinnerungen an all die Fragen, auf die er als Junge nie eine Antwort erhalten hatte, freien Lauf zu lassen. Und ihm neue Geheimnisse anzuvertrauen.

»Es wurde also bereits eine Stadtchronik geführt, *bevor* Rikus die Stadt überhaupt gegründet hat? Und diese alte Chronik existiert noch?« Dann fiel ihm etwas ganz anderes, viel Unglaublicheres ein. »Wie alt ist diese Stadtchronik?« Wie alt war Brück?

Sanne nahm nun doch einen Löffel Suppe. »Die Stadtchronik wurde vor mehr als siebenhundert Jahren begonnen. Ich vermute aber, dass Brück sogar noch viel älter ist.« Sie schwieg und ließ ihre Worte wirken.

Jelto starrte sie ungläubig an. Das war mehr als dreimal älter, als die offizielle Legende behauptete. Hier an dieser Stelle hatten bereits Menschen gesiedelt, als Rikus ankam, um in dieser Höhle Schutz zu suchen. Was bedeutete das?

Er legte den Kopf in den Nacken und versuchte vergeblich, die Zeitdimension zu erfassen. »Wie viel Wahrheit ist denn dran an der Legende des Ehrwürdigen Rikus und der Gründung *seiner* Stadt?«

Friso schüttelte den Kopf, Jos zuckte mit den Schultern.

Weil auch Sanne schwieg, wandte Jelto sich an Bùch. »Weißt du es?«

»Nö.«

»Das hilft mir nicht weiter.«

»Aber ich würde vermuten, dass es nicht mehr ist, als auf eine meiner Seiten passt.«

Sanne nickte zustimmend. »Dein Elternhaus gehört vermutlich zu den ältesten Gebäuden in ganz Brück, und es ist ganz sicher nicht das einzige, unter dessen Grundstein eine Chronik versteckt wurde. Ich hoffe so sehr, dass die ein oder andere die Säuberung überstanden hat. Denn mit all diesen Informationen zusammen könnte es uns gelingen, herauszufinden, was damals wirklich geschehen ist. Und dass der ganz und gar nicht Ehrwürdige Rikus ein großes Lügenmärchen erzählt hat, damit er glänzt und sein Ansehen für immer als das eines Wohltäters gilt.«

Sie alle nickten.

Sanne stellte die Suppenschüssel beiseite und schlug das Buch auf. »Ich werde euch das meiste erzählen, sowie den ein oder anderen Abschnitt vorlesen, damit ihr euch selbst ein Bild machen könnt. Das ist hier ist der erste Eintrag.«

Ich bin wieder Zuhause bei meinen Eltern und Geschwistern. Die letzten Tage kommen mir schon jetzt unwirklich vor. Rikus ist ein seltsamer Mensch. Nachdem er mich entführt und in dieses Dachzimmer in einer Villa eingesperrt hat, hatte ich das Schlimmste erwartet. Aber er behandelte mich gut. Ich bekam regelmäßig etwas zu essen, sogar ziemlich Gutes, um ehrlich zu sein. Dazu – kaum zu glauben! – Bücher für den Zeitvertreib, sogar ein Heft und einen Tintenhalter, damit ich selbst etwas aufschreiben konnte. So begann ich bereits während meiner Gefangenschaft, ein Tagebuch zu führen. Rikus hat es mir später weggenommen und vermutlich vernichtet. Aber mir hat es geholfen, nicht den Überblick zu verlieren, denn der Tagesablauf war gleichförmig und eintönig. Die meiste Zeit war mir einfach langweilig. Nach einigen Tagen dachte ich, wenn das nun das Schlimmste wäre, wäre es doch immerhin erträglich.

Sanne ließ das Buch sinken. Bùch flüsterte etwas, das Jelto nicht verstand, und es kam ihm nicht in den Sinn, nachzufragen.

»Gard Farlinger«, erklärte Sanne, »war vom Kaufmann Rikus entführt worden, um das damalige Fürstenpaar Thaiden und Lijf zu erpressen. Dieser Rikus war ein ganz gewöhnlicher, allerdings sehr erfolgreicher und mächtiger Kaufmann. Er verlangte von ihnen nicht weniger, als dass alle Bücher vernichtet und sämtliche Buchmagierinnen und Buchmagier der Stadt verwiesen wurden. Sämtliche Tätigkeiten, die mit Büchern zu tun hatten, sollten untersagt und verboten werden.«

»Wie schrecklich«, murmelte Bùch und klang aufrichtig betroffen.

»Und warum all das?«, entfuhr es Jelto.

»Rikus schien als Kaufmann skrupellos und stets auf seinen eigenen Vorteil bedacht gewesen zu sein. Er handelte mit Schafwolle und -leder. Um für sich den größtmöglichen Gewinn herauszuschlagen, hat er nicht nur seine Mitarbeitenden schlecht behandelt, er soll sogar seinen Schafherden zu wenig Futter gegeben haben. Eher sollten die Tiere endlos weit getrieben werden, damit sie noch Gras fanden, als dass er ihnen einige Ballen Heu oder Getreidefutter zugestanden hätte.«

Friso verschränkte die Arme und ließ seine mächtigen Schultern kreisen. »Das schreibt der Junge in seinem Tagebuch?«

»Nein, ganz und gar nicht.« Sanne schüttelte nachdrücklich den Kopf. »Es gibt weitere Quellen. Es war vielmehr so, dass es zweien seiner Schäfer irgendwann zu bunt wurde. Sie wollten nicht länger mitansehen, wie sich ihre Tiere halbverhungert von einem kargen Grasbüschel zum nächsten schleppten. Sie selbst wurden auch nicht anständig bezahlt, sondern mehr wie Leibeigene behandelt. Dazu zog Rikus seine Handelskontakte gern über den Tisch und bereicherte sich bei seinen Verkäufen.«

»Was für ein sympathischer Zeitgenosse«, brummte Jos.

»Die Schäfer schafften es, beim Fürsten Lijf Farlinger persönlich vorzusprechen, doch der sagte ihnen, dass er nichts dagegen tun könne. Rikus verhielt sich zwar unmoralisch, doch er verstieß nicht gegen Gesetze. Die beiden Schäfer wollten das nicht hinnehmen. Sie kratzten ihr gesamtes Geld zusammen und beauftragten eine Buchmagierin, die Geschichte über den gierigen Rikus aufzuschreiben, und zwar als Fabel. Das ist eine Geschichte, in der Tiere die Hauptrolle spielen und menschliche Eigenschaften haben. Rikus wurde als Dachs dargestellt, der die anderen Tiere des Waldes ausbeutet.«

Friso runzelte die Stirn. »Das kommt mir irgendwie bekannt vor.«

Jetzt lächelte Sanne. »Das Buch wurde ein Riesenerfolg und gilt als eines der am meisten kopierten. Soweit ich weiß, gab es mehrere hundert Exemplare, und alle waren sie magisch.« Sie hielt inne. »Wenn ich bedenke, wie lange ich dafür benötige, ein magisches Buch zu erschaffen, muss es damals so gewesen sein, dass sämtliche buchmagisch Begabten eine Zeitlang nur mit dem Kopieren beschäftigt waren. Alle wollten dieses Buch.«

»Wie hieß es denn jetzt? Kennen wir es?«, drängte Friso.

»Der exakte Titel lautet: *Die Fabel von Fikus, dem Dachs, der den Hals nicht voll bekommen konnte.* In der Geschichte wird der Dachs am Ende von den anderen Tieren überlistet und verendet an einem Stück Wurzel, das er für einen Leckerbissen gehalten hat und das ihm im Hals stecken bleibt. Das ist eine deutliche Botschaft, oder? Und ja, wir kennen es. Ein Exemplar der Bücher, die damals in Umlauf gekommen sind, befindet sich hier in dieser Mühle. Und Gard Farlinger nennt dieses Buch als den Grund für seine Entführung.«

»Ich glaube, ich verstehe, was passiert ist«, grübelte Jos laut. »*Fikus – Rikus,* es musste allen Brückas klar gewesen sein, wer gemeint ist. Er fühlte sich bloßgestellt, vielleicht hat es sogar seine Geschäfte beeinträchtigt.«

»Ganz bestimmt hat es das«, erwiderte Friso mit dem Brustton der Überzeugung. »Die Schafe von Brück, ihre Wolle, das Leder, sogar das Fleisch genießen höchstes Ansehen. Wenn dieser Kerl minderwertige Produkte von halbverhungerten Tieren für den üblichen hohen Preis verkauft, dann ist das schlicht und einfach Betrug.«

Jos nickte zustimmend und spann den Faden weiter: »Die Eltern von Gard sollten also dafür sorgen, dass dieses Buch verschwindet.« Er wandte sich Sanne zu. »Haben sie dieser Forderung nachgegeben?«

»Aber nein.«

»Warum nicht?«

»Damals hatten Bücher noch einen ganz anderen Stellenwert. Buchmagie war sehr angesehen. Schon allein wer ein Buchgespür hatte, war sich der öffentlichen Anerkennung sicher. Und für die regierenden Fürstinnen und Fürsten war es selbstverständlich, dass Bücher und Wissen, die Geschichten und die Erkenntnisse, den höchsten Schutz genießen. Gard deutet in dem Tagebuch sogar an, dass es ein entsprechendes Gesetz gegeben haben soll. Ob das stimmt, weiß ich aber nicht. Jedenfalls achteten die Farlingers das Wort. Es wurde allen Brückas, ohne Ausnahme, zugestanden, sich zu äußern, und es sollten – angeblich – keine Konsequenzen folgen. Die Buchmagierin, die diese verunglimpfende Fabel geschrieben hatte, stand somit unter dem Schutz der höchsten Instanz.«

Bùch stieß ein sehnsüchtiges Seufzen aus.

»Und das passte Rikus nicht.« Allmählich begriff Jelto das Ausmaß dieser alten Geschichte. »Er hat den Sohn der Farlingers entführt, um sie unter Druck zu setzen.«

»So ist es.« Sanne hatte die Stimme gesenkt. »Das Leben ihres Kindes gegen die Freiheit der Buchmagie. Gegen das Recht, die Wahrheit über Rikus und seine Machenschaften verbreiten zu dürfen.«

»Bei allen schleimigen Algenschnecken«, entfuhr es Friso. »Was für eine Abwägung, was für eine schreckliche Entscheidung!«

»Noch dazu eine mit großer Tragweite.« Sanne schlug das Tagebuch an einer anderen Stelle auf und begann zu lesen.

Acht Tage sind seit dem Ende meiner Entführung vergangen. Noch während ich in Gefangenschaft war, haben Mutter und Vater eine Belohnung ausgesetzt. Alle Brückas, die ihr Exemplar der Fikus-Fabel ablieferten, haben den doppelten Kaufpreis zurückerhalten. Sie ließen die Bücher im Burghof verbrennen. Sore …

»Das ist Gards jüngere Schwester«, unterbrach Sanne kurz erklärend.

... Sore sagte mir, dass Mutter sich dann jedes Mal in ihren Schlafraum zurückgezogen und ins Leere gestarrt hat. Manchmal liefen ihr Tränen über die Wangen. Sie wartete lautlos leidend ab, bis das Feuer erloschen war. Es musste ihr beinahe körperliche Schmerzen bereiten, sie ist selbst eine Buchmagierin!

Jelto erschauderte. Sanne las weiter und ließ Gard mit eigenen Worten berichten, dass diese ersten Feuer genügten, um ihn, den Fürstensohn, zu befreien. Dass Rikus dann jedoch vollkommen maßlos wurde, damit drohte, sämtliche Kinder zu entführen, würde diesen gewissenlosen Buchmenschen nicht endgültig Einhalt geboten.

In Jeltos Kopf entstanden Bilder. Die amtierende Fürstin Maite Farlinger war eine kleine, robuste Frau mit braunen Locken und goldfarbener Haut, der seinen gar nicht so unähnlich. Daher stellte er sich Gard Farlinger auch so vor, ein kräftiger Junge mit kleiner Nase und Grübchen in den Wangen. Der bis zu seiner Entführung sorglos durch die Straßen gelaufen war, mit den Kaufleuten gescherzt hatte und der bei allen gern gesehen war. Hatte er das Buchgespür, war er gar buchmagisch begabt? Jelto sah ihn vor sich, wie er auf der Kaimauer saß, die Haare vom Wind zerzaust, ein Buch in der Hand, in dem er abwechselnd las und aufs Meer blickte.

Noch vor wenigen Tagen wäre ihm so eine Vorstellung absurd erschienen, jetzt fand er sie völlig logisch – und schön, ganz sicher nicht gefährlich.

»Ich vermute, dass es eigentlich nur um die magischen Bücher ging.« Sannes Stimme holte ihn in die Gegenwart zurück. »Aber Rikus verlangte, dass ausnahmslos alle Bücher vernichtet werden sollten.«

»Das stimmt, da bin ich sicher«, sagte Jelto stockend. »Floris hat mir anvertraut, dass es um die magischen Bücher geht. Die anderen würden sozusagen mitvernichtet, weil es nicht … schadet, wenn es sie … nicht mehr gibt.« Bei den letzten Worten wurde seine Stimme immer leiser.

»Rikus ging es um die Botschaft«, meinte Friso. »Um die Macht, die er ausüben konnte. Vielleicht war er am Anfang sogar selbst überrascht, wie gut ihm das alles in die Hände spielte. Als die Fürstenfamilie, die anderen Kaufleute, einfach alle ihm gehorchten, wurde er maßlos. Er wollte die gesamte Kontrolle über die Geschichte.«

»Die Einträge werden immer sporadischer, je länger die Entführung zurückliegt«, fuhr Sanne fort. »Gards Schwester wird die nächste Fürstin, hat jedoch keine Kinder, sodass Gards Sohn Jahre später die Regierungsgeschäfte übernimmt. So weit kann ich das anhand der Stadtchronik bestätigen. Was ich mir nicht erklären kann, ist, dass die Brückas das Lesen verlernten. Schon acht Jahre nach der Entführung konnte nur noch die Hälfte der Kinder lesen, und ab da wurden es immer weniger und weniger.«

»Vielleicht wurde das Lesen früher sogar gezielt gelehrt«, mutmaßte Friso und warf einen liebevollen Blick auf Jos. »So wie ein Müllermeister versucht, seinem nichtsnutzigen Gesellen das Handwerk beizubringen, gab es vielleicht auch früher Leute, die den Kinder das Lesen und Schreiben beigebracht haben?«

»Aber Jos ist doch nicht nichtsnutzig«, widersprach Bùch vom Fenstersims aus. »Im Gegenteil, warum sagst du das?«

Sie alle grinsten einander zu. Niemand hielt es für nötig Bùch zu erklären, dass Friso es nicht so gemeint hatte, denn Jos hatte ihn vollkommen richtig verstanden und freute sich sichtlich über die Anerkennung.

»Das ist möglich.« Nachdenklich nickte Sanne. »Rikus forderte im Laufe der Jahre jedenfalls unablässig und nachdrücklich nicht weniger als die vollständige Vernichtung aller Bücher und das Verbot des damit verbundenen Handwerks. Und weil er die Menschen unter Druck setzte, gaben sie ihm allmählich nach. Gard schreibt am Ende des Tagebuches, dass die Idee einer großen Säuberung in der Stadt umhergeisterte, eine aufsehenerregende Aktion, in der alle Bücher verbrannt werden und anschließend ein Fest gefeiert wird. Die Menschen sollen feiern, dass nie wieder Unwahrheiten über einen ehrbaren Kaufmann wie Rikus verbreitet werden können.«

»Das Rikusfest?« Jelto rieb sich über die nackten Arme. Ihm graute inzwischen so sehr, dass die Gänsehaut gar nicht mehr wegging. Ein Fest, lauter Eltern, die mit gespielter Fröhlichkeit umhertanzten und so taten, als gefiele es ihnen, Bücher ins Feuer zu werfen, während sie in Wahrheit um ihre Kinder fürchteten. Sie hatten erlebt, wie Gard Farlinger verschwunden und unversehrt zurückgekehrt war, nachdem seine Eltern der Vernichtung der Fabelbücher zugestimmt hatten.

»Richtig, das Rikusfest.« Sanne klappte das Tagebuch zu. »Die endgültige Säuberung war, wenn ich meiner Chronik glauben darf, vierzehn Jahre nach Gards Entführung. Zu diesem Zeitpunkt müsste das Rikusfest sein Gesicht verändert haben: die Bücherfeuer waren verschwunden, alle Bücher vernichtet. Die, die sich der Anordnung widersetzt haben, versteckten und hüteten ihre Schätze.«

Von Bùch kam ein anerkennendes Schnalzen.

»Und anstelle der Feuer tauchte die Bühne auf«, vermutete Friso. »Dieser Quatsch mit der Höhlenlegende und der Stadtgründung wurde in die Welt gesetzt. Da es offiziell keine Aufzeichnungen mehr gab, konnte auch niemand herausfinden, wie es wirklich gewesen war. Es wurde nur von Mund zu Mund weitergetragen. Aber wie das so ist, verändern sich Geschichten mit jeder mündlichen Erzählung.«

»Diejenigen, die Aufzeichnungen besessen haben oder sogar anfertigten, kannten die Wahrheit«, widersprach Jelto.

»Aber durften sie nicht offen aussprechen«, sagte Sanne.

Jos breitete die Arme aus »Sind wir ehrlich, die Aufführung um die Rikus-Legende ist ein großer Spaß. Das Publikum lacht und johlt, vor und auf der Bühne wird sich amüsiert. Es ist inzwischen ein fröhliches Fest, gerade die Kinder lieben es.«

Das war kaum zu bestreiten. Jelto erinnerte sich an viele Feste, an seine Eltern, die unbeschwert lachten und tanzten, während die Kinder umhersprangen und sogar Streiche spielen durften, solange niemand verletzt oder großer Schaden angerichtet wurde.

»Über die Bücherfeuer hat irgendwann niemand mehr gesprochen. Erst, weil sie es nicht durften, dann, weil es mit der Zeit wichtiger war, sich zu amüsieren, allmählich haben sie es vermutlich vergessen. Ja, das hat er gut hinbekommen, der Ehrwürdige Rikus.« Sanne beugte sich vor und stützte das Kinn auf die Hand.

Bùch flatterte mit den Seiten, um Aufmerksamkeit zu erregen. »Viel wichtiger ist jetzt die Frage, wie wir meine Verwandten retten! All die armen Bücher, die ihr Dasein in Verstecken fristen, ungeliebt und ungelesen.«

Jelto gab Bùch einen Klaps. »Na ja, ungeliebt nicht, sonst würden sie ja nicht versteckt werden.«

»Du weißt schon, was ich meine.«

»Ja, schon gut. Und du hast recht, Bùch. Sanne, wie verbreiten wir dieses Wissen? Und was können wir tun, damit die Menschen uns glauben?«

Sanne wies auf die Mühle. »Ich habe in unserer Bibliothek bereits nachgesehen. Persönliche Vorsprachen bei den Fürstinnen und Fürsten der alten Tage wurden dokumentiert. Es gibt die Aufzeichnung eines Schreiberlings über das Anliegen der beiden Schäfer und dessen Ablehnung. Wenn es uns gelingt, die Chronik der Buchmagierin aufzutreiben, die die Fikus-Fabel geschrieben hat, hätten wir mit dem Tagebuch einen Beweis, dass Rikus kein mildtätiger Schäfer, sondern ein skrupelloser Kaufmann war.«

»Was soll uns das nutzen?«, wandte Jelto ein. »Wenn doch kaum jemand lesen kann?«

»Wir werden sehen. Wir wissen nicht, wie viele Brückas lesen können, aber es wird einige geben. Vielleicht werden uns auch ein paar Schreiberlinge unterstützen. Sie gelten als Autorität.«

»Aber sie stehen im Dienst der Fürstin.«

Sanne nickte. »Umso besser. Wenn sie bereit sind, sich für die Wahrheit zu verbürgen, wäre das erst recht glaubwürdig.«

Friso runzelte skeptisch die Stirn, doch er widersprach nicht.

Resolut schlug Jelto mit der rechten Faust in die linke Handfläche. »Dann sollten wir uns auf die Suche nach dieser Chronik der Buchmagierin machen. Wie hieß sie? Wo hat sie gewohnt? Wenn das Buch noch existiert, finde ich es. Und es wird das letzte Buch sein, das ich jage!«

»Für einen Bücherjäger hast du eine ziemlich Kehrtwendung vollzogen.« Sanne lächelte ihn gerührt an.

Er zog verschämt die Schultern hoch. Falls es nach den Begegnungen mit Bùch, Wyona und Sanne oder den Eindrücken bei den Bücherfeuern, die er jetzt mit ganz anderen Augen sah, noch weiterer Überzeugung gebraucht hätte, hatte der Nachmittag mit Jos und dem Buchbinden dafür gesorgt. Ihm war, als hätten seine Finger, sein gesamter Körper und sein Verstand nur darauf gewartet, Nadel, Papier und Leim zu berühren. Er hatte endlich seine wahre Bestimmung gefunden.

Sanne setzte gerade an, etwas zu sagen, als Jos mit einem erstaunten Ausruf zum Weg deutete.

Jelto stand auf und drehte sich um.

Ronas helle Gestalt glitt heran, und mehr denn je wirkte sie wie ein Geist, sie schien sogar zu schweben. Erst als sie bis auf wenige Armlängen heran kam und ihre Füße zwischen den Wildkräutern am Wegesrand sichtbar wurden, zeigte sich, dass der Eindruck trog. Sie ging ganz normal, allerdings mit sehr schnellen, kleinen Schritten – und wieder einmal barfuß. Hatte sie eigentlich immer schon keine Schuhe getragen? Jelto erinnerte sich nicht.

Noch bevor sie die Gruppe erreicht hatte, begann sie zu gestikulieren. Ihre Bewegungen waren fahrig, sodass Jelto Mühe hatte, die Bedeutung zu entschlüsseln. Dass dann alle, einschließlich Bùch, anfingen, durcheinanderzureden, machte die Sache nicht einfacher. Quibus flatterte empört auf und kreiste zwitschernd über ihnen. Die Katze verschwand mit einem einzigen lässigen Satz hinter das Gebäude.

»Was für ein Drache?«

»Wyona wollte sich doch um ihre Taschendrachen kümmern.«

»Wieso ein großer Drache, die Hausdrachen sind …«

»Was ist mit Jacco? Geht es ihm gut?«

Rona beschrieb mit einer letzten Bewegung einen großen Kreis und ließ dann wütend die Arme sinken.

Sanne war es, die ihre Botschaft für die anderen in Worte übersetzte: »Wyona hat herausgefunden, dass in der fürstlichen Manufaktur ein großer Drache gefangen gehalten wird und will ihn heute Nacht befreien.« Sie schlug die Hand vor den Mund. »Hätte sie denn damit nicht noch ein paar Nächte warten können?«

»Und Jacco begleitet sie«, ergänzte Jelto tonlos. Das gefiel ihm alles nicht. Ganz und gar nicht.

Manufakturdrachenrettung

Plan war ein ziemlich großes Wort für das, was sie nach Mitternacht beabsichtigten zu tun. Nicht nur Gilles begleitete sie, auch Henk und Ruben, sein eingeweihter Gefährte bei den Bücherjägern, waren mit von der Partie, stille Schatten, die Jacco und Wynni in kurzem Abstand durch die nächtlichen Straßen folgten. Gilles ging voraus, kletterte, wenn möglich, auf Mauern oder Vorsprünge, spähte in die Ferne und kam sich sehr wichtig vor. Henk ließ seinen Taschendrachen Elanda kreisen, Wynni trug Tjarda auf der Schulter und hatte mehrere Seile um den Oberkörper geschlungen, die als Leinen für den Manufakturdrachen dienen sollten, bis sie ihn sicher in der Kiste untergebracht hätten, mit der sie und Jacco sich abschleppten.

Es war eine dieser Sommernächte, die nicht so recht dunkel werden wollte – die Sonne ging ohnehin erst kurz vor Mitternacht unter –, weshalb sie alle sich nicht so recht vor Blicken geschützt fühlten, aber das ließ sich nicht ändern.

Während sie sich unbehelligt dem Webviertel und der fürstlichen Manufaktur näherten, nahm Wynni sich vor, unbedingt einige Taschendrachen zu Spähern auszubilden. Jelto würde ihr das hoffentlich beibringen, oder, wenn nicht, Henk.

Sie begegneten lediglich einer Gruppe Schneiderlehrlinge, die sich lautstark über etwas stritten. Offenbar hatte Floris für diese Nacht entschieden, die ihm treu ergebenen Bücherjäger auf die Jagd nach Büchern, statt nach einer Drachenzüchterin zu schicken. Zumindest hatte Ruben angedeutet, dass er dies für den Abend geplant hatte. Er selbst hatte zwei Jagdaufträge, von denen er einen bereits erledigt hatte. Ein nichtmagisches Kinderbuch über ein sprechendes Schiff befand sich in seinem Rucksack.

Ruben, bemerkte Wynni, hatte sich ganz selbstverständlich in die Gruppe eingegliedert. Jacco hatte ihn mit unverhohlener Neugier betrachtet, denn sie sahen einander ähnlich, waren sich aber noch nie begegnet. Ruben hatte ihm erklärt, er und Jelto würden häufiger für Brüder gehalten. Verwundert bemerkte Wynni, dass Jacco bei diesen Worten ein wenig eifersüchtig zu werden schien. Vor allem, weil Ruben als Bücherjäger auch die Eigenschaft besaß, die Henk als Buchgespür bezeichnet hatte. Jaccos leiblicher Bruder war sogar Buchmagier, nur um ihn selbst schienen alle Begabungen einen weiten Bogen gemacht zu haben.

Jacco konnte dafür ein großartiger Drachenzüchter werden, befand Wynni. Vielleicht war es an der Zeit, die Basis dafür zu legen und bei seinem Vater vorzusprechen, damit er die Ausbildung in der fürstlichen Manufaktur abbrach – sobald der Drache dort befreit war.

Sie wagte gar nicht daran zu denken, wo in Brück weitere Manufakturdrachen versteckt sein mussten. Es gab einige größere Häuser mit Rohrsystemen und Glaskugeln, die allabendlich leuchteten. Aber vielleicht waren diese Rohre einfach alt und wurden auf eine andere Weise als mit einem Drachen betrieben? Es wurde Zeit, das herauszufinden, aber ein Schritt nach dem anderen.

Gilles war an der Ecke stehen geblieben, an der von der großen Handelsstraße der schmalere Weg zur fürstlichen Manufaktur abzweigte und direkt auf das Haupttor in der Mitte des u-förmigen, vierstöckigen Gebäudes zuführte. Der gesamte Trakt zog sich an den Ausläufern des Hügels entlang.

Gilles winkte, alles schien still und friedlich zu sein. Jacco hatte das Gelände schon häufig erkundet, auch des Nachts, da er immer darauf gehofft hatte, dass dieser Moment kommen würde. Daher wussten sie, dass es auf dem Außengelände keine Wachen gab. Lediglich im Haus kontrollierte ein Nachtwächter, ob alles in Ordnung war.

Wynni und Jacco schlossen zu Gilles auf, der sie fragend ansah. Sie stellten die Kiste ab.

Jacco deutete auf eine Rampe am linken Gebäudeteil. »Dort ist das Lager, das wird von einem alten Mann bewacht. Die letzten beiden Male, als ich hier nachts umhergeschlichen bin, hat er geschlafen.« Sein Zeigefinger wanderte weiter bis zu einer unscheinbaren Tür am Kopfende des rechten Flügels. »Der Drache ist im Kellergewölbe ganz rechts untergebracht. Wir müssen nur dort hinein und ihn aus dem Käfig holen.«

»Alles klar.« Wynni schnaubte belustigt. Der Teil mit *nur aus dem Käfig holen* bereitete ihr Sorgen, aber die drei Bücherjäger hatten ihr alle versichert, dass Schlösser und Türen das kleinste Problem seien. Jacco hatte sogar behauptet, der Eingang in den Keller sei gar nicht verschlossen.

Und so war es tatsächlich, wie Wynni kurze Zeit später selbst feststellen durfte. Während die Bücherjäger draußen Wache hielten, war sie mit Jacco über eine unscheinbare Seitentür in die Weberei eingedrungen. Die Transportkiste hatten sie hinter einem Gebüsch nahe des Haupttors zurückgelassen.

Wynni war alles andere als wohl dabei. Henk hatte ihr versichert, dass Elanda hervorragend ausgebildet sei, und sie wisse selbst doch nur zu gut, wozu Taschendrachen in der Lage seien – nein, wusste sie nicht. Dennoch hatte sie zustimmend genickt.

Jetzt stand sie mit Jacco in einem schmalen, langen Gang, der von Lüftungsschlitzen, die sich in regelmäßigen Abständen unterhalb der Decke befanden, nur sehr spärlich beleuchtet wurde.

»Brauchen wir Licht?«, flüsterte Wynni.

»Nein, es ist direkt hier vorne, die erste Tür rechts.« Jacco ging voraus.

»Du kennst dich hier aus.«

»Ich bin seit mehr als zehn Tagen fast täglich hier unten gewesen.«

Wynni schluckte beklommen. »Und du bist sicher, dass das niemand bemerkt hat?«

»Ja, ganz sicher.«

Was hätte Wynni jetzt darum gegeben, diese Zuversicht zu teilen …

Jacco ließ ihr keine Gelegenheit, länger darüber nachzudenken. Er hatte die Tür erreicht und drehte den Knauf. »Wie, die ist ja verschlossen? Sie war nie verschlossen.«

»Tagsüber vielleicht nicht, nachts schon.« Wynni trat neben ihn, rüttelte an der Tür. Sie konnte keine Schlösser knacken. »Hol Gilles. Beeil dich. Die Bücherjäger kommen überall rein.«

Es rumpelte an der Treppe. Jacco erstarrte und sog scharf die Luft ein. Wynni wandte hektisch den Kopf in alle Richtungen. Aber abgesehen davon, dass es viel zu dunkel war, um Einzelheiten zu erkennen, gab es hier in diesem Gang keine Versteckmöglichkeiten.

»Großartiger Plan«, stieß sie zwischen zusammengebissenen Zähnen hervor. Als wäre es wirklich so einfach, in die fürstliche Manufaktur einzudringen und einen Drachen aus dem Keller zu befreien.

Eine kleine Gestalt zeichnete sich vor dem helleren Rechteck ab, wo die Treppe hinaufführte. »Wynni? Jacco? Ich bin es, Gilles.«

»Du Algenschnecke, warum musst du uns so erschrecken!«

»Es sind zwei Bücherjäger auf dem Weg hierher. Henk vermutet, dass sie dem Geruch des Buches in Rubens Rucksack gefolgt sind. Sie werden versuchen, sie abzulenken, aber ihr müsst euch beeilen!«

»Ist das alles?«, entfuhr es Wynni. Und sie hatte gedacht, sie wären in ernsthaften Schwierigkeiten.

»Das ist genug, um für Ärger zu sorgen.«

»Dann komm her und mach das verdammte Schloss auf.«

Gilles kam, mit einer Hand an der Wand entlangtastend, näher. »Habt ihr ein kleines bisschen Licht?«

Wynni zog eine Kerze aus der Hosentasche und ließ Tjarda sie entzünden. Gilles beugte sich über das Schloss, zog ein Bündel Dietriche hervor und machte sich ans Werk. Vermutlich dauerte es nicht länger als einige hektische Atemzüge, aber Wynni kam es endlos vor, bis die Tür aufschwang.

Bestialischer Gestank schlug ihnen entgegen. Wynni hielt sich die Nase zu und schluckte erfolgreich gegen einen leichten Brechreiz an. Und sie hatte immer gedacht, sie wäre an den Geruch der Drachen gewöhnt.

Im funzeligen Licht der Kerze betrat sie den Raum, erblickte zwei Laternen und entzündete sie rasch.

Die beiden Jungen folgten einige Schritte hinter ihr. Und wirklich, ganz wie Jacco behauptet hatte, stand in einer Ecke ein etwa hüfthoher Käfig, in dem ein überdimensionaler Taschendrache hockte, so groß wie ein Schafbock. Jetzt erhob er sich schwerfällig und knurrte leise. Er konnte in seinem Gefängnis knapp stehen und stieß mit dem Rücken an die Käfigdecke, sobald er sich bewegte. Er konnte sich weder umdrehen noch die Flügel ausbreiten. Die Farbe seiner Schuppen war nicht genau zu erkennen. Sie wirkten matt und grau und schillerten nicht, wie bei Taschendrachen üblich. Nur seine Augen glänzten im Laternenlicht.

Der Rest des Raumes wurde von einem Metallkasten, der bis an die Decke ging, und Rohren eingenommen. Neben dem Käfig stand ein Schrank, aus dem das unverkennbare Aroma von Algenködern seinen Teil zum Gestank beisteuerte.

»Gilles, mach den Käfig auf, schnell!«, befahl Wynni halblaut.

»Aber dann kann der Drache ja raus?«

»Das ist doch Sinn der Sache, los jetzt! Hast du nicht gerade gesagt, wir sollten uns beeilen?«

Gilles trat an den Käfig heran, immer noch zögernd. Der Drache darin reckte neugierig die Nase und knurrte.

»Hörst du ihn knurren? Das bedeutet, er ist freundlich. Wäre er nervös oder aggressiv, würde er zwitschern.« Wynni trat neben ihn. Der Drache erschien ihr harmlos, dennoch wagte sie es nicht, die Hand auszustrecken. Stattdessen wickelte sie die Seile vom Oberkörper, die sie als Ersatz für eine Leine mitgenommen hatte. Hoffentlich waren sie dick genug. Irgendwie war dieser Manufakturdrache größer und imposanter, als sie erwartet hatte.

Tjarda nahm ihr eine Entscheidung ab. Bevor Wynni reagieren konnte, war die Taschendrachendame von der Schulter und zwischen die Stäbe in den Käfig gehopst. Der größere Drache senkte die Schnauze, Rauch kräuselte sich aus den hervorstehenden Nüstern. Wynni blieb wie erstarrt stehen und hielt den Atem an, stumm darum bittend, dass sie nicht bald einen Taschendrachen weniger besitzen würde. Brachten Manufakturdrachen ihre Artgenossen um? Bis zu dem Kapitel war sie im Buch ihres Großvaters nicht gekommen …

Gilles stand regungslos neben ihr, in der Hand sein Werkzeug, um den Käfig zu öffnen.

»Bisher war er immer ganz friedlich.« Neugierig näherte sich Jacco, schien von ihnen allen die wenigsten Bedenken zu haben.

Mit angehaltenem Atem beobachtete Wynni, wie Tjarda den Kopf hob und die Flügel spreizte, ein ganz gewöhnliches Verhalten, mit dem sich fremde Taschendrachen einander begrüßten. Wenn alles gut ging, würden sie sich an den Nasen berühren, schnaufen und sich dann in der Regel gut verstehen.

Der große Drache jedoch öffnete das Maul und pustete. Wynni spürte Hitze, aber da war kein Feuer. Und dann stellte das Wesen sich auf die Hinterbeine – besser gesagt, es versuchte es, denn es rammte sofort mit dem Kopf die massive Käfigdecke und stieß einen Schmerzensschrei aus.

Das brachte Wynni zur Besinnung. »Gilles, mach den Käfig auf, sofort! Er muss da raus!«

Tjarda richtete sich ebenfalls auf, hüpfte auf ihren Hinterbeinen, flügelschlagend.

»Was bedeutet das, Wynni?«, fragte Jacco verunsichert.

»Ich habe nicht den Hauch einer Ahnung«, schnappte sie zurück.

Gilles bewegte sich viel zu langsam. Am liebsten hätte sie ihm diese Dietriche aus den Händen gerissen oder mit dem nächstbesten Rohr auf das Schloss des Käfigs eingeschlagen.

Jetzt zwitscherte der große Drache. Das war gar kein gutes Zeichen.

Wortlos reichte Wynni einen der Stricke an Jacco weiter. Er nickte und hielt die Schlaufe, die sie hineingeknotet hatten, so, dass er sie dem Drachen sofort über den Kopf streifen konnte. Er stellte sich links neben die Tür, Wynni blieb schräg rechts hinter Gilles stehen.

Endlich das erlösende Klicken. Gilles zog die Tür auf und sprang panisch einen Satz rückwärts unter Wynnis Arm hindurch. Keinen Moment zu früh. Der Drache versuchte sofort, sich durch die Öffnung zu quetschen. Tjarda flatterte auf und umkreiste aufgeregt seinen Kopf.

»Jacco, jetzt!« Wynni überwand sich, streckte beide Arme und warf dem Drachen die Schlinge über den Kopf.

Jacco hatte weniger Glück. Sein Seil prallte dem Drachen vor die Nase und fiel hinunter. Er bekam keine zweite Gelegenheit, denn der Drache drängte sich jetzt mit aller Kraft in den Raum. Er war ungeheuer fett. Sein Gang hatte nichts mit dem leichtfüßigen Hüpfen eines Taschendrachen gemein.

»Ich gehe voraus und schaue, ob die Luft rein ist.« Gilles war schon an der Tür und wartete keine Erwiderung ab, rannte hinaus. Jacco hielt die Schlinge in der Hand, zögerte jedoch, auch, weil Tjarda den Kopf ihres größeren Artgenossen wie eine wilde Hummel umschwirrte.

»Lass, Jacco, ich schaffe das. Folge Gilles, wir kommen nach.«

»Wirklich?«

»Bleib in der Nähe. Ich rufe, wenn ich deine Hilfe brauche.«

»Na gut.« Er bemühte sich, gelassen zu bleiben, aber Wynni beobachtete aus den Augenwinkeln, wie sehr er sich beeilte, aus dem Raum zu kommen. Sie konnte es ihm nicht verdenken. Der Gestank legte sich wie ein pelziges Tuch über ihre Zunge, sie *schmeckte* inzwischen Drache und Algenköder.

Der Drache war in der Mitte des Raumes stehen geblieben und schaute sich um, staunend, schien es. Er breitete die Flügel aus, aber sogar der Raum war zu schmal, als dass er sie gänzlich hätte entfalten können. Eine Flügelspitze schlug dumpf gegen den Metallkasten.

Dann knurrte er so laut, wie Wynni es nicht für möglich gehalten hatte, es war schon fast ein Brüllen. Die Flammen der beiden Laternen bewegten sich im Luftzug, eine erlosch.

Wynni hielt die Leine ganz locker und zupfte daran. Der Drache rührte sich nicht vom Fleck.

Und jetzt? Sie musste dieses Monstrum von hier wegbringen, andernfalls wäre alles umsonst gewesen.

Mit zitternden Fingern zog Wynni einen Algenköder aus der Hosentasche, der im Vergleich zum Maul des Drachen lächerlich klein wirkte. Wenn er danach schnappte, war die Hand vermutlich ab.

»Tjarda!« Sie winkte mit dem Köder dem Taschendrachen zu, der nach wie vor knurrend herumflatterte. »Hier, fang!«

Sie warf den Köder in die Luft. Tjarda stürzte sich darauf. Bis der Manufakturdrache begriffen hatte, was vor sich ging, war der Köder bereits geschluckt. Wynni nahm gleich mehrere Köder in die Hand, warf dem großen Drachen einen davon zu. Der schnappte in die Luft, der Köder fiel vor seiner Nase zu Boden.

»Gut, der geschickteste Zeitgenosse bist du nicht. Aber wo solltest du es auch gelernt haben?«

Wynni warf den nächsten Köder direkt zu Boden. Endlich setzte sich der Drache schwerfällig in Bewegung. Schritt für Schritt verließen sie sein Gefängnis. Es schien eine Ewigkeit zu dauern, bis sie den Gang geschafft hatten und am Treppenabsatz standen. In der Ferne glaubte Wynni Rufe zu hören. Sie war schweißgebadet, meinte, selbst zu stinken wie eine ganze Voliere voller Drachen.

Tjarda hatte es sich inzwischen auf ihrer Schulter bequem gemacht. Hin und wieder knurrte sie, was beinahe wie Anfeuerungsrufe klang. Wynni war in dem Moment egal, was es bedeutete, Hauptsache, sie bekam diesen Drachen aus diesem Keller.

»Rauf mit dir!«, redete sie auf ihn ein. »Und zwar heute noch!«

Sie warf den nächsten Köder drei Stufen hinauf und zerrte an der Leine. Schnaufend stapfte ihr monströser Begleiter Stufe um Stufe hinauf.

Wynni stöhnte. Manufakturdrachenrettung hatte sie sich irgendwie anders vorgestellt. Tjarda knabberte an ihrem Ohrläppchen und knurrte.

»Da bist du ja! Warum hat das so lange gedauert?« Wie aus dem Nichts erschien Jacco neben Wynni, sobald sie das Gebäude verlassen hatte.

»Schau ihn dir an, er kann kaum laufen. Und fliegen vielleicht auch nicht, wobei ich hoffe, dass er das nicht gerade jetzt ausprobiert. Ich weiß nicht, ob ich ihn halten könnte.« Wynni schob sich einige schweißnasse Locken aus der Stirn.

Als hätte er nur darauf gewartet, entfaltete der Manufakturdrache die Flügel und stieß erneut dieses laute Knurren aus. Wynni musste sich ducken, um nicht vom linken Flügel getroffen zu werden. Sie war auch nicht mehr sicher, ob das unfassbar laute Knurren wirklich ein gutes Zeichen war. Es klang nicht sehr vertrauenserweckend. Misstrauisch beobachtete sie den Drachen, rechnete jederzeit damit, dass er abheben würde, doch er faltete die Flügel wieder zusammen und stampfte mit allen vieren auf der Stelle.

»Weißt du was, Jacco? Du hattest recht. Die Kiste ist viel zu klein. Selbst wenn wir es schaffen würden, den Drachen hineinzulocken, wird sie zu schwer zum Tragen sein. Es muss anders gehen.«

»Ich sage ungern, dass ich es dir gleich gesagt habe, aber ich habe es dir gleich gesagt.« Trotz der gefährlichen Situation grinste Jacco triumphierend.

Ursprünglich hatten sie geplant, den Drachen in der geschlossenen Kiste zu tragen. So hatten sie es damals auch mit Feikje gemacht, nachdem sie sie auf dem Hügel eingefangen hatten. Nur Jacco hatte Bedenken geäußert, der Drache könnte zu groß sein. Henk hatte dagegengehalten, dass sie insgesamt zu fünft seien und sie das schon schaffen würden.

Die unangenehme Wahrheit war, dass schon ein flüchtiger Blick genügte, um festzustellen, dass die Kiste etwa doppelt so groß hätte sein müssen.

»Hilft uns jetzt auch nicht weiter.« Wynni seufzte erschöpft. Den Drachen aus dem Keller hinauszubefördern war schon ganz schön anstrengend gewesen. Ein viel schwierigerer Weg lag noch vor ihnen.

Jacco räusperte sich. »Ich muss zugeben, dass er *so* groß ist, damit habe ich auch nicht gerechnet. Er wirkte im Käfig viel kleiner.«

»Das ist jetzt auch egal, wir brauchen eine Lösung, und zwar verdammt schnell. Ewig werden wir hier nicht unbemerkt bleiben. Wo sind die anderen?«

»Die haben die beiden Bücherjäger weggelockt. Ruben hat sich ihnen gezeigt und ist mit ihnen gegangen. Er hat sie ausgelacht, weil sie ihm und dem Buch, das er wie beauftragt vor ein paar Stunden gejagt hat, gefolgt sind. So viel hat Gilles noch beobachtet. Er hat mir kurz Bescheid gegeben, dann sind er und Henk verschwunden.«

Wynni bekam ein mulmiges Gefühl. Hoffentlich hatte das alles so seine Richtigkeit, aber falls nicht, war es jetzt auch zu spät, darüber nachzugrübeln.

Immerhin blieben sie von neugierigen Augen und Ohren noch eine Zeitlang unbehelligt. Nachts lag das Webviertel so gut wie verlassen da, aber es war nicht mehr ewig hin bis zum Anbruch des neuen Arbeitstages. Bevor die ersten Arbeitenden auftauchten, mussten sie den Drachen weggeschafft haben.

Der Manufakturdrache reckte die Nase in die Höhe und stieß einen Laut aus, der wie das schrille Kreischen eines Kindes klang. Was hatte das nun wieder zu bedeuten?

Wynni verdrehte gereizt die Augen. »Er muss außer Sicht- und Hörweite! Umgehend!«

Jacco zeigte auf einen Weg, der von der Handelsstraße weg tiefer ins Viertel führte – auf die alte Stadtmauer zu. »Wir könnten auf der Rückseite des Schneidereiviertels entlanggehen, so kommen wir bis zur Abzweigung in die Altstadt.«

»Und dann? Nein, ich habe eine bessere Idee. Wir gehen zum Graben. Der hat jetzt um diese Jahreszeit nicht viel Wasser. Ich wate mit dem Drachen da durch und du bleibst oben auf der Straße auf gleicher Höhe. Wenn jemand kommt, warnst du mich und wir kauern uns an die Böschung, oder was sich gerade als Versteck eignet.«

»Und dann? Wie willst du ihn zur Zuchtstation bringen?«

»Gar nicht. Ich bringe ihn in ein Lagerhaus im Hafen.« Febe würde sie nicht gerade mit offenen Armen empfangen, aber Wynni war sicher, dass die Kapitänin Verständnis für ihre Notlage hatte. Und wer von ihnen konnte schon wissen, ob der Manufakturdrache nicht sogar nützlich sein würde?

Jacco nickte nicht überzeugt, hatte aber offenbar keine bessere Idee. Daher folgte er Wynni, die den sich sträubenden Drachen hinter sich herzog, da sie keine Algenköder mehr hatte. Sie mussten es bis zum Meer schaffen, dort konnten sie am Strand entlanglaufen, der um einiges tiefer lag als die Gebäude des Hafens. Mit etwas Glück würden sie unbemerkt bis zum Lagerhaus gelangen. Und dort würden sie weitersehen.

Wynni konnte es kaum glauben. Das erste Stück des Weges verlief viel einfacher, als sie erwartet hatte. War der Drache einmal in Bewegung, ging es ganz gut voran, hin und wieder gelang es ihm trotz seines Übergewichtes sogar, ein kurzes Stück zu fliegen. Jacco hielt Ausschau nach anderen Leuten, und sie überquerten unbemerkt von der schlafenden Stadt die Handelsstraße. Im Graben wurde es sogar noch leichter. Wynni zog ihre Stiefel aus und hängte sie an den Schnüren um die Schultern. Dann watete sie voraus in das nur knöcheltiefe Wasser, das dem Manufakturdrachen bis knapp an den dicken Bauch ging. Erst plantschte er begeistert und steckte immer wieder seine lange Nase hinein und ließ einige Luftblasen blubbern. Wynni ließ ihm das Vergnügen, dann zog sie ihn weiter. Sie kamen unbemerkt bis zu dem Tunnel, durch den sich der künstliche Graben in Richtung Hafen zog.

Dann war ihre Reise zu Ende.

Jacco, der oberhalb von ihr die Straße entlangging, blieb stehen und beugte sich ein wenig zu ihr. »Was ist los?«

»Er weigert sich, weiterzugehen. Ich glaube, der Tunnel ist ihm nicht geheuer.« Wynni ruckte an der Leine und erntete ein entrüstetes Flügelschlagen. Taschendrachen krochen gern in Löcher und dunkle Ecken. Für einen Manufakturdrachen, der jahrelang in einem dunklen Keller ohne Bewegungsfreiheit gehaust hatte, galt das offenbar nicht, zumindest nicht für dieses Exemplar.

»Jacco, du musst zur Zuchtstation laufen und Algenköder holen.«

»Kann ich machen. Das wird aber dauern. Willst du hier warten?«

»Ich fürchte, mir bleibt keine andere Wahl.«

Jacco richtete sich auf.

Wynni konnte ihm ansehen, dass er widersprechen wollte. »Je länger du da oben herumstehst und zu mir in den Graben starrst, umso größer ist die Gefahr, dass dich jemand sieht«, fuhr sie ihn an. »Da vorne ist ein Gebüsch, da legen wir uns drunter. Jetzt mach schon!«

»Also gut. Ich beeile mich.« Weg war er.

Seufzend zerrte Wynni den sich sträubenden Drachen hinter sich her bis unter die Zweige der Weide, die vor dem Tunneleingang über das Wasser rankte. Jetzt war es ein Vorteil, dass die Schuppen des Drachen nicht schillerten, sondern stumpf und grau waren, so blieb er unter den grünen Blättern einigermaßen verborgen.

Wynni stieg aus dem Wasser und setzte sich in das Gras der Böschung. »Ich hoffe nur, dass Febe mir das wirklich verzeiht. Wenn ich das vorhin richtig gesehen habe, spuckst du Dampf, kein Feuer? Das wäre gut, dann besteht immerhin keine Brandgefahr.«

Die Antwort des Drachen bestand darin, die Nase neugierig zu den Zweigen auszustrecken, einige abzureißen und darauf herumzukauen. Mit einem enttäuschten Zwitschern spuckte er sie wieder aus.

»Das hätte ich dir gleich sagen können. Laut meinem Buch fresst ihr genau dasselbe wie Taschendrachen, und die mögen auch keine Weidenzweige, nicht einmal Gras. Nur Getreide und Algen.« Wynni streckte sich und tätschelte dem Drachen die Flanke.

Er glotzte sie regungslos an, senkte nach einer Weile die Schnauze und prustete wieder ins Wasser. Wynni war froh, dass er so gutmütig war. Manufakturdrachen, so war es in der *Anatomie* nachzulesen, hatten ein freundliches Naturell, genau wie ihre kleineren Artgenossen. Aber wie es um ein Exemplar stand, das gequält und eingepfercht worden war, darüber hatte sie in dem Buch nichts erfahren.

Eine Gestalt erschien oberhalb der Böschung am jenseitigen Ufer, ein dunklerer Schemen vor dem größeren Schatten der Burg. Wynni saß auf der Seite zur Straße, weil dort die Weide stand, von der sie sich Deckung erhoffte. Aber der Nachthimmel war bereits heller geworden, sehr bald würde die Morgendämmerung anbrechen.

Am Rande der Böschung blieb die Gestalt stehen und schien nach unten in Richtung Wasser zu blicken. Außerdem glaubte Wynni, über dem Graben, weg vom Tunneleingang, einen Taschendrachen kreisen zu sehen. Konnte das Elanda sein? Den Umrissen der Gestalt nach war das da oben jedenfalls weder Henk noch Ruben oder Gilles. Wynni kauerte sich tiefer unter die Weide, bat stumm darum, dass der Drache nicht ausgerechnet jetzt herumplatschte oder einen Laut von sich gab.

Ihre Hoffnung wurde nicht erfüllt.

Hektisch streckte die Gestalt den Arm aus. »Da! Da bewegt sich was!«

»Quallendreck!« Am liebsten wäre Wynni unter das Gras gekrochen. Neben der Gestalt zeichnete sich eine zweite ab, dann eine dritte. Die erste begann bereits, die Böschung hinabzusteigen.

Kein Zweifel, sie war entdeckt worden. Wynni überlegte nicht länger, sprang auf. Die Zeit, sich die Stiefel anzuziehen, nahm sie sich nicht. Sie krabbelte die Böschung in Richtung Straße hinauf. Falls sie dort oben von jemandem gesehen wurde, musste sie eben fliehen. Der Drache machte einen Riesensatz an ihr vorbei nach oben, flatterte sogar einige Schritte weit. Der Schwung riss Wynni die Leine aus der Hand.

»Nein!«

Hinter ihr ertönten Stimmen, die Unbekannten feuerten sich gegenseitig an, schneller zu klettern. Die Böschung auf der Burgseite war zum Glück länger und steiler. Nur so bestand für Wynni überhaupt eine Aussicht darauf, zu entkommen.

»Schnell, gib mir deine Hand!«, befahl eine Stimme über ihr.

Wynnis Knie gaben nach. Sie blickte auf, konnte aber nur einen kräftigen Mann erkennen, der ihr da einen Arm entgegenstreckte. Eine zweite Person griff bereits nach der Leine des Drachen.

»Schnapp dir den Drachen, schnell!«, befahl der Mann.

»Nein, das könnt ihr nicht tun!« Wynni suchte mit den Füßen nach Halt, zwang ihren Körper nach oben.

Der Fremde packte sie am Arm und zog sie hinauf. »Wir helfen dir, jetzt schrei nicht so herum. Willst du uns die Stadtwache auf den Hals hetzen?«

Hektisch blickte Wynni die Straße entlang. Erleichtert erkannte sie den Taschendrachen, den sie hatte fliegen sehen: Es war Elanda, Henks Drache. Er musste also ganz in der Nähe sein. Und richtig, er und Ruben tauchten gerade unter den Laubenbögen auf. Sie schienen den jungen Mann, der jetzt hinter dem Manufakturdrachen herrannte, zu kennen.

Mit einem letzten Satz stand Wynni keuchend vor Anstrengung auf der Straße und blickte ihrem unerwarteten Helfer ins Gesicht. »Du?«

Ein überraschendes Wiedersehen

Woher nur nahm Rona diese grenzenlose Kraft? Leichtfüßig lief sie in gleichmäßigem Tempo vor Jelto her, sodass er ihr gerade noch folgen konnte. Ihm ging allmählich die Puste aus. Zum Glück hatte er gut gegessen, sonst wäre er vermutlich bereits zusammengebrochen.

Er warf einen Blick zurück über die Schulter. Jos war weit hinter ihm zurückgeblieben, seine Gestalt nur ein Schemen zwischen den Bäumen. Der Geselle begleitete ihn, während Rona entschieden hatte, dass Sanne und Friso bei der Mühle bleiben sollten. Zeit für Erklärungen hatte sie sich nicht genommen, sondern zum Aufbruch gedrängt. Und zu Jeltos Erstaunen hatte niemand ihre Anweisung infrage gestellt. Weil es Rona war und sie Dinge wusste, von denen andere nichts ahnten? Weil alle ihr einfach vertrauten? Ihm selbst erging es ja nicht anders.

Sie führte ihn dieses Mal nicht unter dem Hügel durch, wofür Jelto dankbar war, weil es inzwischen dunkler geworden war. Es war ihm schon auf dem Weg ins Tal schwer genug gefallen, Hindernisse rechtzeitig zu erkennen. Nun war es nicht richtig finster, sondern nur so dämmrig, wie eine sternenklare Sommernacht werden konnte, doch die Bäume schluckten eine Menge Licht.

Bald hatten sie das Webviertel erreicht und ließen es zu Jeltos Erstaunen hinter sich. Er hatte erwartet, dass Rona ihn zur fürstlichen Manufaktur führte, stattdessen liefen sie weiter zwischen den nachtstillen Häusern hindurch. Kein Mensch begegnete ihnen.

Plötzlich stürzte Quibus wie ein Pfeil aus dem Himmel und knallte Jelto aus vollem Flug gegen die Brust. Er überschlug sich und landete mit einem dumpfen Platschen auf dem Kopfsteinpflaster. Jelto bremste ab und wäre dennoch um ein Haar auf den Taschendrachen getreten. Mit einem Ausfallschritt konnte er das verhindern, geriet jedoch selbst aus dem Gleichgewicht und landete unsanft auf dem Hintern.

»Was ist denn jetzt los?« Sofort krabbelte er auf Quibus zu, der jämmerlich fiepend auf dem Boden hockte. Ihm war doch nichts passiert?

Behutsam barg Jelto seinen kleinen Gefährten in beiden Händen. Rona erschien über ihm, machte einige ungeduldige Gesten und schien dann erst zu verstehen, was passiert war. Mit besorgter Miene beugte sie sich herab.

Jelto legte einen Finger unter den rechten Flügel. »Er lässt ihn hängen. Beim Sternenlicht, was mache ich denn jetzt mit ihm?« Er blickte sich um und dann Rona an. »Wo laufen wir überhaupt hin? Ist es noch weit?«

Hinter ihm kam Jos keuchend näher. »Jelto? Alles in Ordnung? Was sitzt du auf der Straße?«

»Quibus ist gerade abgestürzt. Ich vermute, dass ihn etwas erschreckt hat.« Jelto nahm den Taschendrachen in die Linke und stemmte sich mit der Rechten hoch. Der Kleine zitterte und sein Herz klopfte wie wild. Jelto suchte den Himmel ab, konnte jedoch keine Ursache für den Absturz – oder verunglückten Sinkflug – des Drachen ausmachen.

Jos beugte sich vor und stützte sich auf die Knie. Er war völlig außer Atem. »Dann überlass ihn mir, ich kümmere mich um ihn. Ich weiß ohnehin nicht, zu was ich hier sonst nütze sein soll. Dieser Waldlauf war bereits zu viel für mich, so was bin ich nicht gewohnt.«

Jelto blickte von Rona zu Jos und wieder zurück. Der Geselle war sichtlich am Ende seiner Kräfte. Seine Begleiterin schien keine weitere Meinung dazu zu haben, außer, dass sie schnell machen sollten. Wie ein unruhiges Eselfohlen tänzelte sie auf der Stelle herum.

Beklommen streichelte Jelto dem Taschendrachen über den Kopf. Quibus hatte die Augen geschlossen und atmete schnaufend. »Also gut. Bring ihn zu Coens Zuchtstation, sie ist mit Schwatzlingen ausgeschildert.«

»Das finde ich. Komm her, Kleiner, schauen wir mal, ob wir ein paar Algenköder und ein Nest für dich finden.«

Jelto legte ihm den Taschendrachen so behutsam es ging auf die geöffneten Handflächen. Dann wandte er sich wieder Rona zu, die bereits zehn, zwölf Schritte weitergelaufen war. Rasch folgte er ihr. Seine Schulter fühlte sie unangenehm leer an.

Eher aus Gewohnheit, als weil er etwas bemerkt hatte, schaute er in den Himmel, der bereits mit dem ersten Hauch Dämmerung aus dem Osten überzogen war. Und sah einen Taschendrachen über sich fliegen. Im ersten Moment glaubte er an ein Trugbild, Linga, die wiederauferstanden war, und ihm ein schlechtes Omen für Quibus sandte. Aber dann erkannte er am Flügelschlag, dass es Henks Elanda war.

Sein Widersacher musste in der Nähe sein.

»Rona, warte!«, rief er so laut, wie er es wagte. Sie hörte ihn entweder nicht oder reagierte einfach nicht.

Und schon traten Henk und Ruben aus einer Seitengasse rechterhand und stellten sich mitten auf die Straße.

»Rona!«

Hatte sie neuerdings auch was an den Ohren? Sie würde den beiden direkt in die Arme laufen!

Über sich vernahm Jelto Elandas leises Zwitschern, das sie als

Spähalarm von sich gab. Dieser Taschendrache war intelligent und hervorragend ausgebildet. Er selbst hatte ihr das alles beigebracht.

Er überlegte nicht länger, sondern schlug einen Haken und rannte in die nächstbeste Seitengasse nach links, weg von der Handelsstraße. Dort gab es nicht viele Möglichkeiten, nur einen schmalen Pfad, der vom Graben einerseits und den Rückseiten der Häuser andererseits begrenzt wurde. Zwischen den Gebäuden verliefen nur wenige parallele Gassen als Querverbindungen.

Schon glaubte Jelto hinter sich Schritte zu hören. Er blickte nach oben. Am ehesten könnte er über die Dächer entkommen – wenn Elanda nicht wäre. Für sie wäre es dort umso leichter, ihn zu entdecken.

Die Entscheidung wurde ihm abgenommen. Vier Gestalten standen plötzlich Schulter an Schulter wie eine lebende Mauer in der Gasse. Seine Verfolger näherten sich von hinten. Er war umzingelt. Er blieb stehen, drehte sich einmal um die eigene Achse.

»Tut mir leid, Bùch. Wäre besser gewesen, ich hätte dich nicht mitgenommen.«

»Damit ich das große Finale verpasse? Was ist denn los?«

Hinter ihm waren Henk und Ruben. Vier weitere Bücherjäger kamen ihm mit gemächlichen Schritten entgegen. Seet und Leen an den Seiten, Per und Floris in der Mitte. Sein alter Mentor hatte offensichtlich entschieden, dass die Jagd auf das Tagebuch so wichtig war, dass er selbst aktiv werden musste.

Wenn Jelto noch einen weiteren Beweis für Floris' Doppelspiel gebraucht hätte, bekam er ihn gerade. Der fürstliche Schwatzlinghüter jagte ihn höchstpersönlich. Dabei hatte er sich schon seit Jahren immer besser in der Rolle des weisen Lenkers aus dem Hintergrund gefallen, statt sich selbst auf die Straße zu begeben.

»Jelto, endlich sehen wir uns wieder. Ich glaube, du hast etwas, das ich haben möchte, oder?« Floris lächelte falsch. »Du hast es sogar geschafft, es ein zweites Mal zu erjagen, direkt aus meinem Zimmer in der Burg. Alle Achtung.«

»Spricht der von mir?«, hörte Jelto Bùch murmeln.

»Zu deiner eigenen Sicherheit, sei still! Es reicht, dass du riechst wie eine ganze Bibliothek.« Er hatte keine Ahnung, wie er Bùch retten sollte, aber er würde es vor dem Bücherfeuer beschützen, und wenn es das Letzte war, was er tat.

Beinahe hätte er gegrinst. Er, Jelto, einer der besten Bücherjäger, versprach sich gerade, ein sprechendes Buch bis zum letzten Atemzug vor seinesgleichen zu verteidigen? Das hätte er sich niemals zu träumen gewagt.

Seet und Leen zogen beide dicke Knüppel hinter ihren Rücken hervor. Das passte zu den beiden. Sie waren weder besonders gute Bücherjäger noch waren sie in der Lage, wirklich schlau zu handeln. Aber mit kräftigen Armen und unbedingtem Gehorsam konnten sie aufwarten. Schon manches Mal hatte sich Jelto gefragt, warum die beiden nicht zur Stadtwache gegangen waren.

Floris blieb hinter den anderen drei stehen, Per, seine rechte Hand, eine Armlänge vor ihm, die beiden Schläger kamen noch zwei Schritte näher.

»Und, Jelto?«, begann Floris mit einem lauernden Unterton. »Willst du wirklich deinen Mentor betrügen, der für dich gesorgt hat, als es sonst niemand tun wollte? Oder gibst du mir einfach, was ich haben will?«

»Wenn du das Tagebuch meinst, das musst du dir schon persönlich holen, Floris. Und auch jedes andere Buch, das ich zukünftig in die Finger bekomme.«

»Also gut.« Der Alte klang enttäuscht – oder auch gelangweilt. »Du hast es nicht anders gewollt. Seet, Leen, holt euch das Buch!«

»Wer sagt, dass ich es bei mir habe?«, gab Jelto mit mehr Selbstbewusstsein zurück, als er verspürte. Das Tagebuch lag wohlverwahrt in Sannes Bibliothek, aber Bùch wäre sicher keine schlechtere Beute.

Er wich Schritt für Schritt zurück und blickte dabei über die Schulter, ob sich dort nicht doch ein Fluchtweg ergab. Henk und Ruben näherten sich schnell und die Gasse war zu schmal, als dass er eine Chance gehabt hätte, an den beiden vorbeizukommen. Dahinter tauchten ganz in der Ferne weitere Gestalten auf. Wo war eigentlich Rona abgeblieben?

Seet, der größere und kräftigere von Floris' Handlangern, war bis auf zwei Armlängen heran. »Willst du wirklich Schläge?«

Nein, wollte Jelto nicht, aber er sparte sich die offensichtliche Antwort. Vielmehr versuchte er, alle beide im Auge zu behalten, um den Schlägen so lange wie möglich auszuweichen, was in diesem diffusen Licht schwierig genug werden würde. Die Morgendämmerung mochte angebrochen sein. Bis das Licht in diese Gasse fiel, würde es dauern.

Er überlegte fieberhaft und entschied sich anders. Lieber lief er die Gasse zurück Richtung Henk und Ruben, als sofort die Knüppel zu spüren zu bekommen.

Er warf sich herum und rannte los. Aus den Augenwinkeln bemerkte er gerade noch, dass die Gesichter der beiden Schläger sich erschrocken verzerrten. Jelto erwartete jeden Moment einen Schlag in die Kniekehle. Er blickte nach vorn und sah, dass Henk und Ruben sich seitlich gegen die Häuser pressten.

Jelto kam schlitternd zum Stehen. Bùch gab im Rucksack ein Geräusch von sich, das bei einem lebenden Wesen ein Schmerzensschrei hätte sein können.

Was da auf ihn zukam, ergab keinen Sinn.

Ein monströser Taschendrache raste in vollem Galopp auf ihn zu, die Flügel weit ausgebreitet, sodass die Spitzen zu beiden Seiten an den Häusermauern entlangschrammten. Immer wieder hob er ab und taumelte ein Stück durch die Luft, wobei seine Pfoten wild umhertraten. Er hielt die Schnauze weit nach vorn gestreckt, wie im Sturzflug, aus seinen Nüstern quoll Rauch.

Jelto schnappte fassungslos nach Luft. Das Verhältnis von Körper und Flügeln passte nicht. Dieses Wesen würde niemals abheben können.

Oder?

Er entschied, es nicht darauf ankommen zu lassen, und warf sich flach auf den Boden. Schützend hielt er die Hände über den Kopf und rollte so weit wie möglich nach rechts, bis er mit dem Rücken an eine Mauer prallte. Erneut schrie Bùch auf. Etwas Eckiges bohrte sich schmerzhaft in Jeltos Schulter.

Der Drache stampfte an ihm vorbei. Jelto bemerkte einen Strick, der um seinen Hals baumelte. Er hatte das Gefühl, dass der Boden bebte, aber das war sicherlich Einbildung. Die Hitze, die von diesem merkwürdigen Wesen ausging, war dagegen real. Der glühend heiße Dampf versengte ihm die Wimpern. Es roch verkokelt.

Jelto hörte Schreie, fassungsloses Rufen. Dann verstummten schlagartig alle Geräusche. Er drückte sich an die kühle Mauer, betastete vorsichtig sein Gesicht und schaute auf seine Hände. Dreck. Kratzer. Kein größerer Schaden. Erst dann wagte er einen Blick nach rechts und links in die Gasse.

Von Floris und seinen Schergen war nichts mehr zu sehen. Ebenso wenig von dem Drachen. Beide Knüppel waren achtlos zu Boden geworfen worden, der eine rollte über das Kopfsteinpflaster an den Wegesrand und blieb dort liegen. Eine dünne Rauchfahne lag noch in der Luft, kräuselte sich nach oben und verging.

Auf der gegenüberliegenden Seite näherten sich weitere Personen aus Richtung Handelsstraße. Henk und Ruben lösten sich von den Mauern und klopften sich die Kleidung sauber. Sie wirkten nicht weniger überrumpelt als er selbst.

Jelto stemmte sich auf die zitternden Beine und klopfte beruhigend auf den Rucksack. »Kein Mucks. Die Gefahr ist noch nicht vorüber.«

»Bin ganz still, versprochen«, klang es jämmerlich aus dem Rucksack.

Jelto kratzte sich an der Schläfe. Wenn er es nicht besser wüsste, würde er denken, er habe sich diesen Drachen nur eingebildet. Aber Floris und seine Getreuen hatten auch etwas gesehen, das sie in Schrecken versetzt hatte.

Elanda kreiste wachsam über ihm, gab aber keinen Laut von sich. Und Henk und Ruben? Die machten nicht den Eindruck, als wollten sie heute noch Jagd auf ihn machen. Sie standen in der Gasse, als warteten sie auf etwas oder jemanden. Auf die Neuankömmlinge? Jelto konnte drei weitere Schatten ausmachen, die im Laufschritt herankamen. Er verstand das alles nicht.

»Jelto, hierher!«, rief ihm ein Schemen zu.

Er stutzte. Die Stimme kam ihm bekannt vor, doch er konnte sie nicht einordnen. Wachsam und bereit, jeden Moment zu fliehen – ohne dass er hätte sagen können, wohin – ging er auf die Gruppe zu und blieb erst stehen, als er jedes einzelne Gesicht erkennen konnte.

»Mewes? Dich hätte ich am allerwenigsten hier erwartet!«

»Ich mich auch.« Der Tuchhändler hatte Mühe, zu Atem zu kommen, und lachte hilflos schnaufend. »Für solche Aktivitäten bin ich nicht gemacht.«

»Wird schon, Mewes.« Eine groß gewachsene Frau neben ihm klopfte ihm spöttisch auf die Schulter.

Der dritte im Bunde war ein junger Mann, den Jelto als einen Gesellen des Tuchhändlers erkannte.

Jelto war zwei, drei Armlängen vor der Gruppe stehen geblieben. Misstrauisch beäugte er Henk und Ruben, die weiterhin keine Anstalten machten, auf ihn loszugehen.

Henk reckte ihm die offenen Handflächen entgegen. »Wir tun dir nichts, wir sind auf deiner Seite.«

»Auf meiner … Woher wollt ihr wissen … Was *war* das? Dieses Ungetüm gerade?«

»Das war der Manufakturdrache, den Wyona unbedingt heute Nacht befreien musste«, erklärte Ruben gereizt.

»Der sah aus wie ein zu groß geratener Taschendrache!«

»Das war auch der Grund, warum Wyona sofort handeln wollte, koste es, was es wolle.« Henk zog die Schultern hoch, als würde ihn das nichts angehen. »Soll sie dir selbst erklären.«

»Wo ist sie denn?«

»Hinter dem Drachen her und hoffentlich bald in der Lage, ihn wieder einzufangen, bevor der durch das gesamte Laubenviertel marodiert.«

Jelto senkte die Augenbrauen, blickte – zum wievielten Mal in dieser verflixten Gasse? – in alle Richtungen, doch er sah keine Spur, weder vom Drachen noch von der Züchterin.

»Und jetzt?«, fragte Jelto nach einem kurzen, gemeinschaftlichen, ratlosen Schweigen.

Henk wandte sich ihm zu. »Wyona behauptet, dass du inzwischen zum Bücherfreund geworden bist. Bücher retten willst, statt sie zu vernichten. Es war sogar die Rede davon, du könntest ein Buchmagier sein.«

Jelto schwieg. Er konnte es nicht zugeben, denn dass es so war, hätte ihm gewaltige Prügel eingebracht, vielleicht sogar einen unschönen Tod.

Zu seiner Überraschung hielt ihm Henk, ausgerechnet Henk, die Rechte hin. »Ich bin froh, dass du zu dieser Einsicht gekommen bist. Lass uns zusammenarbeiten.«

»Äh, was?«

»Hat Wyona dir nichts von mir erzählt? Oder den anderen?«

Er zeigte erst auf sich, dann auf die große Frau und auf Mewes. Letzterer war ein Stück weiter in die Richtung gegangen, aus der Jelto gekommen war, und starrte in die Ferne, als fürchte er weitere Überraschungen.

Die Frau schnalzte ungeduldig mit der Zunge. »Im Gegensatz zu dir kann sie offensichtlich schweigen. Aber es scheint ganz so, als wäre die Zeit der Heimlichtuerei vorbei. Jelto, mein Name ist Febe, ich bin Henks große Schwester.«

»Und du, Mewes?«

Der Tuchhändler lachte leise. »Das ist eine ganz andere Geschichte. Aber es scheint, dass wir alle das gleiche Anliegen haben. Kommt, wir sollten uns in mein Geschäft zurückziehen. In Brück haben alle Wände Ohren. Lasst uns das an einem Ort besprechen, an dem wir ungestört sind. Meine Gesellen werden Wache halten, während wir reden.«

»Und der Drache? Wo ist mein Bruder?«

»Wyona hat ihn zur Zuchtstation geschickt«, erklärte Ruben, »damit er Algenköder holt. Sie wollte den Drachen über den Graben und den Strand zu den Lagerhäusern bringen, aber das Vieh hat sich geweigert, den Tunnel zu betreten. Henk und ich haben versucht, Floris und die anderen abzulenken und waren auf dem Weg zu ihr, um ihr zu helfen. Da waren uns die Bücherjäger wohl schon wieder auf den Fersen. Na ja, ich hoffe, sie sind im Hafenbecken gelandet. Ich hole Jacco und bringe ihn … in dein Geschäft, Mewes?«

»Mach das und beeil dich.«

Ruben verabschiedete sich mit einem Nicken und lief davon.

Jelto war mit einem Schlag todmüde. Die Anspannung in seinem Körper ließ nach, er hatte das Gefühl, zumindest vorläufig in Sicherheit zu sein. Schweigend folgte er Mewes und seinem Gesellen, hinter sich Febe. Henk hielt sich neben ihm, blickte immer wieder in den Himmel.

»Elanda späht, oder?«

»Ja, und Gilles sollte sich dort oben herumtreiben. Aber er hat sich länger nicht gemeldet. Ich hoffe, dass ihm nichts passiert ist. Mit Floris ist nicht zu spaßen.«

»Du weißt es schon länger, oder? Dass er uns betrogen und unsere Fähigkeiten ausgenutzt hat?«

»Ich hatte meine Schwester eingeweiht. Febe hat Verstand, und sie setzt ihn ein. Auf ihren Schiffsreisen hat sie viel gesehen. Sie hat es sofort begriffen.«

Jelto blickte mit neuer Achtung zu der Frau, erkannte jetzt den leicht schwankenden Gang, den Seeleute auch nach längerer Zeit an Land nie ganz ablegten.

»Und ich hatte, eigentlich eher zufällig, die Gelegenheit, in Floris' Turmzimmer zu gelangen«, ergänzte Henk. »Er sammelt Bücher, vermutlich nutzt er das Wissen aus ihnen.«

»Oh ja, da war ich vor ein paar Tagen auch, auf der Suche nach einem Buch. Meinst du damit, dass er lesen kann?«

Henk grinste. »Ich bin sogar sicher.« Er wurde sofort wieder ernst. »Genau das ist es, was ich nicht in Ordnung finde: Febe sagt, dass den Menschen in anderen Städten das Wissen zur Verfügung steht und sie es nutzen können. Wer Wissen hat, kann forschen, neue Erkenntnisse gewinnen und das Leben verbessern. Floris und seine Leute verschaffen sich dadurch einen Vorteil und halten uns Brückas zugleich ahnungslos. Das ist nicht richtig und dazu ungerecht.«

Sie traten aus der Gasse auf die Handelsstraße. Die Morgendämmerung war inzwischen weit fortgeschritten. Allmählich traten die ersten Menschen aus den Häusern und machten sich auf in Richtung der Manufakturen. In der Ferne rollten einige Eselskarren mit Waren heran, die auf den Märkten angeboten werden würden. Mewes, der ein paar Schritte vorausging, wurde hin und wieder gegrüßt, ansonsten schenkte ihnen niemand Beachtung.

»Mich macht es eher traurig, dass sie uns die Geschichten vorenthalten«, murmelte Jelto mehr zu sich.

Henk blieb stehen. »Die Geschichten vorenthalten? Was meinst du damit?«

Jelto hatte über seine Worte gar nicht weiter nachgedacht. Sie waren ihm einfach so in den Sinn gekommen. Aber das war es, was er fühlte. Er dachte an die Bücherfeuer, da hatte er gespürt, wie es war, wenn die Figuren zu ihm sprachen, ihre Erlebnisse lebendig wurden. Er hatte so viele vernichtet.

Ernst wandte er sich Henk zu. »Die Geschichten in den Büchern mögen erfunden sein. Doch die Empfindungen beim Lesen, die sind echt, oder nicht? Wir fühlen mit den Figuren, sehen durch ihre Augen, spüren die Meeresbrise, die ihnen ins Gesicht bläst, riechen den Gestank der Algen. In dem Moment sind wir in der Geschichte. Wir *sind* die Geschichte. Unsere Gefühle sind wahrhaftig, echt!«

»Nicht so laut, willst du die ganze Straße wecken?« Henk wedelte mit der Hand und warf besorgte Blicke zu den Fenstern und Türen der umliegenden Häuser.

Jelto packte ihn am Arm. »Du kannst lesen, oder?«

Henk nickte widerwillig, was Jelto seltsam fand.

»Was ist, Henk? Ist dir das peinlich?«

»Es ist nicht ungefährlich, es laut auszusprechen. Gerade in den letzten Tagen haben es Menschen erfahren, die es an die Falschen weitertratschen könnten.«

»Aber dir ist schon klar, mit wem du hier sprichst? Ich bin ein Buchmagier. Da habe ich sicherlich mehr zu verlieren.«

»Das stimmt, schon gut.«

Sie erreichten die Laube, unter der Mewes sein Geschäft und Lager führte. Er schloss die Tür auf und scheuchte sie hinein.

Jelto atmete erleichtert durch.

»Ich weiß, was du meinst«, erklärte Henk. »Ich kenne das. Beim Lesen ist es möglich, sich in einem Buch zu verlieren, es bis in die kleine Zehe zu spüren. Es sind sehr seltene Bücher und sie müssen dazu nicht einmal magisch sein. Und es ist … ein schönes Gefühl.« Er grinste scheu.

Jelto schenkte ihm ein dankbares Lächeln. Niemals hätte er gedacht, dass er ausgerechnet mit Henk ein solches Gespräch führen würde.

»Henk?«

»Ja?«

»Bist du bei mir eingebrochen?«

»Ich habe es versucht. Nachdem Gilles mir von dem Schwatzling erzählt hat, den er eigentlich mir bringen sollte. Aber du hast mich und Gilles die ersten beiden Male erwischt.«

»Heißt das, es gab ein drittes Mal?«

»Und sogar einen vierten Einbruch.« Henk wedelte abwehrend mit den Händen. »Das waren wir aber nicht. Deine Wohnung war komplett verwüstet, als wir den Schwatzling geholt haben. Keine Ahnung, warum sie den stehen gelassen haben.«

»Dann könnte es Seet gewesen sein, oder? Der war immer schon etwas nachlässig.«

»Stimmt. Und dazu er ist ziemlich übermotiviert, wenn es darum geht, ein Zimmer ohne Rücksicht auf Verluste zu durchsuchen.«

Jelto nickte. Er glaubte ihm. Das passte alles. Henk war schon früh von Gilles informiert worden. Floris und seine Handlanger konnten erst von seiner Jagd auf Bùch erfahren haben, nachdem er bei seinem Mentor gewesen war. Er selbst hatte Floris mit seinen Fragen nach einem besonders magischen Buch auf die Spur gebracht. Nachdem Henk und Gilles sich nicht mehr hatten blicken lassen, war er vermutlich endgültig misstrauisch geworden.

Sie wurden von einem heftigen Klopfen an der Tür unterbrochen.

Mewes stürzte an ihnen vorbei. »Ich komme ja schon, reißt mir nicht die Tür ein!«

Henk gab Jelto einen rüden Stoß. »Los, versteck dich da hinter den Stoffballen.«

»Meinst du etwa …?«

»Das können wir später noch herausfinden.« Henk kauerte sich hinter zwei große Weidenkörbe und lugte vorsichtig in den schmalen Gang, der zwischen den aufgestapelten Waren und Regalen frei gelassen worden war.

»Gilles, schön dich zu sehen. Und du musst Jacco sein. Wer ist da noch?«

Die Antwort verstanden sie nicht, aber Mewes stellte sie zufrieden. Er öffnete die Tür und ließ die drei Neuankömmlinge herein. Jelto und Henk kamen aus ihren Verstecken hervor.

Es war Jos, der den beiden Jüngeren folgte, in der Hand eine Kiste, die unverkennbar aus Wyonas Lager stammte. Gilles hielt sich nicht mit Begrüßungen auf, sondern drängte sich durch den Gang an den anderen vorbei.

»Halt«, rief Mewes ihm nach. »Wo willst du denn hin?«

»Wyona hat gesagt, hier soll es einen Hinterhof geben, dahin muss ich.« Die letzten Worte waren kaum noch zu verstehen, da Gilles sich nicht die Mühe machte, stehen zu bleiben, sondern einfach weiterlief.

Kopfschüttelnd folgte Mewes ihm.

Jelto wandte sich an Jos. »Was ist mit Quibus?«

»Der ist sicher hier in eine Leinendecke eingewickelt in dieser Kiste. Dein Bruder hat sich kurz um den Flügel gekümmert.«

Jacco senkte den Kopf. »So gut ich konnte. Wyona wüsste, was zu tun ist. Ich kann es ja schlecht in ihren Drachenzuchtbüchern nachschlagen.«

»Da hast du es«, flüsterte Henk über Jeltos Schulter. »Wie leicht wäre das, oder? Einfach nachsehen und ein Problem lösen, mit dem sich jemand anderes bereits beschäftigt und sein Vorgehen dann aufgeschrieben hat.«

Ein Rumpeln unterbrach ihn. Sie alle schauten den Gang entlang, wo Mewes gerade vom Hof zurückkehrte und dabei gegen einen Stoffballen gestoßen war. Sein Geselle, der hinter ihm ging, hob den Ballen wieder auf und rollte ihn zur Seite.

Mewes rieb sich freudestrahlend die Hände. »Der Drache ist angekommen. Wir richten ihm gerade ein Lager im Schuppen ein und spannen Stoffbahnen von Mauer zu Mauer. Als Sichtschutz. Der Hof ist zwar kaum einsehbar, aber wer weiß, aus welchem der umliegenden Häuser eine neugierige Nase herausgestreckt wird. Und außerdem hat der Kerl dann auch mehr Schatten. Er wird einige Pflanzen zertrampeln, aber die Haupternte ist getan, das lässt sich alles ersetzen.«

Jelto reckte den Hals, um zu sehen, ob Wyona sich irgendwo hinter dem Tuchhändler befand. »Darf ich ihn mir ansehen?«

»Nur zu. Aber mach nicht zu lange, wir haben einiges zu besprechen.«

Jelto übergab seinen Rucksack Jacco, damit der darauf aufpasste. Er wollte nicht, dass Bùch schon wieder ein Gespräch mit Wyona belauschte. Anschließend ging er in den ummauerten Hinterhof. Er hatte den Eindruck, ein Zelt zu betreten. Der zweite Geselle war gerade dabei, die letzten Stückchen Himmel mit einer Stoffbahn zu verdecken.

Der Manufakturdrache lag schnaufend auf einem Strohlager und hatte die Augen geschlossen. Wyona kniete neben ihm und streichelte seine Flanke, während sie hektisch in einem Buch hin und her blätterte.

»Was machst du da? Suchst du etwas?«

»Jelto, gute Dämmerung. Ja, ich versuche herauszufinden, was genau ihm fehlt. Es ist übrigens ein Männchen. Henk hat vorgeschlagen, ihn Nero zu nennen.«

»Dieser Name passt so gut wie jeder andere.« Dass der Drache nicht ganz gesund wirkte, erkannte sogar Jelto.

Er hockte sich neben Wyona und hielt dem Drachen die Hand hin. Er schnupperte, ohne die Lider zu heben und knurrte leise.

»Knurren gut, bei Zwitschern aufgepasst? Ist es wie bei Taschendrachen?«

»Ja, aber ja doch!« Wyona schlug wütend mit der flachen Hand auf die Buchseite.

Das hätte Bùch nicht gefallen, dachte Jelto sofort.

»Es sind Taschendrachen, Jelto, verstehst du?«

»Nein?«

»Ich dachte immer, Manufakturdrachen sind groß geratene Hausdrachen. Hausdrachen sind ruhig, behäbig und leicht in einer Wohnung oder einem Haus zu halten, sie brauchen nicht viel Bewegung und sind schnell zufrieden. Als ich das Hausdrachenweibchen gefangen habe, ging es mir nur darum, zu beweisen, dass es sie gibt, die größeren Drachen, und dass ich glaube, dass hier in Brück heimlich welche gehalten werden. Es war dein Bruder, der damit anfing, dass in der fürstlichen Manufaktur ein Drache misshandelt wurde. Falls es stimmte, wollten wir ihn befreien, keine Frage.« Fahrig fuhr sie mit der Hand durch ihr Haar. Sinnlos, die Locken fielen ihr sofort wieder in die Stirn. »Aber dann habe ich von Febe dieses Buch bekommen.«

»Febe? Die Schwester von Henk?«

»Genau die. Sie verstecken Bücher, weißt du? Henk liefert so wenige wie möglich an deinen feinen Floris ab, den Rest gibt er ihr, und sie versteckt sie. Sie haben Bücher von meinem Großvater, er war ebenfalls schon Drachenzüchter. Unsere Vorfahren haben Manufakturdrachen gezüchtet. Hier steht, dass es große

Taschendrachen sind. Und Taschendrachen ... das weißt du selbst!«

»Sie sind quirlig und brauchen viel Bewegung, vor allem in der Luft.« Sein Blick fiel auf den dösenden Drachen. »Ich nehme nicht an, dass sie ihn haben fliegen lassen? Kann er das überhaupt?«

Wyona brummte erbost. »Er muss erst einmal eine strenge Futterrationierung bekommen, dann sehen wir weiter.«

Aus einem Impuls heraus klopfte Jelto ihr zaghaft auf die Schulter. »Gut gemacht!«

»Wie bitte?«

»Ich finde es gut, dass du den Drachen gerettet hast. Du hast überhaupt eine ganze Menge bewirkt. Ich hoffe, dass du mir so schnell wie möglich das Lesen beibringst. Ich möchte es nicht von Bùch lernen müssen, es ist so ungeduldig.«

Ihre Augen wurden groß. »Das meinst du ernst, oder?«

»Selbstverständlich, wieso auch nicht?«

Sie wischte sich mit dem Ärmel über die Nase. »Weil sowohl Mewes als auch Febe zunächst alles andere als glücklich waren. Nicht nur, weil jetzt hier ein ziemlich dickes Problem in Form eines Drachen schläft, sondern auch, weil sie meinten, ich könnte mit meinem eigenmächtigen Handeln den gesamten Plan gefährden, die Bücher zurück nach Brück zu bringen.«

»Was den Drachen angeht, musst du dir um Mewes keine Sorgen machen, er wirkte vorhin sehr begeistert. Was für ein Plan?«

»Wüsste ich auch zu gern, Jelto. Henk hat mich vor Floris und seinen Schergen bewahrt und mich zu Febe gebracht. Es gibt eine größere Gruppe, die heimlich Bücher rettet, aber es ist nicht klar, welche Personen es sind und wie viele.«

»Mewes scheint dazuzugehören.«

»Ich weiß nicht. Er verfolgt eigene Motive, scheint mir, das ist alles so undurchsichtig.«

»Was ist mit Floris? Wie hast du den riesigen *Taschendrachen* wieder einfangen können?«

Sie lachte kurz auf. »Ich habe einfach Glück gehabt. Nero hat zwei Bücherjäger niedergetrampelt, ein dritter hat sich in den Graben gestürzt. Was mit dem vierten passiert ist, weiß ich nicht. Der Strick hatte sich verfangen. Ich habe ihn einfach genommen und gemacht, dass wir da wegkommen.«

Jelto erhob sich, reichte ihr die Hand. »Dann los, finden wir heraus, was hier passiert. Mewes sagte gerade, dass wir eine Menge zu besprechen hätten.«

»Ich möchte Nero nicht allein lassen.«

»Dann soll mein Bruder nach ihm sehen. Es ist wichtig, dass du dabei bist. Außerdem wäre es schön, wenn du nach Quibus schauen könntest. Er ist abgestürzt und hat sich vielleicht verletzt. Ich kann ihn natürlich hier raus bringen …«

»Schon gut.« Sie schlug das Buch zu und ignorierte Jeltos Hand, um auf die Beine zu kommen, strauchelte jedoch und ließ sich von ihm aufhelfen.

Gemeinsam gingen sie zurück ins Lager. Einer der Gesellen wies ihnen den Weg eine schmale Stiege hinauf in den ersten Stock. Dort fanden sie die anderen um einen Tisch versammelt, Mewes schnitt gerade einen Laib Brot auf, den er als Frühstück reichte. Teller mit geschnittenen Tomaten, Gurke, Käse sowie ein Topf mit Honig standen bereit. Es duftete nach heißem Tee. Sie schickten Jacco hinaus und setzten sich auf zwei freie Plätze.

»Dann kann es endlich losgehen!«, plärrte eine allzu bekannte Stimme durch den Raum. Bùch thronte auf einem samtenen Kissen mitten auf dem Tisch und – Jelto glaubte es kaum – darauf wiederum saß ein selig knurrender Quibus. Offenbar überwog für Bùch das Wiedersehen mit seinem Gefährten seine Abneigung gegenüber den Ausdünstungen des Drachen.

Mewes schob Jelto und Wyona je einen Becher und einen Teller zu und bedeutete ihnen, sich zu bedienen.

Gespanntes Schweigen machte sich breit.

Der letzte Vorhang muss fallen

Der Vormittag war weit vorangeschritten und das quirlige Leben in die Handelsstraße zurückgekehrt. In der Mitte stauten sich die Karren, vor denen Esel gespannt waren oder die von Hand gezogen wurden. Zu beiden Seiten gingen die Menschen an ihnen vorbei, viele mit Säcken oder Kisten beladen, Weidenkörbe auf den Rücken. Sie kamen um einiges schneller voran. Vermutlich war am Eingang zum Hafen eine Karre zusammengebrochen und blockierte die Zufahrt, das passierte immer wieder.

Jelto gähnte verstohlen. Er lehnte an einer Wand unter den Lauben neben dem Eingang zu Mewes' Lager und beobachtete beiläufig die beiden Gesellen, die den Verkauf auch ohne ihren Dienstherrn mühelos in Schwung hielten. Kauflustige ließen sich von Schwatzlingen Preise und Stoffqualitäten erklären, befingerten die ausgelegten Tücher oder verhandelten direkt mit einem der beiden Verkäufer. Hin und wieder verlangte jemand, mit Mewes persönlich zu sprechen, aber der ließ sich nicht blicken. Der hatte einen Plan zu schmieden, um die Bücher nach Brück zurückzubringen.

Sie hatten sich über Stunden ausgetauscht. Jos hatte von der Papiermühle berichtet, freimütig alles über die Arbeit von Friso und Sanne erzählt. Febe hörte ganz besonders konzentriert zu, sie schien ein großes Interesse an Papier und dessen Herstellung zu haben.

Sie und Henk berichteten im Gegenzug von ihrem jahrelangen Bemühen, so viele Bücher wie möglich vor den Verbrennungen zu retten. In diesen Momenten kam sich Jelto besonders schäbig vor. Außerdem hatte er immer gedacht, Ruben wäre ein schlechter Jäger. Wie hatte er so verbohrt sein können? Warum hatten die beiden nicht schon früher versucht, ihn davon zu überzeugen, wie großartig Bücher waren, welches Wissen sie hüteten, in welche Welten sie entführen konnten?

Bücher sind gefährlich …

Nein, *für* Bücher war es in Brück gefährlich.

Natürlich hatte er Sannes mahnende Worte noch im Ohr, dass Bücher keineswegs harmlos seien. Es bestand die Gefahr, dass sie falsches Wissen verbreiteten oder sich Lesende in ihnen verlieren konnten. Er erinnerte sich nur allzu gut an die starke Wirkung all der magischen Bücher in ihrer Bibliothek.

Aber wenn Bücher frei zugänglich wären, und zwar für alle ohne Ausnahme, so könnten die Menschen in Brück selbst entscheiden, welcher Gefahr sie sich aussetzten.

Und darum ging es.

Um die Freiheit, das Wissen zu nutzen und es zu prüfen oder dies nicht zu tun.

Um die Freiheit, in Geschichten einzutauchen und sie zu lieben oder zu hassen – und um so viel dazwischen.

Für Jelto ganz persönlich ging es außerdem darum, diese Geschichten auch aufzuschreiben. Er spürte, dass er dies tun würde, sobald Wyona ihm das erforderliche Handwerk beigebracht hatte.

»Na, Junge?« Mewes war unbemerkt an ihn herangetreten und schlug ihm kräftig auf die Schulter. »Wie geht es dir?«

»Mir ist ein wenig schwindelig. Es waren eine Menge neuer Erkenntnisse, eine ziemliche Aufregung. Dazu habe ich wenig geschlafen, glaube ich.«

Mewes lachte gutmütig.

»Mewes, einer deiner Gesellen winkt.«

»Tut er das?« Er wandte sich nur flüchtig um und schüttelte dann deutlich den Kopf. »Die Kundin kenne ich, kompliziert und kaufunlustig. Soll sie es lassen, ich habe Wichtigeres zu tun.«

»Wieso eigentlich? Was hast du mit Büchern und all dem zu schaffen?«

Der Tuchhändler schaute sich verstohlen um und beugte sich dann näher. »Wie es scheint, arbeiten Febe und ich schon seit Jahren zusammen, ohne es zu wissen. Ich kann lesen und schreiben, wir sind Teil des gleichen Netzes aus Brückas, die Bücher retten.« Er lachte. »Ich hätte nie gedacht, dass ich mal weitere Gesichter kennenlerne außer denen, die ich selbst rekrutiere und in dieses Geheimnis einweihe. Was in meinem Fall nur meine beiden Gesellen sind.«

»Die sich wiederum ganz unauffällig zurückhalten. Ich weiß nichts über sie, nicht einmal, wie sie heißen.«

»Das ist schon gut so. Mich dagegen hat eine Person in diese ganze Geschichte eingeweiht, die offenbar überall ihre Finger im Spiel hat und doch irgendwie nicht zu greifen ist, weil sie leise aus dem Hintergrund ihre Fäden zieht. Gerade jetzt ist sie wieder einmal spurlos verschwunden. Sie war es übrigens auch, die mich letzte Nacht geweckt und gebeten hat, zum Graben zu kommen, weil eine Freundin meine Hilfe benötigte. Ich dachte, sie meinte sich selbst. Stattdessen treffe ich auf eine junge Frau mit einem monströsen Taschendrachen.«

»Du meinst Rona.«

»Soll ich dir dazu eine Geschichte erzählen?«

Jelto hob neugierig die Augenbrauen.

Mewes ging ins Lager, kehrte mit zwei Hockern zurück, bot Jelto einen davon an und ließ sich schwer auf seinen fallen.

Jelto setzte sich nicht, stellte jedoch einen Fuß darauf ab und lehnte sich bequem auf den Oberschenkel.

»Also pass auf. Ich bin nun schon neunundvierzig Jahre alt, habe mein ganzes Leben lang in Brück gelebt. Ich habe, wie es üblich ist, das Geschäft von meinen Eltern übernommen, damals mit meinem Bruder. Er starb vor einigen Jahren, lange bevor du und ich uns kennengelernt haben.« Mewes zeigte erst auf sich, dann auf Jelto. »Schon zu Zeiten meiner Eltern gab es ein Lumpenmädchen. Ich habe sie als Junge kaum beachtet. Anfangs war ich neugierig, wollte sie kennenlernen, aber sie war so schwer greifbar wie ein Windhauch. Ich habe mich sogar einige Male auf die Lauer gelegt, um ihr zu begegnen, aber dann kam sie nicht. Sie wandte sich immer nur an meine Eltern und ignorierte meinen Bruder und mich. Meistens bekam sie die Stoffreste und Lumpen von meiner Mutter, und die weigerte sich, mir irgendetwas über dieses Mädchen zu verraten. Irgendwann habe ich aufgegeben und sie viele Jahre lang nicht gesehen.« Mewes hielt inne, sein Blick verlor sich gedankenvoll in der Ferne.

Jelto wartete geduldig.

»Irgendwann wurde ich älter. Na ja, das werden wir alle, oder?« Lachend wandte sich Mewes wieder an ihn. »Ich übernahm das Geschäft meiner Eltern, aber ich wollte nicht nur ein einfacher Tuchhändler sein. Ich suchte nach kompetenten Webenden und fand einen Mann, der mit Mustern experimentiert hat. Irgendwann zeigte er mir den durchgefärbten Stoff, für den ich bekannt bin.« Er nickte in Richtung Verkaufstheke, vor dem der Strom der Kundschaft nicht abriss. »Der Zufall wollte es, dass ich einmal spätabends unangekündigt zu diesem Weber gegangen bin. Und herausfand, dass er seine Stoffe mit Farben bedruckte.«

»Be-was?«

Mewes hob die Zeige- und Mittelfinger beider Hände und kreuzte sie ineinander. »Normalerweise entstehen Muster beim Weben, indem verschiedenfarbige Fäden abwechselnd verwebt werden. Dieser Weber aber webte den Stoff in einer Farbe, legte ihn anschließend zwischen gefärbte Platten und drückte die Farbe in den Stoff.«

»Jetzt verstehe ich. Wie interessant!« Jelto stellte sich das so ähnlich wie das Pressen von Papier vor.

Mewes winkte ab. »Es ist eigentlich unerheblich, wie er es gemacht hat, er hatte noch weitere Methoden, Farbbäder und so etwas. Wichtig ist, dass er das Wissen darüber einem Buch entnahm, und an jenem Abend habe ich ihn dabei erwischt. So lernte ich den ersten Menschen kennen, der Bücher rettete. Dieser Weber und ich wurden Freunde und Verbündete, bis an sein Lebensende. Danach habe ich natürlich weitergemacht.«

»Was hat das alles mit Rona zu tun?«

»Ach ja. Nachdem meine Mutter verstorben war, sammelten wir weiterhin Lumpen, aber für einige Monate holte sie niemand ab. Dann tauchte irgendwann Rona auf. Sie erinnerte mich sehr an das seltsame Mädchen von damals und meine Neugier ist wieder erwacht. An jenem Abend folgte ich ihr heimlich. Sie betrat das Haus des Webers und … verschwand.«

»Sie ist bestimmt durch die Hintertür wieder hinausgegangen.«

»Ja, bestimmt.« Mewes' Tonfall machte deutlich, dass er das nicht glaubte. »Der Weber jedenfalls wollte sie nicht gesehen haben. Aber jetzt kommt das eigentlich Seltsame: Das ist alles fast zwanzig Jahre her. Rona ist seitdem keinen Tag älter geworden.«

»Und?«, hakte Jelto nach, weil es schien, als wollte der Tuchhändler noch mehr sagen.

»Ich glaube«, fuhr er zögerlich fort, »dass das Lumpenmädchen aus meiner Kindheit auch Rona war.«

»Aber das ist doch Unsinn«, widersprach Jelto. »Dann müsste sie ja vierzig Jahre oder älter sein. Es war bestimmt ihre Mutter oder eine ältere Schwester. Ich meine, auch Rona muss von irgendwoher kommen, sie muss Eltern haben.« Die letzten Worten kamen eher zögerlich. Auch er hatte hin und wieder gedacht, dass Rona zeitlos wirkte. Aber er hatte das auf ihre allgemeine Erscheinung geschoben, die allein schon besonders war. Und dann fiel ihm noch etwas ein. Hatte Friso nicht eine ganz ähnliche Geschichte erzählt?

Mewes beobachtete seine Miene, bis es Jelto unangenehm wurde.

Er grinste verlegen. »Komm schon, Mewes, sie wird kaum vom Himmel gefallen oder dem Meer entstiegen sein.«

»Ich sagte vorhin: Der Zufall habe es gewollt, dass ich zu diesem Weber ging«, setzte Mewes unbeirrt nach. »In Wahrheit bin ich ja Rona gefolgt. Ich frage mich bis heute, ob es gar kein Zufall war, sondern ob sie es geplant hatte. Dass es genau dieser Abend war, an dem der Weber mit seinem Buch dasaß und ich ihn beim Lesen erwischt habe.«

Jelto erwiderte nichts. Ihm war etwas anderes eingefallen. Den Schwatzling, mit dem alles angefangen hatte, hatte Gilles von Rona erhalten, die ihn wiederum für Sanne überbracht hatte. So weit stimmte die Geschichte. Aber dann gab es eine Ungereimtheit: Sanne behauptete, sie habe Jelto für die Jagd nach dem Tagebuch verpflichten wollen. Gilles hingegen hatte ausgesagt, Rona habe ihm aufgetragen, den Schwatzling zu Henk zu bringen. Zu diesem Punkt hatte Jelto ihn erst heute Morgen noch einmal befragt. Gilles war dabei geblieben, und Jelto sah keinen Grund, an den Worten des Lehrlings zu zweifeln.

Irgendwer hatte sich also eingemischt, während der Schwatzling von Sanne über Rona zu Gilles wanderte. War es am Ende Rona höchstpersönlich, die den Schwatzling Henk hatte zukommen lassen wollen? Weil sie längst von dessen Bücherrettungen wusste? Und war es dann doch ein unglücklicher – oder glücklicher – Zufall gewesen, dass Gilles Henk nicht gefunden und den Schwatzling dann Jelto zugestellt hatte? Damit hatten sich die Dinge wieder geordnet. Jelto und Bùch waren einander begegnet, so wie von Sanne beabsichtigt.

Oder? Gab es noch eine höhere Instanz, eine übergeordnete Macht?

Jelto rieb sich die Schläfen. »Das ist doch alles verrückt.«

»Du sagst es.« Mewes lachte. »Ich finde Bùch übrigens sehr sympathisch, aber ich weiß nicht, ob ich mehr von seiner Sorte ertragen könnte. Und dabei liebe ich Bücher sehr.«

»Da kannst du unbesorgt sein. Sanne meinte, Bùchs Erschaffung sei einzigartig. Wenn ich mehr über die Buchmagie weiß, werde ich das vielleicht besser verstehen. Aber im Großen und Ganzen ist Bùch nicht sehr viel fantastischer als ein normales magisches Buch.«

»Dagegen bleibt Rona geheimnisvoll. Aber das könnte einfach an ihrer Erscheinung liegen und daran, dass sie nicht spricht. Am Ende ist sie ein Mädchen, das Lumpen sammelt und damit einem Müller das Papiermachen ermöglicht.« Mewes klopfte sich auf die Knie und erhob sich. »Glaub, was du willst. Mich hast du nicht davon überzeugt, dass es sich bei Rona um ein gewöhnliches Mädchen handelt.«

»Was könnte sie denn sonst sein?«

Mewes hatte sich bereits abgewandt und drehte sich Jelto wieder zu. »Ich weiß es nicht. Aber vielleicht ist sie der Geist dieses Ortes. Die Magie von Brück.«

»Das ergibt keinen Sinn.« Kaum hatte er die Worte ausgesprochen, erinnerte er sich daran, wie Wyona es ausgedrückt hatte: *Rona ist Teil dieser Stadt.* Dem hatte er zugestimmt. War sie mehr als das, beziehungsweise der wichtigste Teil?

»Die Magie von Brück …«, murmelte er gedankenverloren.

Mewes winkte ab. »Diese Erklärung ist so gut wie jede andere.«

Quibus' Flügel war zum Glück nur geprellt, wie Wyona rasch festgestellt hatte. Der kleine Taschendrache knurrte zufrieden in einer mit einer Leinendecke ausgekleideten Kiste, die neben seinem großen Verwandten stand. Bùch lag unter ihm. Es hatte in einer großen Rede verkündet, dass es bereit war, Drachenausdünstungen zu ertragen, weil dieser Ort in der Nähe des Manufakturdrachen ihm größtmögliche Sicherheit versprach. Dessen Befreiung war bisher ohne jegliche Konsequenzen geblieben. Da es ihn offiziell gar nicht gab, konnte die Fürstin ihn auch nicht suchen lassen und nicht einmal den Einbruch in die fürstliche Manufaktur öffentlich ahnden.

Überhaupt, die Sicherheit. Mewes' Gesellen sowie Gilles wechselten sich ab und hielten ständig Wache. Niemand von ihnen verließ das Geschäft mehr allein; sie gingen mindestens zu zweit oder dritt durch Brück, stets aufmerksam und fluchtbereit. Niemand wollte es auf eine Konfrontation mit Floris oder einem seiner Bücherjäger ankommen lassen, zumal die vermutlich jederzeit die Stadtwache zur Verstärkung rufen konnten. Wenn der fürstliche Schwatzlinghüter befahl, Verdächtige festzunehmen, würden ganz sicher erst einmal keine Fragen gestellt.

So war auch Jos in Begleitung von Ruben und Gilles in die Papiermühle zurückgekehrt, um dort eine Entscheidung abzuwarten, wie es weiterging.

Wyona hockte die ganze Zeit in Mewes' Hinterhof bei Nero, dem Drachen, und umsorgte ihn, ließ sich Algenköder, Salben und Kräuter bringen – Febes Gewürzlager war dafür die beste Adresse –, sodass Jelto am Abend schon glaubte, wieder einen Schimmer auf den Schuppen des Drachen zu erkennen. Er selbst war mit seinem Bruder und Henk, aufmerksam von Elanda bewacht, zur Drachenzuchtstation gegangen und hatte dort die Drachen versorgt und nach Coen gesehen.

Am Abend, nachdem Mewes sein Geschäft unter den Lauben

geschlossen hatte, rief er Febe und Henk, Wyona und Jelto wieder zusammen.

»Was ist mit Jacco?«, fragte Jelto Wyona flüsternd, während sie auf Mewes warteten. »Kommt er nicht dazu?«

»Der möchte lieber auf den Drachen aufpassen. Der ist ihm wichtiger als die Bücher.«

»Was stört dich daran? Du klingst etwas gereizt.«

»Ich finde es gut, wirklich. Aber es ist sehr anstrengend. Jacco blättert unentwegt in der *Anatomie des Manufakturdrachen*, schaut sich die Bilder und Zeichnungen an und stellt mir endlos Fragen. Ich glaube, ich habe ihm inzwischen bereits ein Viertel des Buches vorgelesen. Das ist alles großartig. Aber es gibt eine Menge anderer Dinge, um die wir uns kümmern müssen, meinst du nicht?«

»Klingt, als sollte mein Bruder schleunigst lesen lernen.«

»Was normalerweise nicht so schnell geht, solange es nicht du und Bùch sind.«

Jelto lächelte zustimmend. Sie wurden von Mewes unterbrochen, der den Raum betrat.

Der Tuchhändler streckte sich und blieb stehen, um seinen Worten Nachdruck zu verleihen. »Ich habe eine Idee. Sie ist gewagt, aber ich denke, wir haben nicht mehr viel zu verlieren. Wir erzählen den Menschen die Wahrheit, und zwar allen auf einmal. Sollen die Brückas dann selbst entscheiden, ob sie uns glauben oder nicht.«

»Klingt, als sollte ich alle geretteten Bücher auf mein Schiff verladen und es zum Auslaufen bereit machen, damit wir uns danach schnell davonmachen können, falls sie uns nicht glauben«, erwiderte Febe trocken.

Mewes bedachte sie mit einem langen Blick. »Das finde ich eine hervorragende Idee.«

»Wie bitte? Das war als Witz gemeint!«

»Und könnte doch notwendig werden. Ich zumindest würde meinen Lebensabend gern noch in Freiheit verbringen und nicht an Bord eines Algenschiffes. Und die drei da« – er nickte Wyona, Henk und Jelto nacheinander zu – »haben ihr Leben sogar noch vor sich, und das sollte so bleiben.«

»Und ich möchte nicht verbrannt werden«, flüsterte Bùch, das wie bei der Versammlung am Morgen auf einem Kissen in der Mitte des Tisches lag, den schlafenden Quibus an seinen Rücken gekuschelt.

»Erzähl uns von deinem Plan«, bat Jelto rasch, bevor die beiden sich in einer Diskussion verlieren konnten, welche Fluchtmaßnahme wann sinnvoll sein könnte.

Mewes legte die Hände aneinander. »Nun, in vier Tagen ist Rikusfest. Jemand von euch hat doch sicherlich einen Kontakt zu den Darstellenden?«

Jelto meldete sich. »Mein Freund Lodi stellt in diesem Jahr den Rikus dar, und seine Schwester hat eine Nebenrolle.«

»Wie eng befreundet seid ihr?«

»Lodi und ich waren in Kindertagen die allerdicksten Freunde. Seit ich von zu Hause weg bin und in Floris' Dienst war, haben wir uns ein wenig aus den Augen verloren. Aber ich denke, dass ich immer noch auf ihn zählen kann.«

»Würde er dir glauben, wenn du ihm die Wahrheit über Rikus erzählst?«

Jelto schwieg. Lodi spielte im zweiten Jahr den Stadtgründer auf der Bühne und hatte sich für eine eher albern übertriebene Darstellung entschieden. Im Alltag könnte ihm das Ärger einbringen, aber einmal im Jahr auf der Bühne war so etwas erlaubt. Eigentlich hatte Jelto gedacht, dass sein Freund sich für diese lächerliche Variante entschieden hatte, weil die beim Publikum hervorragend ankam. Aber vielleicht lagen die Gründe tiefer? Lodi war immer ein kritischer Denker gewesen, hatte als kleiner Junge viel hinterfragt, bis er es leid gewesen war, keine Antworten zu bekommen und sich gefügt hatte. Nicht Schäfer werden zu dürfen, sondern Schneider sein zu müssen, hatte ihn arg enttäuscht.

»Ich denke, dass Lodi – und Lieke auch – sich unsere Geschichte zumindest anhören werden. Ob er mir oder uns glaubt, kann er nur selbst beantworten.«

»Dann lädst du die beiden für morgen hierher ein und stellst ihnen Bùch vor.«

»Ich soll *was?*«

»Du willst mich Fremden vorstellen?« Bùch quiekte entsetzt.

Mewes grinste zufrieden und schien sich seiner Sache ziemlich sicher zu sein.

Damit blieb er in der Runde der Einzige.

Rikusfest – Sommersonnenwende

Ein wenig fühlte Jelto sich an das Rikusfest vor zehn Jahren erinnert, als er mit Lodi und Lieke dem Schäfer Rikus begegnet war. Der Mann mit den Schafen war auch heute wieder zu Gast. Jelto hatte ihn am Rand des Marktplatzes am Hafen gesehen, wo mit Stroh ausgelegte Pferche abgeteilt waren. Dort konnten die prächtigsten Schafböcke und Muttertiere mit ihrem Nachwuchs bewundert werden.

Jelto winkte dem Schäfer zu, der daraufhin zu ihm trat. »Helles Sonnenlicht für dich, Rikus!«

Der Schäfer, der äußerlich kaum gealtert war, lüpfte den Filzhut. »Du kennst meinen Namen? Mit wem habe ich die Ehre?«

»Ich heiße Jelto. Wir sind uns auf einem der früheren Rikusfeste begegnet. Mein Freund Lodi hat dir erzählt, dass er Schäfer werden wollte. Er hat sich vor allem für den Schafbock mit den verdrehten Hörnern da vorne interessiert.«

»Oh, ja, jetzt erinnere ich mich. Ein kleines Mädchen war auch dabei, richtig. Und? Ist er Schäfer geworden? Bei mir leider nicht.«

»Nein. Er führt die Schneiderwerkstatt seiner Eltern fort, zusammen mit seiner Schwester. Sie war das kleine Mädchen, richtig.«

»Wie schade für ihn. Oder war es am Ende doch sein eigener Wunsch?«

Jelto schüttelte den Kopf.

»Und du? Du wolltest Schneider werden, wenn ich mich recht entsinne. Bist du es geworden?«

Einen Moment lang fühlte Jelto sich ertappt. Die alten Lügen lagen auf seinen Lippen, ein Bote zu sein, sich wichtig zu fühlen und in Wahrheit des Nachts auf schändliche Raubzüge zu gehen. Was dachte dieser Schäfer darüber?

Er schaute sich nach allen Seiten um. Weder von der fürstlichen noch von der städtischen Wache waren Angehörige zu sehen. Hier in der Nähe der Pferche war nicht allzu viel los, und Jelto könnte mit wenigen Sprüngen in der Menschenmenge auf dem Markt verschwinden. Außerdem war es sowieso nur noch eine Frage von Stunden, bis er, Henk und Ruben enttarnt, aber auch Floris und die Vergehen aller Bücherjäger offengelegt wurden.

»Ich werde Buchbinder«, erklärte er, als wäre es das Selbstverständlichste der Welt.

Der Schäfer zog verwirrt die Nase kraus und neigte den Kopf. »Ein gefährliches Ansinnen, wenn du mich fragst.«

»Aber es ist das, was ich kann.« Einem völlig Fremden zu gestehen, dass er buchmagisch begabt war und schreiben lernen wollte, ging doch ein wenig zu weit.

Wobei Schäfer Rikus weniger schockiert dreinschaute, als Jelto erwartet hatte, und so setzte er noch einen drauf. »Ich war Bücherjäger, ich habe Dutzende, wenn nicht Hunderte Bücher auf dem Gewissen. Aber das muss aufhören. Wir müssen die Geschichten feiern und das Wissen achten, nur so hat Brück überhaupt eine Zukunft.«

»Gewichtige Worte.« Jetzt war es Rikus, der sich unbehaglich zu allen Seiten umschaute, ob neugierige Augen oder Ohren in der Nähe waren. Dann gab er sich einen Ruck und grinste breit von einem Ohr zum anderen. »Wenn du Erfolg hast, ehemaliger Bücherjäger und zukünftiger Buchbinder Jelto, dann komm zur Siedlung auf den Salzwiesen. Vielleicht, aber nur vielleicht haben wir dort ein paar besonders schöne Stücke Schafleder, aus denen jemand wie du etwas Großartiges machen könnte.« Er stockte, weil Jelto eine Grimasse zog. »Doppelter Haufen Schafsköttel, habe ich jetzt doch etwas Falsches gesagt?«

»Nein, schon gut, mach dir keine Sorgen. Aber das mit den ledernen Einbänden … nun, ich muss noch jemanden finden, der gern stickt, weißt du?« Er zwinkerte dem Schäfer zu, und der lachte.

Damit verabschiedeten sie sich.

Es wurde allmählich Zeit. Jelto schlenderte zurück zur Bühne. Unterwegs traf er auf seine Eltern, beide sichtlich nervös. Sie ahnten, dass etwas Großes bevorstand; das reichte ihnen, auch wenn sie nichts Genaueres wussten.

»Wir hatten die ganze Zeit ein Auge auf dich«, sagte Pim leise. »Dein Quibus ist gerade erst wieder gelandet.« Er zeigte auf den Taschendrachen, der auf Manous Schulter saß.

»Danke«, erwiderte Jelto schlicht.

Seine Mutter drückte ihm verstohlen die Hand.

»Schau genau hin, Jelto.« Sein Vater zeigte auf die Buden und offenen Zelte, die überall auf dem Platz standen.

Er folgte seiner Aufforderung, und da fiel es ihm auf. Viele Stände sahen abgerissen und schäbig aus. Auch die Ware war längst nicht mehr so bunt und reichlich, wie er es aus Kindertagen in Erinnerung hatte. In den letzten beiden Jahren war es besonders sichtbar geworden, doch da hatte es Jelto auf seine verklärte Erinnerung geschoben.

»Sogar das Rikusfest stirbt«, sagte Pim. »Mit jedem Jahr, in dem die Magie geringer wird, wird auch die Stadt ein wenig grauer, toter und hässlicher. Und es ist nicht nur die Magie. Ich bin sicher, dass dies an jedem Ort dieser Welt geschehen würde, wo Wissen fehlt, das Verbesserungen bringt und die Dinge in Gang hält, und wo die Geschichten fehlen, die alles bunt und lebendig machen.«

»Seit zehn Jahren kommt niemand mehr aus Mittelburg«, ergänzte Manou.

»Nicht einmal die Händlerin mit den gestreiften Zuckerstangen ist in diesem Jahr gekommen!«, rief Jelto unvermittelt aus, und einen Augenblick lang fühlte es sich so dramatisch an, als wäre er wieder sechs und nicht sechzehn Jahre alt. Denn sein älteres Ich verstand, dass es nicht nur um das süße Naschwerk ging. »Vielleicht ändert sich heute etwas«, erklärte er resolut und schnipste, damit Quibus zu ihm kam.

Der Taschendrache gehorchte nicht, ließ sich jedoch ohne Protest von Manous auf Jeltos Schulter setzen. Er hatte noch einige Schwierigkeiten mit dem Fliegen. Vier Tage waren seit seinem Sturz vergangen, und er erhob sich nicht gern in die Lüfte. Wyona war jedoch sicher, dass er lediglich faul war. Er sollte fliegen, das hatte sie ihm ausdrücklich verordnet. Nie lange am Stück, aber dafür regelmäßig. Quibus, dem die Tage mit Bùch in der Kiste offensichtlich gut gefallen hatten, sah das ganz anders.

»Lebt wohl, Mama und Papa.« Jelto umarmte sie beide und winkte.

Sie erwiderten die Umarmung und fragten nicht. Sie ahnten wohl, dass es ein Abschied für immer sein könnte, zum zweiten Mal.

Jelto schaute zurück, Richtung der Lagerhäuser am Hafen. Febe hatte ernst gemacht. Zwei Tage hatte es gedauert, bis alle Kisten verladen waren – und nur in den wenigsten waren Gewürze, die jedoch extrem stark rochen. Sie ließen nichts unversucht, die schwimmende Bibliothek bestmöglich zu tarnen. Unter freiem Himmel war der Geruch der Bücher zum Glück schwerer auszumachen.

Jelto hatte nicht gefragt, was mit der Besatzung des Schiffes war, oder mit denen, die im Lager arbeiteten. Hatten sie einen Schimmer davon, was sie verluden? Waren sie eingeweiht? Febe wusste, was sie tat, dennoch war das Risiko, das sie alle in den letzten Tagen eingegangen waren, immens. Noch waren sie frei, noch war eine Flucht möglich. Floris hatte sich während der gesamten Zeit nicht blicken lassen. Es ging das Gerücht um, er wäre vor ein paar Nächten unglücklich gestürzt – vielleicht auf der Flucht vor einem zu groß geratenen Taschendrachen? –, aber sie alle ahnten, dass es nur eine Frage der Zeit war, bis er den nächsten Versuch starten würde, alles im Sinne der Bücherjäger zu richten.

Sogar Friso war beunruhigt. Laut Ruben hatte der Müller die Mühle in eine Art Festung verwandelt. Sollte jemand kommen, würden er, Sanne und Jos sie mit allen Mitteln verteidigen – was immer das hieß; so genau wollte Jelto das gar nicht wissen.

Es wurde Zeit, das alles zu beenden.

Dabei, wurde ihm mit jedem Schritt bewusst, lag dieses Ende gar nicht mehr in seinen Händen, sondern in denen seines Freundes Lodi … und in den Seiten von Bùch.

Er hatte sich der Bühne genähert und einen Platz gewählt, von dem aus er die große Brücke der Handelsstraße über den Kanal mit einem kurzen Sprint erreichen konnte. Darunter warteten die beiden Gesellen von Mewes in einem Boot. Es sollte sie alle im Fall des Falles über den Kanal zu Febes Lagerhaus und von dort weiter bis zum Anleger bringen. Mewes, Gilles, Ruben und Febe warteten bereits auf dem Schiff, die Kapitänin als Einzige nicht freiwillig. Sie hätte sich das Spektakel gern angesehen. Jelto hätte auch Jacco gern auf dem Schiff gewusst, aber sein Bruder wollte in Brück bleiben. Wyona brauchte ihn zur Unterstützung mit dem Manufakturdrachen.

Aus den Augenwinkeln bemerkte Jelto eine Bewegung. Er fuhr herum und erblickte zu seiner Erleichterung Henk, der sich zwischen den Menschen zu ihm hindurchschob.

»Jelto, alles so weit in Ordnung?«

»So in Ordnung, wie es sein kann, wenn gleich die ganze Stadt auf den Kopf gestellt werden soll.«

Henk nickte und wischte sich nervös die Hände an der Hose ab. »Weißt du –«

»Ruhe da vorne, es geht los!«

Die Schauspieltruppe kam hinter dem Vorhang hervor, der auch schon bessere Tage gesehen hatte. Jelto fragte sich, warum bisher niemand neue angefertigt hatte. Selbst wenn es keinen Fortschritt gab, sollte noch jemand in der Lage sein, einen simplen Theatervorhang zu nähen? Gerade in einer Stadt, die einst berühmt für ihre Tuchmacherei gewesen war.

Eine Gestalt trat in die Mitte der Bühne, die Mandoline mit einem Gurt um den Hals. Es war Lieke, als Mann verkleidet. Lodi hatte dem Mann, der den Barden ursprünglich mimen sollte, kein Vertrauen entgegengebracht, und so war seine Schwester, die das Instrument gut genug beherrschte, die bessere Wahl. Sie spielte ein paar Takte, ging bis zum Rand der Bühne und verneigte sich.

»So hört nun die Geschichte des Ehrwürdigen Rikus, wie er Reichtum und Wohlstand Brück verwehrte.«

Das Publikum reagierte kaum anders als sonst auf diese Worte. Es wurde applaudiert und gegrölt, nur sehr vereinzelt wiederholte jemand erstaunt: »Verwehrte? Muss das nicht anders heißen?«

Lodi, als Rikus verkleidet, trat hervor und stellte die erste Szene als Schafhirte da.

Henk packte unwillkürlich Jeltos Oberarm. »Lass uns ein Stück weiter in Richtung Brücke gehen, ja?«

Jelto tätschelte beruhigend seinen Handrücken. »Der Drache wird uns schon herausholen.« Er ließ sich aber anstandslos einige Schritte mitziehen. Suchend schaute er nach oben. »Späht Elanda?«

»Ja, sicher. Allerdings erwarte ich nicht, dass sie anschlägt. Es sind zu viele Menschen unterwegs, da fällt ein Bücherjäger, der sich etwas rascher bewegt, kaum auf. Und siehst du das? Da fliegen noch mehr.«

Jeltos Blick folgte dem ausgestreckten Zeigefinger. Mindestens vier, fünf Taschendrachen kreisten.

»Nach was die dann suchen, ist mir ein Rätsel.«

»Mir auch.«

Dann kam der Moment, in dem der Barde normalerweise einen Schwatzling aus der Tasche zog. Lieke griff in ihren Umhängebeutel und holte Bùch heraus. Vereinzelt raunte die Menge erstaunt, aber die meisten schienen gar nicht zu erkennen, was dieser Gegenstand war.

»Heiteres Sonnenlicht für euch, liebe Brückas«, krähte Bùch fröhlich in die Menge. »Ich werde euch jetzt die wahre Geschichte von Rikus erzählen! Das wird ein Spaß! Seid ihr bereit?«

Schweigen legte sich über den Marktplatz.

»Was soll das denn?«, raunte ein Mann halblaut.

»Interessanter Schwatzling, diese eckige Form. Und so eine lange Botschaft«, erwiderte eine Frau.

»Ja. Muss unfassbar teuer sein, so ein Ding.«

»Macht schon!«, brüllte jemand ganz am anderen Ende des Platzes.

»Ja, anfangen!«

»Will heute noch was zu essen bekommen, Ehrwürziger Rikus.«

Die Umstehenden lachten.

»Großartig!« Bùch schaffte es, das Rufen zu übertönen. »Dann fangen wir mal an. Rikus, es geht los!« Es räusperte sich, und sogar bis zu Jelto drang das Geräusch flatternder Seiten.

Er hielt den Atem an, beobachtete die Umstehenden, doch alle Köpfe waren der Bühne zugewandt. Bis auf Henks, der grinsend die Schultern hochzog.

Obwohl Jelto längst wusste, welche ganz besondere Magie Bùch innewohnte, verfolgte er wie gebannt das Geschehen. Lieke hatte Bùch an ihren Bruder weitergereicht, der im Grunde nur auf und ab stolzierte, die Erzählung mit Gesten untermalte und entsprechende Grimassen schnitt. Immer wieder tat er so, als würde er das Gesagte in Zweifel ziehen, dann widersprach er oder wandte sich wortlos ab, scheinbar peinlich berührt. Aus dem Ehrwürdigen Rikus wurde ein kleingeistiger, verbitterter Mann, der ein Kind entführte, um seine Forderungen durchzusetzen. Das war der Moment, in dem die gesamte Menge begann, empört zu rufen.

Henk beugte sich zu Jelto. »Es zieht sie komplett in seinen Bann.«

»Und wie. Ich habe Mühe, mich auf die Menschen zu konzentrieren.«

Aber niemand beachtete sie, nicht einmal die beiden Männer von der fürstlichen Wache, die unweit von ihnen Stellung bezogen hatten. Der Anblick ihrer Uniformen brachte Jelto dagegen schlagartig zur Besinnung. Die beiden standen unangenehm nah bei ihnen. Wussten sie etwas? Wieso überhaupt die fürstliche Wache? Die tauchte außerhalb der Burg nur auf, wenn jemand aus der Fürstenfamilie …

Da war sie.

Maite Farlinger hatte sich unbemerkt mitten auf die große Brücke begeben. Die Zugänge zu beiden Seiten wurden bewacht. Jetzt erkannte Jelto auch, dass sich unter den Menschen nahe der Brücke weitere Wachen befanden. Sie trugen zwar keine Uniform, aber ihre Haltung und die Ausbeulungen von Waffen unter ihrer Kleidung verrieten die Männer und Frauen. Er zählte insgesamt acht, plus vier uniformierte Männer und die beiden, die er zuerst gesehen hatte.

Nervös zupfte er Henk am Arm. »Bleib ganz gelassen, aber schau dir den Aufmarsch auf der Brücke an.«

»Wieso, was ist ... Quallendreck ...«

»Vielleicht sollten wir abhauen. Ich weiß nur nicht, wie wir jetzt noch zum Boot kommen sollen. Der Plan war, über das Geländer direkt hineinzuspringen. Wir können schlecht die Böschung herunterklettern und dann hinschwimmen.« Jelto wippte nervös auf den Fersen. »Hoffentlich bemerken die unser Boot unter der Brücke nicht.«

Henk nickte langsam. Seinen aufgerissenen Augen nach schien er nicht in der Lage zu sein, einen klaren Gedanken zu fassen, sondern befand sich in einer Art Schockstarre.

»Henk?« Jelto zupfte erneut. Dann gab er auf. Vielleicht war es ohnehin das Beste, sie blieben in der Menge untergetaucht. Noch hatte sie niemand bemerkt. Quibus zwitscherte, reckte den Hals Richtung Bühne. Dort war die Aufführung richtig in Fahrt gekommen. Gerade lieferten sich eine Schauspielerin, die die damalige Fürstin darstellte, und Lodi-Rikus ein erbittertes Wortgefecht um den entführten Fürstensohn.

Bùch quakte dauernd dazwischen und stachelte das Publikum zu Reaktionen an – und das gelang wunderbar. Immer mehr Menschen buhten oder feuerten die Darstellenden an, reckten die Fäuste. Auf welcher Seite sie waren, konnte Jelto nicht erkennen. Offenbar ging es eher darum, laut herumzubrüllen und dabei Spaß zu haben.

Jelto zog Henk tiefer ins Gewühl hinein, immer ein Auge auf die Wachen. Elanda kreiste zwitschernd über ihnen.

Das Schauspiel näherte sich dem Höhepunkt. Der Fürstensohn wurde befreit und rannte über die Bühne, wobei er gefährlich nahe am Rand lief.

Henk schnaufte. »Jelto, warte, wo willst du denn hin?«

»Zu einer der kleineren Brücken. Mit etwas Glück kommen wir dort hinüber und dann jenseits des Kanals zu den Lagerhäusern.«

»Um dann wie über den Kanal zu Febes Lagerhaus zu gelangen?«

»Keine Ahnung, schwimmen? Wenn wir genug Zeit haben und uns nicht gerade die Wache im Nacken hängt, könnte es gehen.«

»Vielleicht müssen wir gar nicht fliehen.« Henk packte Jelto am Unterarm und riss ihn zurück. »Verlier doch jetzt nicht die Nerven, bisher ist die Menge einfach nur amüsiert und interessiert.«

Sie blieben stehen und musterten die Menschen um sich herum. Henk hatte recht. Die meisten hatten ihre Aufmerksamkeit auf die Bühne gerichtet, johlten, klatschten und hielten das, was dort dargeboten wurde, für gute Unterhaltung. Glaubten sie denn nicht, was Lodi-Rikus und die anderen ihnen erzählten? Wenn nicht, warum hatten sie denn bisher alles geglaubt oder besser gesagt die Stadtgründungslegende nie infrage gestellt?

Jelto verstand nicht, was vor sich ging. Und war er der Einzige, der die Fürstin bemerkt hatte? Maite Farlinger stand immer noch auf der Brücke, die Arme auf das Geländer gestützt, und lauschte den Dialogen auf der Bühne, wie alle anderen. Einzig einige Wachen beobachteten die Umgebung, wobei ihnen das scheinbar schwerfiel, sobald Bùch das Wort ergriff.

Bücher sind gefährlich …

Jelto gefiel diese Wirkung nicht, die Bùch ausübte. Sicherlich, sie war hier und jetzt etwas Gutes, aber was, wenn es einmal anders war?

Bücher allein waren nicht gefährlich oder ungefährlich. Bücher brauchten immer auch aufmerksame Lesende, kritische Geister, die ihren Verstand gebrauchten. Sogar bei einer Geschichte wie dieser, die gerade auf der Bühne erzählt wurde.

Jelto atmete tief durch. Wie würde das hier enden?

Sie hatten alle erwartet, dass die Menge in Aufruhr geriet, sich entweder überzeugen ließ und sich gegen die Fürstin als Machthaberin über die Stadt wenden würde, oder dass sie nicht glaubten, was sie gerade sahen, und die Schauspieltruppe entsprechend ausbuhten, ansonsten aber alles beim Alten blieb. Doch dass sie einfach der Geschichte folgten, begierig, das Ende zu erfahren, damit hatte niemand von ihnen gerechnet.

Hinter der Bühne rumpelte es. Dann brach irgendwo Holz.

Henk und Jelto reckten die Hälse, genau wie der Rest des Publikums. Erwartungsvolle Stille senkte sich über die Menge.

Und dann brach hinter zwei Schauspielern, die fürstliche Wachen mimten, der Manufakturdrache hervor und trampelte über das hölzerne Podest. In einer Wellenbewegung wichen die Menschen instinktiv vor der Bühne zurück, Schreie ertönten.

Nero bremste rumpelnd am Rand der Bühne ab und wäre um ein Haar darübergeschlittert. Er schlug mit den Flügeln und machte einen Hüpfer, sodass es einen Moment lang so aussah, als wolle er abheben. Ein Führstrick flatterte um seinen Hals.

Wyona und Jacco rannten von der Seite auf die Bühne. Jelto konnte sehen, dass sein Bruder Tücher um die Hände geschlungen hatte. Das sah ganz danach aus, als habe ihm der Drache die Leine aus den Händen gerissen.

»Nero!«, rief die Drachenzüchterin.

Der große Drache wandte ihr den Kopf zu und knurrte fröhlich, was bei seiner Statur und dem Dampf, der ihm aus den Nüstern quoll, ziemlich bedrohlich wirkte. Die Leute, die vorn standen, wichen etwas weiter zurück, dagegen drängten die, die besser sehen wollten, von hinten nach vorn.

»Seht, ein Drache, ein großer, großer Taschendrache!«, rief Bùch, so laut es konnte.

Sofort hingen die Menschen an seinem Buchschnitt. Lieke, die Bardin, begriff und hielt es über den Kopf nach vorn.

»Nun seht denn: Auch die Manufakturdrachen sind kein Märchen!«, improvisierte Bùch.

Vermutlich hörte nur Jelto das nervöse Flattern in seiner Stimme, wie bei Seiten, durch die ein leichter Windstoß fegte.

»Manufakturdrache, ja?«, fragte eine Frauenstimme in seiner Nähe.

»Ich habe mal gehört, dass die leuchtenden Glaskugeln mit solchen Drachen betrieben werden«, erklärte eine andere Stimme, vielleicht ein junger Mann.

»Wenn das stimmt, gibt es ja einige Drachen hier in Brück.«

»Ja, aber immer weniger. Sie sterben ja irgendwann. So wie hier alles Gute kaputtgeht oder zerfällt.«

»Ruhe, ich will hören, was das Buch über den Drachen zu sagen hat!«

»Dieser Drache wurde in qualvoller Gefangenschaft gehalten. So wie damals der Fürstensohn! Jetzt kennt ihr die wahre Geschichte. Wir Bücher mussten brennen, nur weil es einem einzigen Mann nicht passte, was darin geschrieben stand. Rikus passte es nicht! Rikus hat die Gelegenheit genutzt, eine neue Geschichte zu erzählen. Es war eine Lüge!«

»Lüge!«, rief jemand von hinten, wobei nicht klar war, ob er nur das Wort wiederholte oder Bùchs Aussage verurteilte.

Vereinzeltes Gelächter antwortete, aber insgesamt hing die Unsicherheit greifbar wie eine Dunstglocke über dem Platz. Der Drache wandte neugierig den Kopf in die Richtung des Rufes. Endlich hatte Wyona ihn erreicht und griff nach dem Führstrick. Jacco schlang Nero einen zweiten um den Hals. Jetzt konnte Jelto sehen, dass die Lappen um dessen Hände blutdurchtränkt waren. Mitfühlend verzog er das Gesicht.

»Was machen wir denn jetzt?« Henk tänzelte neben ihm nervös von einem Bein aufs andere.

»Wenn ich das wüsste.« Seltsamerweise dachte Jelto an Rona. Er wünschte sich, sie würde jetzt auf die Bühne kommen, dem Publikum erklären, dass alles, was sie gerade gehört hatten, der Wahrheit entspräche und sie ab sofort Bücher in Ehren halten sollten. Aber Rona hatte sich seit jener Nacht, in der sie Jelto und Jos an der Mühle abgeholt hatte, nicht wieder blicken lassen.

Stattdessen stand da ein Drache und ließ sich von den beiden Menschen an den anderen Enden der Leinen nicht wegbewegen.

Nero hatte genug. Er breitete die Flügel aus, flatterte, wobei er unbeholfen auf allen vieren wankte, und sprang vom Bühnenrand. Die Menschen schrien auf und rannten panisch in alle Richtungen, stolperten und fielen übereinander. Jacco ließ den Strick los und stürzte vornüber auf die Knie. Wyona schaffte es, ihre Leine festzuhalten und mit von der Bühne zu springen. Dann musste auch sie loslassen. Ihr Gewicht am Hals des Drachen hatte ihn aber zum Taumeln gebracht. Er flatterte wie wild vier, fünf, sechs Schritte weiter und landete mit dem Bauch voran auf dem Boden. Dort blieb er hocken und zwitscherte kläglich. Er stieß eine glühende Wolke Dampf aus, was einige Umstehende zu weiteren Schreien veranlasste. Ein weiter Kreis Schaulustiger sammelte sich um ihn.

Nero wandte den Kopf in alle Richtungen und entdeckte einen Stand mit frischen Brotlaiben. Er stürzte darauf zu. Die Händlerin warf ihm hektisch ein Brot entgegen, das er unelegant in der Luft schnappte. Begeistert kaute er darauf herum.

In der Zwischenzeit rappelte Wyona sich auf, lief auf den Drachen zu und schnappte sich die Leine. Die Brothändlerin warf ihr ein weiteres Brot zu. Nero schnappte in die Luft, aber Wyona war schneller und fing es auf. Sie wedelte mit dem Brot vor seiner Nase und zerrte gleichzeitig an der Leine, dieses Mal mit Erfolg. Mit einem Schnaufen stieß Nero eine weitere heiße Wolke aus und folgte ihr mit gereckter Schnauze, besser gesagt, er folgte dem Brot. Jelto fühlte sich an ein ungehorsames Kind erinnert, das von seiner Mutter zur Ordnung gerufen worden war und bereits auf die nächste Gelegenheit wartete, Streiche zu spielen.

Henk rammte ihm den Ellbogen in die Seite. »Schau mal, wer da steht, neben der Fürstin.«

Er wandte sich zur Brücke. Zwischen den Köpfen konnte er dort in der Mitte zwei Gestalten sehen. Floris war neben der Fürstin aufgetaucht, der nach wie vor nicht anzusehen war, was sie empfand oder dachte.

»Der Drache ist gerettet, er entschwindet in Freiheit!«, deklamierte Bùch. Lieke, die die Hände hatte sinken lassen, hob sie hastig wieder in die Höhe und ging an den Bühnenrand. Aber auch ohne ihr Zutun tönte Bùchs Stimme weit über den Platz. Mit all dem Pathos empfand Jelto sie als lauter und dröhnender als je zuvor.

»Was aber, liebe Menschen, die ihr in Brück lebt und eure Stadt liebt, werdet ihr nun tun? Weitermachen wie bisher, uns Bücher ächten? Oder uns eine neue Zukunft geben? Es ist eure Entscheidung! *Bücher sind nicht gefährlich!*«

Jelto blickte wieder zur Brücke. Die Fürstin hatte mit den letzten Worten offensichtlich genug gehört. Sie stieß sich abrupt vom Geländer ab und verließ die Brücke zum jenseitigen Ufer. Floris, dessen Blicke immer wieder aufmerksam die Menge absuchten, folgte ihr langsamer. Er hinkte mit dem rechten Bein.

Dann waren sie beide verschwunden. Jelto war nicht einmal sicher, ob viele Zuschauende die Fürstin bemerkt hatten. Sie lebte zurückgezogen, gab sich nicht volksnah, vielleicht hatten die meisten sie nicht einmal erkannt.

Vereinzelte Rufe aus dem Publikum ertönten. Dann wurde es

still. Alle Augen wandten sich zur Bühne, wo Lieke immer noch stand, Bùch hoch über dem Kopf erhoben.

Es kicherte. »Ach so, Entschuldigung. Jetzt habe ich das Wichtigste vergessen: ENDE!«

Was kommen möge

Viele Tage später

Wir hatten mit vielem gerechnet. Vor allem hatten wir erwartet, dass die Menschen uns nicht glaubten und davonjagten, weil wir das Ansehen des Ehrwürdigen Rikus in den Schmutz gezogen hatten. Aber wie so vieles in Brück hatte auch dieses Ansehen längst Risse bekommen und bröckelte. Die meisten haben uns geglaubt. Doch das erfuhren wir erst im Laufe der folgenden Tage.

Denn erst einmal geschah … nichts. Besser gesagt nichts, was nicht auch auf jedem anderen Rikusfest nach der Aufführung geschah: Die Leute applaudierten, feierten die Schauspieltruppe, insbesondere Lieke und Lodi. Sie lachten und gratulierten zu einem gelungenen Stück. Dann gingen sie und feierten, sie aßen und tranken und tanzten bis weit nach Mitternacht, bis endlich die Sonne zur Sommersonnenwende unterging und die kürzeste Nacht des Jahres anbrach.

Wir waren immer mit einem halben Fuß auf Febes Schiff und bereit, jederzeit die Stadt zu verlassen, obwohl das ja niemand von uns wollte. Wenn wir in der Stadt unterwegs waren, machten wir es genauso wie in den Tagen zuvor: Wir gingen nur zu zweit oder dritt, wobei ich beständig Ausschau nach Rona hielt. Sie ließ sich nicht blicken, und niemand, den ich fragte, hatte sie gesehen.

Kurz streifte Jeltos Blick die Kleidung aus dem blauen Stoff, die er auf Mewes' Wunsch hin genäht hatte. Er konnte kaum in Worte fassen, wie gern er Rona wiedersehen würde. Diese Kleidung wäre perfekt für sie, und sie ihr zu schenken wäre das Mindeste, was er tun wollte. Seufzend nahm er den Kohlestift wieder zur Hand, die bereits schmerzte. Er war es noch nicht gewohnt, länger an einem Stück zu schreiben.

Ich wohnte in der Zeit bei meinen Eltern und Jacco, weil ich nicht allein mit Quibus in meiner Mansarde bleiben wollte. Floris und die anderen Bücherjäger machten uns noch immer Sorgen. Auch sie wollte niemand gesehen haben, das Schwatzarium in der Burg, so hieß es, lag verwaist.

Dass ich in meinem Elternhaus wohne, ist natürlich praktisch, da ich meinem Vater so zur Hand gehen kann, die Werkstatt umzuräumen. Er will wieder als Buchbinder arbeiten und Einbände besticken, wie unsere Vorfahren. Meine Mutter will schreiben.

Und beides könnte möglich werden. Denn am vierten Tag nach dem Rikusfest begann es. Etwas veränderte sich. Mewes hörte zufällig am Verkaufsstand, wie zwei Kundinnen hinter vorgehaltener Hand darüber tuschelten, dass die eine zwei Bücher über all die Zeit hatte retten können. Und die andere klopfte ihr anerkennend auf die Schulter.

Dann wurde von einem Aufruhr vor dem Schreibkontor berichtet. Ungefähr zwei Dutzend junger Männer hatte sich dort versammelt und forderten von den Schreiberlingen, lesen und schreiben zu lernen. Einige sollen laut den Gerüchten sogar selbst Bücher bei sich gehabt haben.

Und so ging es weiter. Immer mehr Brückas bekannten sich zu Büchern, prahlten damit, bis heute welche versteckt zu ha-

ben. In Gasthäusern versammelten sich Gruppen um solche, die lesen konnten und vorlasen. Besonders beliebt waren die alten Kinderbücher, vor allem bei den Erwachsenen. Es schien in ihnen die Sehnsucht nach längst vergangenen Zeiten zu wecken.

Den größten Schatz jedoch brachte der Schäfer Rikus – der echte, möchte ich betonen – nach gut zehn Tagen aus dem Dorf in den Salzwiesen.

»Jelto, Besuch!«, kreischte Bùch in einer unmöglichen Tonlage.

Er fuhr von seinem Manuskript auf, drehte sich herum und sprang auf. »Wynni, schön dich zu sehen. Das ist ja etwas ganz Neues, dass Bùch dich ankündigt.«

Sie lachte so fröhlich, dass er sie am liebsten sofort umarmt und geküsst hätte. Aber ganz so weit waren sie noch nicht, wenn auch auf einem guten Weg – hoffte Jelto zumindest.

Sie zeigte über ihre Schulter zur Tür. »Ich glaube, es meint auch mehr meine Begleitung.«

Eine Gestalt stand im Türrahmen. Das Gegenlicht verhinderte, dass Jelto ihr Gesicht erkennen konnte, doch dann trat sie in den Raum, der bis vor Kurzem bis an die Decke mit Stoffballen vollgestapelt gewesen war und jetzt überwiegend leere Regale und Tische aufwies. An einem dieser Tische hatte Jelto gesessen und geschrieben. Es kam ihm wie ein kleines Wunder vor. Es hatte Wyonas Unkereien zum Trotz nur fünf Tage gedauert, bis er die Grundregeln beherrschte. Nach weiteren fünf Tagen war sogar seine Schrift gut lesbar gewesen, und er hatte einiges an Geschwindigkeit zugelegt. Vielleicht war das die Buchmagie in ihm.

Und jetzt nach all den Tagen der Ungewissheit, wie es weitergehen könnte, stand Fürstin Maite Farlinger leibhaftig vor ihm. Vor dem Rikusfest hatte er sie nur bei zwei Ansprachen erlebt, und da hatten Floris und die fürstliche Wache dafür gesorgt, dass sie Abstand hielten.

Sie wirkte von Nahem kleiner und älter, als er erwartet hatte, aber den Rest hatte er noch gut in Erinnerung: eine ähnlich goldene Hautfarbe wie er selbst, braunes lockiges Haar. Dazu ein ausgeprägter Kiefer und ein markantes Kinn, das ihr einen harten Gesichtsausdruck verlieh, der durch freundliche Falten um Augen und Mund gemildert wurde. Jeltos Vater hatte früher gesagt, sie habe das Antlitz einer Anführerin. Jetzt ahnte Jelto, was Pim gemeint hatte. Maite Farlinger wirkte sehr selbstbewusst.

Zwei fürstliche Wächterinnen drängten sich hinter ihr in den Raum. Wyona setzte sich auf einen Tisch und ließ die Beine baumeln.

Jelto erwachte aus seiner Starre und wollte sich verneigen, aber stattdessen senkte die Fürstin den Kopf.

Sprachlos blinzelte er.

»Mund zu, sonst fliegen Tiere hinein!«, krähte Bùch.

»Ach, sei still.« Jelto grinste verlegen. »Sonnenlicht an die Fürstin.«

»Helles Sonnenlicht für dich, Buchmagier.«

Jelto kratzte sich an der Schläfe. Sie waren doch nicht gekommen, um ihn zu verhaften und auf ein Algenschiff zu bringen?

Die Fürstin schaute sich um und ging zu dem Tisch, auf dem Bùch lag. »Das ist also das berühmte sprechende Buch?«

»Das bin ich! Schön, dich kennenzulernen, Fürstin.« Es flatterte fröhlich mit den Seiten.

Ehrfürchtig streichelte die Fürstin mit den Fingerkuppen über den ledernen Einband, bis Bùch knurrte wie ein glücklicher Taschendrache. Danach lehnte sie sich an einen anderen Tisch. Jelto schob ihr seinen Schemel zu, die einzige Sitzgelegenheit im Raum, aber sie schüttelte den Kopf.

»Ich bleibe nicht lange, und du musst weiterschreiben. Die Legende vom letzten Bücherjäger sollte so schnell wie möglich vollendet und dann vervielfältigt werden. Dieser Tuchhändler Mewes redet etwas von einer Möglichkeit, Bücher zu *drucken,* statt sie mit den Händen zu schreiben, was ich mir überhaupt nicht vorstellen kann. Aber ich konnte mir bis jetzt so vieles nicht vorstellen.«

Bei all den Veränderungen, die es in Brück gegeben hatte, hatte sich die Fürstin nicht blicken lassen. Tagelang hatten alle auf eine Verlautbarung, einen Befehl, wenigstens eine Meldung gewartet, aber es war nichts offiziell verkündet worden. Da hatten die Brückas einiges selbst in die Hand genommen. Inzwischen wurde auf offener Straße gelesen, überall waren Bücher zu sehen, manche tauschten, liehen sich gegenseitig welche aus, andere sammelten sie, was oft zu Unmut führte. Die Meinungen darüber, ob ein Buch einfach so in einem privaten Haushalt verschwinden dürfte, wo es anderen nicht zugänglich war, gingen stark auseinander. Gerade weil es so wenige gab. Lehrende zogen mit Klapptischen durch die Straße und boten ihre Dienste an, lesen und schreiben zu lehren. Über die Preise, die sie dafür nahmen, wurde nicht gesprochen, aber den Gerüchten nach waren es stattliche Summen.

»Aber erst einmal«, fuhr Maite Farlinger fort, »wollte ich dir stellvertretend für deine gesamte Gruppe danken. Ihr habt die Bücher nach Brück zurückgebracht. Und jetzt ist es wohl meine Aufgabe, die Stadt zurück in die Welt zu bringen, vor der sie sich all die Jahre versteckt hat.«

Jelto nickte. Für den Moment überwog die Erleichterung, dass er nicht verhaftet wurde. Alles andere musste erst in seinem Verstand ankommen.

»Ich habe heute Morgen verfügt«, sagte die Fürstin weiter, »dass das Schreibkontor umgewandelt wird. Alle Brückas, die es möchten, sollen lesen und schreiben lernen, unabhängig von ihrem persönlichen Vermögen. Danach rufe ich alle auf, ihre Bücher in unsere Obhut zu geben. Der Burgturm, der die Quartiere der Bücherjäger beherbergt hat, wird in eine öffentliche Bibliothek umgewandelt.« Sie lächelte bitter. »Die Bücher aus der privaten Sammlung unseres Schwatzlinghüters Floris sind eine gute Basis.«

»Was ist mit ihm? Wo ist Floris?«

»Nun, er hat Brück vor einigen Tagen verlassen. Zwei seiner ehemaligen Bücherjäger haben sich für meine fürstliche Wache beworben. Ich werde das prüfen.«

»Wirklich?«

»Aber ja. Sie haben nicht gegen Gesetze verstoßen, oder? Im Gegenteil, sie haben meine Anweisungen befolgt. Es ist nicht ihre Schuld, dass ich mir selbst nicht bewusst gemacht habe, wie unsinnig meine Anweisungen sind. Ich habe getan, was meine Eltern mich gelehrt haben, und es nie infrage gestellt.« Sie verzog den Mund, und es wirkte verlegen. »Ich kann selbst nicht lesen. Das Tagebuch befand sich in meinem Besitz. Ich habe es versteckt, nicht einmal Floris wusste davon. Als ich ein kleines Mädchen war, ging es mir nur darum, etwas aufregend Verbotenes zu tun. Ich hatte keine Ahnung, was für einen Schatz ich da gehütet habe. Zu gern hätte ich Floris' Gesicht in dem Moment gesehen, als er es in den Händen hielt.«

Jelto grinste, als er daran dachte. »Nun, er hatte seine Miene unter Kontrolle. Ich war nur sicher, dass er den Titel gelesen hat, und das hat mir bereits viel über ihn verraten.«

»Das alles hat ein Ende. Ich habe schon angefangen, lesen zu lernen, wie die meisten Brückas.« Sie stockte kurz und holte Luft. »Jelto, dazu wollte ich dir ein Angebot machen. Kannst du dir vorstellen, mein neuer fürstlicher Berater zu werden?«

»Ich soll *was?*« Wäre er damit Floris' Nachfolger? Allein die Vorstellung überforderte ihn gründlich.

Die Fürstin hob sofort die Hand zu einer beruhigenden Geste. »Du musst das nicht heute entscheiden. Denke in Ruhe darüber nach. Aber du wärst genau der Richtige. Du hast jahrelang für Floris gearbeitet und du wirst wissen, was zu tun ist.«

Jelto brachte nur ein Nicken zustande.

»Ich könnte das doch machen!«, rief Bùch fröhlich.

»Ein Buch als Berater?«, entgegnete Jelto.

»Warum denn nicht? Ich bin ja nicht irgendein Buch, ich bin Bùch! Ich habe eine tragende Rolle in der ganzen Geschichte, oder würdet ihr mir da widersprechen?«

Verwirrt öffnete die Fürstin den Mund, sagte dann aber nichts. Bùch direkt in ihren Dienst zu stellen, schien ihr für den Augenblick zu weit zu gehen. Jelto konnte es ihr nicht verdenken.

»Was ist mit dem Manufakturdrachen?«, meldete sich Wyona zu Wort.

Die Fürstin schaute beschämt drein. »Ich wusste nichts davon. Ich vermute, dass Floris dafür gesorgt hat, dass er regelmäßig gefüttert wurde. Vielleicht hat er das sogar persönlich übernommen, zutrauen würde ich es ihm. Er hat vieles vor mir geheim gehalten.« Sie sprach nicht weiter, ihre Miene verriet jedoch deutlich, dass sie sich fragte, was im Laufe der nächsten Zeit noch alles ans Tageslicht kommen würde.

»Und die anderen Drachen? Was passiert mit denen?«

»Wir haben bereits vier Drachen gefunden und sind auf der Suche nach weiteren. Nicht überall, wo das alte Rohrsystem noch betrieben wird, hausen auch Drachen. Im fürstlichen Wohnturm zum Beispiel gibt es keinen«, stellte die Fürstin klar und fügte ganz leise an: »Zum Glück.«

Die Drachenzüchterin nickte zufrieden. Sie wusste das alles schon, aber es schien ihr zu gefallen, es aus dem Mund von Maite Farlinger zu hören. Niemand anderes als ihr Vater Coen und Jacco waren mit der fürstlichen Wache unterwegs und befreiten die Drachen. Sie rätselten darüber, wie alt die Tiere waren, denn Hinweise auf Nachzucht hatten sie bisher nicht gefunden. Vielmehr sagten die Brückas, die einen besaßen, aus, ihn geerbt und nach bestem Wissen versorgt zu haben. Offenbar war niemandem bewusst gewesen, wie sehr sie die Tiere mit der Haltung in dunklen Käfigen quälten.

Zu Wyonas und Jaccos Freude waren es bis jetzt zwei Männchen und drei Weibchen, eine gute Basis, falls die Manufakturdrachen eine Zukunft bekommen sollten. Diesbezüglich sprudelte Jacco vor Ideen über. Er wollte sich für die streng wissenschaftliche Untersuchung stark machen und sah sich bereits als den kommenden Experten in Sachen Manufakturdrachenzucht. Dabei stand bisher nur fest, dass sie nicht ausgewildert werden konnten, da die natürlichen Bedingungen rund um Brück dafür nicht geschaffen waren. Sie stammten ja ursprünglich nicht einmal aus der Gegend.

»Danke sehr, Fürstin.« Endlich fand Jelto Gelegenheit, sich zu verbeugen. »Das klingt alles vielversprechend.«

Sie schnaubte belustigt. »Ich fürchte, es ist noch ein weiter Weg, den Schaden, den meine Familie angerichtet hat, wiedergutzumachen.«

»Den Schaden hat Rikus angerichtet«, stellte Wyona richtig.

Die Fürstin runzelte skeptisch die Stirn, schwieg jedoch.

Dann verabschiedete sie sich und verschwand so schnell mit ihrem Gefolge, dass Jelto es gerade noch schaffte, einen Gruß zu murmeln.

Wyona winkte ihn herbei. Jelto folgte ihr aus dem Raum.

»Moment, ihr beiden, ihr habt mich vergessen«, quengelte Bùch. »Muss ich euch nach all der Zeit denn immer noch daran erinnern, dass ich mich nicht allein fortbewegen kann?«

Wyona legte den Finger auf die Lippen und grinste verschwörerisch. Sie nahm Jeltos Hand und zog ihn mit sich die Treppe hinunter und auf den Marktplatz.

»Ihr seid gemein, wisst ihr das eigentlich?«, tönte es hinter ihnen her.

Kaum standen sie im Freien, ließ Wyona seine Hand los. Enttäuscht spürte Jelto dem sanften Prickeln nach, das ihre Berührung hinterlassen hatte.

»Ich wollte mit dir darüber reden, was mit Bùch passieren soll«, begann sie.

»Wie meinst du das, was soll mit ihm passieren?«

»Wie geht es ihm denn jetzt, da seine Aufgabe erfüllt ist?«

Jelto machte mit beiden Händen eine Pendelbewegung. »Es ist sehr launisch, unbeständig. Ich glaube, es leidet vor allem darunter, allein zu sein. Es ist das Einzige seiner Art und nach allem, was Sanne darüber gesagt hat, wird es das auch bleiben. Es war wohl ein magischer Unfall.« Das hatte Sanne ihm mehrfach versichert. Sie habe an einem magischen Buch geschrieben, das plötzlich zu ihr gesprochen habe. Sie hatte weder verstanden, wie das passiert war, noch warum. Aber nachdem Bùch einmal erschaffen war und munter drauflosplapperte, hatten sie, Friso und Jos ihren Plan geschmiedet, einen Bücherjäger auf ihre Seite zu ziehen. Denn mit dem geschriebenen Wort hatten sie ihn schlecht locken können.

Jelto hatte seit seinem Gespräch mit Mewes die Ahnung, dass auch Rona etwas damit zu tun gehabt haben könnte. Leider zweifelte er daran, dass er sie jemals wiedersehen würde, um sie danach zu fragen. Sie hatte, so vermutete er, ihre Aufgabe erfüllt. Ihre Geschichte war beendet.

»Muss es rückgängig gemacht werden?«, fragte Wyona.

»Damit würden wir es … töten, oder nicht?«

Sie nickte verunsichert.

Jelto blickte über den Marktplatz. Jemand hatte der Statue des

Ehrwürdigen Rikus eine rote Stoffnase übergezogen und einen albernen, überdimensionalen Helm aufgesetzt. Die Tage dieser steinernen Erinnerung waren gezählt.

»Erst einmal bleibt Bùch bei mir, es sei denn, es möchte lieber zu Sanne in die Papiermühle, dann werde ich es hintragen. Alles andere muss die Zeit bringen. So vieles muss die Zeit bringen, aber ich bin zuversichtlich, dass eine gute Zukunft vor uns liegt.«

Wyona kicherte.

»Was denn?«

»Das klang gerade sehr pathetisch. Ich glaube, Bùch hat keinen guten Einfluss auf dich.«

»Im Gegenteil, es inspiriert mich!« Erst war er empört, dann bemerkte er, dass sie ihn nur aufzog.

Sie stellte sich auf die Zehenspitzen und drückte ihm einen schnellen Kuss auf die Wange. »Lass gut sein, du hast recht. Wir werden sehen, was die Zukunft bringt.«

Übermütig drehte sie sich einmal um die eigene Achse. »Ich muss los. Schreib du weiter. Du kannst es nicht erwarten, zurück zu deiner Geschichte zu kommen. Du zappelst ja schon.«

Lachend winkte Jelto ihr nach, bis sie außer Sicht war. Dann ging er zurück ins Haus.

»Was habt ihr besprochen? Sag schon, Jelto.«

»Das erzähle ich dir gleich.«

»Wirklich?«

»Aber ja.«

»Geht es um diese Daltje? Wyonas Mutter?«

Jelto hielt inne. Bùch hatte wahrlich ein sehr gutes Gedächtnis. Wyona hatte nach dem Rikusfest gehofft, eine Nachricht von ihrer Mutter zu erhalten. Aber das wenige, was sie erfahren hatte, deutete darauf hin, dass sie Brück bereits vor einigen Monaten verlassen hatte.

»Nein, mit Wyona hatte es nichts zu tun. Und jetzt lass mich arbeiten.«

»Du kannst es mir auch erzählen, und ich habe die Geschichte dann in mir.«

Jelto runzelte zweifelnd die Stirn.

Bùch wölbte einladend den Einband.

Jelto tauchte die Füllfeder in das Tintenfass und schüttelte den Kopf. »Später vielleicht. Das testen wir erst einmal gründlich. Und jetzt sei still.«

Den größten Schatz jedoch brachte der Schäfer Rikus – der echte, möchte ich betonen – nach gut zehn Tagen aus dem Dorf in den Salzwiesen: Die Familienchronik der Buchmagierin, die damals Die Fabel von Fikus, dem Dachs, der den Hals nicht voll bekommen konnte *geschrieben hatte. Die Buchmagierin hatte sich all die Jahre unter ihnen versteckt, getarnt als Hirtin. Die beiden Schäfer, die ihr damals den Auftrag gegeben hatten, die Geschichte zu schreiben, hatten es als ihre Pflicht angesehen, sie zu beschützen. Sie haben das Geheimnis all die Jahre bewahrt. Leider war später unter ihnen niemand mehr buchmagisch begabt oder besaß wenigstens das Buchgespür. Dennoch scheint es eine sehr belesene Gemeinschaft zu sein. Rikus hat mir von mehreren hundert Büchern berichtet, die gut versteckt im Dorf lagern. Ihre genaue Zahl ist unbekannt, aber es ist zweifelsohne eine großartige Neuigkeit!*

Und doch verblasst diese Zahl geretteter Bücher vor der Tatsache, dass wir einen weiteren Beweis dafür haben, wer Rikus wirklich war. Wir haben die Chronik der Buchmagierin. Sie hat einige weitere Bücher erschaffen, nichtmagische und magische.

Ihr Name lautet Tale, Buchmagierin von Brück.

Er soll nicht vergessen werden.

Danksagung

Dieses Buch ist ein ganz besonderes Buch.

Es wäre mir nicht möglich gewesen, es zu schreiben, wenn da nicht all die Menschen gewesen wären, die mich motivieren, mich unterstützen, die mir aber auch schonungslos die Wahrheit sagen, wenn ich die Geschichte gerade einmal »gegen die Wand« schreibe.

Da ist Jule, die Expertin für Bücher über Bücher, die davon überzeugt war, dass es diese Geschichte so noch nicht gibt und dass sie erzählt werden muss.

Da ist Daniel, der großartige Verleger, der meinen Bücherjäger sofort haben wollte.

Da ist Meike, seit vielen Jahren mein Leuchtturm im Verlag.

Da ist Fabienne, meine treueste Testleserin, die zielgenau den Finger auf die Schwachpunkte gelegt hat, was gerade dem Einstieg in die Welt von Brück sehr gut getan hat.

Da ist Lena, die beste Weltenbauerin, die ich kenne. Sie hat mir geholfen, die fiktive Epoche, in der die Geschichte spielt, so pseudohistorisch logisch wie möglich zu machen.

Da ist Lars, den ich immer wieder mit meinen Überlegungen, wann und wie schnell Menschen wohl lesen und schreiben verlernen, nerven durfte.

Da ist Hanka, die Lektorin meines Herzens, die alles dafür getan hat, aus meiner Geschichte eine noch bessere Geschichte zu machen.

Da ist Thilo, der mir diese wundervolle Karte gezaubert hat.

Da ist Kai, der mich sehr viel mehr als nur mit einem Zitat fürs Marketing unterstützt hat, ohne dass er das weiß.

Da ist Niclas, der wie immer die Übersicht behält und zuverlässig all das tut, was ein Agent tun muss.

Und da bist du. Du liest und liebst Bücher. Du begeisterst dich für Geschichten, verlierst dich in ihnen, leidest und freust dich mit den Figuren.

Hör nicht auf damit.

Bücher sind nicht gefährlich.

Danke!

Diana Menschig im Frühjahr 2023

Dieses Werk wurde vermittelt durch die
Michael Meller Literary Agency GmbH, München.
www.atlantisverlag.ch
Lektorat: Hanka Leo
Covergestaltung: Lara Flues
Covermotiv: © Victor Cavazzoni
Karte auf Vor- und Nachsatz: Thilo Corzilius
Satz: Tristan Walkhoefer, Leipzig
Gesetzt aus der Stempel Garamond LT / 230130
Druck und Bindung: GGP Media GmbH, Pößneck
Auch als E-Book erhältlich
ISBN 978 3 7152 3010 8

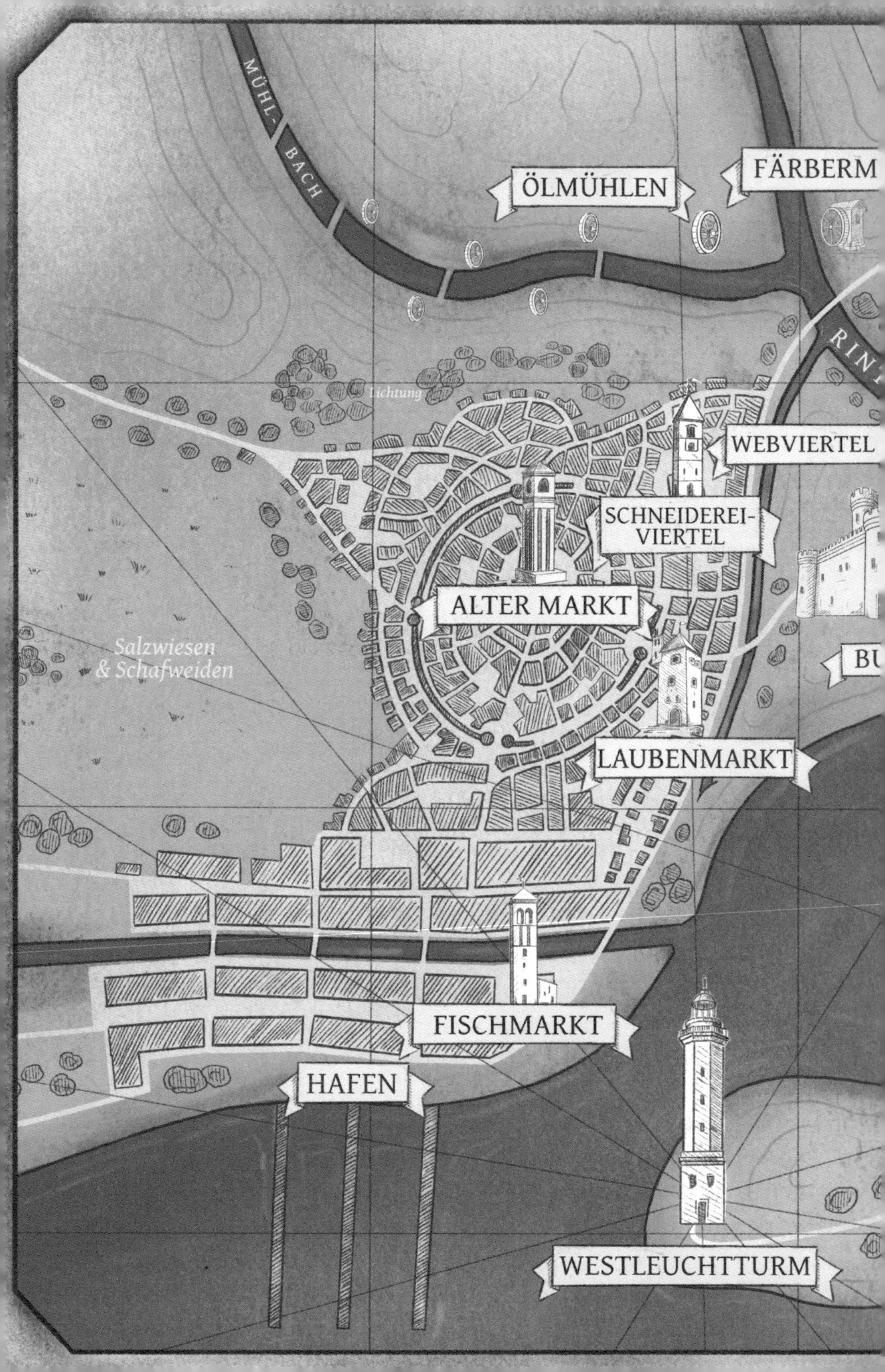

MÜHL-
BACH
ÖLMÜHLEN
FÄRBERM
RIN
Lichtung
WEBVIERTEL
SCHNEIDEREI-
VIERTEL
ALTER MARKT
Salzwiesen
& Schafweiden
BU
LAUBENMARKT
FISCHMARKT
HAFEN
WESTLEUCHTTURM